Susan Hastings

Die Braut des Wikingers

Über dieses Buch:

Yngvar, Bruder des Wikinger-Fürsten Thoralf, überfällt mit seinen Kriegern eine normannische Jagdgesellschaft. Die Geiseln will er gegen viel Geld bei der reichen Burgherrin Adelaise einlösen. Doch kaum steht er der wunderschönen Frau gegenüber, vergisst er alle Forderungen. Das Gold ist ihm plötzlich egal – er will nur noch einen Preis: die stolze Adelaise. Doch die hat ihre eigenen Pläne und der starke Wikinger kommt ihr da gerade recht …

Über die Autorin:

Susan Hastings ist gelernte Geologin und war lange als Sachverständige für Geologie und Ökologie tätig. Während eines späteren Studiums entdeckte sie schließlich ihr schriftstellerisches Talent. Zunächst schrieb sie Kurzgeschichten, später zahlreiche Liebes- und Historienromane, die sie unter verschiedenen Pseudonymen erfolgreich veröffentlichte.

Susan Hastings

Die Braut des Wikingers

Roman

Genehmigte Lizenzausgabe 2017
der Buchvertrieb Blank GmbH, Vierkirchen

Umschlaggestaltung: HildenDesign, München, www.HildenDesign.de
Umschlagabbildung: © HildenDesign unter Verwendung
mehrerer Motive von Shutterstock.com
Gesamtherstellung: GGP Media GmbH, Pößneck
Printed in the EU
ISBN 978-3-94601-263-4

DIE BURG IN DER NORMANDIE

915 n. Chr., Burg Coquille, südliche Normandie

Im gestreckten Galopp trieb der Reiter sein Pferd den Hang hinauf Seine blonden Locken wehten, er beugte sich tief über den Hals des Pferdes, Schaumflocken flogen aus dessen Maul. Er steuerte genau auf den Hügel zu, auf dessen sanft gerundetem Gipfel sich eine bunte Gesellschaft befand.

In dem Trubel bemerkte niemand sein Kommen. Man hatte sich beiderseits eines langen Tafeltuches, das auf der Wiese ausgebreitet worden war, plaziert. Auf dem Tuch standen Schüsseln, Platten und Krüge mit allerlei Leckereien, Braten, Früchten, Wein. Die jungen Damen trugen Blumenkränze im Haar und schienen sehr vergnügt. Ihr Lachen und ihre hellen Stimmen stiegen wie Lerchengezwitscher in den blauen Himmel. Männer in bunten Umhängen hockten zwischen ihnen, spielten auf ihren Musikinstrumenten – Lauten, Harfen, Flöten – und wussten so manches schelmische Lied zu singen. Es war eine heitere Gesellschaft, nicht nur vom Anblick her. Eine der jungen Damen hielt einen Falken auf ihrer Hand, die in einem dicken Lederhandschuh steckte. In der anderen hatte sie einen silbernen Weinbecher.

»Ein Hoch auf die Freiheit«, rief sie, und alle stimmten ein. In einem Zug leerte sie ihren Weinbecher, dann gab sie den Falken an einen Mann weiter, der seinem Äußeren nach ein Falkner war. Fast alle seine Kleidungsstücke bestanden aus Leder.

»Wieso? Der Falke ist nicht frei«, wandte eine junge Frau aus der Runde ein. »Adelaise, er hat eine Fessel.«

Adelaise schüttelte ihre wundervollen langen Haare, die ihr bis auf den Rücken reichten. Dabei fiel ihr Blumenkranz in ihren Schoß. Sie nahm ihn, hob ihn auf Augenhöhe und betrachtete ihn nachdenklich. »Stimmt, in gewisser Weise ist er an mich gefesselt. Und weil ich sein Leid nachfühlen kann, lasse ich ihn immer wieder fliegen. Aber er kommt stets zu mir zurück.«

»Unter Menschen nennt man das Liebe«, erwiderte die andere schwärmend.

»Melisande!« Adelaise zog tadelnd die Augenbrauen zusammen. »Vielleicht liebt mich der Falke, aber ich will keine Fesseln, auch nicht die der Liebe. Ich will frei sein, frei wie ein Vogel in der Luft.«

»Das wollen wir alle«, rief eine andere junge Dame aus der lustigen Runde. Sie winkte einem jungen Bediensteten, erneut Wein auszuschenken. Überhaupt war es auffällig, dass sich nur junge Leute in der Gesellschaft befanden. Entsprechend ausgelassen war die Stimmung. Doch das Treiben wurde jäh unterbrochen, als der stürmische Reiter heranpreschte und von seinem Pferd sprang, noch bevor es zum Stehen kam. Kurz beugte er das Knie vor Adelaise und rang nach Luft.

»Comtesse Adelaise«, keuchte er. »Es … ist … Unheil … im Anmarsch!«

Adelaise blickte zum Himmel. »Keine einzige Wolke ist zu sehen, mein süßer Gwendal. Was soll unsere fröhliche Stimmung trüben?«

Gwendal zeigte in das flache Tal hinab. »Da … da … da kommt Besuch. Es ist … Pepin.«

Adelaise sprang auf »Was? Er wagt es? Er weiß, dass mein Vater unterwegs ist.«

Gwendal rollte mit seinen himmelblauen Augen und trat ungeduldig von einem Fuß auf den anderen. »Comtesse, ich bitte Euch dringend, er hat keine lauteren Absichten.«

Sie lachte glucksend. »Das weiß ich doch.« Sie strich ihm spielerisch mit den Fingerspitzen über seine geröteten Wangen. Er hatte wunderbar zarte Haut, fast kindlich, obwohl es nicht zu übersehen war, dass er ein Mann war, mit jugendlichem Charme, schlanker Figur und einem unwiderstehlichen Lächeln. Alle Frauen auf Chateau Coquille, ob jung oder alt, mochten Gwendal. Doch heute lächelte er nicht. Er fasste nach Adelaises Händen und blickte sie flehend an.

»Diesmal hat er gedroht und gesagt, er werde nicht eher abreisen, bis Ihr ihm Euer Jawort gegeben habt.«

Adelaise ließ sich wieder auf der Wiese nieder und reichte Gwendal einen Becher Wein. »Darauf kann er lange warten. Komm, setz dich und labe dich an dem köstlichen Tropfen. Du bist ja völlig außer Atem.«

Gwendal schüttelte heftig den Kopf »Dazu ist keine Zeit. Pepin ist nicht allein gekommen. Er hat mindestens zweihundert Krieger in seinem Gefolge. Sie bauen am Fuß der Burg ein Zeltlager auf«

»Ist der verrückt geworden?« Empört sprang Adelaise wieder auf »Das wird er mir büßen, dieser liebestolle Gockel!«

Gwendal hielt Adelaise an den Schultern fest. »Bitte seid jetzt nicht unbesonnen. Pepin meint es ernst.« Er stand sehr nahe bei ihr, spürte ihren süßen Blumenduft und hätte sie am liebsten in die Arme gezogen. Es kribbelte auf seiner Haut, in seinem Bauch bildete sich ein Knoten. Doch er wusste, was sich gehörte. Er war nur ein Page, und Adelaise … Er holte tief Luft, um sich zu beruhigen.

»Ich meine es auch ernst.« Unwillig schüttelte Adelaise seine Hände ab. Sie ließ Gwendal einfach stehen und schwang sich auf sein Pferd. »Los, lauf schon«, feuerte sie es an.

»Halt! Adelaise! Comtesse! Da ist noch etwas …«

Doch Adelaise war schon zu weit entfernt. Verzweifelt ruderte Gwendal mit den Armen. »So folgt ihr doch! Sie begibt sich in Gefahr!«

Seufzend blickte Melisande auf die vielen Köstlichkeiten auf dem langen Tafeltuch. Aber die Stimmung war dahin. »Packen wir zusammen«, wies sie die Dienerschaft an. Die Musikanten nahmen ihre Instrumente, zwei Pferdeknechte spannten den Wagen an, auf dem die ganze Damengesellschaft Platz fand.

»Wir können ja auf dem Wagen noch etwas essen und trinken«, schlug Jocelyne vor, die Adelaises zweite Kammerjungfer war. »Ja, lassen wir uns die Laune von diesem hässlichen Pepin nicht verderben«, erwiderte Melisande. Doch die Fröhlichkeit kehrte nicht wieder. Während die berittenen Männer Adelaise folgten, zog der Rest mit Wagen und zu Fuß langsam hinterher. Eilig hatten sie es nicht, zurück auf die Burg zu kommen.

Gwendal hatte sich einfach ein anderes Pferd genommen, um Adelaise zu folgen. Doch sosehr er es antrieb, er konnte sie nicht einholen. Adelaise war eine ausgezeichnete Reiterin. Und wenn sie in Rage war …

Sein Herz krampfte sich zusammen. Er vergötterte sie, er betete sie an und er tat alles, um für sie da zu sein. Er hatte sogar Lieder für sie gedichtet und ihr vorgetragen. Immer hatte sie ihm dafür ein Lächeln geschenkt, das ihn beglückte. Er war auch glücklich, wenn er ihren Duft spüren, ihre Hand berühren oder ihr in die Augen sehen durfte. Er beneidete Melisande und Jocelyne, dass sie Adelaise des Abends beim Auskleiden behilflich sein durften oder des Morgens beim Ankleiden, beim Kämmen und Flechten ihres herrlichen Haars oder bei den monatlichen Badetagen im großen Holzzuber. Am liebsten hätte er laut aufgeseufzt, wenn ihm nicht die Luft durch den schnellen Ritt knapp geworden wäre.

***

Adelaise hatte das Pferd nicht geschont. Sie musste schnell die Burg erreichen, um das Schlimmste zu verhindern. Pepin mit zweihundert Männern? Die Burg war nur gering bewacht, die meisten Männer begleiteten ihren Vater Gurvan auf seiner Reise nach Burgund. Wollte dieser hinterhältige Pepin das ausnutzen?

Sie umrundete den Hügel, der ihr die Sicht auf das Geschehen am Fuß der Burg nahm. Sie zügelte das schwitzende Pferd. Gwendal hatte recht gehabt. Es wimmelte wie in einem Ameisenhaufen. Emsig stellten die Männer Zelte auf, alles starrte vor Waffen. Lanzen und Spieße ragten in die Luft wie ein seltsam abgestorbener Wald, und ringsum waren schwere Schilde aufgestellt. Überall wehten die Fahnen und Wimpel mit Pepins Zeichen, einem rosaroten Fisch auf gelbem Grund und vier Kreuzen. Zwei Männer standen vor dem Tor, mit breiten Schwertern und Pepins Standarte. Er befand sich also schon in der Burg! Was für eine Frechheit!

Empört wollte Adelaise das Pferd wieder antreiben, als ihr der Atem stockte. Von der anderen Seite näherte sich ebenfalls ein langer Zug von Menschen der Burg. Es bestand kein Zweifel, dort kam Graf Hamo!

Jetzt war erst recht Eile geboten. Wenn die beiden zusammentrafen, so würde es unweigerlich zum Kampf kommen.

Atemlos erreichte Adelaise die Burg. Sie würdigte Pepins Männer keines Blickes. Im Innenhof sprang sie vom Pferd und eilte in den Burgfried, an den sich der Rittersaal anschloss.

Es war eine lange Halle, gestützt von zwei Reihen steinerner Säulen. An den Wänden hingen verblichene Fahnen mit dem Wappen derer von Pattefleur, zwei weißen Blumen auf blauem Grund und den Abdrücken von Wolfspfoten. Ja, die Pattefleurs waren ein altes, stolzes und wehrhaftes Geschlecht. Graf Gurvan war ein Günstling des Grafen Rollo, reich von diesem mit Lehen bedacht und angesehen. Leider war er nicht mit vielen Kindern gesegnet, nur einen Sohn und eine Tochter nannte er sein Eigen. Sein Sohn würde einmal sein Nachfolger werden, sein Lehen bewirtschaften und den Reichtum mehren. Für Adelaise jedoch würde er einen reichen und hochgestellten Ehemann suchen, bei dem nicht nur Adelaise, sondern auch er ein luxuriöses und sorgenfreies Leben führen konnte. So war alles aufs Beste geregelt.

Adelaise genoss so viele Freiheiten, wie man einer Comtesse nur zugestehen konnte. Ein Pater des nahe gelegenen Klosters hatte sie im Lesen und Schreiben unterrichtet, in griechischer und hebräischer Sprache, in Geographie und Sternenkunde. Noch lieber widmete sie sich aber ganz irdischen Vergnügen wie dem Reiten, Jagen, der Falknerei und der Musik. Sie versammelte junges Volk um sich, Troubadoure, Dichter, Mädchen, die singen, tanzen, schöne Kleider nähen und ihr die Zeit vertreiben konnten. Es war ein schönes, leichtes und angenehmes Leben auf Chateau Coquille, wenn da nicht die benachbarten Grafschaften gewesen wären.

Graf Pepin du Saumon war der Lehnsherr im Osten. Er besaß viele Dörfer, guten Acker, einen fischreichen Fluss und vier Kirchspiele. Eigentlich hätte Adelaise froh sein müssen, denn damit war Pepin bedeutend wohlhabender als Graf Gurvan de Pattefleur. Dessen Land lag zwischen dem fruchtbaren Ackerland von Pepin und dem waldreichen Gebiet von Graf Hamo du Bois Noir. Eine Verbindung der Pattefleurs mit den Saumons wäre für den Wohlstand aller sicher wünschenswert, doch bislang hatte Gurvan gezögert, Pepin seine Tochter zu versprechen. Er war der Meinung, Adelaise hätte mehr verdient als ein paar Dörfer und einen Fluss.

Adelaise dachte ebenso, aber aus anderen Gründen. Pepin war ein kleiner Mann auf kurzen, stämmigen Beinen, mit einem runden Bauch vom unmäßigen Essen und einer roten Nase vom unmäßigen Trinken. Er litt ständig an Sodbrennen, und sein Begleiter war ein stets verzweifelter Leibarzt, der seinem Herrn fortwährend Diäten und Enthaltsamkeit verordnete – Ratschläge, die Pepin ebenso oft in den Wind schlug. Dafür schluckte er Pillen, Pülverchen und Tropfen von zweifelhafter Rezeptur im irrigen Glauben, dass diese ihm gegen seine Leiden helfen würden.

Sein schütteres blondes Haar, das sich immer weiter an die Randgebiete seines kugelrunden Kopfes zurückzog, ließ er von einem Diener mit Honig über die kahlen Stellen kämmen und festkleben in dem ebenfalls irrigen Glauben, er könne damit seine fortschreitende Kahlheit verbergen. Wenn er den Helm abnahm, dann war der Honig zu einer klebrigen Brühe zerschmolzen, die ihm in den Kragen rann und sein Leinenhemd gelb färbte. Pepin hasste das Reiten, doch anders konnte er sich nicht fortbewegen. So gehörte zu seinem Gefolge ein Pferdeknecht, der eine kleine Leiter mit mehreren Tritten mit sich führte, über die Pepin bequem auf sein Ross steigen konnte.

Adelaise hätte bei Pepin zumindest die Freiheit besessen, ihm davonreiten zu können, doch Pepin hatte in seinem ganzen Reich verboten, dass Frauen sich jemals auf einen Pferderücken schwangen. Frauen wurden entweder in Sänften getragen, wie seine ebenso kugelrunde Schwester, oder sie mussten zu Fuß gehen, was er für angemessener hielt.

Doch Adelaise hatte weder Lust auf Sänften noch auf Pepins Kugelbauch oder verklebtes Haar, auf seinen Mundgeruch und seine

Fischaugen, die immer wässriger wurden, je mehr Wein er trank. Weiß der Teufel, warum er auf die Idee kam, unbedingt heiraten zu wollen. An Gurvans Land konnte es nicht liegen, denn es war nicht so fruchtbar wie sein eigenes Lehen, auch gab es dort keinen Fluss, sondern nur Burg Coquille mit ihrer schneckenförmigen Serpentine hinauf, die Pepin jedes Mal in Atemnot brachte, wenn er zu Besuch weilte.

Pepin nahm diese Anstrengung in den letzten Jahren allerdings immer häufiger in Kauf, denn ihm war nicht verborgen geblieben, wie sich aus der kleinen, zarten Adelaise mit dem dunklen Haar und den veilchenfarbenen Augen eine wunderschöne junge Dame entwickelt hatte, deren körperliche Reize durch das geschnürte Mieder aus Leder, das sie entgegen jeglicher höfischer Mode über ihrem Kleid trug, mehr unterstrichen wurden denn verborgen blieben. Er bewunderte ihre schlanke, biegsame Taille, die apfelrunden, festen Brüste und ihren schwanengleichen Hals. Ihre zarte helle Haut schimmerte im Kontrast zu ihrem dunklen Haar wie die Schale einer kostbaren Muschel, und wenn sie ihre Lippen zu einem Lächeln öffnete, entblößte sie zwei Reihen tadelloser Zähne wie Perlenketten. Pepin hätte Adelaise auch zur Frau genommen, wenn sie arm wie eine Kirchenmaus gewesen wäre, denn reich war er selbst, nur dass ihm bei Tag der Anblick einer schönen Frau und des Nachts ihr aufregender Körper an seiner Seite fehlten. Er verstand Gurvans Zögern nicht, ja, er vermutete sogar, dass Gurvan den Preis hochtreiben wollte. Dabei fand Pepin, dass Gurvan ein gutes Geschäft machte, wenn er ihm ein Kirchspiel und zwei Dörfer sowie ein Zehntel des Fischrechts als Gegenleistung anbot. Adelaises Mitgift war sicher nicht gering, doch die interessierte ihn nicht halb so viel wie Adelaise selbst. Er malte sich in seinen Träumen aus, welche leiblichen Genüsse ihm seine junge Frau zu schenken vermochte, wenn sie nur erst unter seiner Decke lag. Die Ungeduld darauf trieb ihn zu der Reise nach Burg Coquille, und er nahm das große Pferd, die Schaukelei des Rittes, die Hitze des Tages und seine unter dem Ritterhelm zerlaufende Honigfrisur in Kauf. Doch seine Eile hatte noch einen anderen Grund. Es war sein Konkurrent Hamo du Bois Noir, der ebenfalls ein Auge auf Adelaise geworfen hatte.

Einstmals hatte Gurvan den leichtfertigen Fehler begangen, sowohl Hamo als auch Pepin seine gerade geborene Tochter als Frau in Aussicht zu stellen, wenn sie nur gute Nachbarschaft und Frieden gewähren würden. Doch weder Hamo noch Pepin wussten damals, dass Gurvan auch dem jeweils anderen diese Verlockung in Aussicht gestellt hatte.

Zunächst war es auch zweitrangig gewesen, denn Adelaise war ein kleines Mädchen mit dünnen Armen und Beinen und großen veilchenblauen Augen, das ihrer Amme stets davonlief, auf Bäume kletterte und Vogelnester ausnahm, aufgeschlagene Knie hatte und alle hohen Gäste der Burg aus einem Hinterhalt mit einem Katapult und kleinen Kieselsteinchen beschoss.

Hamo hatte sich auch mehrfach mit Gurvan bekriegt, weil das Wild aus Hamos Wald öfter auf Gurvans Land wechselte und dieser es fröhlich jagte. Solche Kriege endeten dann allerdings meist in einer Pattsituation, denn beide Kriegsherren zogen, wenn ihre Kassen leer waren, vor das Gericht in Rouen, und das entschied, dass Hamo dafür sorgen müsse, dass sein Wild ihm nicht davonliefe, und dass er beweisen müsse, dass das Wild, das Gurvan jagte, auch tatsächlich das aus seinen Wäldern sei. Es war Hamo jedoch unmöglich, alle seine Hirsche, Rehe, Wildschweine und Fasane zu kennzeichnen oder seinen ganzen schwarzen Wald einzuzäunen. Gurvan hingegen schwor heilige Eide, dass er sich niemals an einem Wild vergreifen würde, das eindeutig Hamos Zeichen, also sein Wappen auf dem Fell oder Federkleid, tragen wurde.

Als Adelaise zu einer wunderschönen jungen Dame heranreifte, erinnerte sich Hamo an Gurvans Angebot, verzichtete lieber auf das Wild und erhoffte sich dafür die schöne Adelaise.

Es dauerte eine geraume Weile, bis Pepin und Hamo Gurvans falsches Spiel bemerkten. Er hatte eben nur eine Tochter und konnte sie nur einem zur Frau geben. Und jeder der beiden Grafen beschloss, dass er selbst das sein würde. So schickten beide ihre Hochzeitsfreier und ließen offiziell um Adelaises Hand anhalten. Während sich Gurvan in hundert Ausflüchte rettete, sprach Adelaise deutliche Worte. Sie lehnte beide Angebote rundweg ab und sagte, lieber würde sie in ein Kloster oder unter die Seeräuber gehen, als die Frau eines dieser oder jedes anderen Grafen zu werden. Natürlich fühlten sich beide bis aufs Blut in ihrer Ehre gekränkt, und Blut würde auch fließen, wenn Gurvan nicht zu seinem Wort stünde.

Mehrere Drohungen Gurvan gegenüber verliefen im Sande. Er schien sich nichts daraus zu machen, sondern begab sich auf eine Reise nach Burgund in einer sehr wichtigen Angelegenheit, wie er beiden ausrichten ließ. Danach würde er ihnen seine Entscheidung mitteilen.

Pepin wollte diese Entscheidung zu seinen Gunsten beeinflussen und Gurvans Abwesenheit nutzen, die schöne Adelaise für sich zu gewinnen. In seinem Gepäck trug er wertvolle Geschenke bei sich, mit denen er Adelaise endgültig willig und einsichtig machen wollte. Und sollte dies nicht so fruchten wie geplant, dann hatte er immer noch zweihundert seiner Ritter und Soldaten im Gefolge, die mit ihren Schwertern rasseln konnten. Wie auch immer, er war sich sicher, die jetzt schutzlose Adelaise beeindrucken zu können. Er ahnte, dass Graf Hamo ähnlich dachte, und wollte ihm zuvorkommen.

Ganz so schutzlos war Adelaise indes nicht, denn die Burg war gut bewacht und sie nannte viele junge Männer ihre Beschützer. Allerdings waren es nur etwa zwanzig und keine zweihundert. Diese zwanzig hatten ihre liebe Mühe, der erzürnten Adelaise zu folgen. Im Rittersaal, am Kopfende der langen Tafel, hockte Pepin schwitzend und mit rotem Gesicht und leerte gerade einen großen Becher Wein, den ihm der alte Diener Nouel serviert hatte. Nouel hatte bereits Gurvans Vater gedient und besaß ein lebenslanges Wohnrecht auf Burg Coquille, weil er Gurvan und seinem Vater einmal das Leben gerettet hatte. Nouel war derzeit der einzige alte Mensch auf der Burg, etwas langsam im Gehen und von den jungen Leuten oft mit gutmütigem Spott verfolgt, aber er war ebenso treu ergeben wie erfahren. Für Adelaise war er der verlässlichste Mensch überhaupt, dem sie ihre Geheimnisse anvertraute und bei dem sie sich Rat holte.

Pepin zuckte zusammen und verschüttete den köstlichen roten

Wein auf seinem drückenden Brustpanzer, als die schwere Holztür des Rittersaales mit einem Knall aufflog und Adelaise hereingestürmt kam. Sie bot einen entzückenden Anblick. Auch ihr Gesicht war erhitzt, gerötet und schimmerte feucht und verlockend wie ein reifer Apfel nach einem Regenguss. Ihr Haar flog wie ein Kometenschweif hinter ihr her, aufgelöst vom schnellen Ritt und mit verstreuten Blütenblättern darin. Ihr Mieder hatte sich geöffnet, die dünnen Lederschnüre kringelten sich wie kleine Schlangen aus den Ösen und gaben den Blick auf den Ansatz ihrer prachtvollen Brüste frei, eine jede eine Männerhand voll, fest und weiß wie Schneebälle.

Adelaise schien es nicht zu bemerken. Mit stürmischen Schritten eilte sie zu Pepin, blieb kurz vor ihm stehen, schlug mit der Hand auf die Tischplatte und beugte sich angriffslustig zu ihm vor. Dabei schoben sich ihre Brüste beinahe vollends aus ihrer Hülle. Pepin starrte mit kugelrunden Augen darauf, während ihm Speichel im Mund zusammenlief, sich mit dem Rest des Weins vermischte und aus seinen Mundwinkeln troff.

»Uiiih«, brachte er bloß heraus, während ein dümmliches Grinsen seine Lippen verzog.

»Was soll dieser Aufmarsch, Graf Pepin«, schnaubte Adelaise. »Ihr wisst genau, dass mein Vater nicht anwesend ist.«

»Weiß ich«, nickte Pepin und wischte sich mit dem Ärmel den Mund ab. »Meine Aufwartung gilt auch nicht Eurem Vater, meinem teuren Freund und Kampfgefährten Gurvan, sondern Euch, meine liebreizende Adelaise. Denn ich glaube kaum, dass ich Euren Vater mit meinen Geschenken, die ich mit dem Herzen wählte, erfreuen würde. Dafür hoffe ich, dass sie Euch und Euer Herz erfreuen und Ihr mir endlich Eure Gunst schenkt. Ich warte schon so lange auf Euer Wort und Einverständnis.«

»Was für ein Wort? Was für ein Einverständnis? Doch nicht etwa als Eure Frau?«

»Wartet ab, bis Ihr meine Geschenke gesehen habt, dann ändert Ihr Eure Meinung schon noch.«

Er winkte einem seiner Gefolgsleute, der bislang im Schatten einer

Säule verborgen gestanden und den Adelaise nicht bemerkt hatte. Er hielt ein Kästchen in der Hand. Pepin erhob sich vom Stuhl, öffnete das Kästchen und entnahm ihm eine zauberhaft gearbeitete silberne Kette mit einem augengroßen violettfarbenen Edelstein als Anhänger. Stolz zeigte er sie Adelaise, die für einen Augenblick sprachlos daraufstarrte.

Die Kette war wirklich einer Königin würdig, kunstvoll verschlungen wie Blütenranken, dabei filigran und leicht, als wäre sie aus glitzernden Spinnweben gefertigt. Der Edelstein besaß genau die Farbe ihrer Augen, die Fassung umschmeichelte ihn in Form zarter Blütenblätter.

Pepin nutzte Adelaises Verblüffung, um sie ihr um den Hals zu legen. Der Edelstein berührte wie ein Eiskristall die zarte Haut ihres Dekolletés, um dann in die Spalte zwischen den Brüsten zu rutschen.

»Huch!« Erschrocken zuckte sie zurück.

»Verzeihung, liebste Adelaise, das war ein kleines Missgeschick. Dieser Edelstein sollte Eure … hm … Äpfelchen krönen, anstatt darin zu verschwinden.«

Mit seinen dicken Fingern fuhr er zwischen Adelaises Brüste, um den Stein hervorzuholen.

Adelaise schrie auf und schlug Pepin auf die Hand.

In diesem Augenblick vernahmen sie harte Schritte an der Tür des Saales.

»Ahnte ich es doch!« Eine unangenehme Fistelstimme schallte schrill durch den Saal. Sie gehörte Graf Hamo, der sich jetzt schnell näherte, und stand völlig im Gegensatz zu seiner Erscheinung. Er war groß, sehr dünn und erinnerte etwas an einen abgestorbenen Baum. Seine langen Arme und Beine wirkten mit den knotigen Gelenken wie knorrige Äste. Er trug keine Rüstung, sondern ein schwarzes Gewand aus eng anliegenden Beinlingen und einer gegürteten Tunika, die oberhalb der Schenkel endete und seinen seltsam unförmigen Schritt den Blicken preisgab. Adelaise wusste aus den Erzählungen ihrer Freunde, dass Hamo aufgrund seiner asketischen Figur Probleme beim Reiten hatte und das unangenehme Scheuern seines Geschlechtsteils am hohen Knauf des Sattels mit einer Art Polster zu mindern versuchte. Böse Zungen behaupteten, er trage ständig eine Windel wie ein Säugling, weil seine Blase ihm manchmal einen üblen Streich spielte. Aber das war nur ein Gerücht.

»Comtesse Adelaise, Ihr seht mich entsetzt. Während ich in allen Ehren Euch ein Geschenk zu Füßen legen will, lasst Ihr Euch von diesem fetten Widerling unsittlich berühren.«

Pepin errötete, aber aus Zorn. »Was unterstellt Ihr mir, Graf Hamo? Niemals würde ich wagen, die teure Adelaise unsittlich zu berühren, bevor sie nicht ganz die Meine geworden ist. Es ist mein Geschenk, das ich ihr ans Herz legte als Eheversprechen. Damit könnt Ihr nicht aufwarten, nicht wahr?« Er fasste erneut an Adelaises Busen, noch bevor sie zurückweichen konnte. Triumphierend hielt er den violetten Anhänger hoch und beeindruckte Graf Hamo mit dem Schmuckstück sichtlich.

Ein heftiges Gefühl des Ekels durchfuhr Adelaise. Pepins Berührung empfand sie als ebenso widerlich wie seinen Anblick. Wie gelähmt stand sie da, doch dann kniff sie die Augen zusammen und schlug seine Hand beiseite. »Finger weg«, zischte sie erbost.

Auch Hamos Schweigen dauerte nur einen Augenblick. »Pah, was ist schon Schmuck«, blaffte er. »Kalter Stein, kaltes Metall, nichts Lebendes. Und wenn dieser Busen erst schlaff und runzelig ist, dann kann ihn auch der schönste Edelstein nicht mehr krönen.« Seine Lippen verzogen sich zu einem breiten Grinsen, während er sich vor Adelaise entschuldigend verbeugte. »Damit es erst gar nicht so weit kommt, so nehmt mein Geschenk an.« Er winkte seinem Gefolgsmann, der ebenfalls eine kleine Schatulle trug. Vorsichtig öffnete Hamo sie und entnahm ihr einen kleinen, geschliffenen Kristallflakon, in dem eine Flüssigkeit schimmerte.

»In vielen schlaflosen Nächten ist es mir gelungen, in meinem Labor ein großes Geheimnis zu ergründen. Hierin befindet sich ein wahrer Jungbrunnen, nämlich das Elixier der ewigen Jugend. Liebe Adelaise, Ihr werdet damit ewig leben, vor allem aber ewig so jung und schön bleiben wie jetzt.«

Entsetzt blickte Adelaise auf die kleine Flasche, die Hamo in Händen hielt. Sie wusste, dass er sich mit Alchimie beschäftigte, hielt es aber für eine Marotte, der sie keine weitere Bedeutung beimaß. Jetzt ahnte sie, warum sein Gesicht so bleich und seine Nase so spitz war. Wer weiß, wie viele Tage und Nächte er sich in seinem Labor vergrub, das sich tief unten in den Kellergewölben seiner Burg befand. Sie blickte in seine kleinen, stechend schwarzen Augen, die tief in den Höhlen lagen. Er besaß ebenso rabenschwarzes Haar, das er entgegen der Mode kurz geschnitten trug. Schaudernd wich sie zurück.

»Wollt Ihr mich vergiften, Graf Hamo? Wer glaubt Euch diesen Unsinn? Und woher wollt Ihr wissen, dass es wirkt?«

»Ich habe es an einer alten Katze ausprobiert. Sie wurde wieder zu einem nackten Wurm.«

»Aha, dann soll ich wohl auch zu einem nackten Wurm …«

Weiter kam sie nicht, denn nun rannte Gwendal, gefolgt von mehreren Männern, in den Saal.

»Belästigt Euch dieses fette Schwein, Comtesse?«, schrie er, stieß Hamo beiseite und packte Pepin am Hals.

»Aua!« Der blies empört die Backen auf »Was erlaubt sich dieser Grünschnabel?«

»Ich darf mir alles erlauben, wenn es nur um den Schutz der Comtesse geht«, erwiderte Gwendal aufgebracht. »Comtesse, Eure Brüste sind beinahe entblößt!« Er nahm beide Hände und zog das Brusttuch ihres Kleides nach oben, um sie vor den Blicken der beiden lüsternen Grafen zu verbergen.

»Zum Glück bin ich rechtzeitig gekommen«, stellte Gwendal voller Stolz fest. Er träumte davon, als Ritter an Adelaises Seite zu stehen. Doch auch wenn er keine Rüstung und kein Schwert besaß, ihr Beschützer konnte er dennoch sein.

Adelaise schob seine Hände beiseite. Sie liebte ihn für seinen aufrichtigen Edelmut, doch sein Überschwang war manchmal zermürbend. Sie hatte schon vor Jahren die Hoffnung aufgegeben, ihm verständlich zu machen, dass sie einen Beschützer weder brauchte noch wollte. »Ich hätte mich ihrer schon zu erwehren gewusst. Es soll auch der erste und letzte Blick gewesen sein, den sie auf meine Brüste werfen konnten. Wo sind meine Zofen, damit sie mein Mieder wieder zuschnüren?«

»Die sitzen auf dem Wagen«, erwiderte Gwendal mit Verzweiflung in der Stimme. »Und der Wagen ist noch nicht da. Aber ich kann Euch das Mieder schnüren. Wenn Ihr bitte stillhalten würdet, damit ich die Schnüre wieder in die Ösen fädeln kann ...« Er ging leicht in die Knie, mit Händen und Augen auf Adelaises Brusthöhe. Er versuchte die Lederschnüre einzufädeln, doch es gelang ihm nicht. Seine Hände zitterten, sein Blick verirrte sich, statt auf das Mieder gerichtet zu sein, zu ihren Brüsten. Zudem atmete Adelaise noch immer heftig, ihr Busen hob und senkte sich, schwoll an, ihm entgegen, so rund, so köstlich. Er seufzte laut auf. »Haltet doch still, damit ich Euch ...«

»Ach was, das kann ich selbst!« Ungehalten drehte sich Adelaise zur Seite, die Schnüre entglitten Gwendals Händen, und das Mieder öffnete sich wieder.

»Halt!« Gwendal stellte sich schützend vor Adelaise. »Keinen Blick mehr, ihr alten Ferkel!«

»Raus!«, schrie Adelaise. »Alle Männer raus hier!«

»Und die Kette?«, wollte Pepin wissen.

Adelaise riss sie sich vom Hals und warf sie ihm zu.

»Jawohl, ihre Brüste sind schön genug, die brauchen keinen Schmuck«, rief Gwendal erbost.

»Und mein Elixier?« Hamos Spitzbart wippte wie der Schwanz einer Elster.

»Gebt es Euren Hirschen und Wildschweinen, damit wir immer etwas zu jagen haben«, rief Adelaise.

»Der Spott wird Euch noch vergehen, Comtesse«, giftete Hamo. »Ich sehe Eure Zurückweisung als Beleidigung an.«

»Ich auch«, pflichtete ihm Pepin bei.

»Und Ihr wisst, was das bedeutet, Comtesse«, krähte Hamo.

»Ich weiß es auch«, ergänzte Pepin.

»Krieg!«

»Krieg!«

»*Bigre* – verflucht!«, flüsterte Gwendal. Nur Adelaise, die direkt hinter ihm stand, vernahm es.

»Ist das Euer letztes Wort?«, wollte Hamo wissen.

»Ja, mein allerletztes«, rief Adelaise zornig. »Ihr sollt Euren Krieg haben. Mich jedenfalls bekommt keiner von euch beiden.«

Mit versteinertem Gesicht deuteten Pepin und Hamo eine winzige Verbeugung an, dann drehten sie sich um und verließen den Saal. Hinter ihnen fiel krachend die Tür ins Schloss. Einen Moment blickten Gwendal und Adelaise auf die Tür.

»Endlich sind sie weg.« Adelaise fand als Erste die Sprache wieder. Sie ließ sich auf eine Bank sinken und fingerte an den Miederschnüren herum.

»Es war sehr unbedacht von Euch«, wagte Gwendal eine leise Kritik.

»Was?«

»Das mit dem Krieg. Womit sollen wir kämpfen? Euer Vater befindet sich mit einem großen Teil der Männer im Burgund, die anderen Männer begleiten Euren Bruder auf der Jagd, und wir sind doch nur eine Handvoll Leute.« Er blickte auf seine Hände, dann auf Adelaises Brüste, die sie in das Mieder zu zwängen versuchte.

»Wir werden das schon irgendwie schaffen«, murmelte sie. Erst jetzt kam ihr zu Bewusstsein, worauf sie sich da eingelassen hatte. Pepin stand mit zweihundert Mann vor der Burg, auch Hamo hatte eine halbe Armee mitgebracht. Ohne Zweifel war das eine sehr handfeste Bedrohung. Und sie waren keine dreißig Leute auf der Burg. Es gab die Zugbrücke, ein großes Tor, die Pechnasen und die Turmzinnen, aber sie waren viel zu wenige, um Coquille verteidigen zu können.

Gwendal sank vor Adelaise auf die Knie. »Comtesse, Ihr könnt Euch auf mich verlassen. Ich verteidige Euch mit meinem Leben.«

Gerührt blickte Adelaise in Gwendals hübsches Gesicht, auf dem sich pure Verzweiflung widerspiegelte.

»Das weiß ich, mein junger Freund. Aber lebend bist du mir viel lieber.« Sie fasste seinen Kopf mit beiden Händen und zog ihn wie ein Kind an ihren Busen. Gwendal seufzte verzückt auf.

Adelaise deutete sein Seufzen jedoch ganz anders. »Wir werden es schon schaffen, mein lieber Gwendal. Irgendwie werden wir es schaffen.«

»Ja«, flüsterte er. »Darf ich Euch um etwas bitten?«

Sie strich ihm tröstend über seine blonden Locken. »Um alles, was du willst.«

»Lasst bitte Euer Mieder offen.«

Adelaise lachte und schob ihn von sich, um ihre Kleidung zu richten.

EINE ENTSCHEIDUNG

915 n. Chr., Skollhaugen, norwegische Westküste

Der helle Klang der Glocke wehte wie eine zarte Wolke über den Fjord. Es war nur eine kleine Glocke, es war auch nur eine kleine Kirche hoch oben über der stattlichen Wikingerburg. Doch die klare Luft trug den Klang weit hinaus, so dass alle, die auf Skollhaugen lebten, ihn vernehmen mussten. Es war Sonntag, der Tag des Herrn, und eigentlich sollte die Arbeit ruhen. Die vor kurzem erst erfolgte Christianisierung mit der Massentaufe aller Bewohner von Skollhaugen hatte die neue Religion noch nicht in den Köpfen verankert. Warum sollte man am Sonntag nicht arbeiten?

Die Menschen begaben sich hinauf zu dem ganz aus Holz gebauten kleinen Gotteshaus, allen voran Thoralf Björgolfson, der Jarl von Skollhaugen. Neben ihm schritt Viviane, seine hübsche Frau. Ihr zuliebe hatte er die kleine Kirche bauen lassen. Viviane stammte von einer Insel vor der Küste Englands, und es war großes Unrecht, als Thoralf, der stolze Wikinger, eines Tages ihr Dorf überfallen, geraubt und geplündert, die Dorfbewohner gefangen genommen und in die Sklaverei verkauft hatte. Nur Viviane blieb bei ihm, als Sklavin, als Geschenk für Thoralfs Braut Gunnardviga.

Doch es war alles anders gekommen. Nicht nur, dass Gunnardviga das Geschenk ablehnte, sie forderte Thoralf auch auf, noch mehr Kostbarkeiten zu erbeuten, bis sie endlich heiraten würden. Während Thoralfs Abwesenheit wurde Skollhaugen überfallen, Thoralfs Vater getötet und alle Schätze geraubt. Nur durch Glück konnten wenige Bewohner überleben. Erst nach seiner Rückkehr begriff er, wer ihn wirklich und aufrichtig liebte. Aus der Sklavin Viviane wurde seine Braut. Die schreckliche Zeit für Skollhaugen war vorbei, die Gebäude und Palisaden wurden wiederaufgebaut, größer und schöner als vorher. Und ein neuer Glaube verbreitete sich, dank eifriger Missionare. Viviane war Christin, doch im rauhen Wikingerland musste sie sich den herrschenden Göttern unterordnen. Als eines Tages ein Gesandter des Königs kam mit einem Priester im Gefolge, änderte sich auch das geistliche Leben der Bewohner. Odin, Thor und all die anderen Götter der Wikinger durften nicht mehr angerufen, es durfte ihnen nicht mehr geopfert werden. Sonntags wurde nicht mehr gearbeitet, und alle versammelten sich in der kleinen Kirche oberhalb der Burg. Das heißt, nur das Fürstenpaar und dessen Familie – Thoralfs Mutter Astrid und Bruder Yngvar, seine Schwestern Dalla und Halveig – sowie die angesehenen freien Männer aus Thoralfs Gefolge fanden darin Platz. Alle anderen mussten draußen warten. Die Tür blieb offen, und alle konnten der Predigt des Priesters, der extra nach Skollhaugen gekommen war, lauschen. Keiner verstand ein Wort von dem, was der Priester sagte, denn er hielt die Messe in Latein ab, einer Sprache, die niemand auf Skollhaugen beherrschte. Aber danach gab es viel Freizeit mit Spaß und Spiel, Met und gutem Essen, so dass sich niemand darüber beschwerte.

Thoralf hatte anfangs Probleme, die Messe im Innern der Kirche zu verfolgen. Wieso benötigte man ein Haus, damit man Gott näher war?

»Gott kann mich hier drinnen doch gar nicht sehen«, beschwerte er sich bei Viviane.

Viviane lächelte still. Sie kannte das rauhe Gemüt ihres Gemahls, auch wenn sich das schon sehr gemäßigt hatte. Und in letzter Zeit war der einst gefürchtete Wikinger besonders sanft geworden, seit sich unter Vivianes Kleid ein deutlicher Bauch wölbte. Auf seinen zukünftigen Sohn war er mindestens genauso stolz wie auf die kleine Bronzeglocke oben im Kirchturm. Sie hatte ihn ein Vermögen gekostet, denn Bronze war kostbar und bei den Wikingern begehrt, allerdings für Schmuck, Gürtelschnallen, Prunkwaffen. Daraus eine Glocke zu gießen, auf diese Idee war bislang niemand gekommen.

Thoralf waren Kirchen nicht fremd. Er hatte daraus viele Schätze erbeutet, denn die Christen weihten ihrem Gott reich verzierte Gegenstände wie Kreuze, Kelche, Statuen. Lange hatte er das nicht verstanden, und auch heute noch tat er sich schwer damit. Er verweigerte konsequent das Aufstellen wertvoller Dinge in der Kirche. So weit traute er seinen eigenen Leuten nicht.

Das Innere der Kirche war denkbar schlicht gestaltet. Es war ein leerer rechteckiger Raum, an der Stirnseite befand sich der Altar. Es gab nichts weiter als ein großes hölzernes Kreuz, das an der Wand befestigt war. Davor stand der Priester und hielt die Messe in dieser fremden Sprache. Niemand wusste, was er da sprach, warum er es sagte und was es bedeutete. Doch sie standen geduldig, schauten dem Priester zu, wie er aus einem dicken Buch las. Es war die Bibel, in der viele Geschichten über den neuen Gott und seinen Sohn standen, der einmal ein Mensch gewesen und in den Himmel gefahren war. Thoralf überlegte, ob er auch an Odins Tafel sitzen dürfte, weil er doch von Soldaten getötet worden war. Allerdings hatte dieser Herr Jesus gar nicht gekämpft. Also würde ihm Odin auch einen Platz an seiner Tafel verwehren. Viviane meinte, dafür gebe es das Paradies, aber niemand konnte genau sagen, wo es sich befand und wie es darin aussah. Niemand war jemals von dort zurückgekommen. Auch eine Hölle solle es geben für die bösen Menschen und Sünder und die, die nicht an Gott glaubten. Diese Hölle war schrecklich mit rußschwarzen Teufeln, viel Feuer und einem Kessel, worin die Sünder gekocht wurden.

Kessel? Das kam ihm bekannt vor. So einen Kessel hatten sie auch Odin geopfert, damit er ihre Fahrten über das Meer beschützen und Sturm und Unglück fernhalten möge.

Das Läuten über seinem Kopf brachte ihn wieder zur Besinnung. Verstohlen blickte er auf Viviane, die den Kopf gesenkt und die Hände gefaltet hielt und still betete. Die Messe war vorbei, und Thoralf atmete erleichtert auf. Geblendet schloss er die Augen, als sie aus der Kirche hinaustraten. Die Männer und Frauen, das Gesinde und sonstigen Bewohner von Skollhaugen standen auf der Wiese davor. Thoralf bemerkte in ihren Gesichtern, dass sie genauso wenig von der Zeremonie verstanden hatten wie er. Doch das Läuten der kleinen Bronzeglocke über ihren Köpfen war das Signal, dass nun der angenehmere Teil des Tages begann.

Eifrig wurden Strohscheiben zum Zielschießen herbeigeholt, Gevierte abgesteckt, wo man sich bei Brettspielen, Würfelspielen oder Geschicklichkeitsspielen vergnügte. Die Knechte brachten Krüge mit Bier, die Mägde begannen mit der Vorbereitung der Sonntagsmahlzeit, die etwas üppiger ausfiel als an den anderen Tagen.

Langsam schlenderten die Frauen den Hang hinab. Astrid hatte sich bei Viviane untergehakt, beide Frauen stützten sich gegenseitig, während die Schwestern Dalla und Halveig ihnen folgten. Thoralf blieb stehen und blickte den Frauen nach.

»Woran denkst du?« Es war sein jüngerer Bruder Yngvar, der sich zu ihm gesellte und nun Thoralfs Blick folgte. Die Brüder waren fast gleich groß, hatten blondes Haar, das ihnen bis auf die Schultern fiel, und ausdrucksvolle blauen Augen. Yngvar war etwas schlanker als Thoralf, seine Haut nicht so stark gebräunt wie die seines Bruders.

»Wie froh und glücklich ich bin, dass alles so gekommen ist. Odin sei …« Thoralf stockte. »Gott sei Dank, denn Viviane ist die rechte Frau für mich. Und wenn sie mir erst einen Sohn schenkt …«

Yngvar schwieg. Er musste Thoralf recht geben, alles hatte sich zum Guten gewendet, nachdem über Skollhaugen lange dunkle Wolken gehangen hatten. Es waren pechschwarze Wolken gewesen, Wolken von Brand und Zerstörung, von Raub und Tod. Nicht viele Bewohner waren damals übrig geblieben, und wenn es nach dem neidischen und ehrlosen Fürsten Ragnvald und seinem durchtriebenen Sohn Hoskuld gegangen wäre, wäre Skollhaugen nie wiederauferstanden. Yngvar dachte an die fruchtbaren Ländereien, die Viehherden, die Bauerngehöfte, die sich rundum Skollhaugen befanden. Alles hatten Ragnvald und Hoskuld damals an sich gerissen. Yngvar war mit Leib und Seele Landwirt, hatte stets für den Wohlstand von Skollhaugen und seine Bewohner gesorgt. Das Vieh war fett und vermehrte sich prächtig, das Getreide stand dicht auf den Feldern, und mit den Abgaben von den Höfen konnte eine große Fürstenfamilie samt Gesinde ernährt werden.

Doch wenn Thoralf von einer seiner Fahrten zurückkam und stolz seine geraubten Schätze oder gehandelten Waren ausbreitete, jubelten die Menschen, feierten große Feste und priesen Thoralf als Held. Yngvar stand seit jeher in seinem Schatten. Zu seinen Ehren wurden keine Feste gefeiert, er wurde nicht bewundert, als Held gefeiert, ja, er hatte nicht einmal eine Frau gefunden. Woher auch? Die stolze und intrigante Gunnardviga hatte letztlich Hoskuld ihr Wort gegeben, in der Annahme, dass dieser nach der Plünderung Skollhaugens nun der reichste Mann weit und breit sein würde.

Aber Thoralf ergab sich nicht der Schmach. Nach seiner Rückkehr forderte er Hoskuld zum Zweikampf heraus, um seine Ehre wiederherzustellen. Es war fast wie ein Zauber, ja, es musste Zauber gewesen sein, dass die bislang so stille und zurückhaltende Viviane plötzlich den Schmiedehammer ergriff und ein wundersames Schwert schmiedete, das Thoralf den Sieg brachte. Viviane war die Tochter eines Schmieds, und keiner hatte es gewusst!

Seitdem stieg die einstige Sklavin im Ansehen der Bewohner der Burg und vor allem der fürstlichen Familie. Sie war ein bezauberndes Wesen, das Thoralf die Liebe gelehrt hatte. Sie hatte von Anfang an gespürt, dass sich unter seiner harten Schale ein weicher Kern verbarg. Als Skollhaugen in Schutt und Asche lag, begriff er offenbar, was er Viviane einstmals angetan hatte. Seitdem kannte jeder auf Skollhaugen das Gefühl, inmitten rauchender Ruinen zu stehen und Angst, Wut und Rachegelüste zu verspüren.

»Ja, ich glaube, Viviane hat aus dir einen anderen Menschen gemacht«, sagte Yngvar leise, doch Thoralf protestierte.

»Ich lasse mich nicht von einer Frau verändern. Ich bin immer noch Thoralf Björgolfson, der Seefahrer, und der Jarl von Skollhaugen. Habe ich das Dorf nicht wiederaufgebaut, die Bauern unterstützt, Felder und Viehherden zurückerobert?«

Yngvar seufzte leise. »Ja, das hast du. Aber du bist nicht mehr so streitlustig, hart und unbeugsam. Ist es nicht so, dass du Viviane das Versprechen gegeben hast, nie wieder auf Víking zu fahren?«

Thoralfs Nacken versteifte sich. »Das habe ich von mir aus getan. Ich will bei ihr sein, unseren Sohn aufwachsen sehen. Ich will meine Familie beschützen, das Land, die Menschen, die uns dienen.«

»Das Land und die Menschen waren bislang meine Aufgabe«, erwiderte Yngvar verbittert.

»Dafür bin ich ja jetzt da«, gab Thoralf zurück.

»Ja, jetzt bist du da.« Yngvar seufzte wieder.

»Du musst dich erholen. Nachdem dich der Bär angefallen hat, bist du noch nicht wieder völlig genesen. Ich nehme dir einen Teil der Aufgaben ab. Du kannst dich völlig auf deine Genesung konzentrieren.«

»Ich bin wieder völlig hergestellt dank Vivianes Kräuterkunst und der Pflege unserer Schwestern. Ich kann sehr wohl meine Aufgaben wahrnehmen.«

Yngvar deutete auf die drei Drachenboote, die unten im Fjord lagen. Sie nickten mit ihren Bugköpfen im Takt des leichten Wellenganges. Man hatte nun keine Verwendung mehr für sie. »Was wirst du damit tun? Willst du sie verbrennen?«

Einen Augenblick schien Thoralf mit sich zu kämpfen. Er presste die Lippen zusammen, und sein Blick wurde starr. »Nein«, gab er zurück. »Noch nicht. Man soll mich auf meinem Schiff begraben, schließlich habe ich viele Jahre meines Lebens auf dem Meer verbracht. Doch noch lebe ich. Ja, jetzt lebe ich erst richtig. Odin wird mich noch lange nicht abberufen.« Er wandte sich zu seinem Bruder um. »Warum fragst du?«

»Weil ich mir manchmal wünsche, du würdest wieder auf Víking fahren.« Ohne ihn anzublicken, ging Yngvar mit großen Schritten den Hang hinab. Er zog noch immer das linke Bein nach.

***

Die Nacht hatte sich wie ein schwarzes Tuch über den Fjord gelegt. Die Bewohner von Skollhaugen hatten sich längst zur Ruhe begeben. Spiel, Spaß und Schlemmerei machten müde, das Bier tat sein Übriges. Nur Yngvar lag noch wach und starrte in die Dunkelheit. Auf den Schlafbänken des Herrenhauses schnarchten die betrunkenen Männer. Auf der anderen Seite lagen die Frauen der Fürstenfamilie, außer Viviane. Yngvar schüttelte jetzt noch den Kopf über Vivianes seltsamen Wunsch, nicht gemeinsam mit den anderen Familienmitgliedern auf den Bänken zu schlafen. Thoralf hatte beim Wiederaufbau des Haupthauses eine separate Kammer einrichten lassen, in der sich nichts weiter als ein großes Bett befand. Darin schlief das Fürstenpaar. Mit Viviane waren neben einem neuen Gott und einem neuen Glauben auch andere Sitten und Gebräuche auf Skollhaugen eingezogen. Denn Viviane hatte nicht nur veranlasst, dass sie getrennt von den anderen schlief, sondern auch einen Badetag pro Woche sowohl für die Mitglieder der Fürstenfamilie als auch für das gesamte Gesinde angeordnet. Keiner durfte sich davor drücken. Das stieß nicht bei allen auf Gegenliebe. Zu viel Reinlichkeit machte schließlich krank. Zudem waren Blutopfer verboten, Arbeiten an Sonntagen und die Sklavenhaltung. Alle bisherigen leibeigenen Männer und Frauen des Gesindes waren freigelassen worden und verpflichteten sich freiwillig, weiter auf Skollhaugen zu arbeiten. Sie wurden dafür verpflegt, bekamen Kleidung und Unterkunft sowie einen kleinen Lohn für ihre eigenen Bedürfnisse.

Es hatte Viviane nicht wenig Überzeugungskraft gekostet, ihre Vorstellungen durchzusetzen. Aber sie schaffte es jedes Mal, Thoralf zu überzeugen, und der befahl die Veränderungen, an die sich alle zu halten hatten. Ausgerechnet Thoralf bestritt nun, dass Viviane ihn verändert hätte!

Die Tür zur Kammer knarrte leise, jemand kam auf nackten Sohlen herausgetappt. Es waren keine Frauenfüße, so viel konnte Yngvar hören. War er Viviane überdrüssig, jetzt, wo sie kurz vor der Geburt ihres ersten Kindes stand? Dann würde Thoralf ohnehin die Kammer räumen müssen, denn die Geburt war etwas, das Männern verborgen bleiben musste. Die Weiber machten stets ein großes Geheimnis darum. Dann war plötzlich das Kind da, klein, rot, schrumpelig und schreiend wie ein frisch gebrühtes Ferkel. Bislang gab es Kindersegen nur unter den Mägden von Skollhaugen, und alles geschah in deren Hütten. Yngvar war der Jüngste der Fürstenfamilie, seine Schwestern waren bereits in dem Alter, um selbst Kinder zu bekommen. Allein es fehlten passende Ehemänner. Es war nicht leicht, vor allem für die streitsüchtige Dalla einen Mann zu finden. Astrid schien es auch nicht eilig zu haben, ihre Töchter fortzuschicken. In der weiteren Umgebung gab es keine Fürstenhöfe, an die sie die Mädchen freiwillig gegeben hätte. Nach dem feigen Überfall von Fürst Ragnvald lebten sie hier wie auf einer Insel. Auch ihm, Yngvar, ging es nicht viel anders. Bislang war er ja mit seinem Leben zufrieden gewesen, doch nun war sein Bruder Fürst, und Yngvar kam sich überflüssig vor.

Er schlug seine dünne Decke zurück und folgte Thoralf in die Nacht hinaus. Es war eine laue Sommernacht, von den Hängen vernahm er das leise Schnauben der Rinder. Ab und zu klapperte eine Schelle, die die Schweine um den Hals trugen, damit sie im Wald nicht verlorengingen. Ja, Skollhaugen war wieder zu Wohlstand gelangt. Im Winter würde es viel Fleisch geben, und Butter, Käse, Milch und Skyr, das köstliche Milchgetränk, gab es jetzt schon im Überfluss.

Er sah lhoralf als dunkle Silhouette gegen den Nachthimmel auf halber Höhe des Hanges stehen. Leise näherte er sich ihm, doch Thoralf bemerkte seinen Bruder.

»Kannst du auch nicht schlafen?«, fragte er, ohne sich umzudrehen.

»Ich habe offenbar nicht genug getrunken, um das Schnarchen der anderen zu überhören«, entgegnete Yngvar.

»Es ist nicht das Schnarchen, was mich nicht schlafen lässt«, gab Thoralf zurück. »Es sind deine Worte.«

»So? Was habe ich denn gesagt?«

Thoralf deutete hinunter zum Fjord. »Die Schiffe. Was wird aus meinen Schiffen? Sollen sie hier liegen, bis ich sterbe?«

»Was weiß ich? Es ist deine Entscheidung. Du kannst sie verkaufen, verbrennen – oder eben liegen lassen, bis du stirbst.«

»Du wärst also mit meiner Entscheidung einverstanden?«

»Du bist der Jarl auf Skollhaugen, dein Wort gilt.«

»Höre ich da so etwas wie Eifersucht aus deiner Stimme?«

»Ich habe mich damit abgefunden, der Jüngere zu sein«, gab Yngvar trotzig zurück. »Hattest du je Grund zur Klage über mich?«

»Nein, nein, im Gegenteil! Du hast dich vorbildlich um alles hier gekümmert, während ich auf Víking fuhr. Nur jetzt …«

»… bin ich überflüssig«, ergänzte Yngvar. »Jetzt kümmerst du dich um alles.«

Thoralf reckte sich. »Ich werde das Geschlecht Björgolfs weiterführen. Viviane wird bald meinen Sohn gebären.«

»Ich kann auch heiraten«, warf Yngvar ein.

»Wen?«

Yngvar zuckte mit den Schultern. »Es wird sich doch eine Fürstentochter finden.«

»Ich wüsste keine.«

Thoralf sog scharf die Luft durch die Nase ein. Er sprach seine Gedanken nicht laut aus. Einer war hier zu viel, und das war Yngvar. Er war sein Bruder, und Thoralf würde ihn niemals vertreiben wollen. Was hatte seine Mutter gesagt? Ein Jarl musste nicht nur mutig, sondern auch weise sein. Ihm musste eine weise Entscheidung einfallen.

Schweigend standen die Brüder nebeneinander und starrten durch die Dunkelheit auf den Fjord. Lediglich das leise Klatschen der Wellen an der Bordwand unterbrach die Stille. Irgendwo kläffte ein Hund, kurz nur, dann trat wieder Ruhe ein.

Thoralf verschränkte die Arme über der Brust. So hatte er oft am Heck seines Schiffes gestanden, den Blick auf das Meer gerichtet. Ja, er war ein erfahrener Seemann, hatte Wind und Wellen, Thors Stürmen und der Midgardschlange getrotzt. Deshalb wurde er nun als Held gefeiert. Sein jüngerer Bruder musste immer daheim bleiben auf Skollhaugen, dem Fuchshügel mit seiner hölzernen Burg, bei seinen alten Eltern und den beiden zänkischen Schwestern, musste das Land hüten, die Bauern beaufsichtigen und Vieh zählen. Thoralf kam sich schuldig vor, dass sein Bruder nicht so ein Held werden konnte wie er.

Unvermittelt schlug er Yngvar auf die Schulter, so dass dieser erschrocken zusammenzuckte. »Fahr du zur See«, sagte er plötzlich. »Dann wirst du auch ein Held.«

»Was?« Thoralf konnte Yngvars Gesicht nicht sehen, aber am Klang seiner Stimme erkannte er, dass Yngvar völlig überrascht war. »Ich habe keine Ahnung von der Seefahrt.«

»Das kannst du lernen«, gab Thoralf zurück. »Ich werde dich darin unterrichten.«

»Du? Nein, ich werde nicht zur See fahren.« Trotzig verschränkte nun Yngvar die Arme über der Brust. »Ich bin ein Landmann.«

»Das ist eines Wikingers unwürdig«, entgegnete Thoralf. »Ein Wikinger muss zur See fahren, fremde Länder überfallen und Schätze heimbringen.«

»Ich könnte auch niemanden überfallen«, widersprach Yngvar. »Hast du diese Überfälle nicht selbst als Unrecht erkannt?«

»Hmmm, na ja«, brummte Thoralf. »Du musst ja nicht gleich jemanden überfallen, vielleicht eine Kirche ausrauben, wenn niemand drin ist. Nein«, unterbrach er sich selbst. »Wir sind ja jetzt Christen.«

»Also, dann verbrenne deine Schiffe. Sie sind nicht mehr notwendig.«

»Es sind meine Schiffe, da entscheide auch ich, was daraus wird.« Thoralf schnaubte ärgerlich. Er wollte einfach nicht zusehen, wie seine wunderbaren Schiffe langsam im Wasser verrotteten. Er konnte aber Yngvar auch nicht auf Víking schicken. Yngvar konnte kein Schiff führen, er konnte niemanden überfallen, nichts rauben. Er konnte nur Vieh zählen und Getreide wiegen …

»Du könntest handeln«, entfuhr es ihm. »Wir besitzen mehr Vieh und Getreide, als wir selbst brauchen. Also können wir es verkaufen. Du bringst alles zu einem Markt, verkaufst es und kaufst dafür andere Dinge ein, die wir hier nicht haben.«

»Ich bin kein Händler«, erwiderte Yngvar. »Ich bin der Sohn eines Fürsten.«

»Und Bruder des Jarls von Skollhaugen«, gab Thoralf zurück. »Du solltest mehr können als nur die Bauern beaufsichtigen.«

»Nur?«, fragte Yngvar gedehnt. »Das war bisher mein Leben.«

»Ziemlich kläglich. Ich gebe dir die Chance, ebenfalls ein Held zu sein. Du wirst sehen, wenn du mit dem ersten Schiff voller Ware zurückkommst, wirst du ebenso gefeiert wie ich, als ich von einer Víking heimkehrte.«

»Mach, was du willst«, gab Yngvar unwillig zurück. »Ich werde niemals zur See fahren. Und nun leg ich mich wieder aufs Ohr, morgen wartet viel Arbeit auf mich.«

Er drehte sich um und stapfte den Berg hinauf zum Haus, wo auf jedem Wachturm eine Fackel brannte. Er gab sich dem Wächter zu erkennen.

»Der Jarl befindet sich bei seinen Schiffen. Er kann sich wohl nicht von ihnen trennen.«

»Das ist verständlich«, erwiderte der Mann und schloss hinter Yngvar sorgfältig das Tor. »Wenn man einmal zur See gefahren ist, dann ist das wie ein Rausch. Man wird krank, wenn man immer an Land bleiben muss. Ich gehörte zur Mannschaft des Jarls.« Der Alte seufzte. »Schade, nun ist alles vorbei.«

»Du würdest wohl lieber wieder zur See fahren?«

»O ja, bei Odin, das wäre mein größter Wunsch. Aber leider …«

Yngvar ließ den Wachmann einfach stehen und begab sich wieder zu seiner Liege. Er zog sich die dünne Felldecke über die Ohren, aber er konnte nicht einschlafen. Thoralfs Worte gingen ihm durch den Kopf. Es stimmte, er, Yngvar, war weder ein Held noch ein Seefahrer noch ein Kämpfer. Er war gar nichts. Doch da gab es die drei Schiffe unten im Fjord, da gab es die Männer, alles erfahrene Seeleute, die gern wieder zur See fahren würden, da gab es so viele Produkte von Skollhaugen, die man auf einem Markt zu gutem Geld machen oder eintauschen konnte.

Unruhig rutschte Yngvar auf seiner Bank hin und her. Und wenn man bloß am Heck stehen bleiben konnte, während die Ruderer und der Steuermann alles andere übernahmen …

Er sprang auf, eilte über den Hof und rief dem überraschten Wachmann zu, er möge das Tor wieder öffnen. Ohne etwas zu erkennen, lief Yngvar den Hang hinab. Thoralf stand noch dort, wo er ihn verlassen hatte.

»Ich habe es mir überlegt«, sagte Yngvar. »Zeig mir, wie man ein Schiff führt.«

Eine Weile schwieg Thoralf, und Yngvar befürchtete schon, Thoralf hätte es sich inzwischen anders überlegt.

»Gut«, hörte er Thoralfs Stimme durch die Dunkelheit. »Aber erst, wenn es wieder hell ist.«

JOCELYNES ERDBEEREN

Der Wind blies Adelaises Haar wie einen Schleier aus nachtschwarzer Seide vor ihr Gesicht. Verzückt verfolgten Gwendals Augen dieses Spiel. Er wünschte sich, Wind zu sein und mit seinem Körper durch dieses wundervolle Haar zu wehen. Wie musste sich das anfühlen! Er stand dicht neben seiner Herrin, als wollte er sie beschützen, hoch oben auf den Zinnen des Burgfrieds, wo der Wind besonders kräftig blies. Von hier aus hatten sie einen guten Überblick über das Land. Unten vor den Toren der Burg gab es ein buntes Gewimmel. Von oben wirkte es wie ein Jahrmarkt. Doch sie wussten es besser. Während Gwendal besorgt blickte, zeigte sich zwischen Adelaises Augenbrauen eine steile Zornesfalte.

»Die beiden meinen es wirklich ernst«, sagte Gwendal düster. »Sie ziehen nicht ab.«

»Sie werden abziehen«, erwiderte Adelaise bestimmt.

»Warum sollten sie?« Gwendal hätte Adelaise am liebsten schützend in den Arm genommen. Doch er war ja nur ihr Page, wenn auch ein sehr verliebter. »Beide wollen Euch freien. Erst werden sie gegeneinander kämpfen, dann wird der Sieger gegen die Burg anstürmen. Sie wissen, dass Ihr allein seid.«

»Allein, aber nicht schutzlos.« Trotzig schob Adelaise das Kinn vor.

»Ganz recht, ich bin ja hier.«

Gwendal rückte noch ein Stück näher an Adelaise heran.

Adelaise lächelte gerührt. »Mein guter Gwendal, ich weiß deine Treue zu schätzen. Aber du allein wirst nichts gegen zweihundert geharnischte Soldaten ausrichten können. Wir müssen wohl oder übel ausharren, bis mein Vater von seiner Reise nach Burgund zurückkehrt. Nicht einmal einen Boten können wir schicken. Wir sind gefangen.«

Gwendal ballte die Fäuste. »Es ist einfach furchtbar! Ich würde sofort losreiten …«

»Untersteh dich! Man wird dich abfangen, einkerkern, töten. Lebendig bist du mir lieber. Sagte ich das nicht schon?«

»Allerdings! Aber wie soll ich Heldentaten vollbringen, wenn Ihr mich nicht lasst?«

Sie warf ihm einen kecken Blick zu. »Mein Held, du sollst mich hier beschützen. Schließlich bin ich in der Falle, belagert von zwei liebestollen Kampfhähnen.«

»Jawohl, ich beschütze Euch, meine Gebieterin! Ich bin ganz nah bei Euch.«

Lachend wehrte sie ihn ab. »Gwendal, du schubst mich ja beinahe die Zinnen hinab. Ich kann ganz gut auf mich selbst aufpassen. Außerdem glaube ich nicht, dass mir ein Haar gekrümmt wird. Schließlich wollen die beiden mich heiraten.«

Sie deutete auf das Gewimmel auf der Wiese vor der Burg. »Aber wenn die beiden Herren Grafen glauben, sie können mich auf diese Weise einschüchtern, dann irren sie sich. Bald muss auch mein Bruder von seiner Jagd zurückkommen.«

»Hoffentlich«, seufzte Gwendal. »Es gefällt mir nicht, auf der Burg gefangen zu sein.«

»Mir auch nicht«, erwiderte Adelaise.

Sie wurden unterbrochen, als der Falkner, begleitet von Adelaises Zofen, die Plattform betrat. Melisandes Augen leuchteten auf, als sie Gwendal entdeckte.

»Comtesse, der Falke wird krank, wenn er nicht fliegen kann«, sagte der Falkner. »Schon seit mehreren Tagen hockt er nur auf seiner Stange.«

»Ich weiß«, seufzte Adelaise. »Und schuld sind die da unten. Aber deswegen wird mein Falke nicht krank werden.« Sie nahm ihm den prachtvollen Vogel ab und streifte ihm die Kappe ab. Aufmerksam blickte der Falke sich um.

»Flieg, Falke, flieg«, forderte Adelaise ihn auf und gab ihm mit dem Arm den Schwung zum Start. Mit einem hellen Schrei breitete der

Falke die Flügel aus und ließ sich einfach in die Tiefe fallen. Schwerelos glitt er dahin, bewegte kaum die Flügel, während er kreiste. Adelaise verfolgte ihn mit sehnsüchtigen Blicken. »Ach, könnte ich doch auch einfach so dahinfliegen wie der Falke.«

»Ich könnte mir Flügel bauen und einfach über die Belagerer fliegen«, bot Gwendal an.

Melisande prustete laut los. »Wie dieser tragische Held in der Sage der antiken Griechen?«

Etwas hilflos blickte Gwendal sie an. »Was für ein Held? Was für eine Sage?«

»Wir haben die Geschichte doch gelesen, in dem Buch, das unsere Herrin von dem Kaufmann erworben hat.«

»Buch?« Gwendal errötete. »Ich kann doch nicht lesen.«

»Dann werde ich es dir vorlesen«, bot sich Melisande mit gutmütiger Herablassung an. »Das mache ich wirklich gern.«

Gwendal presste die Lippen zusammen und starrte in die Landschaft hinaus. »Ich muss mich nicht von einer Frau belehren lassen. Ich finde es auch nicht passend, wenn eine Frau lesen kann. Das kommt nur Gelehrten und den Männern der Kirche zu.«

»Ich will dich doch nicht belehren«, lenkte Melisande schnell ein. »Die Geschichte ist aber sehr aufschlussreich und wurde von einem griechischen Philosophen aufgeschrieben.« Sie warf ihm einen prüfenden Blick aus den Augenwinkeln zu. »Willst du nicht wissen, wie es diesem Helden ergangen ist?«

»Nein!« Gwendals Nacken versteifte sich. »Wie denn?«

Melisande verkniff sich ein Grinsen. »Dieser Held hieß Ikarus und hat sich Flügel aus Vogelfedern gebaut, die er mit Wachs zusammenklebte. Als er in die Luft flog und immer höher stieg, schmolz die Sonne das Wachs, und er stürzte in den Tod.«

»Warum erzählst du mir das?«, fuhr Gwendal auf

»Um dich vor Torheiten zu bewahren. Außerdem könnten dich die Soldaten mit Pfeil und Bogen abschießen.«

Adelaise winkte ab. »Lassen wir das. Wir benötigen keinen Held mit Wachsflügeln, sondern einen, der denen da unten mal die Schwertklinge zeigt. Anders kann man es den beiden wohl nicht klarmachen, dass sie nicht die geeigneten Ehemänner für mich sind.«

»Hat da Euer Vater nicht auch ein Wort mitzureden? Immerhin obliegt es nicht einer Tochter, sich selbst den Ehemann auszusuchen.« Jocelyne meldete sich zum ersten Mal zu Wort. Sie ärgerte sich, weil sich Melisande Gwendal an den Hals warf Dabei war es doch offensichtlich, dass Gwendal Adelaise anbetete, in Anstand und auf die Distanz selbstverständlich. Außerdem wäre es Jocelyne nicht unangenehm gewesen, wenn Gwendal auch sie als Frau wahrnehmen würde. Sie besaß ebenso dunkles Haar wie Adelaise, musste es jedoch stets flechten. Nur der Herrin kam es zu, ihr wundervolles Haar offen zu tragen. Melisande hatte blondes Haar, blaue Augen, und auf ihrer Nasenspitze tanzten mindestens drei Sommersprossen, die sie mit einem Puder aus feinem Kreidestaub zu übertünchen versuchte.

Adelaise fuhr erbost herum. »Hüte deine Zunge, Jocelyne. Ich weiß sehr wohl, was mir zukommt. Aber selbst mein Vater käme nicht auf die absurde Idee, mich mit einer dieser beiden Witzfiguren zu vermählen. So werde ich mir also meinen Ehemann selbst erwählen. Ich habe feste Vorstellungen, wie er aussehen soll. Bislang ist er mir jedoch noch nicht erschienen. Also werde ich auch nicht heiraten.«

Sie hob den Arm mit dem gepolsterten Lederhandschuh, und der Falke flog näher und setzte sich darauf. Er schlug nur kurz mit den Flügeln, um das Gleichgewicht zu finden. Der Falkner reichte Adelaise ein kleines Stück rohes Fleisch aus seiner Gürteltasche, das sie dem Falken hinhielt. »Brav, mein Schöner. Du liebst mich, das weiß ich. Du kehrst immer wieder zu mir zurück. Wenn du nur erzählen könntest, was du gesehen hast. Wie viele sind es da unten? Was reden sie? Was planen sie? Wie lange wollen sie diese Belagerung noch aufrechterhalten?«

Der Falke schwieg. Stolz und erhaben blickte er um sich. Der Falkner wollte ihm die Haube wieder aufsetzen, doch Adelaise wehrte ab. »Wenn er blind wird, so bricht das seinen Stolz ebenso wie mich meine Gefangenschaft. Ich will frei sein. Deswegen müssen die da unten verschwinden!«

»Jawohl!« Jocelyne warf Gwendal einen spöttischen Blick zu. »Dann fang schon mal an, du Held.«

»Untersteh dich«, fuhr Adelaise auf. »Ich brauche dich noch.« Sie übergab den Falken wieder an den Falkner. »Wir setzen uns jetzt zusammen und werden einen Plan aushecken, wie wir diese lästige Gesellschaft vertreiben können.«

Sie begaben sich die schmalen Steinstufen hinab ins untere Stockwerk, wo Adelaises Kemenate lag. Nouel brachte ihnen gewürzten Rotwein. Adelaise setzte sich auf einen gepolsterten Stuhl mit hoher, geschnitzter Lehne, der Gwendal an einen Thron erinnerte. Er setzte sich zu ihren Füßen auf den steinernen Boden und betete mit Blicken die Königin seines Herzens an. Melisande und Jocelyne bevorzugten es etwas bequemer, ihnen standen kleine Hocker zur Verfügung. Adelaise winkte den alten Diener herbei, der diskret die Kemenate verlassen wollte.

»Bleib, Nouel, denn wir wollen nicht auf deinen klugen Rat verzichten. Eben haben wir die Belagerer inspiziert und sind der Meinung, wir müssen endlich etwas dagegen unternehmen. Die beiden Grafen wollen Krieg, und ich habe ihre Kriegserklärung angenommen. Kannst du mir sagen, wo ich so an die vierhundert oder fünfhundert Männer herbekomme, um die beiden Grafen zu vertreiben?«

Nouel verzog das Gesicht in tausend Falten und lächelte weise mit seinem fast zahnlosen Mund. »Nicht einmal die Euch gehörenden Dörfer geben so viele Männer her. Es sind Bauern, nicht an den Waffen ausgebildet. Sie hätten keine Chance gegen die Soldaten von Graf Hamo oder Graf Pepin. Es wird uns allen wohl nichts anderes übrigbleiben, als zu warten, bis Euer Vater von seiner Reise zurückkehrt. Er wird die Grafen beschwichtigen.«

»Beschwichtigen?« Adelaise schüttelte heftig den Kopf, dass ihr Haar flog. Gwendal hielt entzückt den Atem an. »Ich will mich wehren, sie zum Teufel jagen. Was soll mein Vater schon erreichen? Sie werden nicht aufgeben, um meine Hand anzuhalten.«

»Nun, dann müsst Ihr heiraten, Comtesse.«

Adelaise schnappte hörbar nach Luft. »Ist das dein weiser Rat, Nouel? Ich bin enttäuscht. Du weißt, ich werde keinen von beiden heiraten.«

»Das habe ich auch nicht gesagt«, erwiderte Nouel lächelnd. »Ich sagte, heiraten. Einen anderen.«

»Dann werden sich beide zusammenschließen und gegen uns Krieg führen. Das wird noch schlimmer. So viele Soldaten hat auch mein Vater nicht entgegenzusetzen.«

Gwendal sah seine Chance gekommen. »Heiratet mich, Adelaise, dann seid Ihr alle Sorgen los.«

Verblüfft blickte Adelaise ihren Pagen an, dann brach sie in lautes Lachen aus. »Es ist wirklich lieb von dir, dass du dich opfern willst, mein süßer Gwendal, aber das kann ich einfach nicht annehmen.«

»Das ist kein Opfer, Comtesse«, beteuerte Gwendal. »Es ist Liebe.«

»Ich weiß, dass du mich liebst. Aber deshalb muss man doch nicht gleich heiraten. Dann könnte ich ja auch Melisande oder Jocelyne heiraten.« Sie lachte noch einmal hell auf, bevor sie wieder ernst wurde. »Nein, ich habe geschworen, niemals zu heiraten, weil ich frei sein will. Frei wie mein Falke.«

Ihr Blick wanderte zum Fenster. Sie war ohne Mutter aufgewachsen, ihr Vater hatte sich nur wenig um ihre Erziehung gekümmert. So hatte sie viele Freiheiten gehabt. Erst spät hatte sie erkannt, wie ungewöhnlich ihr Leben für ein Mädchen war, und beschlossen, dass sie sich ihre Freiheit niemals nehmen lassen würde. Aber zum Glück wagte es ohnehin niemand, durchgreifende Änderungen in ihrem Leben vorzunehmen. Junge Leute umgaben sie, teilten mit ihr die Freuden dieses Lebens. Gwendal, der bereits als Kind in ihre Dienste trat, war erst ihr Spielkamerad gewesen und dann ihr größter Verehrer. Sie mochte ihn sehr, auch wenn seine unbeholfenen Werbungsversuche ihr manchmal Sorgen bereiteten. Aber sie war sich sicher, dass er über diese jugendliche Schwärmerei bald hinwegkam. In spätestens einem Jahr würde sie ihm wahrscheinlich peinlich sein.

Dann könnte sie ihn damit aufziehen, dass er sogar mal an eine Hochzeit mit ihr gedacht hatte. Sie wandte sich ihrem Diener zu, der wieder das Wort ergriff.

»Wenn der Richtige kommt, werdet Ihr Eure Meinung ändern, Comtesse.« Nouel stellte die leeren Weinbecher auf das Tablett. »Mein linkes Knie schmerzt, es zuckt und zwickt. Das ist ein sicheres Zeichen, dass eine Veränderung in der Luft liegt.«

»Und welche?«, wollte Adelaise wissen.

Nouel hob bedauernd die Schultern. »Das kann mir mein Knie nicht sagen.«

»Vielleicht kommt doch ein geheimnisvoller Prinz, der Euch aus der Burg befreit«, orakelte Melisande. Im Geiste sah sie bereits vor sich, wie ein stattlicher Ritter in glänzender Rüstung in gestrecktem Galopp in den Burghof ritt, sein Pferd direkt vor Adelaise zügelte und …

»Schwatz nicht so herum«, unterbrach Jocelyne ihre Träumerei. »Woher soll der denn kommen? Es wird Zeit, dass Adrien von seinem Jagdausflug zurückkehrt und uns zu Hilfe eilt. Sollten wir nicht doch versuchen, einen Boten zu ihm zu senden?«

Adelaises Blick fiel auf Gwendal, der sofort auf die Füße sprang. »Jawohl, ich werde die feindlichen Linien durchbrechen und …«

»Nichts wirst du«, schnitt ihm Adelaise scharf das Wort ab. Dann wurde ihre Miene sanft, aber ihr Ton blieb eindringlich. »Du bist ein Page von fünfzehn Jahren und kein im Kampf erprobter Knappe. Es müsste sowieso im Geheimen geschehen, sonst wissen die beiden da draußen, dass wir Hilfe brauchen.«

»Wir könnten sie ja etwas auf Abstand halten, indem wir sie mit dem großen Katapult beschießen.«

»Wir haben aber keine Steine auf der Burg gesammelt, auch kein Pech, das wir anzünden könnten. Nur jede Menge Ziegenmist.«

»Dann nehmen wir eben den Mist«, rief Melisande angriffslustig. »Die sollen sich noch wundern!«

Jocelyne räusperte sich. »Mit Ziegenmist haben wir uns als Kinder beworfen. Jetzt sind wir Damen, die machen so etwas nicht.«

»Und was machen Damen?«, fragte Melisande spitz. »Sich von den beiden Grafen aushungern lassen?«

»Hunger«, stöhnte Gwendal. »Hat jemand Hunger?«

»Ich werde aus der Küche etwas zu essen besorgen«, bot sich der Diener Nouel an und schloss die Tür hinter sich.

»Ich hätte auf Erdbeeren Appetit«, sagte Jocelyne.

»O ja«, pflichtete ihr Adelaise bei. »Eine Schüssel Walderdbeeren wäre jetzt ein Trost für diese Belagerung.«

Melisande schüttelte den Kopf. »Woher sollen wir jetzt Erdbeeren bekommen? Die stehen im Wald, und davor lagern die Soldaten.«

»Richtig! Und ich gehe einfach mitten zwischen ihnen hindurch und sammle Erdbeeren«, verkündete Jocelyne.

»Das tust du nicht«, rief Adelaise erschrocken. »Sie werden dir etwas antun.«

»Wenn ich mich als Magd verkleide, nicht«, widersprach Jocelyne. »Ich werde es euch beweisen.« Und schon sprang sie auf und verließ die Kemenate, bevor Adelaise sie zurückhalten konnte.

»Lasst sie laufen«, schimpfte Melisande. »Sie mit ihrem Dickkopf«

»Ich werde sie befreien, wenn man sie gefangen nimmt«, bot sich Gwendal an.

Melisande funkelte ihn wütend an. »Wegen der musst du dich nicht in Gefahr begeben. Sie ist selbst dran schuld, wenn ihr etwas geschieht.«

»Melisande, sag so etwas nicht«, erwiderte Adelaise. »Ihr wird sicher nichts geschehen. Und wenn es ihr gelingt, können wir auch einen verkleideten Boten hinausschicken. Zwar wird es Wochen dauern, bis er zu Fuß meinen Vater erreicht, aber das ist besser als nichts. Schließlich wissen wir immer noch nicht, wie wir die Belagerer verjagen können. Vielleicht doch Ziegenmist?«

»Nur als letzten Ausweg«, erwiderte Melisande. »Vielleicht kommt auch ohne Boten Rettung, wie Nouels Knie verspricht.«

***

Es war für Jocelyne eine Kleinigkeit, sich die Kleider einer Küchenmagd auszuborgen. Sie schnappte sich einen Korb und verließ über eine winzige Pforte, die sich auf der Rückseite der Burg befand und die in ein Gebüsch führte, das schützende Gemäuer. Niemand bemerkte sie. Sorgfältig schloss sie die Tür hinter sich ab und steckte den Schlüssel unter ihr Kleid. Sie schaute sich um, doch es blieb still. Lediglich ein kleiner brauner Vogel hüpfte vor ihr durchs Geäst. Sie schob die Zweige beiseite, dann lief sie die wenigen Schritte den Hang hinab, bis sie den Weg fand. Sie umging das Lager von Graf Pepin in einem weiten Bogen. Niemand beachtete sie. Sie bemerkte, dass einige Soldaten am Weg zur Burg Wache hielten, es durfte niemand hinein oder heraus. Jocelyne musste schmunzeln. Graf Pepin war doch ein Dummkopf und seine Soldaten ebenfalls. Eine Burg besaß immer ihre Schlupfwinkel und geheimen Gänge.

Ein Stück weiter hatte Hamo sein Lager aufgeschlagen. Auch seine Soldaten lungerten am Weg herum, vertrieben sich die Zeit mit Waffenübungen oder Müßiggang. Zwischen den aufgeschlagenen Zelten grasten die Pferde. Niemand achtete auf die Magd mit dem kleinen Weidenkörbchen in der Hand. Unbehelligt gelangte Jocelyne über die Wiesen bis zum Wald. Zwischen den Bäumen wuchsen unzählige Erdbeerpflanzen, überall leuchteten die kleinen roten Früchtchen verführerisch unter dem grünen Laub hervor. Entzückt lief Jocelyne hierhin, dahin, im Nu hatte sie das Körbchen mit Erdbeeren gefüllt. Sie setzte sich unter einen Baum und begann von den Erdbeeren zu naschen. Erst eine, dann zwei, dann viele. Sie schmeckten köstlich, aromatisch, sie konnte nicht genug bekommen. Das Körbchen leerte sich wieder bis auf einen kleinen Rest. Erschrocken hielt Jocelyne inne. Nein, damit konnte sie nicht zur Burg zurückkehren. Wohl oder übel würde sie noch einmal sammeln müssen. Sie blickte hinauf in die Wipfel der Bäume, durch die sich die Sonnenstrahlen golden brachen. Sie blinzelte und spürte Müdigkeit. Es war warm geworden. Sie lockerte den geschnürten Stoffgürtel, mit dem sie das grobe Leinenkleid zusammenhielt. Derartige Kleidung war sie einfach nicht gewohnt. Satt und zufrieden streckte sie sich aus, lehnte sich an den Baumstamm und schloss die Augen. Nur einen Augenblick wollte sie sich ausruhen, dann würde sie das Körbchen wieder füllen. Nur einen Augenblick …

***

Auf leisen Sohlen schlich der junge Mann durch den Wald, wohl bedacht, nicht auf einen dürren Ast zu treten. Zwar hielt er den Befehl seines Herrn, Ritter Perceval, nach Spionen Ausschau zu halten, für abwegig, aber so eine Belagerung war schlichtweg langweilig. Wer sollte hier schon spionieren? Vielleicht die Leute von Graf Pepin drüben im anderen Lager? Das war wohl kaum möglich, nachdem sich die beiden Grafen geeinigt hatten, gemeinsam die Burg Coquille zu belagern, um die etwas störrische Comtesse Adelaise mürbe zu machen. Es war ohnehin verwunderlich, dass sie die Burg nicht einfach stürmten, denn sie war nur mäßig besetzt, das hatten die beiden Grafen bei ihrem kurzen Besuch auf Coquille schnell herausgefunden. Es war wohl die letzte Galgenfrist, die beide Adelaise einräumten, sich endlich für einen von beiden zu entscheiden. Was allerdings mit dem abgeblitzten Freier geschehen würde, darüber sprach man nicht. Er, Josse, Knappe des Ritters Perceval, machte sich darüber keine Gedanken. Er wollte endlich etwas zu tun bekommen. Zum ersten Mal nahm er an einer Belagerung teil, doch er war sehr enttäuscht darüber. Kein Kriegsgeschrei, kein Waffenklirren, keine Kämpfe. Eine Belagerung war eine stinklangweilige Angelegenheit. Zudem schmeckte das Essen in der Feldküche nicht, es gab täglich Hirsebrei und hartes Brot, verdünnten Wein und ranziges Öl. Wie sollte man da Heldentaten vollbringen, wie sie sich die Ritter untereinander erzählten? Josse hatte mit offenem Mund gelauscht, wenn die Ritter abends auf Hamos Burg zusammensaßen und mit ihren Abenteuern prahlten. Da fühlte sich Josse glücklich, als Knappe in den Dienst eines dieser Ritter gestellt worden zu sein. Er wollte auch so werden wie sie, fremde Länder erobern, böse Feinde besiegen, schöne Frauen retten und ihr Herz erringen. Stattdessen schlich er nun durch einen Wald, in dem es so friedlich war wie im Paradies, in dem die Wipfel der Bäume sanft rauschten, köstliche Erdbeeren reiften und … Sein Atem stockte und sein Herz gleich mit. Da lag etwas, jemand, ein Wesen, ein Mädchen! Tot?

Vorsichtig schlich sich Josse näher. Das Mädchen atmete, das erkannte er daran, wie sich ihre kleinen Brüste hoben und senkten. Sie schlief? Neben ihr stand ein Körbchen mit Erdbeeren. Sie musste viele selbst verzehrt haben, denn es befanden sich nur wenige Beeren drin, dafür glänzten ihre leicht geöffneten Lippen vom Saft der Früchte süß und verlockend. Sicher schmeckten diese Lippen ebenso köstlich. Josse betrachtete das Mädchen eingehender. Sie war hübsch, mit einem herzförmigen Gesicht, dunklem Haar, das sich unter der Haube hervorkringelte, und geschwungenen Augenbrauen. Ob sie blaue oder dunkle Augen hatte? Jedenfalls besaß sie dichte Wimpern, die jetzt wie zwei Engelsflügel auf den Unterlidern lagen. Ein sanftes Rot überzog ihre Wangen, und auf ihrer Stirn und der Oberlippe glänzten winzige Schweißtröpfchen. Sein Blick wanderte an ihrem schmalen Hals entlang bis zu dem gelockerten Gürtel. Unter dem groben Stoff ihres Kleides hoben und senkten sich ihre Brüste mit den kleinen, beerengleichen Spitzen. Sie atmete tief und gleichmäßig, während eine Hand über ihrem Bauch lag, die andere neben ihr im Gras. Sie trug die Kleidung einer Magd, doch ihre Hände waren erstaunlich schmal und fein, ohne Schwielen und schmutzige Fingernägel. Ihre Beine schauten ein Stück unter ihrem Rock hervor, schöne schlanke Fesseln in feinen Schuhen aus Ziegenleder. Ziegenleder? Wieso trug eine Magd beim Beerensammeln solche edlen Schuhe? Sein Blick wanderte wieder an ihrem Körper hinauf. Ganz oben, am Rand des Ausschnitts befand sich ein kleiner roter Tropfen von Erdbeersaft. Er bewegte sich mit ihren Atemzügen. Fasziniert beobachtete Josse den kleinen roten Punkt. Etwas in seinem Bauch kribbelte und krabbelte, zwickte und drückte, fuhr die Lenden hinab bis …

Erschrocken presste er die Hände auf den Schritt seiner engen Hose, die sich dort beängstigend ausbeulte. Himmel, wie konnte ihn denn der Anblick einer schlafenden Magd so erregen?

Langsam ließ er sich neben ihr nieder und betrachtete das schlafende Mädchen. Sie war schön, sehr schön sogar. Und diese Erdbeerlippen! Er beugte sich über sie, spürte den sanften Hauch ihres Atems. Er konnte einfach nicht anders, er musste sie küssen. Sanft berührte er ihre Lippen mit seinen, ängstlich darauf bedacht, sie nicht zu wecken. Sie verzog die Lippen zu einem kleinen Lächeln, ohne die Augen zu öffnen. Ihr Atem ging plötzlich schneller. Fasziniert beobachtete er das Heben und Senken des kleinen roten Pünktchens auf ihrem Busen. »Süßes Erdbeermädchen«, flüsterte er und küsste sie noch einmal. Ein tiefer Seufzer entrang sich ihrer Brust. Ihre Lippen bewegten sich, sie murmelte etwas, was er nicht verstand. Ihre Hand tastete nach ihm. Er wagte nicht, sich zu bewegen. Er hatte seinen Auftrag, irgendwelche Feinde, die Belagerung völlig vergessen. Er blickte auf das Mädchen hinab, unschlüssig, wie er sich verhalten sollte. Er war kein geübter Liebhaber, andererseits war er kein Knabe mehr, ein Jüngling mit sprießendem Bart und zuweilen überschießender Leidenschaft. Bislang aber hatten ihn die Mädchen auf Graf Hamos Burg geneckt, ihm verlockende Blicke zugeworfen, aber sich nicht auf mehr eingelassen. Vielleicht war ihm diese Schöne hold und wollte nicht nur angebetet und besungen werden, sondern …

Unter dem Leinenstoff ihres Kleides zeichneten sich deutlich die kugelrunden Formen ihrer Brüste ab. Behutsam strich er mit dem Finger über die Spitzen und spürte, wie sie sich verhärteten wie eine Beere. Wieder seufzte sie leise, rekelte sich, ohne zu erwachen.

Etwas zog sich heftig in seinen Lenden zusammen, Hitze durchströmte seine Adern und brachte sein Blut in Wallung. Jetzt oder nie! Er beugte sich vor und saugte den kleinen Safttropfen von ihrem Busen. Ihre Hände fuhren in sein Haar, streichelten und zausten es und drückten seinen Kopf fester an ihre Brust. »Mehr«, wisperte sie. »Mehr!«

Er ließ sich nicht lange bitten. Er schob einfach den Stoff beiseite und umschloss eine ihrer schwellenden Brustwarzen mit den Lippen. Ihr Seufzen wurde lauter, ging über in ein wohliges Stöhnen. In Josses Körper brodelte die Leidenschaft, er konnte sich nicht mehr zügeln. Und diese unbekannte Schöne wollte es auch! Er konnte sein Glück nicht fassen.

Mit beiden Händen drückte er die köstlichen Hügelchen zusammen, nahm immer abwechselnd eine dieser süßen, immer härter werdenden Knospen zwischen die Lippen, liebkoste sie, ließ seine Zunge darübertanzen.

»Oh, du bist göttlich«, stöhnte das Mädchen. »Du bist mein Schatz, schöner Gwendal.«

Abrupt hob Josse den Kopf. »Gwendal? Ich heiße Josse!«

Das Mädchen schlug die Augen auf und starrte ihn an. Dann stieß sie einen spitzen Schrei aus und stieß ihn von sich. »Wer bist du? Was tust du?«

»Das, was du willst«, erwiderte Josse verwirrt und versuchte, seine kurze Tunika über den Schritt zu ziehen. »Du wolltest es doch auch.«

»Was wollte ich? Gar nichts wollte ich! Wie kannst du es wagen, mich zu berühren und …« Sie stockte, als sie bemerkte, dass der Ausschnitt ihres Kleides so tief gerutscht war, dass ihre Brüste unbedeckt waren. Ihre Brustwarzen hatten die Farbe reifer Erdbeeren angenommen. Jocelyne errötete heftig und riss den Stoff wieder hoch.

»Aber … aber …«, stammelte Josse. »Du hast mich gestreichelt und gebettelt: Mehr, mehr!«

»Niemals!« Jocelyne wandte den Kopf ab. »So etwas macht eine Dame nicht.«

»Eine Dame?« Josses Lippen verzogen sich zu einem Grinsen. Er deutete auf den fast leeren Korb. »Eine Magd nascht nicht vom süßen Mahl ihres Herrn.«

»Wieso Magd? Ach so!« Jocelyne rückte ihre Haube wieder zurecht. »Wer bist du? Was machst du hier?«

»Ich bin Josse, der Knappe von Ritter Perceval. Ich halte im Wald nach Feinden Ausschau.«

»Ritter Perceval? Kenne ich nicht.« Jocelyne überlegte. Sie kannte zwar nicht alle Namen von Pepins und Hamos Rittern, aber vielleicht war er ja ein fremder Ritter, der Comtesse Adelaise helfen und die beiden närrischen Grafen von ihrer Belagerung abbringen konnte? Nouel hatte so etwas angedeutet. Wie konnte sie das am besten herausfinden, ohne sich zu verraten?

»Ist dein Ritter ein Held? Hat er schon viele Feinde besiegt?« Jocelyne war sich ziemlich sicher, dass Pepins und Hamos Rittern noch nie etwas Außergewöhnliches gelungen war.

»Aber sicher! Und ich bin sein Knappe.« Aus Josses Stimme klang Stolz.

»Soso.« Nervös nestelte Jocelyne an ihrem Ausschnitt herum. Wenn das wirklich Adelaises Retter sein könnte, dann durfte sie ihn nicht mit zickigem Verhalten verärgern. Er kehrte möglicherweise um, und sie würden niemals befreit werden.

»Nichts für ungut, Josse. Ich war nur so … so erschrocken.«

»Kam mir nicht so vor. Mir schien, als hätte es dir gefallen. Hat es dir gefallen?«

Jocelyne errötete wieder. »Ich habe geträumt, einfach nur geträumt.«

»Du hast meine Frage nicht beantwortet. Hat es dir gefallen?«

»Äh … ja … also, unangenehm war es nicht.«

Josses Grinsen verbreiterte sich. »Das freut mich. Mir hat es auch gefallen. Vor allem deine … deine runden Bälle da.« Er zeigte auf ihre Brüste. »Und die … die kleinen Perlen da drauf. Sie sind immer härter geworden.«

»Ja?« Erschrocken schlug Jocelyne die Hände vor die Brust. »So etwas darfst du gar nicht sehen!«

»Nein? Warum nicht? Ich finde sie sehr schön.«

»Tatsächlich? Gütiger Himmel, unser Kaplan fällt vom Hocker, wenn ich ihm das beichte.«

»Du musst es ihm ja nicht sagen. Der liebe Gott hat es doch ohnehin gesehen.« Er deutete mit dem Zeigefinger zum Himmel, dann auf ihre Brüste. »Darf ich noch mal streicheln? Mir gefällt es, wenn die kleinen Dingerchen so hart werden.«

Jocelyne überlegte. Seine Berührungen waren wirklich sehr angenehm gewesen, aber das wollte sie ihm natürlich nicht eingestehen. Einfach ja sagen konnte sie also nicht. Dann fiel ihr Blick auf den Korb. »Nun gut, wenn du mir den Korb voll Erdbeeren pflückst, lasse ich dich noch mal streicheln.«

»Oh, das mache ich gern.« Josse strahlte über das ganze Gesicht und rückte wieder näher.

»Nein, nein, erst pflückst du die Erdbeeren!«

»Aber dann darf ich, ja?«

»Ja, ich habe es dir versprochen.« Sie blieb an den Baumstamm gelehnt sitzen und beobachtete Josse, wie er gebückt zwischen den Bäumen herumlief und den kleinen Korb eifrig füllte. Er sah gar nicht so übel aus, dieser Josse. Und wenn sein Herr, dieser edle Ritter, auch so ein ansehnlicher Kerl war, würde sie von Adelaise bestimmt reich belohnt werden. Ja, sie, Jocelyne, hatte den Retter gefunden!

Stolz zeigte Josse ihr den bis zum Rand mit Erdbeeren gefüllten Korb. Jocelyne neigte gnädig den Kopf. »Das genügt.« Nun brauchte sie wenigstens keine Ausrede zu suchen, warum sie mit einem fast leeren Korb zur Burg käme.

»Darf ich nun anfassen?«

Sie atmete tief durch, aber sie hatte es ja versprochen. Sie reckte ihm ihre Brüste entgegen. »Aber nicht weh tun«, warnte sie ihn.

»Nein, nein, bestimmt nicht«, versicherte Josse. Mit seinen von den Früchten klebrigen Fingern streichelte er über Jocelynes Brüste.

»Du machst ja Flecken auf mein Kleid«, rief sie erschrocken.

»Dann zieh es herab, dann beschmutze ich es auch nicht«, erwiderte er.

Sie überlegte kurz. Wie sollte sie sonst die verdächtigen Flecken begründen? Kurzerhand zog sie den Ausschnitt hinunter, bis sich ihre Brüste seinen brennenden Augen gänzlich unverhüllt darboten.

»Himmel, ist das eine Wonne«, schwärmte er, während er mit beiden Händen die kugelrunden Bälle umfuhr, sie streichelte, sanft drückte und massierte. Dann beugte er sich darüber und nahm Lippen und Zunge zur Unterstützung.

Auch Jocelyne fand immer mehr Gefallen an Josses Zärtlichkeiten. Sie rekelte und wand sich unter seinen Händen und Küssen wie eine schnurrende Katze. Es prickelte im Bauch und kribbelte unter der Haut. Plötzlich rutschte der eiserne Schlüssel hervor, den sie am Gürtel unter den Falten ihres Kleides verborgen hatte.

»Oh, was ist das? Der Schlüssel zu deiner Kammer?«

Schnell schob sie ihn wieder darunter. »Nein, das ist …« Sie stockte. Konnte sie ihm verraten, dass es eine geheime Pforte in der Burg gab? »Das ist der Schlüssel zur Speisekammer.«

»Ich denke, es ist der Schlüssel zu deinem Herzen.« Er fuhr fort, sie mit Zärtlichkeiten zu verwöhnen.

»Ich weiß nicht, ob das eine Sünde ist«, murmelte sie. »Auf jeden Fall ist es schön.«

Sie streichelte sein Haar, das ihm bis auf die Schultern reichte, betastete seine Schultern und Oberarme und stellte fest, dass er muskulös und kräftig war. Man sah es ihm auf den ersten Blick gar nicht an. Sie nestelte an seinem Gürtel, der seine kurze Tunika zusammenhielt.

»Willst du mehr?«, hauchte er und drängte sich gegen ihren Körper.

»Nur ein bisschen deine Muskeln fühlen.« Da sie seinen Gürtel nicht aufbekam, fuhr sie mit der Hand unter den Kittel – und erstarrte.

»W… w… was ist denn das?« Ihre Hände zuckten zurück. Das war kein Muskel, auch wenn es dick und ziemlich rund war.

Josse lächelte schief. »D… das ist mein … mein Schwert.«

Sie lachte auf. »Unsinn! Du hast da einen Kloß in der Hose und willst es mir bloß nicht verraten. Hast du da was ausgestopft wie Graf Hamo?«

»Nein, Gott bewahre! Das … das ist eben so.«

Er errötete.

Jocelyne fand es sehr amüsant. »Zeigst du es mir?« Sie blickte ihn keck an.

»Willst du es denn sehen?«

Sie neigte den Kopf. »Wenn ich es mir recht überlege, lieber nicht. Vielleicht falle ich dann in Ohnmacht und kann die Erdbeeren nicht zurückbringen.« Besorgt blickte sie zum Himmel. Die Sonne war schon ein ganzes Stück weitergewandert.

Sie erhob sich und ordnete ihr Kleid. »Ich muss jetzt gehen.«

Mit bedauernder Miene erhob sich auch Josse. »Sehen wir uns wieder?«

»Ich weiß nicht«, antwortete sie. »Wenn mich meine Herrin wieder nach Erdbeeren schickt.«

»Du hast eine Herrin?« Josse überlegte kurz. »Du dienst auf Burg Coquille?«

Sie nickte. »Und du dienst dem Ritter, der meine Herrin befreien wird, nicht wahr?«

Er trat einen Schritt zurück und blickte sie ein wenig misstrauisch an. »Wie kommst du denn darauf? Ich diene Ritter Perceval, das stimmt. Und er dient Graf Hamo.«

»Dann bist du einer der Belagerer?« Empört packte Jocelyne den Erdbeerkorb. »Und dich habe ich an meinen Brüsten saugen lassen! Pfui Teufel, du bist ein Betrüger, Verräter, Scheusal!« Mit der freien Hand schlug sie auf ihn ein. »Verführer! Untier! Alter Bock! Lass dich ja nicht wieder blicken, sonst kannst du was erleben.«

Josse wich erschrocken zurück und hielt sich schützend die Arme über den Kopf »So hör doch, Mädchen, niemals wollte ich dich verführen. Du bist so wunderschön, und ich … ich habe mich in dich verliebt. Ich wusste nicht, wer du bist.«

»Und ich nicht, wer du bist. Erzählst mir was von einem Helden, einem Ritter ohne Furcht und Tadel, der meine Herrin befreien wird.«

»Das habe ich niemals gesagt.«

»Doch, hast du. Ich verfluche dich, du sollst in der Hölle schmoren samt deiner Beule in der Hose!«

»Hör doch mal auf zu schlagen. Ich tu dir doch gar nichts. Ich möchte dich einfach nur wiedersehen. Liebst du mich nicht auch ein bisschen?«

Jocelyne hielt inne. Gefallen hatte es ihr ja, das musste sie zugeben, und es wäre nicht zu verachten, wenn Josse ihr diese Wonnen wieder bereiten würde, aber zuerst musste sie ihrer Empörung Luft verschaffen, dass er sich unter Vorspiegelung falscher Tatsachen an sie herangemacht und sie verführt hatte.

»Nein«, erwiderte sie spitz. »Dazu müsstest du dir schon ein bisschen mehr Mühe geben.«

»Dann lass es mich beweisen.«

»Aber nicht jetzt. Ich muss gehen.«

»Dann sehen wir uns wieder?« Vorsichtig näherte er sich ihr. Sobald sie die Hand hob, würde er schnell beiseitespringen.

Sie neigte den Kopf »Vielleicht«, wich sie aus.

»Wie kommst du denn in die Burg? Die ist doch belagert, und die Soldaten lassen keinen hinein und heraus. Und wie bist du überhaupt herausgekommen?«

Jocelyne raffte ihren Rock, um schneller laufen zu können. »Das ist mein Geheimnis. Und nun geh zu deinem Ritter und putze ihm die Rüstung, du Held. Dann kommst du auf andere Gedanken.« Fehlte bloß noch, dass Josse ihr folgte!

»Halt, warte! Wann kommst du wieder?«

»Wenn der Hahn die braune Henne dreimal um den Misthaufen gejagt hat und das Käuzchen im Turm dreimal schreit.«

»Aha!« Er schien diesen Ausdruck, der ja eh nichts weiter als »mal sehen« bedeutete, nicht zu kennen, aber Jocelyne wartete nicht ab, sondern lief, so schnell ihr es der Erdbeerkorb gestattete.

»He, warte doch! Wie heißt du?«

Sie blieb kurz stehen und drehte sich um. »Jocelyne!«

»Und ich heiße Josse. Verstehst du? Josse und Jocelyne, wir gehören zusammen!«

Doch sie winkte nur kurz und eilte davon. Das süße Prickeln im Bauch jedoch blieb.

WIKINGER GEGEN WIKINGER

Breitbeinig stand Yngvar neben dem Rudermann am Heck des Schiffes. Sein stahlblauer Blick durchschnitt den milchigen Dunst über dem Meer, während er gegen die aufsteigende Übelkeit kämpfte. Er versuchte, das Schwanken des Schiffes mit den Beinen auszugleichen, doch sein Magen spielte ihm einen Streich. Er krampfte sich zusammen und wollte sich mit aller Macht entleeren, obwohl es nichts zu entleeren gab. Seit Tagen verzichtete er auf Essen, nur damit ihn die verdammte Seekrankheit nicht befiel. Doch es nützte nichts. Alles schwankte, alles drehte sich um ihn. Es war eine Schande für einen Wikinger. Er wollte sich vor seiner Mannschaft keine Blöße geben, doch es half nichts. Er war eben nicht als Seefahrer geboren. Zum wiederholten Male bereute er, auf den Vorschlag seines Bruders Thoralf eingegangen zu sein. Doch für eine Umkehr war es jetzt zu spät. Sein Stolz ließ es nicht zu, trotz der Übelkeit. Dabei war der Seegang gar nicht so schlimm. Kleine Wellen klatschten gegen die Bordwand, das Boot war schwer mit Getreide und anderen bäuerlichen Produkten beladen und lag sicher im Wasser. Wenn nur dieser verdammte Nebel nicht wäre. Man konnte kaum eine Schiffslänge voraus sehen. Zu den anderen beiden Schiffen der kleinen Flotte hielten sie mit dumpfem Hörnerklang Kontakt. Sie befanden sich ganz in der Nähe. Doch zu sehen war nichts.

Yngvar verließ sich ganz auf seinen Steuermann Einar am Ruder. Er hatte Thoralf auf all seinen Fahrten begleitet. Sie wollten Dänemark erreichen und ihre wertvolle Ladung auf einem der großen Märkte verkaufen.

Ein junger Mann mit dunkelblondem Haar und hohen Wangenknochen in seinem schmalen Gesicht trat zu ihm und blickte ihn prüfend an. »Soll ich dich ablösen?«

Yngvars Rücken versteifte sich. »Weshalb? Ich habe alles im Griff.«

»Auch dich selbst?«

»Sven, was soll das? Bist du hier, um einen späten Triumph zu feiern?«

»Du bist immer noch misstrauisch?«

»Allerdings. Deine Treue musst du erst noch beweisen. Immerhin bist du … warst du Ragnvalds Ziehsohn und Hoskulds Freund.«

»Das habe ich nie geleugnet«, entgegnete Sven. »Ich war meinem Ziehvater Fürst Ragnvald zu Loyalität verpflichtet.«

»Und bist du es noch?«

»Nein, ich habe mich von ihm verabschiedet, und er hat mich meiner Wege gehen lassen.«

Yngvar runzelte die Stirn. Sein Misstrauen war noch lange nicht besänftigt, und er würde Sven im Auge behalten. Den Tag, an dem Sven plötzlich vor ihm stand, würde er nie vergessen. Immerhin gehörte er zu Ragnvalds Leuten, eben dem Ragnvald, der Skollhaugen überfallen, geplündert und niedergebrannt hatte. Dieser Ragnvald, dessen missratener Sohn Hoskuld eine üble Intrige angezettelt und fast alle Bewohner Skollhaugens getötet hatte, war der benachbarte Fürst gewesen. Sven war Hoskulds Freund. Sie waren wie Brüder aufgewachsen, hatten wie Brüder alles geteilt und alles gemeinsam getan. Svens Beteuerungen, er habe sich von Ragnvald gelöst, konnte und wollte Yngvar keinen Glauben schenken.

»Du warst dabei, als meine Leute im Moor überfallen und niedergemetzelt wurden«, hatte er Sven vorgeworfen. »Mein Vater war der Erste, der sterben musste. Das alles ist eines Wikingers nicht würdig. Jetzt kommst du angewinselt und willst bei uns unterkriechen, weil du siehst, dass Skollhaugen wieder zu alter Pracht auferstanden ist. Vielleicht willst du spionieren, uns schaden, einen erneuten Überfall vorbereiten.«

Es waren heftige Anschuldigungen, die Yngvar vorbrachte, aus tiefstem Herzen und in unbändigem Zorn. Er hatte nicht vergessen, welche schreckliche Zeit der klägliche Rest der Überlebenden hatte überstehen müssen.

Ausgerechnet Thoralf setzte sich für Sven ein, glaubte an seine Läuterung. Ja, Sven ließ sich sogar in der kleinen Kirche von Skollhaugen taufen, gelobte, ein besserer Mensch zu werden, und war sofort bereit, mit Yngvar auf Víking zu fahren.

»Du setzt mir eine Laus in den Pelz«, hatte Yngvar seinem Bruder Thoralf vorgeworfen. Doch Thoralf hatte nur gelacht.

»Du brauchst viele und kräftige Männer. Ich glaube Sven, dass er mit den Machenschaften Hoskulds nichts zu tun haben will. Vielleicht plagt ihn das schlechte Gewissen, und er will es auf diese Weise wiedergutmachen. Nimm ihn mit auf Fahrt, er soll sich beweisen. Ich bin sicher, er wird dir ein starker und treuer Begleiter sein. Und vielleicht wird er sogar dein Freund.«

»Niemals!« Für Yngvar stand fest, dass er einem Feind nicht die Hand reichen würde. Und so beobachtete er voll Misstrauen Svens Verhalten. Doch bislang konnte er nichts Schlechtes entdecken. Sven war arbeitsam, umsichtig, konnte anpacken und bewährte sich auf dem Schiff. Vor allem aber wurde er nicht seekrank, im Gegensatz zu Yngvar.

»Haben wir nicht bald Haithabu erreicht?«, wollte Yngvar vom Steuermann wissen.

»Noch nicht«, erwiderte Einar. »Durch den Nebel können wir nicht genau bestimmen, wo wir uns befinden. Die Küste ist nicht zu erkennen und die Sterne auch nicht.«

»Wie kann man unter solchen Bedingungen nur ein Schiff führen? Man kommt sich ja vor wie ein Blinder.«

»Wo die Augen nicht reichen, müssen die anderen Sinne einspringen«, sagte Sven. »Ich höre den Ruderschlag eines anderen Schiffes.«

»Es gehören ja auch noch zwei Schiffe zu unserer Flotte.«

»Es ist ein anderer Ruderschlag«, widersprach Sven. »Lass die Ruder heben, damit wir es besser hören können.«

»Nichts da«, schnaufte Yngvar. »Rudert schneller«, feuerte er seine Männer an. »Wir müssen aus diesem verdammten Nebel herauskommen.«

»Yngvar, da stimmt etwas nicht«, mahnte Sven. Seine hohen Wangenknochen verliehen seinem Blick etwas Eindringliches.

Im nächsten Augenblick schob sich der dunkle Schatten eines Drachenkopfbugs längsseits.

»Bei Odin, warum passen die denn nicht auf? Odde, Per, wie steuert ihr denn eure Schiffe?«

Doch er bekam keine Antwort. Stattdessen vernahmen sie das blanke Schleifen gezogener Schwerter. Im nächsten Augenblick kam eine Streitaxt geflogen und blieb im Mastbaum stecken. Sven wirbelte herum, riss sein Schwert vom Gürtel. »Ein Überfall!«

Dunkle Gestalten sprangen mit lautem Gebrüll über die niedrige Bordwand. Der Kleidung nach waren es ebenfalls Wikinger. In ihren Gesichtern standen Entschlossenheit und wilde Gier. Mit Enterhaken hielten sie beide Schiffe dicht beieinander, während sie mit Äxten, Schwertern und Messern gegen Yngvars Besatzung kämpften. Yngvars Leute wehrten sich mit allen Kräften, doch sie waren den Angreifern unterlegen.

Sven kämpfte wie ein Löwe, tötete mehrere der Räuber, doch auch er konnte letztlich nichts mehr tun. Sie wurden am Bug des Schiffes zusammengetrieben. Mit Schwertspitzen an der Kehle mussten sie ohnmächtig zuschauen, wie ihr Schiff geplündert wurde. Die Männer warfen die Ladung einfach auf das andere Schiff. Getreide, Tonnen mit eingelegtem Fleisch, geräucherter Schinken, Felle, Leder, alles, was sie auf dem Markt verkaufen wollten, wechselte den Besitzer. Yngvar zitterte vor Wut, aber auch er konnte nichts ausrichten. Von seiner Mannschaft waren nur wenige Männer übrig geblieben. Die anderen waren verletzt oder tot, lagen blutend auf den Schiffsplanken oder waren ins Meer geworfen worden.

»Verdammt, wer seid ihr? Wo ist eure Ehre geblieben?«

Er erntete höhnisches Lachen. Ein wild aussehender Wikinger mit struppigem rotem Bart und buschigen Augenbrauen stellte sich breitbeinig vor Yngvar auf und stemmte die Fäuste in die fülligen Hüften. »Ehre? Das war einmal! Heutzutage muss jeder sehen, wo er bleibt. Ehre kann man nicht essen. Aber ihr kommt mir gerade recht. Odin ist mit uns, er hat Nebel geschickt. Du musst ein argloser Kapitän sein, der die Gefahr nicht wittert.« Er lachte dröhnend, dann drehte er sich um. »Habt ihr alles rübergeschafft?«

Es war deutlich zu sehen, sie waren ihrer gesamten Ladung beraubt. Selbst das Fass mit Trinkwasser hatten die Angreifer mitgenommen!

Der rotbärtige Anführer wandte sich ihnen wieder zu. »Damit ihr seht, dass ich noch Ehre in Leib habe, so lasse ich euch am Leben. Ich töte nur im Kampf, aber ich morde nicht. Also, betet zu Odin, dass er euch nicht absaufen lässt.«

Mit einer Behendigkeit, die man seinem fülligen Körper nicht zugetraut hätte, sprang er über die Bordwand auf sein Schiff, dann wurden die Enterhaken gelöst, und das fremde Schiff stieß sich ab. Es verschwand im Nebel, nur der Ruderschlag der Mannschaft war noch eine Weile zu hören.

Wie erstarrt stand Yngvar, dann ließ er sich langsam auf die Schiffsplanken sinken. Verzweifelt fuhr er sich durchs Haar. Schweigend blickte Sven auf ihn herab, dann hockte er sich neben ihn und legte seine Hand auf Yngvars Schulter. »Wir jagen ihnen die Beute wieder ab.«

Yngvar schüttelte den Kopf. »Mit den paar Männern? Und wo sind unsere zwei anderen Schiffe?«

Die beiden sprangen wieder auf. »Los, hisst das Segel, dann ergreift die Ruder. Wir müssen irgendwie hier raus!«

Es waren keine zehn Männer mehr übrig. Der Steuermann war verletzt, aber er lebte.

Der Wind reichte kaum, das Schiff vorwärtszutreiben, die Kraft der Ruderer auch nicht. Es ging nur sehr langsam voran, doch der Nebel lichtete sich. Angespannt blickte Yngvar voraus. In der Ferne war die dunkle Linie der Küste zu erkennen.

»Da!« Sven zeigte zur Seite. Eine dunkle Rauchsäule stand über dem Meer, darunter war Feuerschein zu erkennen.

»Meine Schiffe!« Yngvars verzweifelter Ausruf verhallte wie der Schrei einer Möwe. Die beiden Schiffe waren verloren. Die Piraten hatten sie angezündet. Mit ihnen versank Yngvars letzte Hoffnung.

Lethargisch hockte er sich auf die Planken und starrte vor sich hin. Vor ihm lag ein zerbrochener Ziegenkäse, den die – Räuber verloren hatten. Er nahm ein Stück und schob es sich zwischen die Zähne. »Das ist nun alles, was uns geblieben ist«, murmelte er. »Zerkrümelter Käse.«

»Wir werden die Ehrlosen finden«, versprach Sven. Doch er konnte Yngvar nicht trösten.

»Wie sollen wir sie fangen? Die sind längst auf und davon und feiern ihren Triumph.«

»Wir sollten in Ruhe überlegen, was wir als Nächstes tun. Wir sind zu wenige, um sie zu verfolgen. Wir sollten Haithabu ansteuern, um neue Leute anzuheuern und uns umzuhören, wer die Angreifer waren. In so einem Ort kommen nicht nur die Händler zusammen, sondern auch alle anderen Glücksritter, Ganoven und Räuber. In der Menge ist man anonym. Aber es kommen auch Nachrichten, Informationen, Neuigkeiten zusammen. Dort werden wir sicher etwas erfahren.«

Yngvar überlegte lange. Die Gedanken kreiselten in seinem Kopf. Er hatte von Anfang an geahnt, dass ihm die Seefahrt kein Glück bringen würde. Er war nicht zur Seefahrt geboren, das Meer und auch Odin schienen ihm nicht gewogen zu sein. Und nun das! Sollte er nicht besser wieder nach Skollhaugen zurückkehren? Doch wie sollte er je Thoralf unter die Augen treten? Zwei seiner Schiffe verbrannt, das Hauptschiff geplündert, viele Leute getötet. Er hatte es nicht geschafft, die Angreifer abzuwehren. Lieber wäre er tot gewesen, heldenhaft gefallen im Kampf und eingegangen in Walhalla mit einem Platz an Odins Tafel. Doch die nächste Schande war die angebliche Gnade der Piraten. Sie hatten ihn leben lassen, als hätten sie Mitleid mit diesem feigen Verlierer. Ja, er war ein Verlierer, unfähig, ein Wikinger zu sein. Eine Schande für seine ganze Sippe! Seine Mutter würde keineswegs stolz auf ihn sein, sich seiner schämen. Keiner würde ein Fest für ihn veranstalten, er würde nicht mit Ruhm und Schätzen heimkehren, keinen Jubel ernten. Er konnte einfach nicht zurückkehren!

Seufzend hob er den Kopf. »Du hast recht, Sven. Wir segeln nach Haithabu und hören uns dort um.« Insgeheim hoffte er, auch einen

Weg zu neuen Geschäften zu finden. Doch er besaß nichts mehr, was er verkaufen konnte.

***

Je näher sie Haithabu kamen, umso mehr Schiffe kreuzten ihren Weg. Erstaunt blickte Yngvar sich um. Es waren sehr viele, manchmal befürchtete er, mit ihnen zusammenzustoßen. Er hatte das Segel einholen lassen, sie ruderten langsam mit den verbliebenen Männern. Zu ihrem Glück war der Steuermann Einar nicht allzu schwer verletzt, er hatte sich tot gestellt und im Wasser treiben lassen. Als die Angreifer wieder abgezogen waren, hatte er sich mit letzter Kraft auf das Schiff gerettet. Sven hatte seine Wunde, die von einem Axthieb stammte, versorgt. Wichtig war jedoch, dass er sehen konnte und den Weg nach Haithabu fand.

»Was für ein Gewimmel«, staunte Yngvar. Wie konnten die vielen Menschen in solcher Enge leben?

Haithabu schien ein großer Ort zu sein, den man vom Meer aus nicht überblicken konnte. Es gab mehrere hölzerne Anlegestellen für die Schiffe. Nördlich der Stadt lag eine Hochburg, die offenbar der Verteidigung Haithabus diente. Bis zum Ufer standen Hütten und Holzhäuser, dazwischen liefen Menschen wie Ameisen herum. Viele Rauchsäulen stiegen auf, unzählige Gerüche mischten sich zu einem undefinierbaren Duft einer Yngvar bislang unbekannten Welt.

Sie fanden nur mit Mühe einen Anlegeplatz. Sofort wurden sie von Tagelöhnern umlagert, die die Ladung löschen wollten. Doch Yngvar winkte ab. »Es gibt nichts auszuladen«, knurrte er. Die Hafenarbeiter schienen es nicht zu begreifen. Wer landete in Haithabu mit einem leeren Schiff?

»Wir werden euer Schiff beladen«, versicherten sie, doch auch das verwehrte Yngvar. »Es gibt auch nichts aufzuladen. Wir … wir sind in einen Sturm geraten. Unser Schiff ist beschädigt und muss repariert werden.«

»Ein Sturm? Wir haben hier nichts von einem Sturm bemerkt.«

»Es gibt genügend Handwerker in der Stadt«, erwiderte Sven. »Wir werden geeignete Leute finden. Lass uns gehen.« Er schob die aufdringlichen Tagelöhner einfach beiseite.

Yngvar drehte sich zu Einar um. »Du sicherst das Schiff, Einar. Es ist das Einzige, was ich noch besitze. Und schau mal, woher wir Trinkwasser und ein passendes Fass bekommen.« Ihm fiel ein Bach auf, der nahe der Anlegestelle ins Meer mündete und über den eine hölzerne Brücke führte, die die Menschen, aber auch Pferde, Esel, Rinder und streunende Hunde benutzten. Allerdings führte der Bach mehr Müll als Wasser und wies eine seltsam bräunliche Farbe auf. Dieses Wasser war ungenießbar.

Yngvar war neugierig, was er in dieser Stadt noch alles entdecken würde. Sie schlenderten durch die engen Gassen, die beiderseits von langgestreckten Häusern begrenzt wurden. Es gab kleinere und größere Häuser, viele eingezäunt und mit Nebengebäuden. In den engen Höfen standen vereinzelt Ochsen, Kühe, Schafe, Ziegen, flatterten Gänse und Hühner, bellten struppige Hunde. Das Vieh diente zur Selbstversorgung der Bewohner, die entweder handelten oder ein Handwerk betrieben. Zur Gasse hin standen kleine, manchmal überdachte Tische und Bänke, auf denen die Waren und Produkte angeboten wurden. Da gab es Lederwaren, darunter kunstvolle Gürtel mit kupfernen Schließen, Sättel und Pferdegeschirre, Beutel und Taschen, Lederwesten und beschlagene Schilde, es gab Schmuckstände mit Bernstein, Bronze, Jade, Gold, Silber, Glasperlen. Daneben duftete das Backwerk aus hellem Mehl, lagen mit Honig gefüllte Kuchen, hingen runde Brote auf den Stangen. Es gab Stoffe, Felle, Werkzeuge, Waffen, Getreide, ein Schlachter bot frisches Fleisch und geräucherten Schinken an, Hühnereier stapelten sich neben Honig, Tonwaren neben holzgeschnitzten Haushaltsgegenständen. Sie fanden einen Fassbinder, der ein passendes Wasserfass zu bieten hatte. Yngvar opferte die wenigen ihm verbliebenen Münzen, die er unter seiner Tunika trug und die den Räubern verborgen geblieben waren. Der diensteifrige Böttcher ließ das Fass gleich zum Schiff liefern. Die allgegenwärtigen Tagelöhner boten sich zu jeglichen Arbeiten an.

Es gab sogar Garküchen, wo ein großer Kessel mit Erbsenbrei über dem Feuer köchelte. Wer hungrig war, konnte eine Schüssel voll Brei kaufen, einen Holzlöffel dazu, und an Ort und Stelle verzehren. Ein Junge wusch die benutzten Schüsseln in einem Wassertrog ab. Yngvar staunte immer mehr.

Die ganze Stadt wurde von einem großen Wall umschlossen, hinter dem sich ein weites und tückisches Sumpfgebiet anschloss. Alles wurde von der Burganlage gekrönt.

Yngvar schwirrte der Kopf von den vielen neuen Eindrücken, von Lärm, Gewimmel, Gestank. Er hatte die Orientierung verloren. Gasse kreuzte Gasse, sie liefen hierhin und dorthin, bestaunten alles und kauften doch nichts. Vor einem Wirtshaus blieben Sven und Yngvar stehen. Ihnen brannte die rauchgeschwängerte Luft in den Kehlen. Ein Krug Met wäre nicht zu verachten. Ihre stummen Blicke verrieten Einverständnis, und so betraten sie den düsteren Raum, aus dem Lärm drang. Es roch nach saurem Bier und menschlichem Schweiß.

Sie ließen sich an einem Tisch nieder, an dem schon mehrere Männer saßen und kräftig dem Bier zusagten. Ihre Unterhaltung war laut und derb.

»He, willkommen!«, rief einer und rückte auf der Bank etwas beiseite. »Woher kommt ihr? Was bringt ihr für Waren? Und was gibt es an Neuigkeiten?«

Der Wirt trug zwei überschwappende Bierkrüge herbei. Durstig tranken Yngvar und Sven, doch danach verzogen sie die Gesichter.

»Schlechtes Bier«, stellte Yngvar verächtlich fest. »Auf Skollhaugen gibt es besseres.«

»Oh, was seid ihr für verwöhnte Muttersöhnchen?«, höhnte einer der Trinker. Er war klein, aber muskulös, mit einem wilden schwarzen Schopf und listigen dunklen Augen wie ein Wiesel. »Seid ihr Händler oder Gaffer?«

»Was gibt es hier zu gaffen?«, erwiderte Yngvar. »Es ist laut, schmutzig, eng und rauchig. Wir sind Händler.«

»Und womit handelt ihr?«

»Im Augenblick mit gar nichts. Unser Schiff wurde ü… – in einem

Sturm beschädigt, und die Ladung ging über Bord. Wir müssen es reparieren lassen.«

»Das ist bitter«, erwiderte der andere und kratzte sich auf seinem verlausten Kopf. »Ja, ja, manchmal kommt der Sturm, und Odins Hilfe ist weit. Manchmal sieht der Sturm auch ganz menschlich aus, nicht wahr?«

Yngvar griff schnell zum Bierkrug und setzte ihn zum Trinken an, um nicht antworten zu müssen. Er wunderte sich ohnehin, dass es hier keine Trinkhörner gab, sondern tönerne Krüge. Am Nachbartisch gerieten die Zecher in Streit und schlugen sich gegenseitig die Krüge auf dem Kopf entzwei. Niemand nahm weiter Notiz davon. Offenbar geschah das öfter.

Sven beugte sich interessiert über den Tisch. »Hat der menschliche Sturm vielleicht einen roten Bart?«

Der Mann hüstelte und unterdrückte ein Grinsen. »Kann sein«, wich er aus.

»Was weißt du darüber?«

»Nichts! Man erfährt hier eben so dieses und jenes.«

»Dieser Schuft hat uns überfallen, und wir wollen uns unser geraubtes Gut wiederholen.«

Das Gesicht des Mannes wurde plötzlich ernst. »Vergesst es! Es ist ohnehin ein Wunder, dass ihr mit dem Leben davongekommen seid. Eigentlich kennt Leif Rotbart keine Gnade und metzelt nieder, was ihm unter das Schwert kommt. Erstaunlich, wirklich erstaunlich!«

»Leif Rotbart heißt er? Dann werden wir ihn auch finden.«

»Das solltet ihr euch überlegen, es könnte sehr zu eurem Schaden sein.«

»Wie dem auch sei, wir benötigen auch einige Männer für unsere Mannschaft«, ließ sich nun Sven vernehmen. »Wo kann man kräftige Kerle anheuern?«

»Hier«, erwiderte sein Gegenüber grinsend. Dann aber legte er misstrauisch den Kopf schief. »Könnt ihr denn auch zahlen? Ich meine, wo ihr doch eure Ladung – ähäm – verloren habt.«

»Wenn wir diesem rotbärtigen Räuber unsere Waren wieder abgejagt haben und sie hier verkaufen, gibt es für jeden Mann eine fürstliche Belohnung«, sagte Yngvar.

Er erntete rauhes Lachen, bis sich der Trinker verschluckte und heftig hustete. »Wo kommt ihr eigentlich her, dass ihr nicht wisst, was sich hier abspielt? Hier nimmt sich jeder, was er haben will. Man muss immer das Messer zwischen den Zähnen tragen, um nicht überfallen zu werden. Da kann König Sven Gabelbart wettern, so viel er will. Mit der Ehrhaftigkeit der einst so stolzen Wikinger ist es vorbei. Man muss eben sehen, wo man bleibt.« Er warf Yngvar einen lauernden Blick zu.

»Wie heißt du?«, wollte Sven wissen.

»Tosti. Und das ist mein guter Freund Ulf.« Er deutete auf einen hünenhaften Mann mit wasserblauen Augen unter buschigen Augenbrauen, einer knollenförmigen Nase und einem zotteligen roten Bart. »Und der da heißt Steinolf.« Auch Steinolf war groß und beleibt. Er trug sein aschblondes Haar zu Zöpfen geflochten.

»Und was treibt ihr hier? Seid ihr Händler?«

Wieder lachte Tosti krächzend. »Sehen wir so aus? Wir sind Seemänner, Wikinger, suchen ein Schiff, mit dem wir auf Fahrt gehen können.«

»Hier gibt es jede Menge Schiffe«, wunderte sich Yngvar. »Wieso habt ihr keins gefunden?«

Tosti nahm einen tiefen Schluck. »Wir nehmen nicht jedes Schiff«, meinte er dann mit schwerer Zunge. »Aber ihr … ihr seht vertrauenswürdig aus. Allerdings, ohne Lohn …« Den halben Satz ließ er im Raum stehen.

»Wie gesagt, wenn wir Leif Rotbart unsere Ladung wieder abjagen …«

»Daran solltet ihr nicht einmal denken. Den hat noch keiner besiegt. Er kommt und verschwindet, er nimmt sich, was er begehrt, doch er gibt niemals etwas zurück, was er besitzt. Man sagt, er säuft das Blut seiner getöteten Feinde.«

Sven und Yngvar blickten ihn ungläubig an, aber seine beiden Kumpane nickten mit ernsthaften Gesichtern. Sie hatten wohl auch ihre Erfahrungen mit diesem mysteriösen Seeräuber gemacht.

Tosti beugte sich vertraulich über den Tisch und senkte seine Stimme zu einem Flüstern. »Ich könnte euch ja einen Tipp geben, wie ihr schnell und einfach wieder zu Geld kommt, ohne euch mit Leif Rotbart anzulegen.«

»Und wie?« Yngvar beugte sich nun auch über den Tisch, doch Tosti schüttelte den Kopf. »So einen wertvollen Tipp vergebe ich natürlich nicht gratis.«

»Gut, dann bist du angeheuert«, sagte Yngvar.

Tosti warf einen bedeutsamen Blick zu seinen beiden Kumpanen.

»Also gut, deine Freunde auch.«

Noch immer wiegte Tosti zögernd den Kopf »Es ist schon eine Weile her, dass wir auf einem Schiff waren. Wir haben Durst und Hunger.«

Yngvar suchte unter seiner Tunika im Beutel nach einer zweiten Münze. »Ihr seid eingeladen. Ein Mahl und einen Zinnkrug Bier gibt es dazu – wenn der Tipp es wert ist.«

Tosti verschränkte die Arme über der Brust und blitzte sie unter gesenkten Lidern an. »Ihr habt nicht verstanden – wir stellen hier die Forderungen.«

Sven erhob sich. »Dann haben wir uns nichts mehr zu sagen.« Er wollte zur Tür gehen, doch Yngvar hielt ihn zurück.

»Warte! Wir hängen hier in Haithabu fest mit ein paar Münzen, einem kaputten Schiff und einer halben Mannschaft. Zudem wissen wir nicht, wie wir wieder zu Geld kommen ohne Waren. Sollen wir uns zu den Bettlern da draußen in den Gassen gesellen oder uns gar als Tagelöhner am Hafen verdingen?«

»Warum nicht?«, erwiderte Sven. »Vielleicht erfahren wir etwas über Leif Rotbart.«

»Das ist mir zu unsicher. Wovon wollen wir in der Zwischenzeit leben? Das Schiff muss repariert werden. Und wir brauchen Leute, sonst hängen wir hier in alle Ewigkeit fest. Lass uns doch anhören, was dieser Kerl zu sagen hat. Einen Krug Bier ist es mir wert. Außerdem habe ich Hunger. Seit ich festen Boden unter den Füßen habe, kommt auch mein Appetit zurück. He, Wirt, bring uns einen gekochten Schweinekopf und frisches Brot sowie zwei Krüge Bier!«

Der Wirt blieb am Tisch stehen und stützte sich auf die Tischplatte. »Könnt ihr auch zahlen? Es treibt sich hier genug Gesindel herum.«

»Sehen wir wie Gesindel aus?«, empörte sich Yngvar. Er warf zwei Münzen auf den Tisch. »Reicht das?«

Brummend strich sie der Wirt ein, dann ging er, um das Gewünschte zu bringen.

»Also?«, forderte Sven die drei Männer auf. »Was habt ihr für einen Vorschlag?«

Doch die drei schwiegen. Mit den Augen verfolgten sie den Wirt, bis er den gesottenen Schweinekopf und die Krüge auf den Tisch gestellt hatte. Sie zogen ihre Messer, doch Sven schob die große Schüssel mit dem Fleisch von ihnen weg. »Ich höre!«

»He, was soll das? Wir sind ehrliche Wikinger.«

»Wir auch! Sobald ihr uns euren angeblich so kinderleichten Vorschlag unterbreitet habt, dürft ihr essen. Wenn wir den Vorschlag annehmen.«

Er ließ das Messer in Tostis Hand nicht aus den Augen. Er traute den dreien nicht.

»Also«, begann Tosti gedehnt. »Wenn man keine Waren zum Tausch oder Verkauf hat, dann muss man sich welche besorgen.«

»So weit waren wir auch schon«, gab Yngvar unwillig zurück. »Wir holen uns unsere Ladung zurück.«

»Nein!« Tosti schüttelte heftig den Kopf »Ihr müsst euch neue Ware besorgen.«

»Und woher? Wir können nicht zurückkehren.«

»Das ist mir klar. Man würde euch in Schimpf und Schande empfangen.« Tosti grinste und zeigte seine gelblichen Stummelzähne. »Ich meine, ihr müsst euch die Waren woanders besorgen.«

»Besorgen? Du meinst rauben?«

»Klar doch! Wenn man nicht zahlen kann, so muss man sie sich eben *besorgen*.«

Yngvar lehnte sich zurück. »Unrecht mit Unrecht vergelten? Nein, das werden wir nicht tun.«

»Unrecht! Recht! Was ist das schon?«, blaffte Tosti. »Diese Begriffe kennen echte Wikinger nicht. Schon immer haben wir uns geholt, was Odin uns zugestanden hat. Erst seit diese Christen ihre unverständlichen Worte verbreiten, behaupten sie, wir seien Verbrecher. Was ist dabei, sich zu nehmen, was man begehrt?« Er packte die Fleischschüssel und zog sie zu sich heran. Mit seinem Messer schnitt er ein großes Stück aus der Schweinebacke. Die beiden anderen taten es ihm nach.

»Wir haben dieser Art des Víking abgeschworen«, sagte Yngvar. »Wir sind Christen geworden, deshalb leben wir nach den neuen Regeln. Odin heißt jetzt Gott und er hat einen Sohn, der Jesus heißt. Der ist in den Himmel aufgefahren und hat bestimmt, dass wir sonntags nicht arbeiten dürfen. Daran halten wir uns. Und wir nehmen anderen nichts weg, sondern handeln mit dem, was wir selbst produzieren oder eintauschen.«

Tosti hielt kurz im Kauen inne und wischte sich mit dem Ärmel seines Kittels das Fett vom Kinn. »Dann verhungert ihr lieber«, stellte er kopfschüttelnd fest, bevor er weiterkaute. Die groben Klumpen Fleisch, die er sich zwischen die Zähne schob, spülte er mit Bier herunter. Doch dann hob er das Messer wie einen warnenden Zeigefinger. »Du bist ein Wikinger, hast ein Schiff, eine Besatzung und bist für ihr Wohlergehen verantwortlich. Wie willst du den Frauen daheim in die Augen blicken, wenn sie erfahren, ihre Männer sind elend verhungert, nur weil irgendein fremder Gott sagt, dass ihr euch nicht nehmen dürft, was Odin euch zugesteht? Was ist aus den stolzen Wikingern geworden? Elende Krämerseelen, feige Duckmäuser, die den neuen Gott fürchten. Dabei ist die Welt voller Schätze … und Menschen.«

Yngvar kniff die Augen zu einem Spalt zusammen. »Wie meinst du das?«

»Wie ich es sage. Man braucht nur zuzugreifen.«

»Unmöglich! Wir sind viel zu wenige Männer, um ein anderes Schiff zu überfallen. Hier gibt es viel zu viele Schiffe, die zu Hilfe eilen würden.«

»Wer redet denn von Schiffen?« Tosti grinste. »Ich meine ein Land.«

»Du sprichst in Rätseln.«

Tosti stieß das Messer mit dem Knauf auf den Tisch. »Dann hört mal zu, ihr beiden Schiffsratten. Offenbar seid ihr noch nicht weiter als aus eurem Fjord herausgekommen, sonst wüsstet ihr, dass es wesentlich bessere Gegenden gibt als das Dänenland oder das Land Vík. Weiter im Süden liegt ein Land, wo Milch und Honig fließen. Dorthin hat es viele unserer Landsleute verschlagen. Man nennt es Normandie, es hat sogar einen Wikingerkönig.«

»Sollen wir uns dort niederlassen?«

»Pah, wer will schon plumper Bauer werden? Es gibt dort viele reiche Fürsten, die fruchtbares Land und große Schätze ihr Eigen nennen. Man nimmt so ein paar Leute gefangen, fordert Lösegeld und lässt sie wieder frei. Und wenn sie nicht zahlen, verkaufst du sie auf dem nächsten Sklavenmarkt. Es ist leicht verdientes Geld und auch nicht sehr gefährlich. Man muss es nur schlau anstellen. Keinen Krieg führen, sondern einfach wegfangen – schwupp!« Er vollführte eine Handbewegung, als finge er eine Fliege.

Eine Weile starrten Yngvar und Sven ihn sprachlos an. »Woher weißt du das?«, fand Yngvar als Erster die Sprache wieder.

»Weil ich schon dort war in diesem Land. Da gibt es Felder und Wälder, Flüsse mit Fischen und Berge mit Weinstöcken. Es gibt viel Wild, duftende Kräuter und Weiber. Weiber, sage ich dir, die haben Feuer unterm A…, also die haben ein Temperament! Viele haben dunkle Haare, kommen aus einem Land ganz weit im Süden und sprechen eine andere Sprache. Aber man muss nicht mit denen reden. Sie sind willig und freuen sich über jeden Mann, den sie zwischen ihre Schenkel bekommen.«

»Was erzählst du für Geschichten? Ich glaube dir kein Wort«, entgegnete Sven ungehalten.

Tostis Gesicht zog sich zu einer schrumpeligen Masse zusammen. »Du glaubst mir nicht?«, sabberte er und fuchtelte mit seinem Messer herum. »Ich werde es dir beweisen, du brauchst uns nur anzuheuern. Wir führen dich in dieses Land.«

Yngvar und Sven wechselten einen stummen Blick. Dann beugte sich Yngvar an Svens Ohr. »Wir werden wohl oder übel darauf eingehen müssen. Wir haben keine andere Wahl.«

»Das sehe ich auch so«, erwiderte Sven leise. »Aber wir müssen auf der Hut sein. Ich traue denen nicht.«

SELTSAME GEFANGENE

Es war der schönste Platz, den sie hätten finden können. Der Wald war licht, mit Eichen und zartem

Gras, einer Quelle, die munter sprudelte, und genügend Platz, um das erjagte Wildbret auszulegen und ein Feuer zu entfachen. Es waren immer aufwendige Jagden, die Adrien veranstaltete. Aber schließlich war es sein Hauptvergnügen. Der ihn begleitende Tross bestand nicht nur aus Freunden und Jagdgehilfen, sondern aus einem Koch, einem Mundschenk, Waffenträgern, Pagen und Dienern. Hier hatten sie ihr Lager aufgeschlagen, lange Leinentücher ausgelegt, auf denen Krüge mit Wein, Schüsseln mit Früchten und gewürztem Gemüse standen. Über dem Feuer brutzelte ein kapitales Wildschwein, dessen Fell an einem waagerechten Ast der nächsten Eiche zum Trocknen hing. Unter dieser Eiche lagen sorgfältig aufgereiht die weiteren Erfolge der Jagd: zwei Rehe, ein halbwüchsiges Wildschwein, sechzehn Hasen, Rebhühner, zwei Füchse und jede Menge Drosseln.

Von dem Wildschwein über dem Feuer fehlten schon eine Keule und ein beträchtliches Stück des Brustfleisches. Adrien hatte das gegarte Herz des Ebers in einer silbernen Schüssel zum Verzehr gereicht bekommen, und alle wünschten ihm den Mut und die Kraft des erlegten Tieres. Die Jagdwaffen – Lanzen, Saufedern, Speere, Pfeile und Bogen – lagen daneben, denn die Jagd war vorbei. Die ganze Jagdgesellschaft widmete sich nun dem müßigeren Teil, dem Essen und Trinken. In einiger Entfernung waren Zelte aufgebaut, in denen sie die Nacht verbringen wollten, bevor sie zur Burg zurückkehrten und die Burgküche mit dem Wild bereichern würden. Zwei Pferde mit Wagen hatten mehrere Fässer Wein herangekarrt. Dieser Wein floss nun in Strömen, die zunächst satte und träge Gesellschaft wurde immer munterer und betrunkener.

»Wer hätte das gedacht«, rief Adrien und hob seinen Zinnbecher. »So ein Jagdglück hatten wir lange nicht. Diana war uns hold.«

»Diana? Wer ist Diana?«, fragte ein junger Mann in grüner Tunika und mit einem lustigen Hütchen auf dem Haar. Seine Augen waren schon ein wenig glasig, und seine Zunge gehorchte ihm nicht mehr richtig.

»Was bist du für ein ungebildeter Tölpel, Pierre«, rügte ihn Adrien. »Dabei drängst du doch immer, meiner liebreizenden Schwester Adelaise Gesellschaft zu leisten, wenn sie aus ihren klugen Büchern vorliest.«

»Aber nicht wegen ihrer klugen Bücher, sondern wegen ihres Liebreizes unter ihrem Gewand«, spottete ein anderer.

»Schweig, du Reblaus!«, wehrte sich Pierre. »Es ist eines Ritters Pflicht, eine holde Dame anzubeten.«

»Pah, du kannst viel erzählen. Wir sehen doch, wie deine Augen glänzen, wenn sie auf ihrem Stuhl sitzt und du zu ihren Füßen. Sie beugt sich dann so herunter. Na, wo schaust du hin?«

Pierre warf einen abgenagten Knochen nach dem Spötter, der dem Wurfgeschoss geschickt auswich. So betrunken war er also noch nicht.

»Diana ist die Göttin der Jagd«, erklärte Adrien launig. »Eine Göttin aus Griechenland.«

»Wo liegt Griechenland?«

»Irgendwo im Süden, wo die Sonne heißer scheint als hier. Die haben da Götter und Göttinnen, die laufen nackt herum.«

Er erntete schallendes Gelächter. Wütend fuhr Adrien auf. »Ihr glaubt mir nicht? Dann fragt doch Adelaise. In ihrem Buch gibt es sogar Bilder von diesen Göttern. Sie sind tatsächlich nackt, die Göttinnen tragen eine lange Tunika, aber man sieht alles durch, ihre Körperformen und sogar die Falten des Fleisches.«

»Stimmt, diese Bilder habe ich auch schon gesehen«, pflichtete ein anderer ihm bei. »Ich habe auch einmal zugehört, als Adelaise vorgelesen hat. Da ging es um einen Mann, der sich Flügeln aus Federn gebaut hat und bis zur Sonne geflogen ist. Dann ist er heruntergefallen und hat sich das Genick gebrochen. Schöne Götter sind das! Dumme Götter!«

»Woher hat deine Schwester überhaupt solche Bücher?«, wollte Pierre wissen. »Bestimmt nicht vom Abt in Rouen, wenn da lauter nackte Weiber und Kerle drin sind.«

»Doch, sie hat sich dieses Buch kopieren lassen. Es hat fast ihren ganzen Schmuck gekostet, aber darauf legt sie ohnehin keinen Wert.«

»Aber auf Bilder von Nackten?«

»Adam und Eva waren auch nackt im Paradies.«

»Das ist doch etwas ganz anderes. Das ist die Bibel. Da sind aber keine Bilder drin.«

»Richtig, du musst es dir eben nur vorstellen.«

»Die Geschichten der griechischen Götter sind aber besser, schon weil da Bilder drin sind. Da gibt es einen Waldgeist, der spielt Flöte und hat zwei Hufe statt Füßen. Und plötzlich kommen da lauter niedliche Mädchen zwischen den Bäumen hervor und tanzen zu seiner Musik. Sie tanzen wie trunken, weil seine Musik sie verzaubert.« Adriens Wangen hatten sich gerötet. Seine blauen Augen glänzten glasig, und er spitzte schwärmerisch die Lippen. »Und dann kraulen sie dem Waldgeist namens Pan den Bart und lassen ihre feinen Gewänder fallen. Und dann …«

»Und dann?« Gespannt starrten die Umstehenden Adrien an. »Was geschieht dann?«

»Was soll schon geschehen? Er nimmt sie alle!«

»Ein Waldgeist alle Mädchen?«, staunte Pierre.

»Ja, eine nach der anderen oder auch alle auf einmal, jedenfalls gibt es ein wüstes Gelage, und allen macht es Spaß.«

»Das glaube ich jetzt aber nicht«, erwiderte Pierre skeptisch.

»Glaub, was du willst, ich wäre gern Pan.«

»Mit Hufen?«

»Egal, wenn es so viele willige Weiber gibt, die da umherschweben.«

»Dafür brauchst du aber so eine Zauberflöte.«

»Hier, ich habe eine Flöte dabei«, rief ein Page und hielt das Instrument für jeden sichtbar in die Höhe.

»Die Flöte sah auf dem Bild etwas anders aus, aber wir können es ja mal probieren.« Adrien nahm sie ihm ab und begann misstönend zu blasen. Die anderen hielten sich die Ohren zu. »Puh, das verschreckt doch jeden Waldgeist. Und schwebende Weiber kommen da auch nicht.«

»Das ist, weil wir nicht richtig gekleidet sind«, erklärte Adrien und zog sich sein wollenes Wams aus. »Ist viel zu warm.« Er entledigte sich auch seiner Stiefel, Hosen und des Hemdes, dann packte er eines der Leinentücher, warf das Geschirr herunter und wickelte es sich um den Leib. »So sahen die auf den Bildern aus. Und auf dem Kopf trugen sie einen Kranz aus Blättern.« Er pflückte einige junge Eichentriebe, wand sie zu einer Krone und setzte sie sich auf das Haupt.

»Ui, wie ein griechischer Waldgott«, staunten seine Jagdkumpane und lachten.

»Los, zieht euch auch aus«, forderte Adrien sie auf.

»Ganz nackt?« Die meisten zögerten und grinsten etwas verschämt.

»Dann nehmt die Tücher und wickelt euch darin ein. Jeder muss aber auch eine Laubkrone tragen. Ich spiele auf der Flöte, und ihr tanzt dazu.«

»Da musst du aber besser spielen«, kritisierte Pierre.

»Wir sind doch keine Weiber«, protestierte ein anderer.

»Vielleicht verwandelt ihr euch ja in solche, wenn ich erst spiele«, grinste Adrien. »Dieser Waldgott ist übrigens ein Freund des Weinkönigs Dionysos. Also, lasst den Wein fließen, dann tanzt es sich leichter.«

Die Krüge wurden gefüllt und gleich wieder geleert. Die Stimmung stieg, die Hemmungen fielen, unter Lachen und Johlen tanzten Adriens Jagdbegleiter zu seinen schrägen Tönen aus der Flöte. Niemanden störten sie mehr, Pan hatte sie mit seiner Flöte verzaubert und Dionysos sie mit Weingeist betäubt. So bemerkten sie nicht, dass sich hinter ihrem Rücken Unheil anbahnte.

***

Mit Erstaunen hatte Yngvar festgestellt, dass man sich an das Schaukeln des Bootes und den Wellengang gewöhnen konnte. Zumindest tat das sein Magen. Seit sie Haithabu verlassen hatten und immer gen Süden gefahren waren, hatte sich das Meer verändert, es war rauher geworden, die Wellen anders, höher und härter. Und auch die Küstenlinie hatte sich verändert, von steil bis ganz flach. Feine Sandstrände gab es hier, dann wieder solche voller Kieselsteine, weiße Kreidefelsen und wieder flaches Land. Die Welt schien nie zu enden, hinter jeder Landzunge begann ein neues Land, ein neues Meer. Sie hatten ihre Mannschaft wieder komplettiert, das Schiff repariert und keine einzige Münze mehr.

Yngvar musste nicht lange überlegen, um Tostis verlockendes Angebot anzunehmen. Tosti behauptete, schon einmal im Land der Normannen gewesen zu sein und den Weg dahin zu kennen. Und da sie weder Waren zu verkaufen noch zum Tauschen hatten, wollten sie eben Sklaven fangen. Je mehr er sich mit diesem Gedanken anfreundete, umso leichter schien ihm das ganze Unterfangen zu sein. Doch schon bald ging ihnen der Proviant aus, und auch das Trinkwasser wurde immer knapper.

»Da, da mündet ein kleiner Bach ins Meer!« Sven zeigte mit dem Finger zur flachen Küste. Hinter dem breiten Strand begann ein lichter Eichenwald, durch den sich der Bach schlängelte.

»Wir landen an«, befahl Yngvar mit einer Armbewegung. Die Ruder wurden gehoben und eingezogen, das Segel gerafft. Sanft glitt das Boot auf den Sand. Yngvar blickte sich prüfend um, doch die ganze Küste war menschenleer, so weit das Auge blickte. Keine Fischer, keine Händler, niemand.

»Glaubst du wirklich, dass wir hier richtig sind?«, fragte er Tosti.

»Aber gewiss«, bestätigte dieser. »Etwas weiter nördlich mündet ein Fluss ins Meer, den kann man hinauffahren bis zu einer großen Stadt, viel größer als Haithabu. Sie hat Häuser aus Stein, und ein König wohnt dort.«

»Der hat bestimmt viele Soldaten«, vermutete Sven. »Dort sollten wir uns nicht blicken lassen.«

Tosti grinste. »Seid ihr Feiglinge?«

»Nein, aber wo sind die Menschen dieses Landes? Wohnen die alle in der Stadt?«

»Es gibt Dörfer, Bauernhöfe …«

»Da zahlt keiner Lösegeld. Wir müssen schon einen guten Fang machen, damit wir auch eine Kiste voll Münzen bekommen.«

Yngvar wiegte den Kopf Wie er das anstellen sollte, wusste er allerdings auch nicht.

»Füllen wir unsere Wasservorräte auf Der Bach scheint mir geeignet zu sein. Vielleicht können wir etwas Wild jagen. Unsere Hirsevorräte sind aufgebraucht, und ein ordentliches Stück Wildbret wäre auch nicht zu verachten.«

Ein Teil der Mannschaft ging mit Eimern Wasser schöpfen, während die anderen ihr Jagdglück versuchten. Entlang dem Bach begaben sie sich ins Innere des fremden Landes.

»Riecht ihr was? Hier laufen die Wildschweine gebraten herum«, rief einer der Männer enthusiastisch.

Sven blieb stehen und hob warnend die Hand. »Du irrst! Der Hunger spielt dir einen Streich.« Yngvar blieb ebenfalls stehen. »Ich rieche … Rauch! Da sind Menschen. Vielleicht ein Dorf?«

Sie schlichen in der Deckung der Bäume vorwärts. Sie durften nicht entdeckt werden, sollte ihr Raubzug nicht auffliegen.

Was sich dann ihren verblüfften Augen bot, mochten sie zunächst nicht glauben. Da tanzten fast nackte Männer mit Eichenlaubkränzen auf dem Kopf, ein halbes Wildschwein brutzelte über dem Feuer, daneben stand ein Mann, in ein Tischtuch gewickelt, und blies misstönend auf einer Flöte. Die ganze Gesellschaft schien recht angeheitert, immer mal wieder fiel einer von ihnen um und blieb lachend im Gras liegen. Weiter entfernt standen Zelte, die Waffen lagen achtlos daneben. Und unter der großen Eiche präsentierte sich den ausgehungerten Wikingern eine fürstliche Strecke erlegten Wildes.

»Was ist das? Wer sind die? Sind das Priester bei einer Opferung?« Aber dann erblickte Yngvar Tuniken, Kittel, Hosen, Stiefel, hinter den

Zelten grasten Pferde und Maulesel. »Eine Jagdgesellschaft? Ob das Adlige sind?«, flüsterte er.

Sven nickte. »Die sind betrunken. Leichte Beute für uns.« Mit der Hand dirigierte er die Männer zu der Seite, wo die Waffen lagen. Auf keinen Fall durfte einer der Betrunkenen eine Waffe in die Hand bekommen. Der Ring zog sich immer enger zu, ohne dass die ausgelassene Gesellschaft etwas bemerkte.

Auf einen Wink Yngvars hin stürzten die Wikinger mit lautem Gebrüll auf Adrien und sein Gefolge. Die waren so erschrocken und verblüfft, dass sie überhaupt keine Gegenwehr leisteten. Mit großen Augen und offenen Mündern starrten sie die erschreckend aussehenden Wilden an, die martialisch mit Speeren und Äxten fuchtelten.

»Ihr seid gefangen«, rief Yngvar und setzte dem Flötenspieler die Schwertspitze an die Kehle. Am liebsten hätte er hinzugefügt: Verzeihung, aber die Not treibt uns dazu. Doch er presste die Lippen zusammen. Er wollte es so schnell wie möglich hinter sich bringen.

Adrien ließ die Flöte fallen und hob ergeben die Hände. Dabei rutschte seine Tunika herab, und er stand splitternackt vor Yngvar. »W… was wollt ihr von uns? Seid ihr Barbaren? W… wir haben euch nichts getan.« Sein Kopf war schlagartig ganz klar, doch seine Zunge war schwer.

»Halt's Maul«, fuhr Tosti ihn an. »Sagt euren Namen!«

»Eh, das ist meine Aufgabe! Ich bin der Anführer.« Yngvar schob Tosti einfach beiseite. »Also? Ich höre!«

Allmählich gewann Adrien die Fassung wieder. Seine Augen suchten die Waffen, doch die lagen unerreichbar weit entfernt. Einige der Wikinger sammelten sie mit lautstarken Jubelrufen auf. Seine Jagdfreunde standen wie er hilflos und halbnackt da, den belustigten Blicken der Räuber ausgeliefert. Pierre rappelte sich auf, er konnte sich kaum noch auf den Beinen halten, so sehr hatte er dem Wein zugesprochen.

Adrien schwieg hartnäckig, auch die anderen sagten kein Wort. Einige Augenblicke standen sich die Männer so gegenüber, etwas ratlos, was nun geschehen würde.

»Was machen wir nun?«, flüsterte Yngvar Sven zu.

»Fesseln, aufs Schiff bringen, alles auf den Wagen aufladen, auch das Fleisch vom Feuer.«

Yngvar bewunderte Sven insgeheim, wie überlegt und ruhig er die Situation meisterte. War ja auch kein Wunder, unter seinem ehemaligen Herrn, Fürst Ragnvald, hatte er solche Überfälle sicher häufiger unternommen.

Adrien begann zu jammern. »Bitte tut uns nichts, wir sind ganz harmlose Jäger. Wir haben nur gerastet. Dabei haben wir wohl etwas zu viel Wein getrunken. Wir hätten euch nichts getan, sondern zu unserem Jagdschmaus eingeladen.«

Yngvar hörte nicht auf das ängstliche Geplapper. »Zu welchem Herrn gehört ihr? Wie sind eure Namen?«

Augenblicklich verstummte Adrien.

Sven hob die Schultern und forderte Yngvar mit einem Blick auf, endlich zu verschwinden.

»Also los, vorwärts!«

Sie trieben die Gefangenen vor sich her. Sie gestatteten Adrien, nach seiner Tunika zu greifen und sie um seine Lenden zu wickeln, mehr aber nicht. Während Adrien und seine Freunde vorwärtsstolperten, bewacht von den Wikingern, lud der Rest der Mannschaft alles auf den Pferdewagen, Waffen, Zelte, Kleidung, Geschirr, erlegtes Wild und vor allem das gegrillte Schwein. Der Duft des Fleisches machte die Wikinger reizbar, doch Yngvar verbot den Männern, sich am Braten zu vergreifen.

»Es wird gerecht geteilt zwischen den Männern«, bestimmte er. »Sie haben alle Hunger.«

Langsam bahnte sich der seltsame Zug seinen Weg zurück zur Küste, wo Einar das Füllen des Wasserfasses überwachte. Die Zurückgebliebenen starrten verblüfft auf die seltsamen Gefangenen, dann brachen sie in lautes Gelächter aus. »Wer ist euch denn da vor die Lanze gelaufen? Sind das Trolle?«

Doch als sie den voll beladenen Wagen bemerkten, das Wild und das gebratene Wildschwein, jubelten sie. Am Strand wurde sofort eine Feuerstelle eingerichtet, das Fleisch erneut über die Flammen gehängt und weiteres Wild bratfertig gemacht. Die Gefangenen wurden auf das Schiff gebracht und auf dem Vorderdeck aneinandergefesselt. Eine Flucht war unmöglich. Die Wikinger konnten sich erst einmal stärken und die Beute genauer in Augenschein nehmen.

Am Strand begann nun ein ausgelassenes Feiern und Schmausen. Auch der ungewohnte Wein war willkommen, wenngleich Yngvar lieber einen Krug Met getrunken hätte.

»Die saufen hier den Wein wie Wasser«, erklärte Tosti. »An sonnigen Hängen wachsen Rebstöcke, aus deren Früchten der Wein hergestellt wird.«

»So etwas würde ich gern mal sehen«, bemerkte Yngvar. »Bei uns brachte Thoralf Wein in verschlossenen Krügen mit. Unser jetziger Priester in der Kirche ist ganz verrückt darauf, und jeden Sonntag sollen wir einen Schluck davon trinken. Wir tun ihm den Gefallen, aber danach gibt es ordentlich Met.« Sein Gesicht wurde einen Moment ernst, als er an daheim dachte. Dann wischte er den schwermütigen Gedanken mit einer Handbewegung weg. »Man kann sich daran gewöhnen, zumindest schmeckt er besser als Wasser.«

»Sag nichts gegen dieses Wasser, das ist auch nicht zu verachten. Und wir danken unseren zusammengebundenen Gästen, dass sie für uns die Jagd übernommen haben.« Sven hob lachend einen Weinkrug, um ihn dann in einem Zug zu leeren. Der rote Wein tropfte auf sein Nesselhemd, das sich blutrot verfärbte. Er achtete nicht darauf. Die Wikinger begannen zu singen, mit rauhen, lauten Stimmen, die den Gefangenen auf dem Schiff eine Gänsehaut über den Rücken jagten.

Yngvar war zufrieden. Es war wirklich kinderleicht gewesen, diese seltsamen Gefangenen zu machen. Sie leisteten weder Widerstand, noch benahmen sie sich überhaupt wie normale Menschen. Wer tanzte denn schon halbnackt und trunken vom Wein nach den Tönen einer Flöte durch den Eichenwald? Er vermutete immer noch irgendeinen mystischen Brauch, eine Opferung heidnischer Priester, nur die Waffen und die Kleidung störten diesen Eindruck. Nach den abgelegten Kleidungsstücken zu urteilen, mussten sie aber dem Adel angehören. Vielleicht waren sie beides, Fürsten und Priester, so wie es auch im Wikingerland früher üblich gewesen war. Umso besser für Yngvar und seine Männer, dann konnten sie von der Sippe ordentlich Lösegeld verlangen. Danach würde Yngvar schnell das Land wieder verlassen, in Haithabu schöne Waren einkaufen und nach Skollhaugen zurückkehren. Dann hätte er Thoralf bewiesen, dass auch er ein Held war.

Die Nacht senkte sich über sie, das Feuer am Strand färbte die erhitzten Gesichter der Wikinger rot.

»Die Gefangenen haben die Frage noch nicht beantwortet, woher sie kommen«, gab Sven zu bedenken. »Wir werden etwas nachhelfen müssen.«

»Gewalt? Das will ich nicht.« Yngvar schüttelte entschieden den Kopf »Ich dachte, das geht einfach so. Auf einigen Kleidungsstücken befindet sich doch ein Wappen.«

»Wo willst du suchen? Das Land könnte sehr groß sein.«

»Ich denke, jeder Bauer kann uns darüber Auskunft geben. Morgen früh brechen wir auf.«

DIE DAME MIT DEM FALKEN

Sie waren nur wenige Männer. Es war ein großes Wagnis, aber die Bewachung der Gefangenen war Yngvar so wichtig, dass er sich auf Svens ungewöhnlichen Vorschlag einließ. Ein größerer Trupp Männer würde auffallen und vielleicht Kampfhandlungen provozieren. Das wollten sie nicht riskieren. Insgeheim musste Yngvar zugeben, dass Svens Vorschläge gut überlegt und ungewöhnlich waren. Zunächst wollte Yngvar sie jedes Mal ablehnen, zu gewagt erschienen sie ihm, doch nach längerem Überlegen fand er sie immer besser, bis er zustimmte. Sven wurde ihm inzwischen zu einem guten Kameraden und Ratgeber.

Sie hatten sich umgezogen, einige Kleidungsstücke herausgesucht, die den Gefangenen gehörten. Auch zwei Pferde nahmen sie sich. Sie wollten schließlich ihre Forderungen nicht als Bettler vorbringen. Außerdem kamen sie auf diese Weise schneller vorwärts. Yngvar hatte darauf bestanden, dass sie sich rasierten und das Haar schnitten. »Sonst fallen wir sofort auf. Etwas gepflegter könnten wir als Ritter auf Wallfahrt gelten.«

»Meinst du?« Sven suchte sich noch einen langen Mantel aus. »Ritter auf Wallfahrt, was ist das eigentlich?«

Tosti lachte meckernd. »Und ihr wollt Christen sein? Das weiß doch jeder, dass sich die christlichen Herren auf die Reise an einen heiligen Ort begeben. Für ihr Seelenheil.«

»Ach so!« Sven winkte ab. »Wir sind auch manchmal ins heilige Moor gezogen und haben Odin geopfert. Aber der Priester hat es uns verboten. Wohin ziehen denn die Ritter?«

»Nach Jerusalem. Ja, Jerusalem ist wohl das Beste. Sie bringen dann Reliquien mit, die sie auch auf dem Markt verkaufen. Reliquien bringen viel Geld.«

»Was du nicht alles weißt. Was denn für Reliquien?«

Tosti zuckte mit den Schultern. »Gesehen habe ich noch keine. Meist sind sie in kleinen Kästchen verschlossen und sollen Zauberkraft besitzen.«

»Davor fürchtest du dich wohl?«

Darauf gab Tosti keine Antwort. Dafür verlangte er, dass er Sven und Yngvar begleiten durfte. »Schließlich kenne ich mich hier aus«, behauptete er.

»Tatsächlich? So richtig will ich das gar nicht glauben«, erwiderte Yngvar spöttisch.

»Aber sicher doch! Auf meinen früheren Fahrten war ich schon mehrmals hier. Und meine Freunde Ulf und Steinolf auch. Wir können euch gute Dienste leisten. Außerdem braucht ihr ja einen Schutz als fahrende Ritter. Wir sind eure Knappen.«

Yngvar und Sven schauten sich an. »Ich habe keine Ahnung, wie fahrende Ritter unterwegs sind. Aber mir soll es recht sein. Zu zweit wären wir doch zu auffällig«, stimmte Yngvar zu.

»Dann müsst ihr euch aber auch rasieren, das Haar schneiden und umkleiden«, forderte Sven. »Ihr seht ja aus, als hätten euch Bären großgezogen.«

Steinoff und Ulf murrten zunächst, doch eine herrische Handbewegung von Tosti ließ sie augenblicklich verstummen. Sie nahmen sich die Maulesel als Reittiere. Ihre Waffen versteckten sie unter der Kleidung.

»Ihr seid nicht wiederzuerkennen«, grinste Tosti, während er seine beiden Kumpane betrachtete. Die fühlten sich offensichtlich wenig wohl in ihrer Verkleidung, doch weder Yngvar noch Sven nahmen Notiz davon. Sie wollten schnell aufbrechen.

Noch immer gefiel Yngvar der Gedanke nicht, dass er wirklich unter die Räuber gegangen war, Männer gefangen genommen hatte und nun Lösegeld erpressen sollte. Zwar hatte er keine Ahnung, wer diese Männer waren, doch auf der nächsten Burg hofften sie, Auskunft zu erhalten. Sie brauchten diese Burg nur noch zu finden.

Sie ließen den Eichenwald hinter sich. Die Landschaft war lieblich, mit sanften Hügeln, Äckern, Wiesen, auf denen fettes Vieh stand. An mehreren Hängen entdeckten sie Weinstöcke. Auf Yngvars Drängen unterbrachen sie ihren Ritt, weil er sich die Weinstöcke genauer anschauen wollte.

»Was für interessante Pflanzen«, stellte er begeistert fest. »So etwas wächst bei uns nicht, sonst würde ich welche mitnehmen.«

Sven ritt mit seinem Pferd ungeduldig im Kreis herum. »Vergiss nicht, wir wollen Lösegeld fordern und uns nicht das Land anschauen.«

»Jaja, aber es ist hier alles so interessant. Es scheint viel Wild zu geben, auch wenn der Wald gar nicht so dicht ist. Und die Äcker sind fruchtbar. Hast du die Rinder gesehen? Die sind viel größer als bei uns. Wie kommt das? Liegt es an dem Gras, oder sind es andere Rinder?«

»Es sind andere Rinder«, erwiderte Tosti. »Auch die Schafe sind anders, die haben ein weicheres Fell.«

»Dann nehmen wir ein paar Rinder und ein paar Schafe mit.« Yngvars Augen begannen zu glänzen.

»Das geht nicht. Ich glaube nicht, dass die Tiere unsere harten Winter überstehen«, gab Sven zu bedenken. »Außerdem sollten wir uns sputen, um die Geiseln einlösen zu können.«

Nur widerwillig bestieg Yngvar wieder sein Pferd. Was er sah, begeisterte ihn. Er war neugierig, die Besitzer dieses herrlichen Fleckchens Erde kennenzulernen. Diese seltsamen Gefangenen waren bestimmt adlige Priester, die alten Kulten nachgingen. Sicher konnten sie für sie viel Geld herausschlagen. Davon konnten sie sich Vieh und viele andere schöne Dinge kaufen.

»Es ist tatsächlich ziemlich warm hier«, stellte er fest. »Was für ein Glück, in so einem Land leben zu können.«

Tosti räusperte sich. »Hier leben viele Nachkommen der Wikinger. Sogar einen Jarl gibt es hier. Er regiert Rouen, weiter im Südosten.«

»Tatsächlich? Dann ist es Wikingerland?«

»Aber ja. Deswegen kenne ich mich ja hier auch aus.«

Tosti drängte sich wieder in den Vordergrund. Er schien sich für unentbehrlich zu erachten.

»Wir werden sehen«, wich Sven aus. Ihm missfiel Tostis respektloses

Verhalten. Seine beiden Kumpane hielten sich dafür im Hintergrund. Sven würde sie im Auge behalten.

An mehreren Bauerngehöften hielten sie und fragten nach. »Wem gehört dieses Land?«

Sie ernteten verwunderte Blicke, aber keiner antwortete ihnen. Ein Bauer deutete auf das Wappen auf der Schabracke des Pferdes. »Wollt ihr uns zum Narren halten? Ihr findet wohl nicht mehr auf eure Burg zurück?« Er schaute ihnen misstrauisch ins Gesicht. »Wir kennen euch nicht.«

»Wir kommen aus Rouen«, rief Tosti eifrig. »Wir wollen unsere Verwandten besuchen, aber wir wissen nicht, wo sie wohnen.«

»Das ist seltsam. Ihr befindet euch auf eurem eigenen Grund, dem der Pattefleurs, und wisst es gar nicht?«

»Wir … wir waren in unserer Kinderzeit das letzte Mal hier«, versicherte Yngvar eilig. »Da vergisst man schon mal den Weg. Wir … wir hatten Sehnsucht nach unserer lieben Familie.«

»Zur Burg Coquille ist es noch einen halben Tagesritt«, brummte der Bauer. »Nicht zu übersehen …«

»Pattefleur heißen also die Landesherren hier«, sagte Yngvar, als sie sich ein Stück entfernt hatten.

»Klar«, rief Tosti meckernd und zeigte auf das Wappen. Es hatte einen blauen Grund, über den schräg eine Spur von Pfotenabdrücken eines Wolfes führte. Beiderseits prangten weiße Blüten. »Pattefleur heißt so viel wie Tatzenblumen.«

»Konntest du das nicht eher sagen?«, herrschte Sven ihn an. »Ich denke, du kennst dich hier aus?«

»Ein bisschen«, gab Tosti zurück. »Ich konnte doch nicht ahnen, dass wir uns auf dessen Land bewegen.«

»Unsinn! Es war klar, dass wir uns auf ihrem Land bewegen, da sie ja auch hier gejagt haben.« Er sprang vom Pferd und drehte die Satteldecke um. »Wir dürfen das Wappen nicht zeigen, um uns nicht verdächtig zu machen.«

»Wie hieß die Burg?«, wollte Yngvar wissen. »He, Tosti, wie hieß die Burg?«

»Coquille. Das bedeutet Schnecke.«

»Schnecke? So nennt man doch keine Burg. Sagst du auch die Wahrheit?«

»Natürlich. Ich schwöre dir bei Odin und allen Göttern, es heißt Schnecke. Weiß der Teufel, warum.«

Wortlos ritten sie weiter. Sie durchquerten einen weiteren Wald, der diesmal etwas dichter war. »Schaut mal, hier gibt es überall Erdbeeren!« Yngvar sprang wieder von seinem Pferd, um eine Handvoll zu pflücken. »Sie sind süß und saftig. So etwas habe ich noch nicht erlebt. Nein, es ist ein verwunschenes Land, so übervoll von Köstlichkeiten.« Er wandte sich an Tosti. »Sagtest du nicht, die Frauen wären so schön und willig?«

»Sagte ich«, murmelte Tosti, nun vorsichtig geworden. »Allerdings weiß ich es nur von dort, wo ich damals war.«

»Machen wir eine kurze Rast«, schlug Sven vor. »Es kann nicht mehr weit bis zu dieser Burg sein.«

Sie banden die Reittiere an die Bäume und sammelten Erdbeeren auf. Tosti, Ulf und Steinolf sonderten sich etwas ab. »Wollen wir nicht jetzt schon zuschlagen?«, fragte Ulf leise.

»Nichts da«, zischte Tosti. »Wir warten, bis sie das Lösegeld haben.«

»Wozu? Vielleicht können wir noch mehr herausschlagen als sie.«

»Wo hast du nur dein Hirn, du halber Hahn? Es könnte ja auch schiefgehen, dann werden sie gefangen genommen und nicht wir. Wir sollten gar nicht mit auf die Burg gehen, sondern irgendwo draußen warten, bis sie wiederkommen.«

»Und dann erledigen wir sie!« Ulf nickte grinsend »Du bist sehr klug, Tosti.«

»Endlich seht ihr es ein. Vergesst nicht, ich habe es auch eingefädelt, dass wir in ihre Mannschaft aufgenommen werden.«

»Die Mannschaft wird sich aber wundern, wenn die beiden nicht zurückkommen.«

»Wir sagen, dass sie plötzlich an einer Krankheit gestorben sind. Dann übernehmen wir das Kommando und segeln wieder nach Haithabu.«

»Kinderleicht!« Steinolf grinste breit.

»Pssst!« Tosti warf einen prüfenden Blick zu Sven und Yngvar hinüber, aber die waren immer noch damit beschäftigt, Erdbeeren zu sammeln. »Sie dürfen nichts merken. Dieser Sven scheint mir etwas misstrauisch zu sein.«

»Und Yngvar misstraut Sven«, ergänzte Steinolf. »Das sollten wir ausnutzen.«

»Überlass das Denken mir«, wies ihn Tosti zurecht. »Ich habe meinen Plan, und der ist genial. Es wird so gemacht, wie ich es sage.«

»Jawohl, du bist unser Anführer«, erwiderte Ulf. Er stieß Steinolf mit dem Ellbogen an. »Sag du es auch.«

»Jawohl, du bist unser Anführer«, stimmte auch Steinolf zu.

»Still, sie werden schon auf uns aufmerksam«, mahnte Tosti.

»Seid ihr fertig?«, rief Sven zu ihnen herüber.

»Jaja, wir kommen schon!« Sie eilten zu ihren Maultieren und stiegen auf. Der Weg führte sie weiter durch den Wald, der sich plötzlich vor ihnen lichtete.

»Da!« Yngvar wies aufgeregt mit dem Arm nach vorn. »Die Burg sieht tatsächlich aus wie eine Schnecke! Wir sind da!«

Zwischen den Bäumen hindurch schimmerte die Burg mit ihrem aus hellem Kalkstein errichteten Burgfried und dem sich schneckenförmig um den Hügel windenden Weg. Der war aus dem felsigen Untergrund herausgeschlagen worden und sah aus wie eine weiße Schlange im kräftigen Grün des Grases und der Büsche.

»Also auf, bringen wir es hinter uns!« Yngvar schlug seinem Pferd die Fersen in die Flanken.

»Halt! Stopp! Bleib hier!« Sven zog die Zügel an. »Da stimmt was nicht.«

Unwillig wandte Yngvar sich um. »Was ist denn?«

»Da! Siehst du es nicht? Hinter dem Berg befindet sich ein Zeltlager. Man sieht es nicht so genau, aber am Weg stehen Krieger. Sie tragen ein anderes Wappen als das hier.« Er deutete auf die umgedrehte Satteldecke.

Yngvar blickte in die angegebene Richtung. Er hatte nicht darauf geachtet, doch Sven hatte recht. Die Wächter, die den Weg zur Burg bewachten, trugen auf ihren Waffenröcken ein anderes Wappen, das gekreuzte Schwerter und drei schwarze Bäume auf blutrotem Grund zeigte.

»Vielleicht sind wir an der falschen Burg?«, wandte Tosti ein.

»Nein, dort oben auf dem Burgfried weht eine Fahne mit diesem Wappen: die Wolfsspur mit den weißen Blumen. Das muss Burg Coquille sein. Außerdem sieht sie wirklich wie eine Schnecke aus.«

»Und nun?« Yngvars Pferd tänzelte.

»Da … da … da sind noch mehr«, rief Tosti aufgeregt. »Noch ein anderes Wappen!«

Sie stiegen von ihren Reittieren ab und näherten sich zu Fuß vorsichtig dem Waldrand. Eine ganze Weile beobachteten sie das seltsame Treiben am Fuße des Schneckenhügels. »Ist das nun ein Jahrmarkt oder ein Fest oder eine Versammlung von Sippen?« Yngvar kratzte sich nachdenklich am Kopf.

»Ich ahne etwas«, flüsterte Sven. »Das ist eine Belagerung.«

»Meinst du? Ich sehe aber kein Kriegsgerät, keine Ramme. Auch greift niemand an.«

»Aber die mit dem Schwerterwappen kontrollieren den Weg zur Burg. Da kommen wir nicht rauf«

»Wir sind fremde Pilger, uns müssen sie aufnehmen. Hier gibt es bestimmt auch so etwas wie Gastfreundschaft.«

Sven wiegte den Kopf »Die ist wohl außer Kraft gesetzt, wenn man belagert wird. Aber was hat es mit dem anderen Wappen auf sich? Da ist noch eines mit einem Fisch und vier Kreuzen. Ob zwei Sippen die Burg gemeinsam belagern?«

»Könnte schon sein. Allerdings erschwert das unseren Stand erheblich«, gab Yngvar zu bedenken. »Wir sollten das Ganze erst mal beobachten.«

Tosti, Ulf und Steinolf warfen sich bedeutungsvolle Blicke zu. Das neue Problem passte nicht in ihren Plan, doch im Augenblick konnten sie nichts unternehmen.

Sie führten ihre Reittiere tiefer in den Wald hinein. Yngvar bestimmte Steinolf zur Wache, sie selbst würden sich auf die Lauer legen und die Burg beobachten.

***

Es war langweilig und ermüdend. Hinter einem dicken Baum versteckt, wechselten sie sich ab. Manchmal zweifelten sie daran, dass die Burg wirklich belagert wurde, denn die beiden Zeltlager an ihrem Fuß glichen einem Markt mit ihrem bunten Treiben. Auch die Belagerer schienen an Langeweile zu leiden. Sie vertrieben sich die Zeit mit Scheinkämpfen, Essenkochen, Müßiggang und Brettspielen. Nur wenige Bauern wollten in die Burg, wurden aber von den Soldaten abgewiesen. Offenbar sollten die widerspenstigen Burgbewohner ausgehungert werden. Aber das konnte Wochen, Monate, vielleicht Jahre dauern, je nachdem, wie gut die Burg sich selbst versorgt hatte. Warum wurde sie wohl belagert?

Plötzlich legte Yngvar, der seit einigen Stunden auf Beobachtungsposten lag, den Zeigefinger auf die Lippen. »Psst! Da kommt jemand.«

Sofort warfen sich alle auf den Bauch, damit das Buschwerk sie verbarg.

Eine junge Frau mit einem Körbchen in der Hand kam herangeschlendert, gefolgt von einem Mann. Beide ließen sich unter einem Baum nieder und begannen, Zärtlichkeiten auszutauschen.

»Ich bin glücklich, dass du dich davonstehlen konntest, Jungfer Jocelyne«, sagte der junge Mann, nachdem beide wieder zu Atem gekommen waren.

»Meine Herrin darf es aber nicht wissen«, erwiderte Jocelyne. »Schließlich bist du unser Feind, Josse.«

Josse lachte. »Eigentlich habe ich mich gerade verliebt. Das Herz fragt nicht danach, welches Wappen der Herr trägt.«

Sie küssten sich wieder.

Yngvar verdrehte die Augen. »Können die nicht weiterreden? Hier scheint es eine Liaison der verbotenen Art zu geben.«

»Dieses Mädchen kommt offenbar von der Burg. Das ist unsere Chance zu erfahren, wie man auf geheimen Wegen in die Burg gelangt.«

»Wie willst du das anstellen?«

Sven lachte leise. »Wir werden ihr heimlich folgen, wenn sie wieder zur Burg zurückkehrt. Wenn …«

Denn im Augenblick waren die beiden Liebenden so miteinander beschäftigt, dass sie alles um sich herum vergaßen. Josse beglückte Jocelyne mit tausend Küssen, die er über ihren Körper verteilte. Von den Lippen angefangen, über ihren Hals, die Ohrläppchen und die entblößten Schultern. Er nestelte unruhig an ihrem Kleid herum, und Jocelyne half ihm, ihre Brüste zu entblößen. Josse seufzte beglückt, als er die beiden schneeweißen Kugeln mit den Erdbeerspitzen in den Händen hielt.

»Was für eine Pracht«, schwärmte er, bevor er auch diese mit Küssen bedeckte.

Jocelyne schloss die Augen und zerzauste Josses blondes Haar. Ihr Kleid rutschte immer weiter nach unten, ebenso Josses Kopf. Jocelyne kicherte. »Das kitzelt ja!«

»Soll es doch«, murmelte er. »Gefällt es dir?«

»Jaja, mach weiter!«

Yngvar, Sven, Tosti und Ulf lagen auf dem Bauch, mit kugelrunden Augen und offenen Mündern.

»Bei Odin, da geht es ja richtig zur Sache.« Yngvar war froh, dass er auf dem Bauch lag. In seiner Hose machte sich eine verdächtige Veränderung bemerkbar. »Wie lange geht das denn noch?«

Sven mochte seine Augen nicht von dem Anblick lösen, doch zwischendurch warf er Yngvar einen kurzen Blick zu. »Hast du noch nie eine Frau gehabt?«

Yngvar schüttelte den Kopf. »Nicht so wie die«, erwiderte er mit belegter Stimme. »Es war einfach keine passende da.«

»Hattet ihr keine Mägde auf dem Hof?«, wollte Tosti wissen. »Die sind doch meist sehr entgegenkommend.«

»Nicht bei uns«, gab Yngvar schroff zurück. »Auf die Ehre der Sippe hat meine Mutter sehr geachtet. Ein Jarl oder dessen Söhne würden sich niemals mit dem Gesinde abgeben.«

Tosti schnaufte verächtlich, doch Yngvar hob warnend die Hand. »Seid leise! Sie dürfen uns nicht entdecken. Der junge Mann scheint einer der Belagerer zu sein.«

Ihnen blieb nichts anderes übrig, als dem Liebesspiel der beiden zuzuschauen. »Ich finde es sehr diplomatisch, wenn man auf diese Art Frieden schließt«, grinste Sven. »So mancher Krieg könnte dadurch verhindert werden.«

Kurz bevor Josse Jocelynes Kleid ganz abstreifen konnte, schob sie ihn zurück. »Nein, nein, alles bekommst du heute nicht. Wenn du mir den Korb mit Erdbeeren füllst, komme ich morgen wieder.«

»Lässt du mich dann an deine geheimsten Stellen?«, wollte Josse wissen.

»Vielleicht«, gab Jocelyne ausweichend zurück, warf ihm aber verheißungsvolle Blicke zu.

»Vielleicht gibt es noch mehr solch willige Weiber auf dieser Burg«, hoffte Tosti. »Da können wir uns schadlos halten.«

Yngvar zog die Augenbrauen zusammen. »Du vergisst, weshalb wir hier sind. Wir sind keine Tiere, also werden wir unsere Forderungen vortragen, das Lösegeld nehmen und wieder verschwinden. Und jetzt wirst du hierbleiben und mit Ulf die Belagerer weiter beobachten. Sven und ich folgen dem Mädchen, um den geheimen Zugang zur Burg zu finden.«

Tosti wollte protestieren, doch diesmal hob Sven warnend die Hand. »Halt's Maul, Tosti. Du hast gehört, was dein Anführer gesagt hat. Du wirst gehorchen oder du wirst deine Strafe bekommen.«

Tosti wechselte mit Ulf einen stummen Blick. »Geht schon klar. Will gar nichts gesagt haben. War eben bloß so anregend, was die beiden da …«

»Schluss jetzt! Sie will gehen. Komm, Sven, wir müssen einen Bogen schlagen, damit uns der Junge nicht entdeckt.«

Geduckt schlichen beide seitlich durchs Dickicht, während Ulf und Tosti liegen blieben.

»Lange lasse ich mir das nicht gefallen«, zischte Tosti wütend. »Was bilden die beiden sich ein? Wenn dieser Yngvar Sven nicht an seiner Seite hätte, hätte er nicht mal übers Meer gefunden. Hast du gesehen, wie ihm ständig übel wird? Was ist das nur für ein Wikinger?«

»Sei froh, so haben wir wenigstens leichtes Spiel«, entgegnete Ulf »Wenn alles gutgeht, kommen sie in ein paar Stunden mit einer Kiste voll Geld wieder zurück.«

»Dein Wort in Odins Ohr. Und dann ziehen wir ihnen das Fell über die Ohren!«

Beide lachten rauh, bevor sie es sich wieder zwischen den Erdbeeren bequem machten.

Yngvar und Sven folgten Jocelyne, indem sie von Baum zu Baum huschten und dahinter Deckung suchten. Es war nicht einfach, das Mädchen im Auge zu behalten, ohne selbst in Gefahr zu geraten. Das Schwierigste war wohl, die freie Fläche zwischen dem Wald und der Burg zu überqueren.

Yngvar deutete stumm auf die niedrigen Büsche, die den Waldrand säumten. Solche standen auch in größeren Abständen auf der weiten Grasfläche am Fuß der Burg. Sven verstand sofort und nickte. Mit den Streitäxten, die beide am Gürtel unter der Tunika trugen, wurden zwei Büsche gekappt. Mit den Zweigen tarnten sie sich perfekt. Wenn sie etwas geduckt gingen, würde niemand sie bemerken. Stück für Stück rückten sie aus dem Wald heraus vor. Sie legten immer wieder eine kleine Pause ein, beobachteten durch die Zweige hindurch die Umgebung, doch niemandem fiel etwas auf. Sie liefen wieder ein Stück, stoppten, beobachteten, liefen weiter. Die Belagerer schienen sich ihrer Sache so sicher zu sein, dass ihnen die wandernden Sträucher überhaupt nicht auffielen.

Jocelyne lief zuerst auf das eine Lager zu, dann auf das andere, tat so, als gehöre sie zu den Mägden, die die Soldaten versorgten. Dann jedoch bog sie ab und verschwand im Gestrüpp an der Steilseite der Burganlage. Einen Moment blickten Yngvar und Sven sich ratlos um.

»Ist sie da hinaufgeklettert?«

»Offenbar. Los, folgen wir ihr schnell!« Sie warfen ihre Tarnung beiseite. Sie mussten sich wirklich sputen, und es war ihr Glück, dass sie aus ihrem bergigen Heimatland gewohnt waren, auf steile Hänge zu klettern. Sie holten Jocelyne ein, als sie gerade durch die kleine Pforte in das Innere der Burg schlüpfen wollte.

Sven stieß die Tür wieder auf. Mit weit aufgerissenen Augen sprang Jocelyne erschrocken zurück und öffnete den Mund, um nach Hilfe zu rufen.

»Keine Angst, wir tun dir nichts«, versuchte Yngvar sie zu beruhigen. »Wir müssen deinen Herrn sprechen.«

Jocelyne presste ihre Hände auf ihr wild schlagendes Herz, doch sie fing sich schnell. »Gehört Ihr zu Graf Hamos Truppe?«

»Nein, nein, wir …«

»Dann gehört Ihr zu Graf Pepin?«

»Nein, auch nicht. Wir sind …« Yngvar bedeckte schnell die Streitaxt mit seiner Tunika, die sie hätte verraten können. »Wir sind Ritter auf Wallfahrt. Also, können wir deinen Herrn sprechen?«

»Ritter auf Wallfahrt?« Jocelyne betrachtete sie abschätzend. Wenn sie zu einem der Grafen gehören würden, hätten sie sie sicher schon überwältigt. Und es würde sie gar nicht wundern, wenn die beiden Wallfahrer auf der Suche nach Obdach bereits auf Hamos und Pepins Burgen abgewiesen worden wären. Vermutlich waren sie schon etwas verzweifelt und ihr deshalb gefolgt. »Ihr sucht sicher ein Quartier.«

»Genauso ist es«, fiel Sven ein.

»Wo habt ihr denn eure Pferde, Waffen, Knappen gelassen?«

Yngvar deutete mit dem Kopf in Richtung des Waldes. »Es war etwas schwierig, zur Burg zu gelangen.«

Jocelyne seufzte. »Jaja, seit wir belagert werden, können wir nicht einmal unseren Pflichten der Gastfreundschaft und Nächstenliebe für Wallfahrer nachkommen. Ich muss euch schwer enttäuschen, werte Herren Ritter. Der Herr dieser Burg befindet sich nämlich selbst auf einer weiten Reise, und es ist nur die Tochter des Grafen anwesend. Aber sie wird euch sicher ein Nachtlager und Speisung gewähren. Folgt mir, ich führe euch zu ihr.«

Yngvar atmete durch. Die Kleine schien keinen Verdacht geschöpft zu haben. Jocelyne ging voran, und die beiden folgten ihr schweigend. Yngvar betrachtete Jocelynes Hinterteil, das sich unter dem Rock abzeichnete, und musste an das Schäferstündchen im Wald denken. Offenbar hatte Tosti recht, die Frauen hier schienen deutlich entgegenkommender und williger zu sein. Jocelyne war hübsch mit ihrem dunklen Haar und den erdbeerroten Lippen. Kein Wunder, dass der junge Mann sich in ihrer Nähe kaum zurückhalten konnte.

Sie führte die beiden angeblichen Ritter zu einem massigen, aus hellem Kalkstein erbauten Burgfried in der Mitte der Anlage. Er war gesäumt von Wirtschaftsgebäuden und Stallungen. Die Burgmauer bestand ebenfalls aus Stein und erweckte einen wehrhaften Eindruck. Wenn die Ställe und Lagerhäuser gut gefüllt waren, konnte die Belagerung noch lange dauern.

Yngvar und Sven bewunderten den Steinbau, doch sie hatten keine Zeit, ihn ausgiebig zu betrachten, denn Jocelyne führte sie durch eine schwere Holztür direkt hinein. Eine steinerne Treppe führte hinauf, nach jeder vollen Umrundung führten weitere Stufen zu Räumen auf den Etagen. Yngvar hätte gern gefragt, wozu diese Anlage diente, doch er biss sich auf die Lippen. Zu große Unkenntnis hätte sie wohl verraten. Sie stiegen immer höher, letztlich wurde die Treppe zu einer hölzernen Stiege, die hinaus auf das flache Dach des Turms führte.

Dort stand eine Frau. Die beiden staunten über ihre ungewöhnliche Kleidung. Zwar trug sie ein bodenlanges Kleid, darüber aber eine lederne Weste, und auf ihrem mit einem gepolsterten Lederhandschuh geschützten Arm saß ein prachtvoller Falke.

»Comtesse, Comtesse, ich bringe Besuch mit. Schaut, zwei Ritter auf Wallfahrt, die bei uns Quartier suchen.«

Die Dame mit dem Falken drehte sich zu ihnen um. Yngvar und Sven starrten sie an. Was für eine Schönheit! Obwohl sie diesen Falken hielt und eine männliche Weste trug, so strahlte sie doch so einen betörenden weiblichen Reiz aus, dass es beiden die Sprache verschlug.

Auch Adelaise zeigte sich überrascht, doch dann milderte sich schnell ihr Blick, und ihre Lippen verzogen sich zu einem Lächeln.

»Welch eine Überraschung«, sagte sie mit wohltönender, weicher Stimme. »Ritter auf Wallfahrt! Nun, meine Herren Ritter, hat es euch die Sprache verschlagen, dass ihr vergesst, wie ihr einer hohen Dame zu begegnen habt?«

Ja, was hatten sie denn jetzt zu tun? In Yngvars Kopf herrschte plötzlich eine gähnende Leere, außerdem raubte ihm diese wundervolle Comtesse den Atem, dass es ihm unmöglich war, ein Wort herauszubringen. Einen Augenblick stand er unschlüssig da, dann beugte er sich zu Adelaise hinab, nahm ihre freie Hand und hauchte einen Kuss darauf.

Ebenso sprachlos starrte Sven auf Yngvars Rücken. Wie konnte er sich denn vor der Burgherrin so erniedrigen? Sie waren doch hier, um Forderungen zu stellen. Doch es blieb ihm gar nichts anderes übrig, als das Spiel mitzuspielen.

»Ihr tapferen Männer, wie ist es euch gelungen, die Ringe der Belagerer zu durchbrechen und auf die Burg zu gelangen?«

Jocelyne warf ihnen einen flehenden Blick zu. Wenn die Comtesse erfuhr, dass die Männer durch Jocelynes Pforte in die Burg gekommen waren, würde sie ihr vielleicht verbieten, wieder Erdbeeren pflücken zu gehen.

Yngvar neigte den Kopf »Mit List, schöne Comtesse, mit List. Aber die Freude, Euch kennenzulernen, war das Wagnis wert.«

»Ihr schmeichelt mir, Herr Ritter. Ich bewundere jeden, der sich auf die Wallfahrt begibt und diese Mühsal im Namen des Herrn auf sich nimmt. Es ist unsere heilige Pflicht, solche tapferen Männer zu unterstützen, ihnen Obdach, Speis und Trank zu gewähren. Meine Kammerjungfer Jocelyne hat unter Gefahr für Leib und Leben für uns köstliche Erdbeeren gepflückt, indem auch sie sich in der Verkleidung einer Magd mitten durch die Feinde schlich. Lasst uns diese Köstlichkeit gemeinsam genießen. Jocelyne, kümmere dich um die beiden Ritter, zeig ihnen ihr Quartier und geleite sie dann in den Rittersaal, wo wir einen Becher Wein leeren und die Erdbeeren verspeisen wollen.«

»Kammerjungfer?« Sven grinste. Jocelyne wandte schnell den Kopf ab.

»Bitte folgt mir, ihr werten Herren Ritter«, murmelte sie und stieg vor ihnen die Treppe hinab.

Adelaise wandte sich wieder um und ließ den Falken fliegen. Mit einem hellen Schrei erhob er sich in die Luft und breitete seine Flügel zum Gleitflug aus. Yngvar blieb stehen und beobachtete Adelaise. Sie besaß einen schlanken, biegsamen Körper, der durch die enge Lederweste vorteilhaft zur Geltung kam. Daheim trugen die Wikingerfrauen lange Kleider mit Trägerröcken darüber, gerade geschnitten, so dass man nur erraten konnte, was sich darunter verbarg. Deshalb wirkte eine Frau auf ihn anziehend, wenn sie viel wertvollen Schmuck trug, wie Gunnardviga. Mit Viviane war eine andere Art von Frau auf Skollhaugen eingezogen, eine mit viel Herz und gutem Wesen. Doch diese Burgherrin war ganz anders. Sie war begehrenswert, wunderschön und offenbar sehr selbstbewusst. Warum wurde ihre Burg dann belagert?

»Ein schönes Tier«, bemerkte er und räusperte sich. Seine Stimme wollte ihm nicht gehorchen.

»Er ist wie ich«, erwiderte sie.

»So schön.«

Sie lachte. »Nein, so freiheitsliebend.«

Yngvar deutete nach unten. »Da lagern viele Soldaten, die offenbar Eure Freiheit einengen.«

Adelaise seufzte. »Allerdings. Es ist ein großes Ärgernis. Aber das soll Euch nicht an Eurer Mission hindern. Sucht Ihr den Heiligen Gral oder das Goldene Vlies oder gar eine Reliquie aus dem Heiligen Land?«

»Erst einmal suchen wir eine Unterkunft für die Nacht und … und …«

»Selbstverständlich! Entschuldigt meine Unhöflichkeit. Bereitet mir die Freude, nachher mit uns allen zu tafeln.«

»Sehr gern«, erwiderte Yngvar. Er war begierig darauf, erneut in Adelaises Nähe zu kommen.

Jocelyne war bereits die Treppe hinuntergestiegen. Im Hof zeigte sie auf ein Gebäude neben den Stallungen. »Das ist unser Herbergshaus für fahrende Ritter«, erklärte sie. Innen befanden sich lauter kleine Kammern ohne Türen und Fenster. Auf dem Boden lag Stroh. Sie schienen die einzigen Gäste zu sein, denn alle anderen Kammern waren leer. »Hier könnt Ihr schlafen. Das Stroh ist frisch von unseren Feldern, kein so verfaultes, wie Graf Hamo seinen Herbergsgästen anbietet. Ich muss jetzt in die Küche, um die Erdbeeren zuzubereiten. Der Rittersaal befindet sich dort drüben, er schließt direkt an den Burgfried an.«

Sie wollte davoneilen, doch Sven hielt sie am Handgelenk fest. »Unter Lebensgefahr geholte Erdbeeren?« Er verzog die Lippen zu einem spöttischen Lächeln. »Wir haben da etwas ganz anderes gesehen.«

Jocelyne errötete heftig. »So? Alles? Also … ich … wir … Ihr verratet mich doch nicht bei meiner Herrin?«

»Nun, Jungfer Jocelyne, wir sind verschwiegen, wenn Ihr auch verschwiegen seid. Die Belagerer dürfen nicht erfahren, dass wir hier auf der Burg sind. Unsere Mission im Namen des Herrn ist geheim.« Sven wollte in jedem Fall verhindern, dass sie in diesen seltsamen Konflikt hineingezogen wurden.

Sie nickte eifrig. »Selbstverständlich! Ich danke Euch.« Sie eilte davon.

Yngvar trat näher. »Was hattet ihr denn zu besprechen?«

»Ich habe nur vorgesorgt, dass wir hier nicht festsitzen. Du scheinst ja vergessen zu haben, weshalb wir hier sind.«

»Wie kommst du darauf?«

»So, wie du diese Comtesse mit dem Falken angestarrt hast. Und dann küsst du noch ihre Hand.«

»Es hat sie beeindruckt.«

»Willst du sie beeindrucken oder Lösegeld fordern? Ich jedenfalls bin dafür, so schnell wie möglich hier zu verschwinden, und zwar auf dem gleichen Weg, wie wir gekommen sind.«

»Warum wollen wir nicht bis morgen bleiben? So können wir viel besser erkunden, wie wir unsere Lösegeldforderung anbringen können.«

»Gib es zu, es geht dir doch gar nicht um das Lösegeld, sondern um die Comtesse. Vergiss es, sie darf niemals erfahren, wer wir sind. Wir gehen zurück aufs Schiff, lassen die Gefangenen frei und verschwinden.«

»Nein, wir bleiben bis morgen. Es ist ja gar nicht erwiesen, ob die Gefangenen von dieser Burg stammen.«

»Ich bin mir da ganz sicher. Außerdem, hast du bemerkt, wie wenig Männer sich auf der Burg befinden? Wenn die Belagerer angreifen, dann haben wir keine Chance. Wer weiß, weshalb die Burg belagert wird. Willst du zwischen die Fronten geraten?«

»Nein, aber ich gebe zu, dass mich diese Dame sehr beeindruckt hat. Ich habe noch nie eine Frau gesehen, die einen Falken besitzt. Das ist doch das Privileg eines Fürsten.«

»Und sie ist nur eine Comtesse. Der Burgherr ist nicht anwesend, das sollten wir ausnutzen.« Sven bemerkte an Yngvars abweisender Miene, dass er nicht einverstanden war. Sven seufzte ergeben. »Ich habe nicht geahnt, dass eine Frau dir derart den Kopf verdrehen würde.«

Yngvar fuhr sich mit gespreizten Fingern durch sein blondes Haar und murmelte: »Ich auch nicht.«

EIN VOREILIGES VERSPRECHEN

Nervös zupfte Yngvar seinen Kittel zurecht und strich sich mit den Fingern das Haar glatt. »Wie sehe ich aus?«, wollte er von Sven wissen.

»Ist das wichtig?« Sven schüttelte verständnislos den Kopf. »Wir sollten jetzt unsere Forderung stellen.«

»Erst trinken wir mit der Burgherrin einen Becher Wein«, erwiderte Yngvar.

»Aber so geht das nicht mit einer Geiselnahme«, widersprach Sven. »Wir müssen fordernd auftreten und nicht untertänig. Wer sind wir denn?«

»Tja, wer sind wir? Unserer Kleidung nach normannische Ritter. Und so sollten wir Comtesse Adelaise auch gegenübertreten.«

»Und wie willst du dann das Lösegeld fordern?«

»Mal sehen, wie es sich ergibt. Sei doch nicht so ungeduldig.«

»Nun gut«, gab Sven nach. »Aber nur bis morgen früh.«

Yngvar klopfte ihm erfreut auf die Schulter. »Endlich siehst du es ein. Lass uns gehen. Ich bin schon neugierig, was uns erwartet.«

Sie gingen hinüber zum Rittersaal neben dem wuchtigen Burgfried. Erstaunt schauten sie sich in der Säulenhalle um. So ein großer Raum! Wie viele Ritter lebten denn sonst auf dieser Burg?

Eine bunt gekleidete Gesellschaft bevölkerte den Saal. Es waren vornehmlich junge Leute in höfischen Gewändern, keine Ritter, Soldaten oder Wächter. Es waren Männer wie Frauen, die zwischen den Säulen lustwandelten und sich neugierig nach den Eintretenden umschauten.

»Tretet ein, ihr Herren Ritter, und leistet uns Gesellschaft!«

Adelaises melodische Stimme hallte durch den Saal. Sie stand am Kopfende einer langen Tafel, länger, als sie je eine gesehen hatten. Sie hatte sich umgekleidet, ein moosgrünes Kleid mit einer glitzernden goldenen Borte schmiegte sich an ihre schlanke Figur. An ihrem Hals war es weit ausgeschnitten und zeigte die Ansätze ihrer Brüste. Auf dem Haar trug sie einen Schleier, der bis zum Boden reichte. Sie streckte ihnen die Arme entgegen und lächelte auf eine umwerfende Art. Yngvar blieb beinahe das Herz stehen.

Erst dann bemerkte er zwei weitere junge Frauen, die hinter Adelaise standen. Sie hielten jeweils eine Schüssel mit köstlichen Erdbeeren in den Händen. Die eine war Jocelyne. Auch sie hatte sich umgekleidet, trug jetzt ein ähnliches Kleid wie Adelaise, nicht ganz so prächtig, aber es harmonierte mit ihrem kupferfarbenen Teint und dem dunklen Haar. Statt eines Schleiers trug sie ein aus hauchdünnem Silberfaden gewebtes Netz auf dem Kopf. Die andere junge Frau war blond und blauäugig, ähnlich wie Yngvar und Sven es von den Frauen aus ihrer Heimat kannten. Doch diese war deutlich kleiner und zierlicher, voller Liebreiz und Anmut. Auch sie war schlank, trug ein Kleid von blauer Farbe mit einer zarten Borte, die Elfenhände gestickt haben mussten. Sven, der etwas ungehalten über Yngvar war, fühlte sich von diesem blonden Mädchen plötzlich ungemein angezogen.

Zauberei, dachte er und versuchte, sich gegen das Gefühl zu wehren. Hier war doch vieles so anders, als er es von daheim kannte.

Adelaise wies mit einer einladenden Handbewegung zum Tisch, dann setzte sie sich an das Kopfende. Yngvar und Sven nahmen an den Seiten Platz.

»Jocelyne kennt ihr ja schon, und das ist Melisande. Beide sind nicht nur meine Zofen, sondern auch meine Freundinnen und Vertrauten.«

Die beiden traten nun heran und stellten die Schüsseln auf den Tisch. Dazu reichten sie kleine Schalen mit dickflüssiger Sahne. Ein alter Mann erschien wie aus dem Nichts und schenkte Wein ein.

»Das ist Nouel, mein alter und treuer Diener.« Adelaise hob ihren Becher. »Lasst uns auf eine erfolgreiche Wallfahrt trinken, dass Gott euch beschützen möge und ihr eure Mission erfüllt.«

»Unsere Mission – ja«, erwiderte Yngvar etwas verlegen. Adelaise war völlig arglos. Er tauschte einen kurzen Blick mit Sven. Doch dieser blieb stumm. Sie tranken, dann nahm Adelaise eine kleine Erdbeere, tauchte sie in die Sahne und nahm sie vorsichtig zwischen ihre weißen

Zähne. Fasziniert beobachteten die beiden Männer, wie die Erdbeere in Adelaises Mund verschwand, wie ihre perlengleichen Zähne sie zerdrückten. Etwas Sahne blieb an ihren Lippen haften. Mit der Zungenspitze fuhr sie darüber, die dort eine fruchtig glänzende Spur hinterließ.

»Was ist, meine Herren Ritter? Greift zu! Diese Köstlichkeit gibt es nur kurze Zeit, dann trocknet der Sommer den Waldboden zu sehr aus. Die Sahne stammt von unseren Kühen, die hier ausgezeichnetes Gras finden und deren Milch besonders fett ist.«

»Wir durften Euer Vieh schon auf unserer Herreise bewundern«, gestand Yngvar beeindruckt. »Erdbeeren mit Sahne, nein, so etwas kennen wir nicht.«

Sie lachte glucksend. »Wo kommt ihr denn her? Ihr seid doch Normannen. Lebt ihr in Rouen?«

Schnell griffen beide zu den Erdbeeren und kauten, um nicht antworten zu müssen.

»Köstlich, nicht wahr?«

Beide nickten stumm.

»So nehmt doch von der Sahne. Beides zusammen ist ein wahrer Genuss. Wisst ihr, auf einer Burg ist es eigentlich trist. So sind wir bemüht, uns ein wenig Freuden zu verschaffen, und sei es nur mit derartigen Leckereien.«

»Das können wir gut verstehen.«

Der alte Nouel schenkte Wein nach. Auch wenn der Geschmack für die beiden ungewohnt war, so mundete er ihnen doch. Aus zwei Bechern wurden vier, dann sieben. Sven blickte sich nach den beiden Mädchen um. »Dürfen wir Euch um etwas bitten, holde Dame?«

»Wenn ich euch den Wunsch erfüllen kann«, erwiderte Adelaise.

»Lasst Eure beiden Jungfern mit am Tisch sitzen. Sie erfreuen unser Auge. Immerhin haben sie ja auch für diese Köstlichkeiten gesorgt.«

Lachend hob Adelaise den Zeigefinger. »Ihr habt doch zu Beginn eurer Wallfahrt Keuschheit geschworen?«

»Äh … Keuschheit … äh … nein, nein.« Beide Männer schüttelten heftig die Köpfe.

»Seltsam.« Adelaise fuhr sich mit dem Zeigefinger über ihren schmalen Nasenrücken. »Unser Kaplan meint, fahrende Ritter müssen Keuschheit schwören, damit sie nicht in Versuchung geraten, den Frauen im Orient zu verfallen. Die sollen nämlich sehr reizvoll sein.«

»Dazu brauchen wir nicht bis in den Orient zu reisen«, erwiderte Yngvar. »Ihr seid noch viel reizvoller.«

»Wohlan, meine beiden Jungfern hören Komplimente sehr gern. Melisande, Jocelyne, ich gestatte euch, an der Tafel Platz zu nehmen. Verwöhnt die Herren Ritter, bevor sie sich auf ihre entbehrungsreiche Reise begeben.« Dann klatschte sie in die Hände. »Herbei, meine Lieben, leistet uns alle Gesellschaft. Nouel, lass noch mehr Wein bringen!«

Adelaise wandte sich an die Männer. »Ihr sollt Coquille in guter Erinnerung behalten.«

Erfreut eilten die Müßiggänger herbei und nahmen an der Tafel Platz. Wein wurde ausgeschenkt, und alsbald schallte der Rittersaal von Lachen und fröhlichen Stimmen wider.

Freudig nahmen auch die beiden Mädchen Platz, Jocelyne neben Yngvar, Melisande neben Sven. Während Nouel zwei weitere Becher brachte und Wein nachschenkte, griffen die Mädchen zu den Erdbeeren, tauchten sie in die Sahne und schoben sie den Männern zwischen die Lippen. Etwas erstaunt ließen sie sich füttern wie Vogelkinder.

Seltsames Land, dachte Yngvar. Hier haben offenbar die Frauen das Sagen. Es blieb ihnen nichts anderes übrig, als darauf einzugehen. Zumindest Yngvar war von diesem Verhalten irritiert und sah sich immer wieder nach Adelaise um – Sven hingegen schien sich mit Melisande bestens zu amüsieren.

Adelaise lehnte sich auf ihrem Stuhl zurück und beobachtete sie. Die beiden Ritter waren groß und kräftig, unter ihren etwas zu engen Kitteln zeichneten sich ihre Muskeln ab. Eigentlich eine Verschwendung, dass sie ins Heilige Land reisen wollten, wo sie doch hier viel besser aufgehoben wären. Im Augenblick schienen die beiden jedoch nicht an eine Weiterreise zu denken, denn sie ließen sich von Jocelyne und Melisande mit Erdbeeren füttern, zum Trinken anregen und scherzten und lachten.

Doch während Yngvar und Jocelyne freundlich und ungezwungen miteinander redeten, fühlte Melisande jedes Mal, wenn sie den Blick zu ihrem Ritter hob, ein Kribbeln durch ihren Körper laufen. »Welch ein Glück, dass Ihr einen Weg hierher gefunden habt«, flüsterte sie.

»Welch ein Glück, dass es in Eurem Wald Erdbeeren gibt«, erwiderte Sven. Er hielt ihre Hand fest, bevor sie ihm wieder eine Frucht in den Mund schieben konnte. Er schnappte die Beere mit den Lippen und erwischte Jocelynes Fingerspitzen. Sie lachte überrascht auf. »Nicht so stürmisch, Herr Ritter!«

Sie waren sich ganz nah, konnten sich tief in die Augen schauen. »Ihr habt bemerkenswert blaue Augen, Herr Ritter. Wie das Eis, das in den ersten Sonnenstrahlen des Frühlings schmilzt. Dann leuchtet es.«

»Ihr bringt in mir auch etwas zum Schmelzen, Jungfer Melisande«, flötete Sven.

»Ja, die Sahne«, sagte Melisande. Dann strich sie ihm zart mit den Fingern über die Lippen und war überrascht, dass sie sich so etwa traute. »Da, schaut!«

Sven nahm ihre kleine Hand und steckte ihre Fingerspitzen in seinen Mund. Melisande hielt den Atem an, während sich das Kribbeln in ihrem Schoß sammelte. Sie beschloss in diesem Augenblick, jeden Moment mit diesem Ritter auszukosten, solange er noch auf der Burg weilte.

Ein junger Mann erhob sich von der Tafel und trat an Adelaises Stuhl. Er war ausnehmend hübsch mit seinem blonden, gelockten Haar und den rosigen Wangen. Yngvar bemerkte eine gewisse Vertrautheit zwischen den beiden. Er wusste selbst nicht, warum ihn das plötzlich störte.

»Gwendal, mein Lieber, amüsierst du dich?«, wollte Adelaise wissen.

»Comtesse, keine Kurzweil kann mich mehr fesseln als Ihr.«

Sie lachte. »Eifersüchtig?«

»Auf die?« Er senkte die Stimme und schob die Unterlippe vor. »Morgen sind sie wieder fort.«

»Genau. Morgen sind sie wieder fort. Also sei lieb und verdirb mir nicht den Abend. Sie sind unsere Gäste, denen wir uns wohlgesinnt zeigen müssen.«

»Aber wie der eine Euch anschaut!« Gwendal fasste nach seinem Gürtel, an dem er ein kurzes Schwert trug. Plötzlich fiel er vor Adelaise auf die Knie. »Ich will Euch doch nur beschützen. Ihr wisst, dass mein Leben in Eurer Hand liegt.«

Sie strich ihm über seine blonden Locken. »Das weiß ich doch. Gerade deshalb passe ich ja auf dich besonders auf.«

»Nein, es ist umgekehrt!«

»Jaja, aber hier passiert mir nichts. Deshalb feiere mit den anderen. Gleich wird das Essen aufgetragen.«

Verwundert hatte Yngvar das Verhalten des jungen Mannes beobachtet. Offenbar schien es Adelaise zu gefallen, wenn die Männer vor ihr auf die Knie fielen.

»Warum wird eigentlich Eure Burg belagert, Comtesse?«, wollte Yngvar wissen, nachdem Gwendal wieder an der Tafel Platz genommen hatte.

Adelaise seufzte, und ihr Gesicht verdüsterte sich. »Das ist eine unangenehme Geschichte«, erwiderte sie. »Graf Hamo und Graf Pepin sind unsere Nachbarn. Leider kam den beiden in den Kopf, um meine Hand anzuhalten. Es sind wahre Sturköpfe, denn keiner will weichen.«

»Das kann man verstehen«, stellte Yngvar nicht ohne Genugtuung fest. »Ich würde auch nicht freiwillig weichen. Allerdings würde ich Euch nicht belagern, sondern …«

»Sondern?« Adelaise hob die Augenbrauen.

Er räusperte sich lautstark. »Natürlich muss man eine Frau erobern, nicht wahr, Comtesse? Frauen wollen das so.«

Amüsiert betrachtete ihn Adelaise. »Das mag auf andere Frauen zutreffen, nicht auf mich.«

»Welchem der beiden wollt Ihr denn Eure Gunst schenken?«

»Ich werde keinem Mann meine Gunst schenken, erst recht nicht diesen beiden albernen Figuren!« Ihre veilchenfarbenen Augen sprühten plötzlich zornige Blitze. »Ich bin nicht zu erobern. Ich liebe die Freiheit. Am liebsten würde ich mich vom Burgfried stürzen und einfach davonfliegen.«

Yngvar zwinkerte ihr schelmisch zu. »Tut das nicht, liebste Comtesse! Euer liebreizender Körper würde am Boden zerschellen. Das wäre wirklich eine Verschwendung!«

Adelaise lachte. »Leider kann ich nur meinen Falken fliegen lassen. Er ist treu und kehrt immer wieder zu mir zurück. Er liebt mich, wie kein Mann mich lieben würde.«

»Tatsächlich? Wie kommt das?«

»Weil ich ihn auch liebe. Das Tier spürt es. Es kennt keine Falschheit, keine Lüge, keinen Verrat.«

Nachdenklich fuhr sich Yngvar übers Kinn. »Was wollt Ihr denn gegen die Belagerer unternehmen? Sie könnten Euch aushungern.«

»Noch besitzen wir genügend Vorräte.«

»Sie könnten Euch angreifen.«

»Unsere Mauern sind stark.«

»Ihr habt zu wenige Männer, die sie verteidigen können.«

»Sie sind dafür sehr mutig.«

»Aber einmal müsst Ihr Euch für einen Mann entscheiden. Ich meine, so eine Frau wie Ihr, Comtesse, deren Anblick allein einem Mann den Verstand raubt, das wäre doch ... das wäre doch ... Verschwendung.«

Adelaise schlug mit den Handflächen auf die Tischplatte. »Ich bin keine Frau, die sich an einen Mann verschwendet. Mein Herz schenke ich höchstens demjenigen, der *nicht* seinen Verstand verliert. Narren und Holzköpfe gibt es hier schon genug.«

»Also gibt es doch jemanden, dem Ihr Euer Herz schenken würdet?«, hakte Yngvar nach.

»Niemandem Bestimmtes«, wich Adelaise aus und fuhr dann spöttisch fort: »Ich hoffe auf einen Prinzen, der mich aus dieser vertrackten Situation errettet.«

Plötzlich sprang Yngvar auf, so dass sein Stuhl nach hinten umkippte, und beugte vor Adelaise das Knie. Wozu brauchte sie einen Prinzen, wenn sie zwei Wikinger hatte? Es war unrecht, dass sie eine

Belagerung durch zwei liebestolle Narren erdulden sollte. Es wäre viel besser, wenn sie als seine Braut mit nach Skollhaugen zurückkehrte. Wo sonst würde er wohl eine so schöne Frau finden? Der viele Wein vernebelte ihm zwar den Verstand, aber Yngvar war sich ziemlich sicher, dass sein Vorhaben das einzig richtige war. Also nahm er Adelaises Hand und hauchte unzählige Küsse darauf.

»Holde Adelaise«, rief er mit etwas schwerer Zunge. »Ich bin der Mann, dem Ihr Euer Herz schenken könnt. Ich bin gekommen, um … um … also, ich will Euch befreien.«

Ihre Augen weiteten sich. »Ihr seid mein Retter? Ihr könnt die Belagerer besiegen?« Adelaise war überrascht. Was sollten die beiden Männer schon ausrichten können? Aber ihr Hilfsangebot wollte sie gerne annehmen.

Der Ritter nickte, während er sie anstrahlte. Sie neigte den Kopf und blickte auf ihn hinab. »Ja, also, wenn das so ist … Leider weilt mein Vater nicht im Lande, und mein Bruder befindet sich auf einem Jagdausflug. Ich würde Euch reich belohnen, wenn Ihr mir diese verrückten Grafen vom Hals hieltet.«

Augenblicklich begriff Yngvar, der Anführer seiner seltsamen Gefangenen war Adelaises Bruder! Das konnte er Adelaise jedoch nicht sagen. Vielleicht würde es sogar eine doppelte Belohnung geben. Zufrieden lächelte er. »Das werde ich. Das schwöre ich Euch!«

Im nächsten Augenblick stand Gwendal neben ihnen. »Comtesse!« Am liebsten hätte er sein Schwert gezogen und diesem dahergelaufenen Ritter den Kopf abgeschlagen. »Ich bin doch derjenige, der Euch erretten will.«

Adelaise nickte mit mildem Lächeln. »Ich weiß, Gwendal. Lass es erst diesen mutigen Ritter probieren. Du kannst dann immer noch um mich kämpfen, wenn er sein Leben verloren hat.«

***

»Sag mal, bist du total verrückt geworden?«, rief Sven völlig außer sich, als sie sich wieder in ihrem Quartier und außer Hörweite ihrer

Gastgeber befanden. »Dir hat die schöne Comtesse den Kopf verdreht, und du hast den Verstand verloren. Du bist genauso ein Holzkopf wie dieser Milchbart und diese beiden Grafen da unten!«

»Du beleidigst mich«, knurrte Yngvar und scharrte sich das Stroh zu einem bequemen Lager zurecht. »Außerdem hat dir die blonde Melisande auch den Kopf verdreht. Ich habe gesehen, wie du sie angeschmachtet hast.«

»Das ist etwas ganz anderes«, widersprach Sven. »Wir sollten nur das Lösegeld einsammmeln und dann wieder verschwinden.«

»Sie hat mir ihr Herz und ihre Hand versprochen, wenn ich sie befreie.«

»Sie hat gesagt, dass sie dich belohnt. Womit, das hat sie nicht gesagt.«

»Du hast bloß nicht richtig zugehört.«

»Und wie willst du das anstellen? Da unten stehen mindestens zweihundert Mann in Waffen und Rüstung.«

Yngvar gähnte. »Darüber denke ich morgen nach. Und nun lass mich in Ruhe.« Kurz darauf kündete sein lautes Schnarchen davon, dass er eingeschlafen war.

Sven lag noch lange wach und starrte in die Dunkelheit. Da hatten sie sich ja auf etwas eingelassen! Er war denkbar wütend auf Yngvar.

SINNLICHE VERWIRRUNGEN

Ich hoffe, Ihr hattet eine angenehme Nacht«, begrüßte Adelaise am nächsten Morgen ihre beiden Gäste.

»Ich habe wunderbar geschlafen«, schwärmte Yngvar. »Und ich habe von Euch geträumt, Adelaise.«

»Waren es angenehme Träume? Dann müsst Ihr sie gleich unserem Kaplan beichten. Der ist ganz begierig auf derartige Beichten.« Sie lachte. Yngvar fand dieses Lachen entzückend, hell wie eine Glocke, perlend wie ein kleiner Wasserfall. Sie wäre wirklich die perfekte Braut. Am liebsten hätte er ihre erdbeerroten Lippen geküsst, doch Adelaise warf nur den Kopf in den Nacken. »Wenn Ihr wollt, könnt Ihr mich auf den Turm begleiten. Ich will meinen Falken fliegen lassen.«

»Oh, das tue ich gern«, erwiderte Yngvar eilfertig. Sven hielt ihn zurück.

»Was wird denn nun?«, zischte er. »Ich habe ziemlich schlecht geschlafen, weil ich die ganze Nacht darüber gegrübelt habe, wie wir hier wieder rauskommen.«

»Das tut mir leid für dich, mein Freund.« Yngvar entzog ihm seinen Arm. »Ich verschaffe mir jetzt einen Überblick über die Belagerer. Davon kannst du mich nicht abhalten.«

»Pah, du willst doch nur in ihrer Nähe sein und säuseln wie Wind im Eichenlaub.«

Yngvar gab darauf keine Antwort. Ihm war klar, dass Sven ihm diese Freude missgönnte. Er zweifelte wieder einmal daran, dass sie echte Freunde werden könnten. Zu verschieden waren sie und ihre Ansichten. Im Augenblick bereute er sogar, ihn mit auf die Fahrt genommen zu haben. Er eilte die Stufen hinauf auf die Plattform. Zu seiner Enttäuschung fand er Adelaise nicht allein vor. Neben dem Falkner, der Adelaise gerade den Vogel übergab, stand dieses aufdringliche Jüngelchen von gestern Abend. Er schien Adelaises Leibwächter zu sein, auch wenn er so rank und schlank war wie seine Herrin. Yngvar war überzeugt, ihn mit einem Stoß in zwei Teile zerbrechen zu können. Er warf ihm einen unfreundlichen Blick zu, den Gwendal sofort erwiderte, dann gesellte Yngvar sich zu Adelaise.

Mit einem hellen Schrei stieg der Falke in den Himmel, während Adelaises Augen ihm folgten. »Ist er nicht beneidenswert?«, fragte sie.

»Ich beneide den Falken, weil er Eure Zuneigung besitzt«, erwiderte Yngvar lächelnd.

»Ich beneide ihn, weil er frei davonfliegen kann.« Adelaise blickte verträumt. »Schade, dass ich kein Falke bin.«

Yngvar konnte seine Augen nicht von ihr wenden. Sie war wunderschön, wenn auch so ganz anders als alle Frauen, die er je zu Gesicht bekommen hatte. Es waren nicht viele gewesen, und keine hatte ihn interessiert. Wozu auch? Er wollte seinem Bruder, seiner Sippe beweisen, dass er auch imstande war, Heldentaten zu vollbringen. Im Augenblick jedoch gab es mit den Heldentaten ein Problem. Das Gewimmel unten wirkte wie ein bunter Ameisenhaufen. Nur an den Wappen erkannte er, wer zu welchem Lager gehörte. Wie sollte er diese riesige Anzahl an Menschen besiegen? Er hatte sich selbst eine unlösbare Aufgabe gestellt!

Ein Blick auf Adelaise jedoch bestärkte ihn darin, zumindest zu versuchen, eine Lösung zu finden, sich eine List auszudenken. Der Lohn für den Erfolg wäre einmalig!

Er kam nicht dazu, weiter über sein Dilemma nachzudenken. Aus der Turmluke erklangen fröhliche Stimmen, gleich darauf kamen Jocelyne, Melisande und Sven herausgeklettert und gesellten sich zu ihnen. Gwendal stellte sich schützend neben Adelaise und drängte Yngvar beiseite. Seine blauen Augen funkelten feindselig. Adelaise schien es nicht zu bemerken.

»Schaut, wie mein Falke fliegt. So frei, so ungebunden. Ach, wäre ich doch endlich diese Möchtegernehemänner los.«

»Ihr seid bald wieder frei, schöne Comtesse«, versprach Yngvar mit mehr Zuversicht, als er tatsächlich fühlte. »Ich werde Euch befreien.«

»Das sagtet Ihr schon, Herr Ritter«, fuhr Gwendal spöttisch dazwischen. »Allerdings scheinen das nur leere Worte zu sein, denen keine Taten folgen. Ich behaupte, Ihr seid nichts weiter als ein Betrüger, der unserer Herrin den Kopf verdrehen will.«

»Ich lasse mir von niemandem den Kopf verdrehen«, antwortete Adelaise erbost. »Gwendal, ich verbiete dir, so mit unseren Gästen zu sprechen. Jeder, der seinen Mut beweist, verdient unsere Achtung.«

»Wo beweist er denn Mut? Bislang war nur seine Zunge mutig.« Er beugte sich dichter an Adelaises Ohr. »Und ich sage Euch, das ist ein Betrüger.«

»Aber ein sehr ansprechender.« Adelaise spitzte genüsslich die Lippen. »Ich glaube, er würde es sogar mit einem Bären aufnehmen.«

»Comtesse, ihr werdet Euch doch nicht etwa in ihn verlieben?«, flüsterte Gwendal entsetzt.

Lachend streichelte sie seine Wange. Als ob sie sich so schnell verlieben könnte. Aber der große Ritter und seine zuvorkommende Art gefielen ihr wirklich ausgesprochen gut. Wenn er sie ansah, als gäbe es nur sie auf der Welt, wurde ihr ganz warm. Doch Gwendal konnte sie trotzdem beruhigen, denn verliebt war sie bestimmt nicht. »Wo denkst du hin? Natürlich nicht! Erstens liebe ich dich, mein Kleiner, zweitens macht Liebe nur blind, und drittens werde ich mich niemals an einen Mann verschenken. Du weißt doch, ich bin wie mein Falke.«

Gwendal schien noch nicht ganz besänftigt. »Ein Bär oder eine ganze Armee, das ist ein Unterschied«, sagte er ernst und reckte sich, um größer zu erscheinen. Er würde diesen Ritter im Auge behalten, denn er traute ihm nicht einen Schritt über den Weg.

Es wurde Abend, ohne dass Yngvar eine Lösung des Problems eingefallen wäre. Er kam allerdings auch nicht zum Nachdenken, denn Adelaise wusste die Zeit mit allerlei Kurzweil zu vertreiben. Vor allem aber ließ sie wieder diesen wunderbaren roten Wein servieren, an dem Yngvar immer mehr Geschmack fand.

Sven stieß ihn in die Seite. »Nun, du Ritter, wann willst du es ihr sagen?«

»Was?«

»Dass wir Lösegeld für ihren Bruder fordern. Oder hast du vergessen, wozu wir hier sind?«

»Keineswegs! Es winkt ein viel besserer Lohn als das Lösegeld. Die Comtesse selbst.«

Sven brach in ein kurzes, hartes Lachen aus. Dann beugte er sich flüsternd zu Yngvar. »Träumst du? Du wirst sie niemals erringen.«

»Sie hat es versprochen.«

»In den Kerker wird sie dich werfen. Wie willst du die beiden liebestollen Grafen vertreiben? Und wie willst du deine Schiffsbesatzung auszahlen? Wie willst du Adelaise erklären, dass du ihren Bruder gefangen genommen hast?«

»Verschone mich mit deinen Fragen. Sie verderben mir den Abend. Es ist gerade so schön hier, mit dem Wein, den reizenden Mädchen und überhaupt. Dieser Fels unter meinen Füßen ist so wunderbar fest. Am liebsten würde ich nie wieder die schwankenden Planken eines Schiffes betreten.«

Yngvar wusste, dass er seinen Reisegefährten verärgerte. Er wollte immer noch ihrem ursprünglichen Plan folgen und Lösegeld erpressen. Aber das konnte er Adelaise unmöglich antun, nachdem er sie nun kennengelernt hatte. Und vor allem nicht, wenn sie seine Braut werden sollte. Aber Sven hatte jedes Recht, wütend zu sein. Schließlich erwarteten die Männer ihren Lohn, und er musste einen Weg finden, sowohl Adelaise als auch seiner Schiffsbesatzung gerecht zu werden. Nur wie? Morgen sollte er weniger von dem süßen Wein trinken. Dann hatte er bestimmt eine Idee.

Da begann auch Sven wieder zu sprechen: »Der Wein bekommt dir nicht, Yngvar. Du redest wirr. Wenn du nicht handelst, dann werde ich es tun. Da draußen warten unsere Männer. Du trägst die Verantwortung für sie.«

»Das weiß ich, daran musst du mich nicht erinnern. Morgen werde ich mir etwas einfallen lassen, wie wir das Problem lösen. Heute nicht mehr, heute möchte ich nur feiern und fröhlich sein.«

Sven war verärgert. Das war nicht der Yngvar, den er kannte. Zwar hatte er immer im Schatten seines Bruders Thoralf gestanden, aber

Yngvar war stets verantwortungsbewusst, zuverlässig und bodenständig gewesen. Nie hatte er sich um Frauen gekümmert, war Liebschaften aus dem Weg gegangen und auch nur widerwillig auf seine erste Víking gefahren. Statt schnell alles hinter sich zu bringen, richtete er sich nun auf dieser eigenartigen Burg häuslich ein und ergab sich Adelaises Liebreiz und der Süße des Weins.

»Edler Ritter, was trübt Euer Gemüt?« Melisande setzte sich plötzlich neben Sven auf die Bank und schob sich dicht an ihn heran. Verblüfft schaute er sie an. Sein Blick fiel in ihren lockeren Ausschnitt. Was er da sah, heizte seine Phantasie an.

»Wie kommt Ihr darauf, dass ich Trübsal blase?«

»Das sehe ich an Eurer Miene. Meine Herrin mag nicht, wenn ihre Gäste traurig sind. Habt Ihr solche Eile, ins Gelobte Land zu gelangen? Ich sage Euch, dort erwarten Euch Gefahren, vielleicht sogar der Tod. Es wäre doch schade um solche prachtvollen Männer, wie ihr es seid.«

»Wir fürchten uns nicht«, erwiderte Sven. »Wir fürchten nicht den Tod und nicht die Gefahr. Wir haben eine Mission, und die müssen wir erfüllen. Dringend!«

»So dringend wird es doch wohl nicht sein«, erwiderte Melisande mit süßer Stimme. Wie mutig und furchtlos er war. Wenn er doch nur nicht so bald weiterreisen müsste. Aber vielleicht konnte sie ihn irgendwie zum Hierbleiben überreden. Sie rückte noch ein Stück näher an Sven heran und streichelte bewundernd über seine muskulösen Arme. »Für Eure Mission solltet Ihr ausgeruht und gestärkt sein. Hier findet Ihr alles, was Euer Herz und Euer Leib begehren. Ich möchte Euch gern zu Diensten sein, edler Recke.« Sie zwinkerte verschwörerisch mit ihren dunklen Wimpern, die ihre wunderschönen blauen Augen umkränzten.

»Ich weiß das sehr wohl zu schätzen, Jungfer Melisande. Trotzdem …« Er verfolgte mit den Augen den Bewegungen von Melisandes Händen. Unter seinem Hemd begann es verdächtig zu prickeln und zu kribbeln, als säße er in einem Ameisenhaufen. Ihr Gesicht war seinem so nah, dass er ihren Atem spürte. Ihre Lippen glänzten feucht und süß wie Erdbeeren. Warum musste er nur immer an diese süßen roten Früchtchen denken?

»Heute werdet Ihr sicher nicht mehr fortreiten«, sagte sie mit einem Seitenblick auf Yngvar, der in einem angeregten Gespräch mit Adelaise versunken war. Er schien alles um sich herum vergessen zu haben.

»Offenbar nicht«, gab Sven zu.

»Dann können wir uns draußen am Rosenbusch treffen«, flüsterte sie mit erregter Stimme. Sie konnte selbst kaum glauben, dass sie ihm tatsächlich diesen Vorschlag machte. »Ihr werdet es nicht bereuen.«

»Ist das ein Angebot?« Sven war über Melisandes Direktheit verwirrt.

»Natürlich!« Sie hob stolz den Kopf und spitzte die Lippen. »Lasst nicht auf Euch warten.«

Mit einem verheißungsvollen Blick erhob sie sich und verschwand.

Unruhe erfasste Sven. Da Yngvar beschäftigt war, konnte er wohl auch kurz an die frische Luft gehen.

Neben der kleinen Pforte, die durch die Mauer in einen dunklen Innenhof führte, gedieh tatsächlich ein Rosenbusch auf dem steinigen Untergrund. Es war schon erstaunlich, welchen Überlebenswillen die Pflanze zeigte, zumal sie unzählige rosa Blüten entfaltet hatte. Bienen summten, und ein betörender Duft erfüllte die Luft. Ebenso betörend lächelte Melisande, die Sven schon erwartete.

»Da seid Ihr ja endlich, Herr Ritter«, säuselte sie und schlug gekonnt die Lider auf. »Ich befürchtete schon, Ihr findet mich nicht.«

»Bislang habe ich stets gefunden, was ich gesucht habe«, erwiderte Sven.

»Oh, dann ist es ja gut«, erwiderte sie und zog ihn mit sich hinter den Busch. Dort gab es eine kleine hölzerne Bank, und Sven vermutete, dass sie nicht das erste Mal für solch ein heimliches Treffen herhalten musste.

Sie ließen sich beide nieder, Melisande eng neben Sven. »Hier sind wir sicher vor neugierigen Blicken.«

»Meint Ihr, dass es sich schickt für eine Jungfer, sich mit einem Mann heimlich hinter einem Rosenbusch zu treffen?«

Melisande lachte auf »Wer soll uns denn hier sehen? Wenn Ihr es nicht wünschtet, wäret Ihr nicht hierhergekommen.«

Sven fuhr sich etwas irritiert durchs Haar. »Auch wieder wahr«, murmelte er. »Also, hier bin ich. Ich stehe Euch zu Diensten.«

»Ach, wie unromantisch! Diener habe ich genug. Eine Dame will verführt werden.«

»Eine Dame, soso.« Sven räusperte sich verlegen. Wie verführte man eine Dame? Ihm fiel die Szene ein, die sie im Wald beobachtet hatten. Jocelyne hatte nicht viel Federlesen gemacht, ihr Mieder aufgeschnürt und dem jungen Knappen ihre ganze Pracht dargeboten. Alles andere hatte sich dann von allein ergeben.

Melisande trug kein Mieder, sondern ein wunderschönes Kleid, das einen tiefen runden Ausschnitt besaß, knapp unter der Brust mit einer Borte etwas eingefasst war und dann, ihren Körper umschmeichelnd, bis zum Boden fiel. Mit seinen groben Händen umfasste er Melisandes Taille. Beinahe befürchtete er, er könne sie entzweibrechen. Vorsichtig tastete er über ihren Körper, ließ seine Hände nach oben wandern, während er überlegte, wie er das Kleid öffnen könnte. Frauen in seiner Heimat trugen einfache Kleider, die mit einer Fibel an der Schulter geschlossen wurden. Man brauchte nur die Fibel zu öffnen …

»So umarmt mich doch, Herr Ritter, und Ihr könnt die Häkchen am Rücken fühlen, die das Kleid zusammenhalten«, flüsterte sie an seinem Ohr. Sven tastete über ihren Rücken. Tatsächlich spürte er kleine metallene Häkchen entlang ihres Rückgrates. Er hätte sie zu gern geöffnet, jedoch waren seine Finger einfach zu grob für eine derart filigrane Arbeit. Er blickte hinab direkt in Melisandes Ausschnitt, gewahrte ihre hübschen Brüste und stöhnte auf.

»Es ist eine harte Prüfung für einen Mann, der gewohnt ist, das Schwert in der Hand zu halten«, raunte er.

Melisande kicherte nervös. Sie konnte kaum glauben, wie offenherzig sie heute Abend war. Aber dieser Ritter wuchs ihr immer mehr ans Herz. Es gefiel ihr, dass er kein Experte für Frauenkleidung war. Schließlich machte sie so etwas auch zum ersten Mal, und falls ihr Ritter genau wie sie empfand, würde er vielleicht nach der Wallfahrt zu ihr zurückkehren. Oder eben gar nicht erst aufbrechen. Aber sie hätte daran denken sollen, ein anderes Kleid anzuziehen. »Ich selbst kann Euch dabei nicht helfen. Ich lasse mich von einer Dienstmagd ankleiden. Die schließt auch die Häkchen.«

»Was für eine unpraktische Erfindung! Und eine unangemessene Geduldsprobe.« Sven packte den Stoff und riss ihn mit einem Ruck auseinander. Es knirschte kurz, dann gab das Kleid nach, rutschte über Melisandes Brüste und gab sie frei.

Melisande stieß einen leisen Schrei aus. »Ihr seid tollkühn, Herr Ritter! Und so leidenschaftlich!«

»Pssst, du verrätst uns ja«, murmelte Sven und schloss mit einem Kuss Melisandes Mund. Doch dabei blieb es nicht. Seine forschenden Lippen wanderten an Melisandes Hals hinab bis zu ihren Brüsten, während sie in allen Tonlagen stöhnte und seufzte. In Sven brodelte es vor heftiger Leidenschaft. Noch nie hatte ihn eine Frau so begeistert und betört. Dieses Land schien ganz besonders zu sein, voller Verlockungen und Überraschungen. Er wäre ein Narr, würde er dieses kurze Glück nicht auskosten. Denn kurz würde es werden, spätestens heute Abend würden sie die Burg verlassen. Hoffentlich mit Lösegeld.

»Was machst du denn da?« Es war Yngvars Stimme, die die beiden auseinanderfahren ließ. Ihre Gesichter hatten sich gerötet, vor Leidenschaft, Erregung, Schreck und nun auch Scham. Melisande zog ihr Kleid herauf, und Sven presste die Fäuste in seinen Schritt.

»Warum erschreckst du uns so?«, knurrte Sven verärgert. Yngvar gönnte ihm wohl sein kleines Schäferstündchen nicht.

Erstaunt wanderten Yngvars Augen zwischen Sven und Melisande hin und her. Da schau her, der angeblich so kühle Sven! Yngvars Lippen verzogen sich zu einem Grinsen. »Wenn ich geahnt hätte, dass ich ungelegen komme, wäre ich bei Comtesse Adelaise geblieben. Aber es hat einen Grund, dass ich dich suche.«

»Hast du … ich meine, hast du es?«

Melisande hatte sich von ihrem Schreck erholt, obwohl ihr Kleid nun nicht mehr zu schließen war. Mit den Händen hielt sie den Stoff vor ihrer Brust fest. »Es? Was sind das für Geheimnisse?«

Yngvar hob in stummer Verzweiflung die Hände. Er rollte mit den Augen. Sven nahm seinen Umhang ab und legte ihn um Melisandes

Schultern. »Verzeiht, Melisande, dass ich Euer Kleid beschädigte. So könnt Ihr in Eure Kammer gelangen, ohne dass es auffällt. Ich hoffe, ich kann es wiedergutmachen.«

»Oh, Ihr macht es sehr gut«, flötete sie errötend. »Man kann gar nicht genug davon bekommen.« Sie erhob sich und eilte davon, während sie mit den Händen Kleid und Umhang an ihren Körper presste.

Yngvar blickte ihr nach, bis sie außer Hörweite war. »Was tust du hier? Hat dir Melisande den Kopf verdreht?«

»Wie dir diese Comtesse«, gab Sven unwillig zurück. »Hast du ihr wenigstens unsere Löscgeldforderung unterbreitet?«

»Wo denkst du hin? Dazu hatte ich gar keine Gelegenheit. Aber die Comtesse hat uns heute Abend zu einer besonderen Überraschung eingeladen.«

»Was für eine Überraschung?«

»Keine Ahnung! Deswegen ist es ja eine Überraschung.«

»Und du hast zugesagt?«

»Natürlich! Vielleicht brauchen wir gar keine Lösegeldforderung zu stellen. Sicher schenkt sie uns etwas. Sie tat sehr geheimnisvoll.«

»Das heißt, wir bleiben noch eine Nacht auf der Burg?«

Yngvar nickte und strahlte übers ganze Gesicht. »Ich sage dir, hier ist etwas los, das hätten wir uns in unserer kalten und felsigen Heimat nicht träumen lassen.«

»Nein, wirklich nicht.« Sven warf Yngvar einen unfreundlichen Blick zu. »Vor allem ahnte ich nicht, dass du an dieser Comtesse klebst wie an einem Stück Honig. Hast du dir wenigstens Gedanken gemacht, wie wir aus dieser Situation herauskommen?« Er deutete zur Burgmauer. »Da unten stehen zwei liebestolle Grafen mit ihren Soldaten.«

»Ich weiß, ich weiß. Aber solange sie nicht angreifen, sind wir hier sicher.«

»Und wenn sie die Geduld verlieren?«

»Heute sicher nicht mehr. Es wird bald dunkel.«

***

Dunkelheit hatte sich über die Burg gesenkt, nur auf den Wachtürmen brannten Fackeln. Zwei Fackeln erleuchteten auch den Eingang zum Burgfried. Adelaise stand in der Tür und empfing die beiden angeblichen Ritter mit einem strahlenden Lächeln. Ein eigenartiger Duft lag in der Luft. Sie beide hatten ein Festmahl erwartet, doch es roch weder nach gebratenem Fleisch noch nach Kuchen und Brot. Was also sollte die Überraschung sein?

Adelaise streckte ihre Hände aus, fasste nach Sven und Yngvar und zog beide mit sich. Mit dem Fuß stieß sie eine Tür auf. Schlagartig standen sie in einem dichten Nebel. Die Hitze nahm ihnen den Atem. Yngvar glaubte, sich in einem wikingischen Schwitzhaus zu befinden. Im heißen Nebel sah er schemenhafte Gestalten. »Aber … das ist doch … das ist …«

»Ein Bad, ganz recht«, erwiderte Adelaise.

Von hier kam auch dieser betörende Duft, warm, weich und blumig. Jetzt erkannten sie zwei große Holzzuber, die mit feinen hellen Laken ausgeschlagen waren und gefüllt mit heißem Wasser. Es dampfte und duftete. Aus dem Nebel kamen plötzlich zwei Schatten auf sie zu, die sich als Jocelyne und Melisande entpuppten. Beide trugen nur einfache dünne Leinenkleider, wie Hemden ohne Ärmel. Der Dampf hatte den Stoff durchfeuchtet, er klebte an ihren Körpern und zeichnete überdeutlich alle Rundungen nach. Melisande fasste nach Sven, Jocelyne nach Yngvar, und sie zogen die Männer mit sich. Überrumpelt folgten die beiden ihnen.

Melisande hob vorsichtig ihren Fuß und steckte ihn in das Badewasser, wobei sie den Rock nach oben schob und fast ihr ganzes schlankes Bein entblößte. »Das Wasser hat jetzt die richtige Temperatur«, sagte sie und zwinkerte Sven zu. Zu seinem Bedauern zog sie das Bein wieder zurück.

»Legt eure Kleidung ab, meine Herren. Hier benötigt ihr sie nicht.« Achselzuckend kamen die beiden dieser Aufforderung nach. Kichernd hielten die zwei Kammerjungfern währenddessen Tücher hoch, hinter denen die beiden Ritter, nun vollständig nackt, in die Bottiche steigen konnten.

Eigentlich kannten Yngvar und Sven keine falsche Scham, denn bei ihnen war es ja üblich, das Schwitzhaus zu benutzen und sich von den Mägden ordentlich die Haut gerben zu lassen. Vor den hohen Damen aber war es ihnen doch etwas unangenehm. Das hier war offensichtlich etwas anderes. Die Bottiche waren so groß, dass getrost eine zweite Person … Bei dem Gedanken verschlug es Yngvar gänzlich den Atem. Er ließ sich bis zum Hals in das warme Wasser gleiten. Es war wirklich angenehm, und dazu dieser Duft! Er schaute sich nach Adelaise um. Sie war an der Tür stehen geblieben. Wieso hatte er gehofft, dass sie mit zu ihm in das Wasser stieg? Enttäuscht presste er die Lippen aufeinander.

Er nahm allen Mut zusammen. »Wollt Ihr mir nicht Gesellschaft leisten?«

Adelaise lachte leise. Sie kam näher, beugte sich über ihn und bewegte mit einem Finger das Wasser. Ihm gelang ein Blick in ihr Dekolleté, auf dem sich kleine Schweißtröpfchen wie hauchzarte Perlen gebildet hatten.

»Es ziemt sich nicht, mein Herr. Doch ich möchte, dass Ihr Euch wohl fühlt, die Spuren Eurer langen Reise abspült und dem Bad wie neugeboren entsteigt.«

Sie bemerkte die Schweißtropfen auf seiner Stirn. Mit einem Tuch tupfte sie sie vorsichtig weg. Ihre Finger zitterten leicht. Noch nie war sie einem fremden Mann so nahe gekommen. Der Gedanke, dass dieser ansehnliche Ritter splitternackt im Wasser lag, ließ ihr Herz heftig klopfen. Zu erkennen war nicht viel, der duftende Badezusatz hatte das Wasser getrübt. Sie sah nur seinen hellen Körper schimmern, was ihr einen kleinen Seufzer entlockte.

»Adelaise, ich …« Er hob die Hand, doch Adelaise richtete sich schnell auf, während sie die Augen niederschlug.

»Mir ist es hier entschieden zu warm, edler Herr. Aber meine Vertraute Jocelyne wird Euch behilflich sein.«

Sie zog einen Vorhang zwischen den beiden Zubern zu, so dass Yngvar nur noch schemenhaft wahrnehmen konnte, was sich auf der anderen Seite tat. In Yngvar breitete sich eine heftige Hitze aus, die nicht nur vom warmen Wasser herrührte. Als er sich wieder umwandte, war Adelaise verschwunden. Stattdessen stand Jocelyne neben dem Zuber.

Sie lächelte ihm freundlich zu, bevor sie sich auf den Rand des Bottichs setzte und begann, mit einem Moosschwamm über Yngvars Nacken, seine Schultern und muskulösen Oberarme zu streichen. Dabei beugte sie sich so weit vor, dass auch ihr Kleid nass wurde. »Gefällt es Euch?«

Yngvar nickte, doch in Gedanken war er noch bei Adelaise. Und er vermutete, dass auch Jocelyne es sehr viel lieber wäre, wenn der Bursche aus dem Wald jetzt an seiner Stelle hier läge.

Jocelyne bemerkte die Narben auf Yngvars Schulter und Arm. »Hat Euch diese Wunde ein feindliches Schwert zugefügt?«

»Nein, das war ein Bär«, erwiderte Yngvar.

»Ihr habt mit einem Bären gerungen?« Vor Staunen blieb Jocelynes Mund offen stehen.

»Eher er mit mir«, gab er zurück. »Aber das ist eine lange Geschichte.«

»Die würde ich aber gern hören. Schließlich müsst Ihr den Bären bezwungen haben, sonst wärt Ihr nicht hier.«

»Wie wahr!« Ihm fiel ein, dass dieses Ereignis in einem anderen Land stattgefunden hatte, in einer anderen Zeit. Und davon durfte Jocelyne nichts erfahren.

Jocelyne hob einen Fuß an und streckte die Zehen ins Wasser. Sie rührte damit wie vordem Adelaise mit dem Finger.

»Es muss gut durchmischt werden«, erklärte sie. »Damit der Duft sich verteilt.«

»Was ist das?« Eine Blüte war auf Jocelynes Fußrücken hängen geblieben.

»Lavendel. Das kennt Ihr nicht?« Sie schüttelte verwundert den Kopf. »Es wächst hier überall. Wir sammeln und trocknen die Blüten. Man kann daraus wundervolles Parfüm herstellen, die Wäsche duftet danach, wir baden darin oder verfeinern damit die Speisen. Es ist ein Geschenk des Himmels.«

»Das ist es wirklich«, seufzte Yngvar und rekelte sich im Bottich.

Das warme Wasser lockerte die Muskeln, der Lavendelduft entspannte sein Gemüt, und eine angenehme Müdigkeit übermannte ihn. Er lehnte den Kopf auf den Rand des Bottichs und schloss die Augen. Ein traumgleiches Bild schob sich davor, das er am liebsten mit den Händen festgehalten hätte. Adelaise schwamm durch das Wasser eines großen Sees wie eine Nymphe. Ihr wundervolles Haar schwebte darauf wie ein Schleier, folgte ihren Bewegungen. Er sah sich selbst im diffusen Licht, das aus der Tiefe des Sees drang, die Konturen verwischte und eine sinnliche Stimmung zauberte. Er streckte die Arme aus, Adelaise tat es ihm gleich, bis sich ihre Finger berührten. Sie tanzten umeinander, schwebten in einer nassen Welt, die die Schwere der Körper aufhob. Sie war so wunderschön, so feengleich, so begehrenswert und doch so unerreichbar. Er wollte ihr gestehen, was er für sie fühlte, wie sie sein Herz, seine Seele, seine Gedanken erobert hatte. Nein, sie hatte ihn mit zarten Schleiern eingehüllt, mit ihrem Lächeln, ihrem Liebreiz, ihrer Anmut. Er fühlte sich bei ihr so leicht, so glücklich. Doch als er den Mund öffnete, entfuhren ihm nur Luftblasen. Er spürte Adelaises fragenden Blick. »Ich liebe dich«, sagten seine Lippen, doch seine Stimme wurde vom Wasser geschluckt.

Adelaise bewegte ihre Arme wie Vogelflügel, schwebte wie ein Phoenix durch das Wasser. Sie entfernte sich immer weiter von ihm, ihre Silhouette verschwamm. »Bleib doch, bleib«, rief er verzweifelt, doch wieder blubberten nur große Blasen aus seinem Mund. Er schluckte Wasser, bekam keine Luft und hustete heftig. Erschrocken riss er die Augen auf und erblickte Jocelynes Gesicht.

»Gütiger Himmel, beinahe wäret Ihr ertrunken«, rief sie. »Ihr seid eingeschlafen.«

»Tatsächlich?« Yngvar zog sich am Bottichrand hoch. »Schade, dann war alles nur ein Traum.« Er empfand Bedauern, aber auch Erleichterung. Denn Adelaise war keine unberührbare Wassernymphe, sondern eine hübsche, lebenslustige Comtesse aus Fleisch und Blut.

Jocelyne hielt das große Leinentuch hoch. »Ihr solltet das Bad beenden, Herr Ritter, bevor Ihr wirklich noch ertrinkt. Im Stroh träumt es sich auch ganz schön.«

Yngvar erhob sich und hüllte sich in das Tuch ein. Ein wenig verschämt half ihm Jocelyne beim Abtrocknen, dann reichte sie ihm seine Kleidung.

»Ich wünsche Euch eine angenehme Nachtruhe und schöne Träume.«

Yngvar beeilte sich, sein Quartier zu erreichen, um seinen Traum weiterzuträumen. Der Duft des Lavendels war ihm unter die Haut gedrungen wie der Liebreiz von Adelaise.

***

Auch Sven hatte sich der wohligen Wärme des Badewassers ergeben. Der Dampf im Raum nahm ihm den Atem, ebenso wie Melisandes Anblick. Sie blieb neben dem Bottich stehen und wickelte aus Moos einen Schwamm. Dabei vermied sie es, ihn anzuschauen. Erst jetzt fiel ihm ein, dass Yngvar ja in den anderen Bottich gestiegen war, und schaute hinüber. Doch Adelaise zog den Vorhang zu.

Etwas verlegen plätscherte Sven mit den Händen im Wasser.

Melisande trat näher. »Darf ich Euch behilflich sein beim Waschen?«

»Gern!« Sven setzte sich auf

Melisande benetzte den Schwamm und fuhr damit über Svens Rücken. »Was für prachtvolle Muskeln Ihr habt«, stellte sie bewundernd fest. »Und was für einen breiten Rücken. Und Euer Haar glänzt wie Gold. Eure Haut fühlt sich so glatt an wie ein geschliffener Stein. Welch eine Kraft muss darunterstecken.«

Sven lachte auf. »Ihr macht mir ja Komplimente, Melisande. Was treibt Euch dazu? Etwa unser heimliches Treffen an der Burgmauer?«

Melisande holte tief Luft und senkte den Blick. »Ich … ich muss Euch etwas gestehen. Es war keine Leichtfertigkeit meines Herzens, die mich in Eure Arme trieb. Es ist auch nicht allein Eure Erscheinung, die mir wohl gefällt. Es … es ist etwas hier drinnen …« Sie ließ den Schwamm ins Wasser fallen und presste ihre feuchten Hände auf ihre Brust. »Ich spüre ganz deutlich, dass mein Herz für Euch schlägt. Ja, es sagt mir, dass es ohne Euch gar nicht mehr schlagen möchte.«

Sven schaute erstaunt auf Ihre Blicke begegneten sich. Es war ganz still. »So ernst ist es Euch?«

Melisande nickte schweigend. Keiner wagte etwas zu sagen, keiner wagte sich zu bewegen. Die Stille zwischen ihnen lastete plötzlich so schwer auf ihnen wie der Dampf

Hinter dem Vorhang platschte es laut, dann hustete Yngvar heftig. Sven legte den Zeigefinger auf die Lippen. So verharrten sie beide eine geraume Weile.

»Yngvar ist gegangen.« Sven fand als Erster die Sprache wieder.

»Jocelyne auch«, erwiderte Melisande. »Wir sind allein.« Wieder Stille.

»Ganz allein«, flüsterte Sven.

Plötzlich war es, als fiele von beiden eine seltsame Last, die sie bis jetzt bedrückt hatte.

»Wir sind allein!« Melisandes Jubelschrei vermischte sich mit dem Platschen des Wassers, als Sven aufsprang und sich gleich wieder fallen ließ. Das Wasser schwappte über und ergoss sich auf den Boden.

Sie lachten beide. Sven streckte ihr seine Hand entgegen. »Steigt herein, Melisande.«

Sie warf ihm einen koketten Blick zu. »Nicht so eilig, Herr Ritter.« Sie kletterte auf einen Schemel, der neben dem Bottich stand. Langsam wiegte sie sich im Rhythmus eines Liedchens, das sie trällerte, während sie mit den Armen ihren Körper umschlang und dabei die Träger des Kleides von ihren Schultern schob. Atemlos verfolgte Sven diesen aufregenden Tanz. Erst streifte sie einen Träger ab, schob ihren Arm hindurch, dann den zweiten. Der Stoff rutschte nicht, er klebte an Melisandes Körper, umhüllte eng ihre festen Brüste und blieb auch dort, als sie ihre Hände wegnahm, um nun den Rocksaum anzuheben und Stück für Stück ihre Beine zu entblößen. Sie besaß erstaunlich schlanke Beine, sanft geschwungen und trotzdem kraftvoll. Es war festes Fleisch, straff und von einer hellen Farbe wie Sahne. Immer höher hob sie den Saum. Sven hielt den Atem an, doch kurz bevor sie ihre geheimste Stelle erreichte, hielt sie inne.

»Warum tanzt Ihr nicht weiter, Melisande?« Sven krallte sich so fest an den Rand des Zubers, dass die Knöchel an seinen Händen hell hervortraten.

Melisande lächelte. »Ungeduldig?«

Das Atmen fiel ihm schwer. Er versuchte, Melisandes Fuß zu erhaschen, doch sie war schneller. »Finger weg«, warnte sie scherzhaft. Dann stieg sie, den Rocksaum immer noch geschürzt, mit einem Bein in das Wasser, langsam, als müsse sie es prüfen. Erst dann folgte das zweite Bein. Ebenso langsam ließ sie sich nieder, wobei sie den Saum so weit hob, dass Sven einen kurzen Blick auf ihre Scham erhaschen konnte. Es war zu kurz, als dass er etwas Genaues hätte sehen können, nur einen goldenen Flaum, der sich kurz aufbauschte, als er das Wasser berührte. Im nächsten Augenblick verdeckte der Stoff ihres Kleides die Sicht. Er blähte sich auf, saugte das Wasser auf und sank dann herab, um ihren Körper wieder zu bedecken.

»Halt!« Er packte Melisandes Fuß und hielt ihn fest. Ihr Aufschrei war nicht ernst gemeint, denn sie lachte und spritzte mit der Hand Wasser in Svens Gesicht. Er spritzte zurück, sie kreischte und schon verschwand sie unter der Wasseroberfläche.

»Entschuldigt, Melisande, ich wollte das nicht!«

Prustend tauchte sie wieder auf, ihr blondes Haar klebte am Kopf, Wasser rann ihr übers Gesicht, und sie wischte sich die Augen. Aber sie lachte. »Ihr wolltet doch, dass wir gemeinsam baden.«

Er starrte auf ihre Brüste, die der nasse Stoff nachzeichnete.

»Nun ist das Kleid nass, da kann ich es auch ausziehen«, kicherte sie.

»Ich bin Euch behilflich«, bot sich Sven sofort an. »Was Damenkleider betrifft, habe ich etwas Nachholbedarf.«

Sie versuchte, das Hemd über den Kopf zu ziehen. Da es nass war, gelang es ihr nicht. Sven half nach – und ratsch! – hielt er ein Teil davon in der Hand.

»Ich bin wirklich zu ungeschickt«, murmelte er betroffen.

Melisande fand es hingegen sehr amüsant. »Was für ein starker Kerl«, jubelte sie und reckte ihre Brüste vor. Das Wasser und feine Blütenblätter umspülten sie. Wie weggewischt war die letzte Spur von

Scham und Zaudern. Am liebsten hätte sie sofort seinen Körper umschlungen. Warum zögerte er noch?

»Gefallen sie Euch?«, wollte sie wissen. »Nun schaut doch nicht so, Ihr dürft sie anfassen.«

Das ließ sich Sven nicht zweimal sagen. Er streckte die Hände aus und umschloss Melisandes Brüste. Er holte nach, wobei Yngvar ihn am Nachmittag gestört hatte. Doch er spürte, dass es mehr war als nur ein fleischliches Verlangen. Etwas zog ihn zu Melisande, ein starkes Gefühl der Vertrautheit, eine Sehnsucht nach ihrer Nähe.

Melisande erhob sich und beugte sich über Sven. Von ihren Brüsten tropfte das Wasser herab, das Sven mit dem Mund auffing. Es war ein Spiel, erregend und prickelnd.

Melisande lehnte sich schließlich wieder zurück und legte den Kopf auf den Bottichrand, während sie ihn unter gesenkten Lidern beobachtete. Ihre Brüste ragten dabei wie zwei kleine Inseln aus dem Wasser. Sven rang nach Luft, denn gleichzeitig verspürte er etwas tief unten im Zuber. Es waren ihre tastenden Zehen, die sich den Weg zwischen seine Schenkel suchten. Ihr Lächeln verbreiterte sich, als sie ihr Ziel gefunden hatten.

»Prächtig, prächtig, Herr Ritter. Ich hoffe, Eure Lanze verfehlt nicht ihr Ziel.«

»Das wird sie gewiss nicht«, beteuerte Sven mit rauher Stimme. Er wollte Melisande zu sich auf den Schoß ziehen. Scherzhaft wehrte sie sich. »Nein, nein, Herr Ritter. Ich meine morgen, wenn ihr gegen die beiden Grafen kämpft!«

Plötzlich wurden beide ernst. Tränen stiegen in Melisandes Augen. »Ich will nicht, dass dir etwas geschieht«, flüsterte sie. »Jetzt, wo wir uns gerade gefunden haben.« Sie warf sich so heftig in seine Arme, dass sie Sven beinahe unter Wasser drückte.

Er fing sie auf und hielt sie fest. »Das will ich auch nicht.«

Einen Herzschlag lang umschlangen sie sich wie Ertrinkende, dann begannen sie sich zärtlich zu bewegen, rieben ihre Körper aneinander. Ihre Hände streichelten einander, ihre Lippen verschmolzen miteinander. Die Erregung packte sie.

»Liebe mich«, keuchte Melisande. »Bitte liebe mich, halt mich, lass mich nie wieder los.«

»Möchtest du …?« Svens Stimme klang leise, auch wenn niemand weiter sie hören konnte.

»Ja«, hauchte sie. »Jetzt und hier.«

Er zog sie zu sich, umfasste ihre Schenkel und hielt sie fest. Sie ließ sich auf seinen Körper gleiten, spreizte die Knie und hielt sich am Rand des Bottichs fest. Einen kurzen Moment zögerte sie. »Ich habe noch nie …«

»Keine Angst. Es wird sehr schön.« Seine Hände glitten zu ihren Hüften, hielten sie fest und dirigierten sie zur Mitte seiner Lenden. Willig ließ sie sich führen, dann schloss sie die Augen. Ein kurzer Druck seiner Hände, ein Aufbäumen seines Körpers. Melisande sog scharf die Luft zwischen den Zähnen ein, dann entrang sich ein tiefes Stöhnen ihrer Brust. Er hielt kurz inne, doch dann gab es für beide kein Halten mehr. Rhythmisch trafen ihre Körper aufeinander, die Wellen des Wassers mischten sich mit den Wellen ihres kochenden Blutes, sie umschlangen sich, wurden eins miteinander. Immer schneller, immer heftiger wurden ihre Bewegungen, immer tiefer drang er in ihren Körper ein. Das warme Wasser war ihr Schutzschild gegen alles, was außerhalb dieser heißen Liebe lag. Es gab kein Halten mehr. Hinweggespült waren Schranken und Hemmungen, Skrupel und Scham. Zwei Liebende schenkten sich das Schönste, was sie geben konnten.

In Melisandes Ohren rauschte es, sie fühlte sich in einen Strudel hineingezogen, der sie mit aller Macht verschlingen wollte. Bunte Sterne tanzten vor ihren Augen, alle Gefühle ballten sich in ihrem Innern zu einem gewaltigen Knäuel zusammen, um dann mit einem Mal zu explodieren. Mit einem erlösenden Schrei bäumte sich Melisande auf. Ihr ganzer Körper bebte und vibrierte, zuckte und wand sich.

Erstaunen, Verwunderung, Freude und Erleichterung mischten sich in Sven, als Melisande mit einem lauten Seufzen in seine Arme sank. »Ich bin im Paradies angekommen«, keuchte sie atemlos.

»Ich auch«, flüsterte Sven. »Und ich möchte es nie wieder verlassen.«

ZWISCHEN DEN FRONTEN

Und ich sage Euch, mit den beiden stimmt etwas nicht.« Gwendal presste seine Hände auf sein Herz, um seinen Worten noch mehr Dringlichkeit zu verleihen. »Das sind keine normannischen Ritter. Ich habe ihr Quartier durchsucht, während sie sich im Bad amüsierten.«

»Wie kommst du dazu?«, tadelte Adelaise. »Sie sind unsere Gäste.«

»Schöne Gäste!« Gwendal schnaubte verächtlich. »Ritter auf Wallfahrt! Wo sind denn ihre Pferde?«

»Die haben sie zurückgelassen, als sie sich zur Burg durchschlugen.«

»Und wie haben sie sich durchgeschlagen? Durch zwei feindliche Lager?«

»Sie sind eben listig.«

Gwendals Wangen hatten sich vor Erregung gerötet. »Entweder sind sie Spione der Grafen oder …«

Adelaise mochte es, wenn der hübsche Junge seiner Leidenschaft freien Lauf ließ. Doch diesmal ging er zu weit.

»Oder?« Adelaise hob ihre fein geschwungenen Augenbrauen und blickte Gwendal streng an. »Sie wollen uns helfen. Ich vertraue ihnen.«

»Ich nicht«, widersprach Gwendal. »Ich habe unter dem Stroh ihres Lagers etwas sehr Verdächtiges gefunden.«

»Was denn?«

»Zwei Streitäxte.«

»Nun, die sind doch üblich.«

»Aber nicht mit Wikingermustern.«

»Tatsächlich?«

»Was wollen fahrende Ritter mit Wikingeräxten? Nein, ich sage Euch, Comtesse, die führen Böses im Schilde. Außerdem ist es unmöglich, dass zwei Mann allein etwas gegen zwei Armeen mit vierhundert Soldaten ausrichten können.«

Adelaise überlegte. »Wie sie das schaffen wollen, weiß ich auch nicht. Aber haben wir eine andere Wahl?«

»Wir sollten warten, bis Euer Bruder von der Jagd zurückkommt. Er hat viele Männer in seinem Gefolge.«

»Keine zwanzig. Zum Kämpfen viel zu wenig.«

»Aber vielleicht kann er die beiden Grafen überzeugen aufzugeben.«

Adelaise lachte lauthals. »Mein süßer Gwendal, du träumst. Du hast sie doch erlebt. Es sind sture, eitle Böcke, von denen keiner auch nur einen Schritt zurückweicht.«

»Dann warten wir, bis Euer Vater zurückkommt. Er hat genug Leute bei sich, um sie davonzujagen.«

»Mein Vater wird keinen Krieg mit seinen Nachbarn anfangen, auch wegen mir nicht.« Sie schüttelte entschieden den Kopf. »Lass es gut sein. Mögen die edlen Ritter sich beweisen und uns befreien.«

Gwendal rang die Hände, während seine blauen Augen Adelaise anflehten. »Es gibt ein Unglück, es gibt ein großes Unglück. Diese beiden Männer sind Verräter!«

»Nun ist es genug!« Adelaise hob gebieterisch die Hand. »Ich habe entschieden, und so wird es geschehen!«

Frustriert und gedemütigt presste Gwendal die Lippen aufeinander. Er verbeugte sich leicht und eilte zur Tür hinaus. Es war nicht einfach für ihn, ihr Beschützer zu sein. Natürlich wollte er dem hohen Ideal der Minne dienen, um Adelaises Gunst werben und ihr ritterlich zu Diensten sein. Und er wusste auch, dass er dafür nicht ihre Liebe erwarten durfte, denn die unerfüllte Liebe sollte ja die schönste sein. Allerdings empfand er diese Art der Beziehung als ziemlich schmerzhaft.

Schnurstracks eilte er zur Kammer, in der Jocelyne und Melisande schliefen. Beide schlummerten tief, erschöpft von dem ausgelassenen Badevergnügen.

»He, ihr beiden, wacht auf Es droht Gefahr!«

Verschlafen fuhr Melisande auf, während Jocelyne sich murrend zur anderen Seite drehte. »Verschwinde, Gwendal, wir sind müde.«

»Du wirst gleich munter werden, wenn ich dir erzähle, was ich entdeckt habe. Unsere Herrin ist in größter Gefahr.«

»Sind die Grafen in die Burg eingedrungen?«, fragte Melisande erschrocken.

»Nein, die nicht, aber wir haben trotzdem zwei üble Läuse im Pelz.«

Jocelyne rieb sich die Augen und setzte sich nun auch auf. »Was redest du da? Was für Läuse denn?«

»Diese beiden angeblichen Ritter.«

»Angeblichen?« Melisande warf sich seufzend wieder auf ihren Strohsack. »Himmlisch sind die. Zumindest der eine, der Dunkelblonde mit den herrlich blauen Augen. Er ist etwas grob, aber er hat ein Durchhaltevermögen! Das Wasser ist nur so aus dem Zuber geschwappt.«

Gwendal verdrehte die Augen. »Ich will gar nicht wissen, was ihr da im Waschhaus getrieben habt. Ich denke nur an unsere Sicherheit und habe in der Zwischenzeit ihr Lager durchsucht. Das sind gar keine Wallfahrer, ich habe versteckte Streitäxte gefunden.«

»Warum sollten sie keine Äxte zu ihrer Verteidigung mit sich führen? Die Wege sind gefährlich.«

»Mit Wikingermustern?« Gwendal verschränkte triumphierend die Arme vor der Brust.

»Die kann man auf jedem Markt kaufen.« Jocelyne gähnte. »Der andere hat sogar mit einem Bären gekämpft. Ohne Waffen! Das sind Helden! Und nun lass uns schlafen.«

»Ich denke gar nicht daran. Ich gehe jetzt zu den beiden Schwindlern und stelle sie zur Rede.«

Melisande lachte auf. »Die zerquetschen dich wie eine lästige Mücke. Es sind wirklich edle und galante Männer. Der eine hat mir sogar seinen Mantel gegeben, als dummerweise mein Kleid zerriss.«

Sie deutete auf den Stoffknäuel, der noch auf dem Boden lag. Morgen würde sie ihm den Umhang zurückgeben.

»Er hat dir dein Kleid zerrissen?«, empörte sich Gwendal.

Melisande verzog genüsslich die Lippen. »Nicht nur ein mal. Er ist ein toller Kerl!«

»Weißt du überhaupt, wie er heißt?«

»Nein, aber das ist doch nicht wichtig. Ich habe mich schlichtweg in ihn verliebt.«

»Was?« Gwendal rang nach Luft. »Du bist nicht bei Sinnen.«

Jocelyne erhob sich und zog ihn verärgert beiseite. »Lass sie doch. Sie braucht jemanden, an den sie noch ein Jahr lang denken und für den sie beten kann. Sie befreien uns, dann ziehen sie weiter.«

»Wie wollen die beiden uns befreien? Nein, nein, die haben etwas ganz anderes vor.«

»Und was? Du bist doch nur neidisch.«

»Ich werde herausfinden, was sie hier wirklich wollen.«

»Das wirst du nicht«, entgegnete Jocelyne erbost. »Lass sie in Ruhe schlafen, denn sie brauchen morgen ihre ganze Kraft, wenn sie gegen die Grafen Hamo und Pepin kämpfen.«

.»Pah, das glaubt ihr doch selbst nicht. Also ich gehe jetzt zu ihnen …«

»Untersteh dich!« Melisande sprang auf und packte ihn am Handgelenk, um ihm am Verlassen der Kammer zu hindern. »Jetzt weiß ich, warum du so verrückt redest. Du bist eifersüchtig. Du hast bemerkt, wie der eine Comtesse Adelaise immer anschmachtet.«

»Dafür würde ich ihm am liebsten den Kopf abschlagen«, zürnte Gwendal. »Und Adelaise ist blind. Sie vertraut denen.«

»Dann solltest du den Willen der Comtesse akzeptieren. Denk daran, du bist nur ihr Page.«

»Ich bin auch ihr Beschützer«, verteidigte sich Gwendal. »Sie weiß, dass ihr meine ganze Liebe gehört.«

»Die sie niemals erwidern wird. Wenn du der Minne dienst, dann musst du dich Adelaises Willen unterwerfen.«

»Nicht, wenn sie sich dadurch in Gefahr begibt«, widersprach er trotzig.

Jocelyne versuchte Gwendal zu beruhigen. Sie griff nach dem Wasserkrug neben ihrem Bett. »Hier, trink erst mal einen Schluck Wasser, dann sieht alles gleich viel freundlicher aus.«

»Ich will aber nicht«, widersetzte sich Gwendal. »Und wenn ich die ganze Burg aufwecke, jetzt geht es den beiden an ihre Schurkenkehle.«

Die beiden Mädchen wussten nicht mehr, wie sie Gwendal stoppen konnten. Sie wechselten einen stummen Blick des Einverständnisses, dann schlug Jocelyne ihm den Krug über den Kopf Mit einem leisen Laut, der mehr Überraschung als Schmerz ausdrückte, fiel Gwendal in Ohnmacht.

Sie zogen den Jüngling auf eines der Betten, dann beugten sie sich über ihn. »Du hast ihn doch nicht totgeschlagen?«, fragte Melisande besorgt.

»Keineswegs! Schau, er blutet nicht einmal. Der schläft jetzt ein paar Stunden, dann sind die beiden Ritter längst weitergereist.«

Melisande verzog bekümmert das Gesicht. »Mir wäre lieber, sie blieben hier. Zumindest der eine. Und wenn ich daran denke, dass sie gegen die beiden Grafen kämpfen wollen …«

»Dann denk eben nicht dran«, gab Jocelyne leichtfertig zurück. »Und jetzt schlaf, morgen wird bestimmt ein aufregender Tag.«

Melisande deutete empört auf ihr Bett. »Soll ich mich neben Gwendal legen?«

»Natürlich nicht. Aber wir können ihn auch nicht vor die Tür werfen. Das fällt auf Komm in meins, es ist breit genug.«

Melisande warf noch einen letzten Blick auf Gwendal. »Es tut mir leid, dass wir ihm wehtun mussten. Eigentlich kann ich ihn gut leiden.«

Jocelyne verzog spöttisch die Lippen. »Er wird eine Beule zurückbehalten. Du kannst sie ihm ja kühlen. Morgen.«

***

Yngvar hatte die Erlebnisse des Abends mit in die Nacht genommen. Noch immer vibrierte jede Faser seines Körpers, verspürte er das wohlige Gefühl, das nicht nur das warme Wasser in ihm erzeugt hatte. Und noch nie war ihm eine Frau so nahe gewesen.

Er sah Adelaise wieder durchs Wasser schweben, einem riesigen Vogel gleich. Er streckte die Arme nach ihr aus, und tatsächlich kam sie zurück, wurde größer und größer. Doch aus der feengleichen Adelaise wurde plötzlich ein gewaltiger Falke, der seine Schwingen in sein Gesicht schlug.

»Au, au, verschwinde, du Untier!« Yngvar fuhr auf und starrte in Svens Gesicht. »Was ist los?«

»Endlich wachst du auf? Da muss man dir schon eine ordentliche Ohrfeige verpassen, dass du aus deinen Träumen findest. Es ist schon heller Morgen!«

»Du Idiot, wie konntest du mich wecken? Wenn du wüsstest, was das für ein Traum war!«

»Kann ich mir denken«, gab Sven mit einem breiten Grinsen zurück. »Trotzdem wirst du dich erst einmal davon verabschieden müssen und in den Kampf ziehen.«

»Ich? Du kommst natürlich mit!«

»Du hast dich in diese Situation gebracht. Nun löffle die Suppe aus, die du dir eingebrockt hast.«

Yngvar reckte und streckte sich. »Du bist mir ein schöner Freund. Bekommen wir denn etwas zum Frühstück? Hungrig kann ich nicht in den Kampf ziehen.«

»Dann geh in die Küche. Die Mägde haben schon gemolken.«

Yngvar eilte davon. Während er das kostbare Weizenbrot in die Milchsuppe bröckelte, überlegte er fieberhaft, wie er sich aus dieser Schlinge befreien könnte.

Sven verzichtete auf das gute Frühstück, stattdessen kleidete er sich sorgfältig an und legte alle Waffen an. Ihm fiel plötzlich ein, dass er seinen Mantel Melisande geliehen hatte, als sie … Er lächelte still. Er musste zugeben, dass er gern mit dem hübschen Mädchen zusammen war. Und ein Temperament hatte sie, das hatte sie in der Badestube bewiesen. Auch wenn es für Sven ungewohnt war – die Wikingerfrauen waren stolzer, aber zurückhaltender –, ihm hatte es gefallen. Zwar hätte er nichts dagegen gehabt, das ausgelassene Badevergnügen zu wiederholen, aber ihm war auch bewusst, dass sie sich in großer Gefahr befanden. So mutig er war, verrückt war er nicht und auch nicht leichtsinnig. Er musste Yngvar vor so mancher Torheit bewahren, denn ihm hatten die Frauen offenbar völlig den Kopf verdreht, allen voran Adelaise.

Er überlegte, ob er zu Melisandes Kammer gehen sollte, um sich den Mantel zurückzuholen, verzichtete aber dann darauf. Stattdessen suchte er Adelaise auf. Einen Augenblick lang erwog er, ihr einfach selbst die Lösegeldforderung zu unterbreiten. In Yngvars Namen. Doch gleich darauf verwarf er den Gedanken. Er wollte Yngvar nicht in den Rücken fallen. Ein Freund tat so etwas nicht, und er wollte Yngvar beweisen, dass er sein Freund war.

Er beugte das Knie und senkte den Kopf. »Edle Comtesse, heute ist ein schicksalsschwerer Tag. Wir wollen uns als ritterliche Freunde beweisen und Euch von den beiden aufdringlichen Grafen befreien.«

»Wie wollt Ihr das anstellen?« Auf Adelaises Gesicht malte sich Besorgnis.

»Mit einer List, die wir aber auch vor Euch geheim halten, damit Ihr nicht in Gefahr geratet. Wir bitten Euch nur um die Erlaubnis, zwei Pferde aus Eurem Stall auszuleihen.«

»Diese Bitte sei Euch gewährt.«

»Unser ergebenster Dank ist Euch sicher.«

Adelaise sprang plötzlich auf »Gebt auf euch acht, beide. Unsere Gebete mögen euch beschützen.«

Mit einer vollendeten Verbeugung zog sich Sven zurück. Er hatte nicht erwartet, dass ihm die Lüge so leicht über die Lippen gehen würde. Denn was er sich im Laufe der Nacht ausgedacht hatte, war mehr als abenteuerlich.

***

Er sah Yngvar über den Burghof kommen und sich mit dem Ärmel die Milch von den Lippen wischen. »Fette Milch haben die hier. Vielleicht kann ich ein paar ihrer Kühe nach Skollhaugen mitnehmen.«

»Du denkst an Kühe?«, empörte sich Sven. »Da unten stehen zwei Armeen von je zweihundert Kriegern, und dich interessiert nur Milch!«

»Ich denke eben weiter«, verteidigte sich Yngvar, während er seine Waffen anlegte, die sie wohlweislich gut unter dem Stroh versteckt hatten.

»Na, hoffentlich denkst du auch daran, wie wir die beiden Grafen überwältigen.«

»Im Zweikampf. Wenn sie Ehrenmänner sind, gehen sie darauf ein.«

»Du vergisst, wo wir uns hier befinden.« Sven schüttelte tadelnd den Kopf. »Während du deinen Milchbrei geschlürft hast, habe ich von Adelaise die Erlaubnis erhalten, zwei Pferde aus ihrem Stall auszuleihen. Damit reiten wir jetzt da hinunter.« Er deutete zum Tor.

»Bist du verrückt? Die nehmen uns sofort gefangen.« Yngvar fuhr sich mit gespreizten Fingern durchs Haar.

»Nein, denn wir sind Gesandte der Comtesse und kommen mit einer wichtigen Nachricht. Ich reite zu Graf Pepin und du zu Graf Hamo.«

»Und was sagen wir denen?«

»Dass sich die Comtesse entschieden hat.«

»Aha! Und für wen?«

»Ich sage zu Graf Pepin, dass sie sich für Graf Hamo entschieden hat, und du sagst Graf Hamo, dass sie sich für Graf Pepin entschieden hat.«

Yngvar starrte ihn entgeistert an. »Was willst du damit bezwecken?«

»Dass sie sich gegenseitig die Köpfe einschlagen. Wenn sie tatsächlich so verrückt sind, wie die Comtesse es geschildert hat, dann funktioniert mein Plan.«

»Das kann niemals gutgehen«, stöhnte Yngvar.

Sven fuhr ihn an: »Hast du einen besseren Plan?«

Yngvar schüttelte den Kopf »Trotzdem finde ich die ganze Sache waghalsig. Du hast mir vorgeworfen, ich würde keine Verantwortung übernehmen. Jetzt setzt du alles aufs Spiel.«

Sven verzog spöttisch den Mund. »Was setze ich aufs Spiel? Ich bin sicher, dass du von der Comtesse niemals Lösegeld fordern wirst. Wir müssen sehen, dass wir heil aus dieser verzwickten Situation herauskommen.«

»Wer ist wir?«

»Wir alle, einschließlich der ganzen Burgbewohner. Also, dann komm zum Stall. Die Pferde sind bestimmt schon gezäumt und gesattelt.«

Zögernd folgte Yngvar ihm. Es war eine List, ohne Zweifel, aber der Erfolg war nicht sicher. Doch er wusste ohne Zweifel, dass er niemals vor Adelaise treten und Lösegeld von ihr fordern würde. Alles hatte sich geändert.

Er schwang sich auf das Pferd, das viel größer war als ihre Pferde daheim und auch einen sehr unbequemen Sattel trug. Man saß schrecklich steif darin und so hoch. Das große Tor öffnete sich nur einen Spaltbreit, so dass sie hindurchgelangten. Gleich hinter ihnen schlug es wieder zu.

Offenbar hatte niemand damit gerechnet, dass sich jemand aus der Burg herauswagen würde. Unbehelligt ritten sie die Serpentine hinunter, bis sie auf die ersten Wachen stießen. Sie mussten sich an den Wappen orientieren. Yngvar atmete tief durch, dann wandte er sich an zwei Soldaten, die das Wappen mit gekreuzten Schwertern und drei schwarzen Bäumen trugen.

»Gehört ihr zu Graf Hamo? Dann führt mich zu ihm. Ich habe ihm eine wichtige Nachricht von Comtesse Adelaise zu überbringen.«

Die beiden blickten sich ratlos an und zuckten mit den Schultern. »Eigentlich haben wir Befehl, niemanden durchzulassen«, sagte schließlich der eine.

»Ihr Tölpel, wie soll ich denn sonst dem Grafen mitteilen, wie sich die Comtesse entschieden hat?«

Misstrauisch betrachteten ihn die beiden, doch als sie das Wappen der Pattefleurs auf der Schabracke des Pferdes bemerkten, willigten sie ein. »Wir führen Euch hin, Herr Ritter.«

»Ich muss die Nachricht Graf Pepin überbringen«, sagte Sven und schaute sich nach den Wappenträgern mit dem Fisch und den vier Kreuzen um. Er fand sie auf der anderen Seite der Burg. Äußerlich furchtlos, ritt er auf das Lager von Graf Pepin zu. Als zwei Wachen ihm den Weg verstellten, wiederholte er Yngvars Spruch. »Führt mich zu

Graf Pepin. Ich habe eine Nachricht von Comtesse Adelaise für ihn. Sie hat sich entschieden.«

Problemlos gelangte er zum Zelt von Graf Pepin. Der kam ihm schon entgegengelaufen. Das fiel ihm nicht ganz leicht. Die Zeit der Belagerung hatte er sich mit reichlich Essen vertrieben. Er platzte beinahe aus allen Nähten, zudem schwankte er vom Wein. Nicht nur seine Nase, sondern sein ganzes Gesicht war gerötet. Seine Frisur war mit Honig bestrichen, und das Haar klebte an seinem Kopf.

»Hat sie sich endlich entschieden?«, rief er. »Das wird auch Zeit! Zwar hätte ich es noch eine Weile ausgehalten, aber natürlich ist es mir viel lieber, wenn ich auf meiner eigenen Hochzeit tanzen kann.«

Wohlweislich blieb Sven auf seinem Pferd sitzen, denn er traute weder dem Grafen noch dem augenblicklichen Frieden. Und wenn er ihm erst die Nachricht überbracht hatte …

»Comtesse Adelaise hat sich entschieden. Ich bin von ihr beauftragt worden, Euch mitzuteilen, dass ihre Wahl auf Graf Hamo gefallen ist.«

Pepin du Saumon machte seinem Namen alle Ehre. Seine wässrigen Augen traten aus den Höhlen, während seine wulstigen Lippen stumm nach Luft schnappten wie ein Fisch auf dem Trockenen. Sven hoffte, der Graf könnte jeden Moment einfach umkippen, ersticken und sterben. Aber der kugelrunde Graf war zäher, als Sven dachte. Sein Kopf lief dunkelrot an, er pumpte Luft wie ein Maikäfer vor dem Start, dann brüllte er laut los. Er besaß eine kräftige Stimme, die in seinem Brustkorb dröhnte wie in einer Trommel. Augenblicklich geriet das ganze Zeltlager in Unruhe.

»Warum?«, schrie er. »Warum dieser vertrocknete, hässliche Giftmischer? Womit hat er sie bestochen, dass sie sich für ihn entschieden hat?«

»Dazu kann ich Euch leider nichts sagen«, erwiderte Sven trocken. »Das müsst ihr Graf Hamo schon selbst fragen.« Er wendete sein Pferd und ritt eilends davon.

Inzwischen war auch Yngvar bis zu Graf Hamos Zelt gelangt. Da sich der Graf nicht aus seinem Zelt herausbewegte, musste Yngvar von seinem Pferd absteigen. Seine gespielte Selbstsicherheit stand ganz im Gegensatz zu seinen Augen, die aufmerksam alles registrierten, was sich um ihn herum bewegte. Er fühlte sich wie in einer Falle, doch er konnte nicht mehr zurück. Er hoffte nur, Svens irrwitziger Plan ging auf.

»Comtesse Adelaise lässt Euch durch mich ihre Grüße ausrichten und mitteilen, dass sie sich nun entschieden hat.«

Graf Hamo, der bislang in einem sichtlich unbequemen Stuhl gesessen und Fläschchen und Violen voller geheimnisvoller Flüssigkeiten betrachtet hatte, erhob sich und streckte seine dünnen Beine. Sein stechender Blick schien Yngvar zu durchbohren. Yngvar wurde es immer unbehaglicher. Dieser Graf war so unheimlich wie gefährlich. Wenn er ihm jetzt ein Gift entgegenschleuderte …

»Das wird auch Zeit«, sagte Hamo mit seiner lächerlichen Fistelstimme. »Sie wird mich also jetzt empfangen.« Er griff nach seinem schwarzen Umhang.

»Verehrter Graf, Ihr befindet Euch im Irrtum. Comtesse Adelaise hat sich entschieden, wem sie ihre Gunst und ihr Herz schenkt. Es ist Graf Pepin.«

Ruckartig blieb Hamo stehen. Yngvar wich bis zum Zelteingang zurück.

»Nein! Das wagt sie nicht!«

»Doch, doch«, erwiderte Yngvar und huschte aus dem Zelt. »Den Grund müsst Ihr bei Graf Pepin erfragen. Der hat ihr wohl ein kostbareres Werbegeschenk überreicht.«

»Dem werde ich …« Hamo stürmte an Yngvar vorbei, ohne sich weiter um ihn zu kümmern. Draußen ruderte er wild mit den Armen, um seine Männer zu mobilisieren. Das Durcheinander nutzte Yngvar, um sich auf sein Pferd zu schwingen.

Tosti gähnte und kratzte sich ausgiebig unter seinem Hemd. Die beiden ließen sich wirklich Zeit. Warum dauerte es nur so lange, die Lösegeldforderung zu stellen?

»Die haben Yngvar und Sven vielleicht gefangen genommen«, vermutete Steinolf.

»Unsinn«, widersprach Tosti. »Die lassen sich nicht überrumpeln.«

»Warum dauert das dann so lange, he?« Steinolf stampfte ungeduldig mit dem Fuß auf.

Tosti hob die Schultern und pulte nun mit den Fingernägeln zwischen seinen Zähnen herum. »Keine Ahnung, vielleicht zählen sie so lange das Geld.«

»Das glaubst du doch wohl selbst nicht.« Steinolf schnaufte unwillig. »Die betrügen uns. Ich sage dir, die haben das Geld und sind längst über alle Berge.«

Tosti scheuerte seinen Rücken an einem Baumstamm und grunzte wohlig. »Das wagen sie nicht. Wie sollen sie begründen, dass wir nicht dabei sind, wenn sie zum Schiff zurückkehren?«

»Und wie sollen sie hierher zurückkommen? Die Pferde haben wir, und die Burg ist abgeriegelt.«

»Irgendwie müssen sie ja auch reingekommen sein.«

»Warum warten wir noch? Gehen wir zur Burg«, meldete sich nun Ulf zu Wort und kratzte sich an seinem roten Bart. »Sonst harren wir im nächsten Jahr noch hier aus.«

»Und wie sollen wir da reinkommen?« Steinolf stemmte die Fäuste in die Hüften. »Du redest nur dummes Zeug.«

»Gar nicht«, wehrte sich Ulf »Wir machen es genauso wie Yngvar und Sven. Sie folgten diesem liebestollen Mädchen.«

»Du hast recht«, gab Tosti zu. »Dann brauchen wir nur auf sie zu warten.«

»Schon wieder warten. Ich habe keine Lust mehr zu warten.« Steinoff stapfte ungeduldig hin und her. Plötzlich blieb er stehen. »Da, da kommen sie.« Die drei beobachteten mit brennenden Augen die beiden Reiter, die die Serpentine von der Burg herunterkamen.

Tosti erhob sich. »Sagte ich doch, die bescheißen uns nicht.«

»Wo reiten sie denn hin?«

Erstaunt beobachteten sie, wie Sven und Yngvar sich trennten und in den Lagern der Besatzer verschwanden.

»Die verraten uns an diese Männer«, heulte Steinolf auf »Da hast du's!«

»Lasst uns verschwinden«, schlug Ulf vor. »Gleich werden sie hierherkommen und uns gefangen nehmen.«

»Unsinn! Die haben was ganz anderes vor. Und wir werden es herausbekommen. Ulf, du bewachst weiter die Pferde, Steinolf, du gehst da rüber zu denen mit dem Fischwappen, ich gehe zu dem anderen Lager.«

»Warum muss ich denn hierbleiben?«, maulte Ulf und zog seine buschigen Augenbrauen zusammen. »Lasst uns lieber zum Schiff zurückkehren.«

»Du bleibst hier und wage nicht, dich zu entfernen, bevor wir zurückgekommen sind«, schnaubte Tosti. »Wir klären das.«

Nur widerwillig fügte sich Ulf. Er machte es sich hinter einem Busch bequem, ohne das Geschehen unterhalb der Burg aus den Augen zu verlieren. Diese Untätigkeit war kaum zu ertragen. Lieber wollte er kämpfen, ein paar Köpfe einschlagen und reiche Beute machen. Das, was sie hier taten, war eines Wikingers unwürdig. Entsprechend war seine Laune. Er beobachtete, wie Tosti und Steinolf sich an die Belagerer heranpirschten.

Auch wenn die beiden sich ohne Deckung und Vorsicht genähert hätten, wäre wohl niemand von den Belagerern auf sie aufmerksam geworden. Ihre ganze Aufmerksamkeit galt dem Zelt ihres Anführers, um das sie sich scharten. Tosti wartete am Rande des Zeltlagers von Graf Hamo. Er musste zu Yngvar gelangen, doch der befand sich mittendrin. Tosti hatte keine Ahnung, was Yngvar da wollte, doch das war auch egal. Er wusste, was er selbst wollte: das Lösegeld. Und da kam Yngvar auch schon zurück, während Graf Hamo mit seinen dürren Armen durch die Luft ruderte. Das ganze Lager geriet in Aufruhr, die Männer rannten umher, Waffen klirrten. Tosti stellte sich Yngvar in den Weg. »He, halt! Yngvar, wo bleibt das Lösegeld? Warum dauert das so lange?«

Yngvar zügelte erschrocken sein Pferd. »Was machst du hier, du Idiot? Verschwinde, geh an deinen Platz! Du gefährdest alles!«

»Was gefährde ich? Was ist das für ein Pferd? Warum warst du in diesem Lager? Hat die Burg kapituliert?«

»Keine Zeit! Verschwinde!« Yngvar trieb sein Pferd wieder an und ritt Tosti beinahe über den Haufen, wäre der nicht geistesgegenwärtig zur Seite gesprungen. Tosti drohte ihm wütend mit den Fäusten. Plötzlich packte ihn jemand an den Schultern.

»He, wer bist du? Was machst du hier?« Ein geharnischter Soldat hielt ihn mit einer Hand fest. Mit der anderen legte er ihm seine Schwertspitze an den Hals.

»Lass mich los, ich gehöre zu Yngvar, dem Wikinger.«

»Welchem Wikinger, welchem Yngvar? Du bist einer von Pepins Spionen. Komm mit, du bist mein Gefangener!« Tosti konnte sich sträuben, wie er wollte, es half ihm nichts. Der Soldat zerrte ihn mit sich bis zu Hamos Zelt.

»Herr, ich habe einen Spion der Gegenseite gefangen, was soll mit ihm geschehen?«

Graf Hamo hüpfte wie ein Frosch auf und ab und versuchte, seine Männer zum Kampf zu formieren. In seiner dunklen, eng anliegenden Kleidung wirkte er wie eine überdimensionale Spinne. Tosti erschauerte. Wer war das?

»Keine Zeit, keine Zeit«, krähte Hamo. »Jetzt muss ich diesen Pepin erst mal in die Schranken weisen und ihm meine Braut abjagen. Sperrt ihn in meine Chemikalienkiste, damit er nicht entfliehen kann. So einen kann ich immer für meine alchimistischen Experimente gebrauchen.«

***

Steinolf hatte das Lager von Graf Pepin erreicht. Schon von weitem sah er Sven davonreiten. Er rannte und brüllte, doch Sven bemerkte ihn nicht, hörte nicht, drehte sich nicht um.

»Verdammt, so warte doch! Was ist denn mit dem Lösegeld?«

Steinolf war groß und muskulös, aber schwerfällig und nicht der Schnellste. Mit einem Pferd konnte er jedenfalls nicht mithalten. Er rannte, keuchte, stolperte und fiel der Länge lang hin, genau vor die Füße der Wachsoldaten. Sofort senkten sich mindestens zehn Speerspitzen auf seinen Körper. Steinolf wagte kaum, den Kopf zu heben.

»Ja, was haben wir denn da für ein Vögelchen gefangen?«

»Eher einen fetten Kapaun«, ulkte ein anderer der Soldaten. »Der gehört nicht zu uns.«

»Aber sicher zu Hamos Leuten. Der schickt seine Spione her, um zu erkunden, was wir planen. Er ahnt sicher, dass sich Graf Pepin diese Brüskierung nicht bieten lässt.«

»Umso besser müssen wir auf diesen fetten Lindwurm achten. Schaut nur, wie schmutzig er ist, und riecht mal, wie er stinkt. Er hat sich vielleicht als Schwein getarnt.« Dröhnendes Lachen folgte, dann piekten ihn die Soldaten mit ihren Speeren, damit Steinolf sich aufrappelte. So trieben sie ihn bis vor Graf Pepins Zelt.

Pepin rannte mit zornesrotem Gesicht und schmelzender Honigfrisur hin und her, drei Schritte in diese, drei Schritte in die andere Richtung, und geriet dabei völlig außer Atem. Einen Moment hielt er irritiert inne. »Wer ist das? Was will er? Ein Spion?« Er blickte sich ratlos um. »Wir haben jetzt keine Zeit, wir müssen gegen Hamo kämpfen. Der hat sich Adelaise gekrallt, dieser elende Giftmischer. Aber das lasse ich nicht zu. Zu den Waffen, Männer! Zu den Pferden!«

»Was soll mit dem Spion geschehen?«, wiederholte der Soldat seine Frage, verärgert darüber, dass ihm nicht die nötige Aufmerksamkeit und Bewunderung gezollt wurde.

»Binde ihn an den nächsten Baum, so dass er nicht flüchten kann. Wir müssen jetzt kämpfen. Wenn Hamo meine Braut nicht herausrückt, dann werde ich mich an jedem seiner Männer rächen, auch an diesem ungewaschenen Kerl.«

***

Jocelyne hielt es nicht mehr aus. Gwendal schlummerte selig und mit rosigen Wangen in ihrem Bett, während sie sich mit Melisande für den Rest der Nacht das Lager teilte. Schon beizeiten erhob sie sich und schlich aus der Kammer. Dass sie am Abend zuvor ihrer Herrin den kleinen Dienst erwiesen und den beiden fremden Rittern beim Baden geholfen hatte, war für sie selbstverständlich gewesen. Schließlich war sie Adelaises Kammerjungfer und enge Vertraute. Allerdings war ihr auch nicht verborgen geblieben, dass der hübsche Ritter nur Augen für Adelaise gehabt hatte. Jocelyne hatte sich viel Mühe gegeben, damit der Herr Ritter entspannte und Kraft sammelte für seinen Kampf gegen die beiden Grafen.

So ganz sicher war sich Jocelyne nicht, dass er aus diesem Kampf als Sieger hervorgehen würde, und sie empfand Mitleid mit den beiden Rittern. Andererseits befürchtete sie, dass nicht nur die beiden Ritter, sondern auch die beiden Armeen der Grafen sich gegenseitig bekämpfen würden, und zu einer Seite gehörte Josse!

Sie nutzte die frühen Morgenstunden, um sich verkleidet durch die kleine Seitenpforte aus der Burg zu schleichen. Als Magd nahm wie immer niemand Notiz von ihr. Sie hatte mit Josse einen neuen geheimen Treffpunkt im Wald ausgemacht, unter einer hohen Eiche, mit weichem Gras darunter, verdeckt von Büschen und unbemerkt von allen anderen. Es waren süße Stunden voller Leidenschaft, Lust und Freude. Mit jedem Treffen aber fühlte Jocelyne mehr, dass sie nicht nur die körperlichen Freuden genoss, sondern dass ihr Herz mehr und mehr dem jungen Knappen gehörte. Eines Tages würde er ein Ritter sein und dann würde sie ihm gestehen, dass sie keine Magd, sondern eine adlige Dame war. Dann wäre sie für ihn ein geeignetes Eheweib. Es musste ein herrliches Gefühl sein, von einem starken Ritter beschützt, angebetet und geliebt zu werden. In diesem Falle teilte sie Adelaises Ansichten nicht. Jocelyne sehnte sich nach einem Mann, einem, dessen Körper sie mit Freuden genoss, auf den sie stolz sein konnte und den sie bewunderte. Noch war Josse ein Knappe, und so würde sie ihr Geheimnis noch nicht lüften und sich inzwischen den körperlichen Freuden hingeben, die Josse ihr schenkte. Sie konnte die Sorge in ihrem Herzen nicht unterdrücken, und so schlich sie zwischen den beiden Lagern hindurch zum Waldrand, um unter der Liebeseiche, wie sie den Baum nannte, auf Josse zu warten.

Josse war noch nicht da. Jocelyne machte es sich im Gras bequem und schloss die Augen, um schon einmal von ihm zu träumen.

Es dauerte nicht lange, da vernahm sie ein Rascheln in den Büschen und sich nähernde Schritte. Sie stellte sich schlafend, in der Hoffnung, er würde sie wachküssen. Jemand beugte sich über sie, dann fühlte sie sich von kräftigen Händen gepackt und hochgezerrt. Sie riss die Augen auf und blickte in ein grobschlächtiges Gesicht mit buschigen blonden Augenbrauen, einer dicken Knollennase, einem zotteligen, schlecht gestutzten rotblonden Bart und stechenden blauen Augen. Sie wollte schreien, doch der Unhold presste ihr eine Hand auf den Mund. »Halt's Maul«, zischte Ulf. »Sonst bist du tot.«

Jocelyne rang nach Luft, gab ihm aber mit Blicken zu verstehen, dass sie gehorchen würde.

»Du kommst von der Burg, nicht wahr?«

Sie nickte, weil er seine Hand nicht von ihrem Mund nahm.

»Da oben sind doch zwei fremde Ritter, nicht wahr?«

Sie nickte wieder.

»Führ mich hin!«

Jocelynes Beine wollten ihr nicht gehorchen, doch der wild aussehende Mann schleifte sie mit sich. Es war zwecklos, sich zu wehren. Er klemmte sie sich einfach unter den Arm.

Aus den Augenwinkeln sah sie, dass sich Josse dem Wald näherte. Er bemerkte sie nicht, denn er kam aus der Richtung des Lagers. Verzweifelt überlegte sie, wie sie sich bemerkbar machen konnte. Sie hielt sich am Kittel ihres Entführers fest. Mit Grausen bemerkte sie eine kleine Streitaxt unter der Tunika. Was hatte dieser Mann vor? Vielleicht wollte er Adelaise ermorden!

Sie zog sich näher an ihn heran, so dass er seinen Griff lockerte. Das nutzte Jocelyne aus und wand sich wie eine Schlange aus seinem Arm. Gleichzeitig schrie sie laut um Hilfe. »Josse! Josse! Hierher! Pass auf, der Kerl ist bewaffnet! Er will mich umbringen!«

Josse fuhr auf der Stelle herum. Mit einem Blick erfasste er die Situation und zog sein kleines Schwert. Es war lächerlich klein. Ulf zog seine Axt unter dem Kittel hervor.

»Lauf, Jocelyne, lauf weg«, rief Josse, doch Jocelyne blieb stehen. Sie starrte auf die beiden Männer, die Hände angstvoll vor den Mund gepresst. Josse hob drohend das Schwert. Ulf stieß spöttisch die Luft aus. »Willst du mir Angst machen, Jüngelchen?«

»Ich bin der Knappe von Ritter Perceval. Er hat mir alle Kampftechniken beigebracht. Dein letztes Stündlein hat geschlagen, du Unhold! Stell dich zum Kampf!«

»Josse, nicht!«, warnte Jocelyne. »Er hat viel Kraft.«

»Ganz recht, Weib. Jetzt schlage ich diesen Hering zu Brei. Schau ihn dir noch mal an, bevor ich ihn zu Odin schicke.«

Er schwang seine Axt. Dann schnellte sie durch die Luft. Jocelyne schrie entsetzt auf, während sich Josse geistesgegenwärtig wegduckte. Die Axt flog an ihm vorbei und blieb im Gras stecken. Josse grinste. »Und nun?«

Ulf schien unbeeindruckt. Er breitete die Arme aus, krümmte die Finger wie Krallen und ging mit bloßen Händen auf Josse los. In diesem Augenblick erscholl aus dem Zeltlager von Graf Hamo ein Hörnersignal. Es lenkte beide Kämpfer für den Moment ab. Das Lager geriet in Aufruhr, das Geschrei der Männer drang bis zu ihnen.

»Das ist der Ruf zum Kampf«, bemerkte Josse. »Was ist denn da los? Soll die Burg gestürmt werden?«

Auch Ulf drehte sich verwirrt um.

Josse nutzte die Chance und schlug mit dem Knauf seines Schwertes auf Ulfs Schädel. Lautlos sackte der Koloss in sich zusammen. Es blieb keine Zeit, sich um ihn zu kümmern.

»Bring dich in Sicherheit, Jocelyne. Der Kampf beginnt. Ich muss zu meinem Herrn, ihm die Rüstung anlegen.«

Jocelyne stand schreckensbleich da und starrte immer noch auf den leblos im Gras liegenden Wikinger. »Lass mich nicht allein«, stammelte sie. »Lass mich nicht allein.«

Josse zog sie in die Arme, während sein Blick hinüber zum Lager wanderte. Ritter Perceval würde ihn streng bestrafen, wenn er nicht augenblicklich erschien, um ihn zu wappnen und ihm aufs Pferd zu helfen. Er liebte die kleine Magd, aber er wollte ein tapferer Ritter werden. Das durfte er nicht aufs Spiel setzen. Was sollte er nur tun?

Er nahm ihre Hand. »Komm mit, ich verstecke dich im Lager.«

Sie sträubte sich. »In Graf Hamos Lager? Niemals!«

»Du hast keine andere Wahl. In die Burg kommst du nicht mehr zurück. Da, schau, Graf Pepins Männer rücken vor. Die wollen uns doch nicht etwa angreifen?«

»Offenbar doch! Ich laufe zur Burg.«

»Nein, bleib stehen! Komm mit! Du stehst unter dem Schutz meines Herrn, Ritter Perceval.«

»Ob der darüber begeistert ist?«, zweifelte Jocelyne. Aber sie sah ein, dass sie keine Alternative hatte.

***

Adelaise stand auf der Plattform des Burgfrieds und blickte hinab auf die beiden Heerlager. »Ob sie es schaffen werden?«

Die Frage galt Melisande, die neben ihr die Hände rang. »Ich hoffe es, ich hoffe es«, flüsterte sie.

Adelaise warf ihr einen kurzen Seitenblick zu. »Was ist mit dir? Gefällt dir der junge Ritter, mit dem du … na, du weißt schon?«

Melisande nickte stumm. Sie kannte nicht einmal seinen Namen.

Adelaise schwieg. Wenn Melisande wüsste, wie es in ihr selbst aussah! Die Anwesenheit der beiden Ritter hatte sie nicht kaltgelassen, wie sie ihren Zofen weiszumachen versuchte. Vor allem der eine fesselte sie. Doch sie wusste ihre Gefühle gut zu verbergen. Gott würde die beiden Ritter beschützen, sie betete inständig dafür.

Die jungen Frauen rückten etwas näher zueinander.

In beiden Lagern gab es Unruhe.

»Um Gottes willen, um Gottes willen«, jammerte Melisande. »Sie sind bestimmt getötet worden.«

Adelaise legte ihren Arm um Melisandes Schulter. »Es sind tapfere Recken, die nicht so schnell klein beigeben«, versuchte sie Melisande und sich selbst zu trösten.

»Aber einer gegen zweihundert? Das haben nicht einmal die Helden in den griechischen Sagen geschafft.«

»Was man nicht mit Kraft erreicht, erreicht man mit List«, erwiderte Adelaise zuversichtlich.

Melisande blickte mit verweinten Augen auf. »Und Ihr, Adelaise? Fühlt Ihr nichts für die Männer? Mir schien, dass der größere, der mit den blonden langen Haaren, Euch gefiel.«

»Er gefällt mir, das ist wohl wahr«, seufzte sie. Offenbar hatte sie ihre Gefühle doch nicht so gut verborgen. »Aber es ziemt sich nicht, seine Gefühle offen zu zeigen.«

»Verzeiht, Comtesse, dass ich mich gehenließ«, murmelte Melisande betreten.

»Nun, Jocelyne soll dich etwas ablenken von dem Geschehen da unten.« Sie stutzte. »Wo ist sie überhaupt?«

Melisande zuckte mit den Schultern. »Ich habe sie heute noch gar nicht gesehen. Als ich die Kammer verließ, war sie schon fort.«

Adelaise zog verärgert die Augenbrauen zusammen. »Das kenne ich gar nicht von ihr. Wird sie unzuverlässig? Ich werde wohl ein ernstes Wort mit ihr sprechen müssen.« Sie deutete nach unten. »Sieh da, die beiden Reiter kommen. Sie haben es geschafft! Aber was geschieht dort? Die beiden Armeen gehen aufeinander los.«

Melisande beugte sich wieder über die Zinnen. Zwei Reiter preschten die Serpentinen zur Burg herauf, während unten die Männer von Graf Hamo gegen die Männer von Graf Pepin zu Felde zogen. Oder umgekehrt. In dem Getümmel konnte man nicht erkennen, wer wen angriff.

»Schnell, öffnet das Tor für die beiden tapferen Ritter. Sie haben es geschafft, dass die beiden Grafen sich gegenseitig bekämpfen. Was für eine großartige Idee!« Adelaise prallte gegen Gwendal, der völlig außer Atem die Treppe heraufgelaufen kam.

»Comtesse, Comtesse, lasst sie nicht in die Burg. Es sind Feinde!«

Adelaise blieb stehen und stemmte verärgert die Hände in die Hüften. »Gwendal, was ist denn los mit dir? Sagte ich nicht, dass ich den beiden Rittern vertraue? Hör auf mit deiner Eifersucht und diesen albernen Verdächtigungen. Ich bin mir bewusst, was du für mich empfindest, und weiß es zu schätzen. Aber das hier ist etwas ganz anderes. Diese beiden edlen Recken haben unsere Burg befreit. Schau doch nur, die beiden Grafen schlagen sich nun gegenseitig die Köpfe ein. Ist das nicht wunderbar?«

»Das ist es nicht!« Verzweifelt verdrehte Gwendal die Augen und fasste mit einer Hand an seinen schmerzenden Hinterkopf. »Ihr vertraut den Falschen. Ich weiß nicht, wer sie sind, aber es sind keine edlen Ritter.«

»Wie kommst du denn darauf?«

Gwendal streckte beinahe anklagend die Arme vor, auf denen ein Umhang lag. »Den habe ich in der Kammer der Jungfern gefunden.«

Melisande trat näher und errötete. »Musst du alles verraten«, zischte sie Gwendal an. Dann wandte sie sich zu Adelaise. »Es ist der Umhang des Ritters, des kleineren von beiden. Er hat ihn mir gestern geliehen, als mir ein kleines Malheur passierte. Mir platzte ein Häkchen am Kleid auf, und er … Ich wollte ihm den Mantel heute wieder zurückgeben. Unsere Kammer hat er aber nicht betreten.«

»Wirklich nicht?«, wollte Adelaise wissen.

Melisande schüttelte den Kopf und wies auf Gwendal. »Dafür er. Er behauptete, die beiden Ritter hätten Wikingeräxte unter dem Stroh in ihrem Quartier versteckt.«

»Das weiß ich schon. Solche Äxte sind doch gebräuchlich, schließlich leben seit Herzog Rollo viele Männer aus dem Nordland in der Gegend.«

Gequält schloss Gwendal die Augen, um dann vor Adelaise auf die Knie zu fallen. »Ihr versteht nicht, Comtesse. Dieser Mantel … Ich habe ihn umgedreht. Darauf ist das Wappen der Pattefleurs drauf. Dieser Mantel gehört Pierre, dem Freund Eures Bruders Adrien!«

DIE RÜCKKEHR DES GRAFEN GURVAN

Wutschnaubend wie ein Stier stampfte Graf Pepin auf seinen kurzen, stämmigen Beinen mit erhobenem Schwert vorwärts. So richtig sah er nicht, wohin er lief, denn das Visier seines Helms hielt er geschlossen und blinzelte nur durch den Schlitz. Der Brustpanzer seiner Rüstung behinderte ihn beim Atmen, der kurze schnelle Lauf hatte ihn bereits erschöpft. Aber er war zu wütend, um darauf zu achten. Während rings um ihn der Kampf der beiden Heere tobte, sich die Männer mit dem Fischwappen mit den Männern mit dem Baumwappen eine erbitterte Schlacht lieferten, fand Graf Pepin erstaunlich zielsicher seinen Gegner. Graf Hamo saß auf seinem Pferd, das ebenso langbeinig war wie er und ebenso schwarz. Auch er hatte sein Schwert gezogen und befehligte seine Männer gegen Pepins Leute. Doch seine hohe Stimme vermochte den Schlachtenlärm nicht zu übertönen, so dass alles in eine wüste Prügelei ausartete.

Graf Pepin packte Graf Hamo am Bein. »Runter vom Pferd!«, fuhr er ihn an, wobei auch seine Stimme durch das Visier gedämpft wurde. »Kämpfe Mann gegen Mann.«

»Setz dich aufs Pferd und kämpfe, wie es einem Ritter gebührt«, entgegnete Hamo und trat mit dem Fuß nach Pepin.

»Das könnte dir so passen. Nein, komm du runter!« Graf Pepin zerrte so heftig an Hamos Bein, dass dieser aus dem Sattel stürzte. Er fiel neben sein Pferd, ungelenk, weil er das Schwert nicht losließ. Fluchend rappelte er sich auf.

»Was sind das für Methoden, Pepin?«

»Du verdienst es nicht besser, Hamo! Kämpfe wie ein Mann! Wer zuerst tot ist, hat verloren.«

Hamo brach in meckerndes Lachen aus. »Ich habe keine Angst vor dir Schweineblase.«

»Beleidigend wirst du auch noch. Warum? Was hast du getan, dass sie sich dir zuwendet? Es ist Zauber, irgendein geheimer Trank, den du ihr verabreicht hast.« Bei jedem Wort schlug er mit dem Schwert auf Hamo ein, der die Schläge nur parieren konnte. Dabei hüpfte er mit seinen dünnen langen Beinen wie ein Grashüpfer umher.

»Bist du verrückt? Was redest du da? Wieso hast du uns überhaupt angegriffen? *Ich* greife *dich* an, damit du es weißt!«

Hamo wich immer weiter zurück. Gegen die wütenden Attacken Pepins konnte er sich kaum wehren.

»Mal sehen, ob sie dich noch haben will, wenn ich dich der Länge nach zerteile, du krummer Kienspan«, keuchte Pepin. Schweiß und Honig liefen ihm in die Augen und trübten seinen ohnehin eingeschränkten Blick.

»Wieso? Ich denke, sie hat dich gewählt?« Hamo hielt sein Schwert schützend vor sich, um den kleinen Pepin auf Abstand zu halten. Im Gegensatz zu Pepin trug er keinen Helm und nur ein Kettenhemd unter seinem Rock, den auf der linken Brustseite sein Wappen zierte.

Pepin hielt inne. »Was? Sie hat sich für dich entschieden.«

»Tatsächlich? Der Bote sagte, dass du …«

Mit einem Ruck riss sich Pepin den Helm vom Kopf. Sein Gesicht war rot wie das eines Truthahns und glänzte von Schweiß und Honig. Hamo rümpfte abfällig die Nase. Beide starrten sich an, dann wandten sie sich schlagartig um. »Aufhören! Aufhören!«

Beide Heere hielten augenblicklich inne, denn gemeinsam hatten ihre Stimmen das Kampfgetümmel übertönt. Nur das Stöhnen der Verwundeten war zu hören.

Pepins und Hamos Blicke kreuzten sich wieder. »Sie hat uns hereingelegt«, riefen sie wie aus einem Munde.

»Sucht den Reiter von der Burg«, schrie Pepin.

»Bei mir war auch ein Reiter. Sucht ihn!« Hamos Stimme überschlug sich.

Im nächsten Moment irrten die Männer wieder durcheinander, auf der Suche nach zwei Reitern, die kaum jemand richtig gesehen hatte und die wie vom Erdboden verschluckt waren. Es gab ein heilloses Durcheinander.

Die beiden Grafen begriffen bald, dass es nichts nützte.

»Da oben sitzt die Schuldige und lacht sich wahrscheinlich ins Fäustchen, wie wir uns gegenseitig die Köpfe einschlagen«, krähte Hamo.

»Dieses elende Weib«, pflichtete Pepin bei. »Da lässt sie ihre Brüste aus dem Kleid kullern und denkt, wir verlieren den Verstand.«

»Hast du ja auch.« Graf Hamo schob sein spitzes Kinn vor und hackte wie mit einem Krähenschnabel nach Pepin.

»Du etwa nicht? Bist herumstolziert wie ein eitler Pfau.«

»Immerhin besser als ein Bienenstock, der von einem Bären geplündert wurde«, gab Hamo beleidigt zurück.

Pepin fehlte der Atem, um etwas zu entgegnen. Sein Blick wanderte wieder hinauf zur Burg. »Und nun?«

»Was, nun? Ich werde die Burg angreifen. Mir reicht es, so an der Nase herumgeführt zu werden.«

»Ich werde auch die Burg angreifen. Das lasse ich mir nicht von dieser hochmütigen Comtesse bieten.«

»*Ich* greife die Burg an«, widersprach Hamo.

»Nein, *ich!*«

Einen Augenblick herrschte Ruhe. Dann wippte Hamo angriffslustig mit seinem Kinnbart. » *Wir* werden die Burg angreifen.« Er erntete einen vernichtenden Blick von Pepin, doch nach einigem Nachdenken stimmte er zu. »Gut, das erhöht unsere Chancen. Aber was machen wir mit der Comtesse, wenn wir drin sind?«

»Dann nehme ich sie mit Gewalt zu meinem Weib.« Über Hamos Gesicht flog ein diabolisches Grinsen.

»Bist du verrückt? Sie ist meine Braut.«

»Nein, meine!« Hamo griff wieder zum Schwert.

Auch Pepin zog seine Waffe, die er bereits in die Scheide gesteckt hatte. Sie wollten schon wieder aufeinander einschlagen, als plötzlich ein anderes Signal ertönte – Fanfaren, die nicht zu ihren Lagern gehörten. Verblüfft wandten sie sich um. Auf dem Weg näherte sich ein langer Zug von Reitern, farbenprächtig gekleidet. Allen voran wehte die Fahne der Pattefleurs.

Hamo und Pepin rissen Augen und Münder auf »Graf Gurvan ist zurück!«

***

Fast gleichzeitig erreichten Yngvar und Sven das rettende Burgtor, das sich gleich darauf hinter ihnen schloss. Erleichtert ließ sich Yngvar über den Hals des Pferdes fallen, dann sprang er herab und umarmte Sven überschwenglich. »Wir haben es geschafft! Dein Plan war wirklich genial. Hoffen wir nur, dass die beiden nicht dahinterkommen und sich bereits vorher ihre Köpfe einschlagen.«

Yngvar strich sich sein Haar aus der Stirn. Seine Augen strahlten, als sie die Treppe hinauf zur Plattform stiegen. Er malte sich aus, wie Adelaise sie empfangen würde. Ja, sie waren die Retter der Burg. Yngvar fühlte sich edel und erhaben, gleichzeitig glücklich und erwartungsfroh. Es war wunderbar, für Comtesse Adelaise sein Leben zu wagen, und es war noch herrlicher, mit dem Leben davonzukommen und die entsprechende Belohnung zu empfangen. Nicht nur sein Herz flog der schönen und stolzen Adelaise entgegen. Ihm war nicht entgangen, wie Adelaise ihm Blicke zugeworfen hatte. Ihre Schönheit raubte ihm den Atem, ihr Lächeln ließ sein Herz heftiger schlagen. Mit jedem Schritt, jeder Stufe schlug es höher.

Er malte sich aus, wie er vor die Comtesse treten, wie er das Knie beugen und zu ihr aufblicken würde. Und wie sie ihm die Hand hinstrecken, ihm zulächeln und letztlich ihr Herz schenken würde. Er hatte sich verliebt, ohne es zu wollen, aber auch ohne sich dagegen zu wehren. Das Schicksal hatte ihm diese wundervolle Wendung beschert, und er war gewillt, es anzunehmen.

Adelaise stand auf der Plattform, der Wind wehte in ihrem Haar und verfing sich in ihrem Kleid. Etwas hinter ihr standen Melisande und Gwendal, doch Yngvar hatte nur Augen für Adelaise. Lächelnd eilte er auf sie zu, um dann sein Knie zu beugen.

»Holde Adelaise, Ihr seht uns wohlbehalten zurückgekehrt. Die beiden Grafen bekämpfen sich gegenseitig und werden Euch nicht wieder belästigen.«

Adelaise neigte den Kopf »Ihr seht mich erleichtert, dass Ihr wohlbehalten zurückgekehrt seid«, sagte sie bemüht distanziert. »Auch habe ich bemerkt, dass sich die beiden Grafen erbittert bekämpfen. Ich hoffe, dass sich ihre Kräfte erschöpfen und sie abziehen werden.«

»Das sei Euch versichert«, erwiderte Yngvar und erhob sich. Adelaise hielt ihre Hände in den Ärmeln versteckt, statt sie Yngvar zu reichen, wie er insgeheim erwartet hatte.

Sven blinzelte Melisande zu, doch auch ihr Gesicht war ernst, ja beinahe schreckensbleich. Yngvar versuchte, ihrem Einsatz noch ein wenig Dramatik zu verleihen.

»Wir haben uns mitten unter die Feinde gewagt, fast schutzlos und doch voll edlen Mutes, Euch, schöne Adelaise, zu befreien. Unsere Herzen gehören euch, ihr holden Damen. Nun legen wir sie euch zu Füßen.«

Er trat näher, blickte jetzt auf sie herab, auf ihr langes Haar, das der Wind zauste, ihren schlanken Hals, ihre glühenden veilchenfarbenen Augen. Am liebsten hätte er sie augenblicklich in die Arme gezogen, doch er wusste sich zu beherrschen. Daheim hätte er die Geduld wohl nicht aufgebracht, aber hier galten andere Regeln. Zudem ahnte Adelaise ja nicht, dass Yngvar ein Fürstensohn war. Er fühlte einen starken Drang in sich, sich Adelaise zu offenbaren. Da verspürte er einen Stoß von Svens Ellbogen in seinem Rücken. Er räusperte sich. Wie sollte er Adelaise klarmachen, was sie tatsächlich wollten?

»Hochedle Comtesse, wir haben uns für Euch in Gefahr begeben und erwarten nun Euren Dank und die versprochene Belohnung«, ließ sich Sven plötzlich vernehmen.

Yngvar ärgerte sich, dass Sven ihm zuvorkam, doch nun war es heraus – plump und direkt, aber nicht mehr zu ändern.

Adelaises rechte Augenbraue zuckte kurz. Sie wich Yngvars Blick aus.

»Wir sind Euch zu großem Dank verpflichtet«, erwiderte sie. »Und natürlich sollt ihr für euren Mut auch belohnt werden, ihr Herren … Ritter.« Bei dem letzten Wort zögerte sie. Doch dann reckte sie ihr Kinn vor und blickte Yngvar fest an. »Zuvor beantwortet mir aber eine Frage: Wie lauten eure Namen?«

Einen Moment war Yngvar verwirrt. »Wie sollen wir das verstehen?«

»Meine Frage war deutlich«, gab sie etwas ungehalten zurück. Sie griff nach dem Umhang auf Gwendals Arm. »Wie seid ihr dazu gekommen?«

Ehe Yngvar etwas antworten konnte, erscholl vor der Burg ein helles Fanfarensignal. Melisande und Gwendal eilten zu den Zinnen und blickten hinab.

Adelaise vergaß ihre Frage und gesellte sich zu ihnen. »Mein Vater kommt! Vater ist zurück!« Sie klatschte in die Hände. »Dem Himmel sei Dank! Jetzt wird alles gut. Schaut, die beiden Grafen haben den Kampf aufgegeben. Los, los! Wir müssen ihn und sein Gefolge gebührend empfangen.« Im Davoneilen wandte sie sich an Yngvar und Sven. »Ihr bleibt natürlich unsere Gäste. Ich werde meinem Vater von euren Heldentaten berichten.«

Die beiden schauten sich stumm an. War das nun eine gute Wendung oder eine schlechte?

***

Graf Gurvan saß am Kopfende der langen Tafel im Rittersaal. Den hohen Lehnstuhl hatte er etwas zur Seite geschoben. Seine Füße steckten in einer Schüssel mit warmem Wasser. Getrocknete Lavendelblüten schwammen darin. Der Duft lag unverkennbar in der Luft. Die Hosenbeine hatte er bis zu den Knien hochgekrempelt. Seine kräftigen Waden wurden von blau schimmernden Krampfadern durchzogen. Hinter ihm stand Adelaise, die Hände fest um die Stuhllehne gelegt. Ihre Wangen hatten sich gerötet, ihre Augen geweitet, als Yngvar und Sven den Saal betraten. Auch Gurvan blickte ihnen neugierig entgegen, als sie sich näherten.

»Aha, das sind also unsere Helden.« Er musterte die beiden von oben bis unten. »Kräftige Männer, etwas groß vielleicht.«

Gurvan selbst war untersetzt und reichte Yngvar wahrscheinlich nur bis zur Schulter. Er erhob sich nicht, sondern richtete seine ganze Aufmerksamkeit auf seine nackten Füße, mit denen er im Wasser planschte.

»Es war uns eine Ehre, Eure Burg und Eure liebreizende Tochter von den beiden verrückten Grafen zu befreien.«

»Denen da?« Graf Gurvan wies mit dem Kopf zur Säule, hinter der plötzlich Graf Pepin und Graf Hamo hervortraten. Beide waren gezeichnet vom Kampf, jedoch schienen sie noch äußerst lebendig. Yngvar und Sven verschlug es die Sprache. Svens Griff ging reflexartig zum Schaft seiner Axt unter dem Rock. Yngvar hielt sein Handgelenk fest.

»Ja, denen da«, erwiderte er fest. »Sie haben die Burg belagert und wollten Adelaise erpressen.«

Gurvan lachte dröhnend, verschluckte sich, hustete heftig, wobei sein Kopf rot anlief. Adelaise klopfte ihm auf den Rücken, und Nouel eilte herbei, um den Weinbecher des Grafen wieder zu füllen. Gurvan trank den Becher in einem Zug leer und rülpste laut. Sein Brustkorb beruhigte sich wieder, und die Röte wich langsam aus seinem Gesicht.

»Meine Tochter lässt sich nicht erpressen. Dazu ist sie viel zu eigensinnig.« Er tätschelte Adelaises Hand, die noch auf seiner Schulter lag. »Nicht wahr, mein Kind?«

Adelaise schwieg und lächelte gequält.

»Das mag sein«, ließ sich nun Sven vernehmen. »Trotzdem haben die beiden die Burg belagert und niemanden hinein- und herausgelassen.«

»Und wie seid Ihr hereingekommen?« Im nächsten Moment winkte Gurvan ab. »Ist auch egal. Meine Tochter hat einen kleinen Scherz mit meinen beiden Nachbarn getrieben. Sie haben es ihr schon verziehen.«

»Ein Scherz? Wir haben uns in Lebensgefahr begeben, und Eure Tochter hat mir … uns eine Belohnung dafür versprochen.« Yngvar trat vor, und eine steile Unmutsfalte bildete sich zwischen seinen Augenbrauen.

»Eine Belohnung, soso. Ja, natürlich habt ihr euch eine Belohnung verdient. Die sollt ihr auch bekommen. Aber zunächst entschuldigt euch bei meinen Nachbarn, Graf Hamo und Graf Pepin.«

»Entschuldigen? Wofür? Sie haben die Burg belagert. Wir haben es selbst gesehen. Eure Tochter hat uns gebeten, sie von den beiden zu befreien.«

»Hat sie das? Sie hat manchmal seltsame Einfälle. Also, nun setzt euch mal alle hin, Graf Pepin, Graf Hamo, ihr seid meine Gäste. Auch ihr beiden Herren Ritter. Wie waren doch die Namen?«

»Yngvar Björgolfsson.« Er legte seine Hand auf seine Brust und verbeugte sich leicht.

»Sven Wolfsson.«

»Björgolfsson? Wolfsson?« Graf Gurvan hatte Mühe, die Namen auszusprechen. »Ihr seid normannische Ritter?«

»Sicher, mit wikingischen Vorfahren.«

Gurvans Blick wurde misstrauisch. »Klingt aber noch sehr wikingisch. Wo liegt denn eure Burg?«

»Einige Tagesritte weiter nördlich«, sagte Sven schnell. Das war nicht einmal gelogen.

Der Graf kratzte sich am Kopf. »Welche Belohnung erwartet ihr denn?«

Yngvar nahm allen Mut zusammen. Er trat vor, reckte sich zu voller stattlicher Größe und blickte Adelaise mit strahlenden Augen an. »Die Hand Eurer Tochter Adelaise!«

Es war plötzlich totenstill im Saal. Alle hielten den Atem an, auch Adelaise.

»Das geht nicht«, krähte plötzlich Hamo mit seiner Fistelstimme. »Sie hat mir ihr Wort gegeben.«

»Nein, mir, mir«, protestierte Pepin.

»Das habe ich niemals«, rief Adelaise aufgebracht.

»Und was war mit diesen beiden Rittern?« Hamo zeigte auf Yngvar und Sven. »Habt Ihr sie nicht zu uns gesandt, um uns zu verwirren?«

Gurvan hob die Hände. »Das war ein Scherz, das sagte ich schon. Natürlich wollen wir es uns nicht mit unseren Nachbarn verderben.« Er wandte sich wieder an Yngvar. »Ich gehe davon aus, dass Eure Forderung auch nur ein Scherz ist. Habe lange nicht so gelacht.« Und er lachte dröhnend, bis er sich wieder verschluckte. Während er hustete, prustete und nach dem Weinbecher griff, den Nouel schnell füllte, trat Yngvar verärgert noch einen Schritt auf ihn zu.

»Nein, Graf Gurvan, das war kein Scherz. Ich scherze nicht. Mit der Liebe treibt man keine Scherze. Ich habe mich in Eure Tochter verliebt und bitte Euch hiermit um die Hand von Adelaise.«

Gurvan hatte sich inzwischen wieder beruhigt, nachdem er auch diesen Becher geleert hatte. Er wischte sich mit dem Ärmel den Mund ab und zappelte mit den Zehen im Wasser.

»Liebe! Liebe ist Unfug! Ihr dürft Adelaise huldigen, Gedichte vortragen und Lieder singen. Ihr könnt ihre Schönheit preisen und den Flug ihres Falken bewundern, aber heiraten – heiraten könnt Ihr sie nicht.«

Hamo und Pepin nickten synchron zu Gurvans Worten, während Yngvars Gesicht versteinerte.

»Ganz recht«, lispelte Hamo. »Weil ich sie heiraten werde.«

»Irrtum, verehrter Hamo«, unterbrach ihn Pepin. »Sie ist meine Braut.«

»Warum?« Yngvars Augen suchten Adelaise, die sichtlich blass geworden war. »Adelaise, Ihr habt doch gespürt, was ich für Euch empfinde. Und ich glaubte zu erkennen, dass Ihr doch auch etwas für mich empfindet.«

Adelaise rang nach Luft. Sollte sie ihm wirklich ihre Gefühle offenbaren? Sie war sich selbst noch nicht wirklich darüber im Klaren, was sich da in Ihrem Herzen abspielte. »Ich … ich gebe zu, dass ich … Euch bewundere. Und ich … finde Euch sehr … nett.«

»Nett?«

»Mutig, meine ich. Ja, ihr seid mutige Ritter, die für mich ihr Leben wagten. Dafür gebührt euch mein Dank.« Ihre Stimme klang belegt, und sie wich Yngvars Blick aus.

»Und die Belohnung?«

»Die Belohnung, ja, die sollt ihr bekommen. Ich stehe zu meinem Wort.«

Gurvan wandte sich zu seiner Tochter um. »Welches Wort?«

»Dass ich die beiden belohne.« Adelaise spürte einen Kloß im Hals. »Allerdings … müssen wir da noch eine offene Frage klären. Euer Mantel, Ritter Sven …«

»Papperlapapp, Adelaise, hier gibt es keine Fragen mehr zu klären«, fuhr ihr Gurvan ins Wort. »Du heiratest weder diesen Ritter mit dem unaussprechlichen Namen noch Graf Hamo noch Graf Pepin. Ich verschleudere doch nicht meinen größten Schatz.«

Pepin sprang auf und stieß dabei seinen Weinbecher um. Das rote Getränk ergoss sich über die Tafel. »Was soll das heißen, Gurvan? Stehst du nicht zu deinem Wort?«

»Ich wüsste nicht, dass ich dir versprochen habe, dass du Adelaise bekommst.«

»Hast du sehr wohl!«

»Kannst du das beweisen? Hast du Zeugen?«

»Ich habe Zeugen, dass du mir Adelaise versprochen hast«, ließ sich Hamo vernehmen.

»Da war sie noch ganz klein«, erwiderte Gurvan. »So klein, dass ich mich nicht daran erinnern kann und sie auch nicht.«

»Ich habe das Wort direkt von Adelaise«, behauptete Yngvar. »Und sie ist jetzt wohl alt genug, um sich daran zu erinnern.«

Nervös krampften sich Adelaises Finger um Gurvans Stuhllehne. »Ich erinnere mich, dass ich Euch eine Belohnung versprochen habe, Ritter Yngvar, jedoch niemals meine Hand. Ich sagte, dass ich frei bleiben will wie mein Falke.« Und fast trotzig fügte sie hinzu: »Ich werde mich niemals einem Mann unterwerfen.«

Gurvan hatte inzwischen erneut einen Becher Wein geleert. »Mann, habe ich Durst von dem langen Ritt. Ich gestehe, der Wein der Burgunder schmeckt besser als meiner. Aber ich habe ein sehr wertvolles Geschenk bekommen, einhundert Weinstöcke, die ich rund um meine Burg pflanzen lasse.« Er tätschelte wieder Adelaises Hand. »Und nun lass mal deine Flausen, mein liebes Töchterlein. Wenn ich sagte, dass du weder einen von den Grafen noch einen von den Rittern heiratest, dann hat das einen anderen Grund. Du wirst Prinz Merlot von Burgund heiraten. Das habe ich ihm versprochen.«

Adelaises Miene erstarrte. »Du hast mich verschachert für einhundert Weinstöcke?«

»Ach, das ist nur die Anzahlung«, winkte Graf Gurvan ab. »Du wirst eine reiche Frau sein, denn Burgund ist reich. Und ich werde viel mächtiger werden, wenn sich unsere beiden Reiche vereinen.«

Adelaise schwankte, doch eine starke Frau wie sie fiel nicht in Ohnmacht. Sie wurde wütend. »Niemals«, rief sie empört. »Niemals!«

»Du kannst schreien, wie du willst«, entgegnete Gurvan in aller Ruhe. »Das ist mein letztes Wort, du heiratest Prinz Merlot.«

»Den kenne ich doch gar nicht. Wie kannst du mich einem wildfremden Mann versprechen?«

»Wenn du ihn erst kennenlernst, wirst du anders reden. Er ist jung, sieht gut aus und ist reich. Potent ist er auch, er hat schon zwei Söhne mit seinen Liebschaften gezeugt. Unser Geschlecht wird sich mit denen Burgunds verbinden.«

Pepin konnte sich nicht beruhigen. Wutschnaubend lief er um die Tafel und blieb vor Gurvan stehen. »Ist das dein letztes Wort?«

Graf Gurvan nickte und winkte Nouel mit dem Weinkrug heran. »So ist es, mein lieber Pepin. Tut mir leid, dass deine Belagerung umsonst war. Adelaise wird den Burgunder heiraten.«

»Das lasse ich mir nicht bieten«, wütete Pepin. »Das wirst du mir büßen!«

»Was willst du tun? Willst du gegen die Burgunder kämpfen? Dann lass dir schon mal deine Gruft öffnen.«

»Das könnte dir so passen. Ich weiche der Gewalt, aber unter Protest!« Hoch erhobenen Hauptes verließ Graf Pepin den Rittersaal.

»Bleib doch! Willst du nicht mit uns Adelaises Verlobung feiern?«, rief Gurvan ihm nach. Doch hinter Pepin schlug die Tür lautstark zu.

»Und was ist mit mir?« Hamo erhob sich, und sein Kinnbart wippte angriffslustig.

»Was soll mit dir sein? Ich biete dir schöne Frauen an, die du heiraten kannst. Hier, Melisande ist doch wirklich nicht zu verachten. Oder Jocelyne. Wo ist sie überhaupt?« Gurvan blickte sich suchend um.

»Ich lehne dankend ab«, krächzte Hamo. »Entweder Adelaise oder keine.«

»Dann eben keine. Adelaise heiratet Merlot. Prost!«

»Sauf deinen Wein allein! Ab heute stehen unsere Länder im Krieg.«

Mit langen, staksenden Schritten verließ auch Hamo den Saal

»Dass die immer gleich beleidigt sind«, schüttelte Gurvan verwundert den Kopf »Feiern wir eben allein. Ihr seid meine Gäste, ihr Herren Ritter mit den seltsamen Namen.«

Sven war neben Yngvar getreten. Schulter an Schulter wirkten sie Furcht einflößend. »Graf Gurvan, wollt Ihr behaupten, Ihr gebt mir Adelaise nicht zur Braut?«, dröhnte Yngvars Stimme durch den Saal.

»So ist es«, erwiderte Gurvan. »Ich belohne euch natürlich, auch wenn ich selbst eigentlich diese beiden eitlen Fatzken vertrieben habe, ohne zu kämpfen.« Er grinste. »Sucht euch etwas aus, ein paar Ochsen, Ziegen, Weizen. Ist alles wertvoll.«

»Ich will keine Ochsen oder Ziegen«, gab Yngvar zurück. »Ich liebe Adelaise. Ich will sie zur Braut.«

Gurvan brach wieder in lautes Lachen aus. Diensteifrig eilte Nouel mit der Weinkanne herbei, doch diesmal verschluckte sich Gurvan nicht. »Liebe! Liebe«, äffte Gurvan. »Liebe kommt, wenn man verheiratet ist. Adelaise wird sich schon noch in Prinz Merlot verlieben. Und Ihr, Herr Ritter Soundso, sucht Euch eine von den schönen Mädchen aus. Es gibt viel Jungvolk auf dieser Burg, da muss doch auch etwas für Euren Geschmack dabei sein.« Er hob seinen Becher. »Und nun lasst uns Adelaises Verlobung feiern.« Er blickte sich wieder suchend um. »Hier fehlt doch jemand«, stellte er stirnrunzelnd fest. »Adelaise, wo ist dein Bruder?«

»Er befindet sich auf der Jagd, Vater. Wäre er hiergeblieben, dann wäre es gar nicht so weit gekommen.«

»Glaubst du, er hätte Hamo und Pepin vertrieben? Ich denke, er hätte mit ihnen den Weinkeller geleert.«

Sven sah endlich den Augenblick gekommen, die Karten auf den Tisch zu legen. Er stieß Yngvar mit dem Ellbogen in die Seite.

»Irrtum, Graf Gurvan!« Yngvar trat einen weiteren festen Schritt nach vorn, und Gurvan zuckte zurück. »Euer Sohn Adrien befindet sich samt seinem Gefolge in meiner Gefangenschaft, auf meinem Schiff, das vor der Küste liegt.«

»Ich wusste es, ich wusste es!« Gwendal, der sich bislang im Hintergrund gehalten hatte, warf sich mit vollem Körpereinsatz zwischen Yngvar und Adelaise. »Er ist ein Wikinger, ein Räuber, ein nichtsnutziger Räuber. Er ist nur hierhergekommen, um Euch zu rauben.«

Adelaise rührte sich nicht. Bleich starrte sie Yngvar an. »Stimmt das?«, fragte sie tonlos.

Yngvar presste die Hände zusammen und blickte sie flehend an. »Adelaise, ich hatte gehofft, es wäre nie so weit gekommen. Ich habe mich wirklich in Euch verliebt. Ja, anfangs wollten wir nur Lösegeld, ohne zu wissen, wer unsere Gefangenen sind. Aber als ich Euch sah …«

Sie atmete tief durch. »Verräter!« Ihre Stimme schnitt ihm wie ein Messer ins Herz. »Ich habe Euch vertraut!« Sie wirbelte herum und rannte aus dem Saal. Melisande eilte ihr hinterher. Noch schneller war jedoch Gwendal, nicht ohne im Laufen Yngvar einen giftigen Blick zuzuwerfen.

Graf Gurvan war immer noch zu keinem Wort fähig. Er hob nur die Hand, zwei bewaffnete Wachen standen sofort neben ihm.

»Das würde ich besser lassen«, sagte Sven mit erstaunlicher Ruhe. »Wir haben befohlen, Eurem Sohn und seinen Leuten die Kehlen durchzuschneiden, wenn wir nicht innerhalb von drei Tagen wohlbehalten zurück sind. Und heute ist der dritte Tag.«

Gurvan schluckte, dann winkte er die beiden Soldaten beiseite. »Wie viel fordert Ihr?« Seine Stimme klang belegt. Seine gute Laune war wie weggeblasen.

»Vier Satteltaschen voll Gold.«

Gurvan schnappte nach Luft. »Seid Ihr verrückt? So viel besitze ich nicht. Selbst wenn ich wollte, ich könnte es nicht bezahlen.«

Yngvar schloss für einen Moment die Augen. Nun war es heraus, und er konnte es nicht mehr rückgängig machen. Jetzt musste er Härte beweisen. »Ihr besitzt ein reiches Land, fette Kühe, volle Scheunen, reiche Äcker, da müssen doch auch Eure Schatztruhen gut gefüllt sein.«

»Ihr vergesst, dass ich auch jede Menge Ausgaben habe. So eine Burg kostet Geld. Die Männer, das Gesinde ...«

»... der Weinkeller, ich weiß. Euer Sohn scheint Euch nicht viel wert zu sein, deshalb solltet Ihr Euch überlegen, wofür Ihr Euer Geld ausgebt. Wir jedenfalls werden zum Schiff zurückkehren. Sollten wir leere Satteltaschen mitbringen, werden Euer Sohn und seine Jagdgefährten noch heute Abend in Walhall eingehen.« Yngvar wandte sich zum Gehen. Sven war zufrieden, wie entschieden Yngvar auftrat. Endlich schien sich der Liebesnebel in seinem Kopf gelichtet zu haben. Er hätte sich noch gern von Melisande verabschiedet, aber es war besser so. Sie würde ihn ohnehin nicht mehr anschauen, geschweige denn ihn mit ihren körperlichen Reizen locken. Er war eben doch nicht der heldenhafte Ritter, der große Held, nach dem sie sich sehnte. Doch es war schön mit ihr gewesen.

Vor dem Saal blieben sie stehen. »Und wie nun weiter?«, wollte Sven wissen.

Yngvars Gesicht war blass, doch nun musste er sich entscheiden. »Wir verlassen die Burg, warten im Wald bei den Pferden, bis uns das Lösegeld übergeben wird. Hier drin ist es zu unsicher.«

Sven nickte zustimmend. Dann jedoch kratzte er sich am Kopf »Und wenn er nun kein Lösegeld zahlt?«

»Ja, dann ...«

»Schlitzen wir allen die Kehle auf.«

»Auf keinen Fall! Ich bringe niemanden um. Das ist Mord. Wenn ein Gegner im Kampf stirbt, ist es ehrenhaft. Aber diese jämmerlichen Gestalten einfach abzuschlachten ist eines Wikingers unwürdig. Immerhin handelt es sich um Adelaises Bruder.«

»Dann bete zu Odin, dass Gurvan seine Schatzkisten öffnet.«

***

Adelaise saß mit versteinertem Gesicht in ihrer Kammer. Am liebsten hätte sie ihren Tränen freien Lauf gelassen, doch eine eiskalte Hand umklammerte ihr Herz. Sie hatte sich von Yngvar angezogen gefühlt. Es war nicht nur die Bewunderung für seine Ritterlichkeit gewesen. Ein neues, ihr unbekanntes Gefühl war in ihr aufgekeimt, das sie nicht so recht beschreiben konnte. Dieses Gefühl hing mit Yngvar zusammen. Doch nun war er weg! Es tat schrecklich weh. Er hatte sie belogen, verraten. Und das war schlimmer als ein Schlag ins Gesicht.

Melisande und Gwendal versuchten vergeblich, sie aufzumuntern. Zwar fühlte sich Gwendal in seinem düsteren Verdacht bestätigt, aber damit konnte er Adelaise nicht trösten. »So ein Schuft«, zischte sie in ein feines Leinentüchlein hinein. »Ich habe ihm vertraut. Ich habe ihm sogar sehr vertraut.«

»Jawohl, ein Schuft ist er«, bestätigte Gwendal. »Er hatte von Anfang an vor, Euch zu schaden.«

»So sah er doch gar nicht aus«, verteidigte sie ihn. »Im Gegenteil! Er wirkte edelmütig, wie ein mutiger Ritter, so groß und muskulös, so stark und stolz.«

Gwendal räusperte sich unangenehm berührt. »Was nützt es, dass er gut aussieht, wenn er innerlich ein Schuft ist.«

Adelaise wandte den Kopf ab. Gwendal sollte nicht sehen, wie Tränen in ihre Augen traten. Er würde nicht verstehen, was sie fühlte. Sie liebte diesen Schuft! Diese plötzliche Erkenntnis erschreckte sie, und sie hielt die Luft an, bevor sie geräuschvoll wieder ausatmete. Mein Gott, sie hatte sich verliebt. Und sie würde ihn nie wiedersehen.

Auch Melisande kämpfte mit den Tränen. »Ich kann Euch verstehen, Comtesse. Ich kann Euch sogar sehr gut verstehen.«

Ruckartig hob Adelaise den Kopf »Ja?«

Melisande senkte verschämt den Blick. Wortlos umarmten sich die beiden jungen Frauen.

Gwendal kam sich hilflos und fehl am Platze vor. Dabei hatte er als Einziger die Situation durchschaut und Adelaise gewarnt. Er war der Einzige, der sie hätte retten können, wenn sie sich hätte retten lassen. Stattdessen verschwendete sie ihre Liebe an diesen verlogenen

Wikinger! Gwendal war beleidigt und tief in seiner empfindsamen Seele verletzt. Auf Zehenspitzen schlich er davon. Er würde den beiden Wikingern auflauern und ihnen das Schwert der Rache ins Herz stoßen!

Eine Weile lagen sich Adelaise und Melisande noch in den Armen, doch dann blickten sie sich aus tränenfeuchten Augen an. »Und nun?«, fragte Melisande.

Adelaise putzte sich die Nase, knüllte das Tuch zusammen und presste es in ihre Faust. »Ich werde den Burgunder-Prinzen nicht heiraten, so wahr ich Adelaise de Pattefleur heiße.«

»Euch wird nichts anderes übrigbleiben«, gab Melisande betrübt zurück. »Euer Vater wird darauf bestehen.«

»Das werden wir ja sehen!« Adelaises alter Freiheitswille kehrte zurück. Kampflos würde sie sich nicht ergeben. Und bisher hatte sie noch immer ihren Willen durchgesetzt. Sie strich ihr Kleid glatt und benetzte ihr rot geflecktes Gesicht mit kaltem Wasser aus einer Schüssel in der Ecke ihrer Kemenate. »Ich werde meinen Vater vor die Wahl stellen. Entweder löst er diese unselige Verlobung oder …«

»Oder?«

»Ich springe vom Burgfried hinunter.«

»O nein!«

»Zumindest werde ich ihm das sagen. Er wird darauf eingehen.«

Melisande bezweifelte es, doch sie folgte Adelaise zurück in den Rittersaal. Graf Gurvan hatte sein Fußbad beendet und ein üppiges Mahl auftafeln lassen, das er mit großem Appetit und zufriedener Miene verspeiste.

Mit zornigem Blick und wehendem Haar stürmte Adelaise hinein. »Du kannst in aller Ruhe hier essen, während du mich an einen unbekannten Prinzen verschachert hast und dein Sohn in der Gefangenschaft der Wikinger Todesängste aussteht? Was gedenkst du zu tun?«

»Essen«, erwiderte Gurvan kauend. »Komm, setz dich zu mir, es schmeckt wirklich ganz köstlich.«

»Danke, mir ist der Appetit vergangen. Ich werde den Prinzen nicht heiraten! Ich werde überhaupt nicht heiraten. Hast du das verstanden? Lieber stürze ich mich vom Burgfried hinab.«

Gurvan reagierte nicht auf ihre Worte. Seine ganze Aufmerksamkeit galt dem Braten auf der silbernen Platte. Mit seinem spitzen Messer säbelte er große Stücke davon ab, spießte sie auf und stopfte sie sich in den Mund. Er kaute mit vollen Backen und verzichtete darauf, Adelaise auf ihre kindischen Drohungen zu antworten. Er kannte seine Tochter, ihren eigensinnigen Kopf. Aber sie war nun in einem heiratsfähigen Alter, und da musste er eben ein Machtwort sprechen.

»Willst du nicht das Lösegeld zahlen, um Adrien auszulösen?«

Gurvan spülte den Rest des Essens mit einem Becher Wein herunter. »Ich denke gar nicht daran«, erwiderte er. »Ich werfe diesen Räubern doch nicht mein gutes Geld in den Rachen. Sobald sich meine Männer gestärkt haben, reiten wir zur Küste, befreien Adrien und seine Jagdfreunde und schlagen die Wikinger in die Flucht.«

»Wenn sie ihn vorher nicht schon umgebracht haben. Wie kannst du nur so herzlos sein?«

»Ich bin doch nicht herzlos. Im Gegenteil! Ich will nur das Beste für meine Kinder. Für dich einen lieben und reichen Ehemann, für Adrien eine gute und billige Heimkehr.«

»Mit dir ist einfach nicht zu reden«, schimpfte Adelaise. »Du verstehst mich nicht. Du begreifst nicht meine Gefühle.«

»Was denn für Gefühle? Ich verstehe dich wirklich nicht, Kind. Was ist denn so Schlimmes daran, eine Prinzessin zu werden? Dir steht eine glanzvolle Zukunft am burgundischen Hof bevor.«

»Und dir ein bequemes Leben dort. Deshalb willst du mich ja auch dorthin verheiraten.«

»Du hast es erfasst. Ich schlage zwei Fliegen mit einer Klatsche. Na und? Du wirst mir noch sehr dankbar sein. Und die beiden aufdringlichen Grafen bist du dann auch los.«

»Und Ritter Yngvar ebenso«, flüsterte sie.

»Den werden wir ganz schnell los sein, wenn ihm meine Männer den Garaus machen. Wir feiern deine Verlobung mit einem großen Fest, wenn Adrien zurückgekehrt ist.«

Adelaise antwortete nicht. Wortlos eilte sie aus dem Saal. Draußen erwartete sie Melisande. »Und? Was hat er gesagt?«, wollte sie wissen.

Adelaise schüttelte verzweifelt den Kopf. »Er will es nicht einsehen. Ich habe auch Angst um Adrien. Vater will kein Lösegeld zahlen.«

Melisande presste die Hände gegen ihr Herz. »Was nun? Mir ist ganz schlecht.«

Adelaise schaute sie eindringlich an und fasste ihre Schultern. Sie hatte in diesem Moment einen folgenschweren Entschluss gefasst, so tollkühn, dass ihr schwindelte. Aber sie konnte sich unmöglich zu dieser Ehe zwingen lassen. Genauso wenig wie sie ihren Bruder gleichgültig den Feinden überlassen konnte. Auf ihren Vater konnte sie ja nicht zählen. »Hör zu, Melisande. Du bist doch meine Vertraute, meine Freundin. Du hast viele Geheimnisse mit mir geteilt. Nun musst du mein größtes Geheimnis bewahren.«

»Welches Geheimnis?«

»Meinen Plan. Ich muss meinem Vater zuvorkommen. Ich werde zu Yngvar gehen und mich gegen Adrien austauschen lassen.«

Eine ganze Weile starrte Melisande sie mit offenem Mund an, bis sie die Sprache wiederfand. »Ihr meint … als Geisel?«

Adelaise nickte. Dann blinzelte sie ihrer Freundin zu. »Ich denke, so schlecht wird es mir bei Yngvar nicht gehen.«

»Ich lasse Euch nicht allein gehen«, erwiderte Melisande mit fester Stimme. »Ich werde Euch begleiten.«

»Nein, du musst dich nicht opfern.«

»Es ist kein Opfer für mich«, widersprach Melisande. »Ihr seid meine Herrin auf Leben und Tod.«

»Das ist sehr ehrenhaft von dir, aber das kann ich von dir nicht verlangen.«

»Ich begleite Euch freiwillig«, beteuerte Melisande.

»Wäre es nicht besser, du suchst nach Jocelyne?«

Melisande schüttelte den Kopf. »Ich glaube nicht, dass sie in Gefahr ist. Gwendal wird sich darum kümmern.«

Adelaise neigte den Kopf. »Dann werden wir beide für sie beten.« Sie schaute Melisande aufmerksam an. »Woher kommt dein plötzlicher Entschluss? Ist es wegen mir oder wegen *ihm*?«

Melisande errötete. »Ich gestehe, ich habe mich in Ritter Sven verliebt.«

EIN VERHÄNGNISVOLLER TAUSCH

Ratlos blieben Yngvar und Sven am Rande des Waldes stehen. Von Tosti, Steinolf und Ulf war weit und breit nichts zu sehen. Es herrschte eine unheimliche Ruhe, vor allem seit die beiden Grafen samt ihrem streitbaren Gefolge abgezogen waren. Lediglich die zertrampelte Wiese am Fuß der Burg zeugte von den vergangenen Kämpfen.

»Was ist denn hier los? Ob die drei zum Schiff zurückgekehrt sind?«, wunderte sich Sven.

»Ich habe Tosti gesehen, als ich in Graf Hamos Lager war.«

»Was wollte er denn da?«

»Keine Ahnung. Er bellte mich an, ob ich das Lösegeld hätte.«

»Vielleicht hat er mit Hamo gemeinsame Sache gemacht?«

Yngvar hob die Schultern. »Das glaube ich nicht. Ich hoffe nur, er hat unseren Plan nicht verraten.«

»Dann knüpfe ich ihn an der nächsten Eiche auf«, zürnte Sven. »Was machen wir denn jetzt ohne Pferde? Es war ja schon peinlich genug, zu Fuß die Burg zu verlassen. Ob Graf Gurvan uns wirklich das Lösegeld übergibt?«

Yngvar warf einen Blick zum Himmel. »Wir müssen bald zum Schiff zurückkehren.«

»Nicht ohne das Lösegeld.«

»Er wird es bringen, schon aus Sorge um das Leben seines Sohnes.«

»Sehr besorgt schien er mir nicht zu sein.«

»Den Eindruck hatte ich auch. Dieser Adrien ist offenbar ein rechter Nichtsnutz.« Yngvar strich sich nachdenklich übers Kinn. »Und wenn er nun tatsächlich nicht zahlt? Nehmen wir dann Rinder, Schafe und Weinstöcke mit?«

»Die können wir gar nicht transportieren. Wir bestehen auf Lösegeld.«

Yngvar hob die Augenbrauen. »Ach ja? Du bestimmst das?«

»Es ist das Vernünftigste. Was willst du mit Weinstöcken? Wenn sie auf See eingehen, weil wir nicht genügend Süßwasser haben, sind das nur Verluste. Warum bist du so nachgiebig? Adelaise will dich nicht. Wir waren gerade gut genug, diese zwei Witzfiguren zu vertreiben. Ihr Vater hat andere Pläne mit ihr, und ich bezweifle, dass er sich umstimmen lässt.«

Yngvar presste die Lippen zusammen. Eine Zurückweisung durch Adelaise verletzte seinen Stolz. Doch immer wieder hatte sie betont, dass sie ihre Freiheit mehr liebe als alles andere. Ärger stieg in ihm auf wie grüne Galle, auch weil Sven wohl wieder einmal recht behalten würde. Während sie weitersuchten, erreichten sie ein dichtes Gebüsch.

»Da bist du ja!« Svens Ausruf riss Yngvar aus seinen Gedanken. Ulf hockte im Gebüsch, etwas hinter ihm die Pferde, die gelangweilt an grünen Blättern knabberten.

Yngvar eilte zu ihm. »Wo sind die anderen?«

Ulf zuckte mit den Schultern.

Yngvars Ärger verstärkte sich. »Was heißt, du weißt es nicht? Ich habe befohlen, dass ihr hier wartet, bis wir zurück sind. Ich habe Tosti im Lager von Graf Hamo gesehen. Was wollte er dort?«

Ulf kratzte sich unbehaglich am Kinn. »Äh … er wollte nur mal nach dem Rechten schauen.«

»In Hamos Lager? Was erzählst du mir für einen Unsinn?«

»Nein, nein, wir haben euch aus der Burg kommen und in die Lager reiten sehen. Und weil Tosti dachte … also, er dachte, ihr … ihr betrügt uns um das Löse…«

Weiter kam Ulf nicht. Während Sven den schwerfälligen Mann an seinem Kittel hochzerrte, versetzte Yngvar ihm einen kräftigen Kinnhaken. Mit einem dumpfen Laut plumpste Ulf zurück ins Gebüsch. So schwerfällig war er allerdings nicht, um sich nicht sofort im Klaren zu sein, dass er noch glimpflich davongekommen war. Wenn Yngvar erführe, dass sie ihm das Lösegeld abjagen wollten …

»Wo ist Steinolf? Ist er etwa in Graf Pepins Lager gegangen?«

Ulf nickte wortlos. Sven pfiff durch die Zähne. »Wir können die beiden nicht herausholen. Wir müssen sie ihrem Schicksal überlassen.«

»Diese Idioten!«, schimpfte Yngvar. »Sie haben unseren ganzen Plan in Gefahr gebracht. Trotzdem will ich sie nicht in der Gewalt der Grafen lassen. Wer weiß, was die mit ihnen machen, so zornig wie sie über Graf Gurvans Abfuhr sind.«

Sie wandten sich um. Zwischen den Bäumen hindurch konnten sie einen Blick zur Burg erhaschen.

»Ohne den Rest unserer Leute werden wir das nicht schaffen. Wir müssen zum Schiff zurückkehren«, schlug Sven vor.

»Aber nicht ohne das Lösegeld.« Plötzlich fühlte Yngvar eine neue Entschlossenheit in sich.

»Glaubst du wirklich daran?«, fragte Sven zweifelnd.

»Wenn ich dein Gesicht sehe, dann fehlt mir der Glaube. Wir kehren zum Schiff zurück, holen unsere Männer und zwingen Graf Gurvan, das Lösegeld zu bezahlen.«

»Du willst die Burg belagern?«

»Wir binden die Geiseln an die Bäume, dann wagen sie nicht zu schießen. Ich denke, das reicht, um den Grafen zur Vernunft zu bringen.«

»Na endlich zeigst du Härte.« Sven klopfte Yngvar beifällig auf die Schulter. »Also los, reiten wir zum Schiff zurück.«

Sie schwangen sich auf die Pferde. Ulf erhob sich widerwillig, doch er konnte für Tosti und Steinolf nichts tun. Tosti hatte sich das alles selbst eingebrockt. Insgeheim war Ulf froh, dass Tostis Plan nicht aufgegangen war. So einfach, wie er sich das vorgestellt hatte, wäre es keinesfalls geworden. Und nun kamen sie auch noch ohne Lösegeld zurück. Die Blamage vor der Mannschaft hatten Yngvar und Sven auszubaden.

Sie erreichten die Küste schneller als erwartet. Der Hinweg war ihnen viel länger vorgekommen. Mit großem Jubel wurden sie von der Mannschaft empfangen, die um ein Feuer herum am Strand saß. Ulf wurde immer unbehaglicher zumute. Er ahnte, dass die Freude nicht lange anhalten würde, wenn die Männer erfuhren, dass sie ohne Lösegeld zurückkehrten.

Yngvar und Sven ließen sich bejubeln, als hätten sie ein Königreich erobert. Dabei fiel es zunächst nicht auf, dass zwei Männer fehlten.

»Nun werden wir diese Jammerlappen endlich los«, rief der Steuermann erleichtert. »Du kannst dir gar nicht vorstellen, was die hier veranstaltet haben. Erst war es ihnen zu kalt, dann zu warm, dann wehte der Wind zu stark oder das Essen schmeckte nicht. Bier haben sie abgelehnt, wollten nur Wein zu trinken. Wir haben ihnen Wasser gegeben. Und immer diese Jammerei! Was sind das nur für Männer?«

»Das kann ich dir sagen, Einar«, antwortete Yngvar. »Der eine ist ein verwöhnter Grafensohn, der Rest sein Gefolge. Die haben nichts anderes zu tun, als zu jagen und sich die Zeit mit Gesang, Wein und Tänzen um die Ohren zu schlagen.«

»Da hast du sicher ein fettes Lösegeld für sie herausschlagen können«, freute sich Einar.

»Leider nicht. Der Graf scheint nicht viel Interesse an seinem nichtsnutzigen Sohn zu haben. Er hat uns Frauen angeboten.«

»Frauen?« Einars Augen weiteten sich.

»Frauen. Hier gibt es sehr schöne Frauen.«

»Was sollen wir denn mit Frauen anfangen? Die meisten von uns haben ja welche daheim. Du hast wirklich kein Lösegeld erhalten?«

Yngvar schüttelte den Kopf. »Wir werden die Burg des Grafen belagern.«

»Du bist verrückt! Das geht nicht gut, wir sind viel zu wenige. Außerdem sind wir Wikinger, die kämpfen auf See oder überfallen Küsten, aber wir belagern doch keine Burg. Wo ist deine Armee, die das könnte?«

»Nun, sieh nicht so schwarz. Ich bin sicher, wir schaffen das. Wir binden die Geiseln an die Bäume.«

»Wo sind eigentlich Tosti und Steinolf?« Einar blickte sich suchend um.

»Wahrscheinlich in Gefangenschaft geraten. Sie waren unvorsichtig.«

»Du hast sie nicht befreit?«

»Das war unmöglich.«

»Du hast zwei Kameraden im Stich gelassen.« Einar warf Yngvar einen vernichtenden Blick zu. Yngvar verstand. Was er getan hatte, war eines Wikingers unwürdig.

»Wir werden sie befreien, wenn wir von Gurvan das Lösegeld erhalten haben.«

»Wenn! Wie lange sollen wir noch warten?«

»Wir warten nicht, sondern brechen auf. Nur eine Wache bleibt auf dem Schiff. Ich bin sicher, dass wir Gurvan einschüchtern werden.«

Einar blickte skeptisch. »Es gibt Unruhe unter den Männern. Sie wollen ihre Belohnung sehen.«

»Das werden sie, so wahr ich Yngvar Björgolfsson heiße. Thoralf hat euch doch auch nicht enttäuscht, und ich bin sein Bruder.«

»Bis jetzt haben wir nur Verluste gemacht, erst die beiden Schiffe samt Mannschaft, jetzt zwei Männer, und wenn dieser Graf das Lösegeld nicht zahlt, können wir diese Gestalten hier gleich ins Meer werfen. Ich höre mir das Jammern nicht einen Tag länger an. Was leben hier nur für Menschen?«

»Du hast keine Ahnung«, erwiderte Yngvar. Der abrupte Abschied von Adelaise hatte ihm ins Herz geschnitten. Natürlich war er zu stolz, um es zuzugeben, aber er hätte alles Mögliche und Unmögliche getan, um sie wiederzusehen.

Es war nicht einfach, sich in dieses Schicksal zu fügen, und Yngvar verfluchte die Idee, überhaupt hierhergefahren zu sein. Wären sie in Haithabu geblieben, hätte sich vielleicht eine Möglichkeit ergeben, Geschäfte zu tätigen. Warum hatte er auf die Einflüsterungen dieses Tosti gehört?

Inzwischen waren die Männer, die ihm zuvor zugejubelt hatten, immer näher gekommen und standen nun in einem Kreis um sie herum, ihre Gesichter verrieten Erstaunen, Unmut, Zorn.

»Stimmt das, Yngvar? Du hast kein Lösegeld mitgebracht?«, fragte einer.

Yngvar drehte sich um. Der geschlossene Kreis der Männer wirkte bedrohlich.

»Das ist wahr«, erwiderte Yngvar. Wollten sie ihm drohen? »Aber ich bin sicher, dass Graf Gurvan zahlen wird.«

»Dein Wort in Odins Ohr! Falls nicht, wirst du ins Wasser geworfen. Wir sind dir nur gefolgt, um reiche Beute zu machen. Bis jetzt haben wir außer etwas Wildbret und diesen jammernden Tölpeln nichts erbeutet.«

»Schluss jetzt«, schritt Sven ein. »Morgen früh ziehen wir los, um die Burg zu belagern, wie Yngvar es beschlossen hat.« Seine Worte zeigten Wirkung. Brummelnd und knurrend zogen sich die Männer zurück.

»Da haben wir gerade noch mal Glück gehabt«, murmelte Sven, als er mit Yngvar allein war.

»Ich lasse mich nicht einschüchtern«, erwiderte Yngvar gereizt. »Was ist denn mit den Leuten los? Mit Thoralf waren sie monatelang auf Víking und haben auch erst zum Schluss ihren Anteil bekommen.«

Sven verzog die Lippen. »Thoralf war jahrelang ihr Anführer. An dich müssen sie sich erst gewöhnen.«

»Es wird ihnen nichts anderes übrigbleiben«, gab Yngvar zurück. »Folgen sie mir nun bloß wegen der Beute oder weil ich ihr Anführer bin? Was ist bloß aus den stolzen Wikingern geworden?«

Versöhnlich legte Sven ihm die Hand auf die Schulter. »Warte es ab, sie werden sich schon wieder beruhigen. Spätestens, wenn wir das Lösegeld bekommen.«

Yngvar mochte nicht daran denken, was geschehen konnte, wenn Gurvan das Lösegeld nicht zahlte.

Ulf hatte aus der Entfernung beobachtet, wie Yngvar und Sven in Bedrängnis gerieten. Ihm konnte es recht sein, dass die Mannschaft unzufrieden war. Er war es ja auch, doch seine und Tostis Pläne sahen etwas anders aus. Tosti war fort, wahrscheinlich gefangen oder gar tot. Ulf wollte die Situation für sich ausnutzen. Wenn Tosti nicht mehr da war, dann würde Ulf eben die Führung an sich reißen, sobald sie das Lösegeld hatten.

***

Yngvar suchte die Einsamkeit. Langsam schlenderte er am Strand entlang. Seine Mannschaft, die sich wieder ums Feuer geschart hatte und nun heftig diskutierte, ließ er hinter sich, auch Sven, der irgendwie zugleich sein Freund und sein Feind war, der ihm half und sich ihm doch widersetzte. Oftmals handelte Sven vernünftig, überlegt und mit kühlem Kopf, auch wenn Yngvar das auf den ersten Blick nicht bemerkte. Yngvar war ein bodenständiger Mensch, der gern etwas mit den eigenen Händen schaffte. Er liebte wogende Kornfelder, prächtige Viehherden und volle Vorratshäuser. Das war überlebenswichtig, vor allem in den rauhen Gegenden des Nordlandes. Dass es andere Länder, andere Menschen, andere Sitten und andere Probleme gab, hatte er nur aus den Erzählungen seines weit gereisten Bruders Thoralf erfahren. Oftmals hatte er diese Geschichten für übertrieben gehalten, doch nun musste er am eigenen Leib erfahren, wie seltsam es doch woanders zuging. Um seinen Sohn zu beschützen, hätte Yngvars Vater, Björgolf Einbein, nichts unversucht gelassen, hätte die ganze Sippe mobilisiert und einen fürchterlichen Krieg vom Zaun gebrochen, und wenn das nicht zum Ziel geführt hätte, dann hätte er auch all seine Schätze geopfert. Ein Sohn war der größte Schatz, den ein Mann besitzen konnte. Wie seltsam, dass Gurvan so wenig Wert auf die Befreiung seines Sohnes legte.

Doch noch etwas anderes ließ Yngvar nicht los. Früher hatte er sich herzlich wenig aus Frauen gemacht. Die Wahl einer Ehefrau war eine ganz besondere Aufgabe, musste man doch zeit seines Lebens miteinander auskommen. In seiner Heimat besaßen die Frauen viele Rechte, sie waren die Hüterin des Hauses, sie brachten die Kinder zur Welt und waren für den Frieden in der Familie verantwortlich. Sie kümmerten sich um Hof und Gesinde, konnten Kleidung herstellen und Essen kochen. Sie verwahrten den Schlüssel zum Vorratshaus und hielten das Feuer in Gang. Lange hatte Yngvar nicht begreifen können, was Mann und Frau miteinander verband außer der Einsicht, gemeinsam zu wirtschaften. Der Mann fuhr auf Víking oder bestellte die Felder, und die Frau erledigte den Rest. Doch es gab etwas, das Mann und Frau unwiderstehlich zueinander hinzog: eine geheime Macht, die man Liebe nannte.

Er war Zeuge dieser Liebe geworden zwischen seinem Bruder Thoralf und der schönen Viviane. Nun spürte er sie selbst. Doch er konnte das Gefühl nicht wirklich verstehen. Er setzte sich auf einen angeschwemmten Baumstamm, der am Strand lag, vom Salzwasser ganz ausgebleicht. Es war, als verwirrte ein Troll einem den Kopf Seine Gedanken wanderten immer wieder zu Comtesse Adelaise, auch wenn er sich dagegen wehrte. Sie war eine schöne, freiheitsliebende Frau, die einem anderen Mann versprochen worden war. Warum sehnte er sich dann nach ihr? Warum beherrschte sie sein Denken und Fühlen? Warum verfluchte er die Wege des Schicksals, die ihn wieder von ihr fortgeführt hatten? Er war ihr ferner denn je, denn seit sie erfahren hatte, dass er der Anführer einer Wikingerbande war, die nur darauf aus war, Lösegeld zu erpressen, war es für ihn unmöglich, ihr Herz zu erringen. Was sollte er auch damit, hier, so weit weg von daheim?

Und jetzt hatte er auch noch die ganze Mannschaft gegen sich, ganz abgesehen davon, dass Tosti und Steinolf verschwunden waren. Mit gespreizten Fingern fuhr er sich durchs Haar. Der Wind spielte mit den schulterlangen honigfarbenen Strähnen. Er würde in Schande zurückkehren nach Skollhaugen. Niemals würde er so sein wie sein großer Bruder, nicht so heldenhaft, nicht so erfolgreich, nicht so angesehen und nicht so geliebt.

Er unterdrückte ein Seufzen, doch es hätte ohnehin niemand gehört. Der Wind trieb die Wellen an den flachen Strand. Yngvar beobachtete, wie sie mit kleinen Schaumkämmen über den Sand rannen, den Kampf gegen das Land verloren und zurück ins Meer fluteten. So kam er sich auch vor. Er konnte das Land nicht erobern, nicht die schneckenförmige Burg, nicht Adelaise. Am liebsten würde er die Segel setzen lassen und nach Nordland zurückkehren, dieses unselige Abenteuer schnell vergessen und sich wieder seiner Arbeit widmen, die Äcker von Skollhaugen bestellen und die Viehherden vergrößern. Das hatte ihm stets Freude bereitet, dabei hatte er sich glücklich gefühlt, auch wenn diese Arbeit ihm nie so viel Ruhm und Ehre eingebracht hatte wie Thoralf seine Víkingfahrten. Und die Geiseln? Die würde er einfach laufen lassen, nackt und jammernd.

Es war Zufall, dass er sich umwandte und die zwei Reiter bemerkte, die sich vom Waldrand auf den Strand zubewegten. Von der Mannschaft hatte sie noch niemand gesehen, da sie noch immer um das Feuer saßen und lautstark miteinander diskutierten. Sein Herz schlug schneller. Hatte sich Gurvan tatsächlich besonnen und das Lösegeld geschickt? Damit wäre Yngvar zumindest einen Teil seiner Probleme los.

Er erhob sich und lief eilig zurück. Er musste sie als Erster in Empfang nehmen, ehe seine Männer etwas Unbesonnenes taten. Je näher er den beiden Reitern kam, umso größer wurden seine Augen. Nein, das war nicht Gurvan, das waren nicht seine Männer, das waren überhaupt keine Männer. Es waren zwei Knaben, gekleidet in eng anliegende Tuniken und Hosen, ohne Mäntel und Wappen. Kamen sie überhaupt von Graf Gurvan?

Er kam im losen Sand nicht so schnell vorwärts, wie er wollte, doch eine innere Unruhe trieb ihn. Er rannte, so schnell er konnte, während sein Herz immer heftiger pochte und seine Lunge keuchend die Luft ausstieß. Gleichzeitig mit den beiden Reitern erreichte er den Lagerplatz. Auch die Männer hatten die Ankömmlinge nun bemerkt und erhoben sich. Staunend näherten sie sich den beiden Knaben, die am Rand des Strandes ihre Pferde zügelten. Yngvar trat zu ihnen und traute seinen Augen nicht: Es waren Adelaise und Melisande!

***

»Es ist also wahr!« Adelaises Stimme klang atemlos von ihrem schnellen Ritt, doch Melisande verstand sie trotzdem. »Es sind Wikinger!«

Während des Rittes hatte Adelaise ein ums andere Mal gehofft, alles wäre nur ein schlechter Traum, ein Missverständnis, ein Irrtum gewesen. Sie wollte sich das Bild erhalten, das sie sich von Yngvar im Geiste gemacht hatte. Doch ihre ganze Situation war viel zu kompliziert, als dass sie einfach auf Yngvars Werbung hätte eingehen können. Er hatte sie als Belohnung gefordert, ohne sich sicher zu sein, dass sie ihn wirklich liebte. Sie hatte es ihm nicht gestanden, und nun war sie froh darüber. Yngvar war nicht der Mann, der er vorgab zu sein.

Beide starrten sie auf das Schiff, das in kurzer Entfernung vom Ufer lag und mit seinem pferdekopfförmigen Bug im Takt des Wellenschlages nickte. Erst dann bemerkten sie die vielen Männer um das Feuer.

»Warte«, befahl sie ihrer Zofe. »Wir wissen nicht, ob sie uns wohlgesinnt sind. Schau, wie wild und ungepflegt sie aussehen.«

Melisande presste die Lippen zusammen, ihre Augen suchten nach Sven. Sie entdeckte ihn zwischen den anderen Männern der Besatzung. Er war größer als die meisten, sein hellblonder Schopf leuchtete zwischen den behelmten Köpfen.

»Da! Da kommt Ritter Yngvar!« Melisande deutete mit dem Arm zum Strand.

»Sag nie wieder Ritter zu diesem Mann«, zischte Adelaise. »Was wir jetzt tun, ist nur zum Wohle von Pattefleur.«

»Natürlich«, erwiderte Melisande gehorsam. Doch sie wusste, dass das nur die halbe Wahrheit war. Außerdem war sie viel zu aufgeregt. Sie hatte ihre Herrin auf dieses Abenteuer begleitet, weil sie ihr ewige Treue geschworen hatte. Doch auch das war nur die halbe Wahrheit.

Sie zügelten ihre tänzelnden Pferde und warteten, bis sich die Männer ihnen näherten. Yngvar trat vor. Er war ihr Anführer, das war sofort ersichtlich. Doch er schwieg, schaute sie in einer Mischung aus freudiger Überraschung und Misstrauen an.

Es war unheimlich still, nur der Wind und die Wellen sangen ihr ewiges Lied. Adelaise betrachtete Yngvar, wie der Wind in seinem Haar zauste, wie sein Brustkorb sich dehnte, seine kräftigen Arme, die aus den Ärmeln des hellen Wollhemdes ragten. Er hatte die Arme in die Hüften gestemmt. An seinem kunstvoll geflochtenen Gürtel hing eine Streitaxt. Er hat sich umgekleidet, bemerkte sie.

»Hat es sich Euer Vater doch noch überlegt?«, brach Yngvar das Schweigen.

Adelaise warf den Kopf in den Nacken und schaute ihn von oben herab an. »Mein Vater weiß nicht, dass ich hier bin«, erwiderte sie.

Yngvar hob verwundert die Augenbrauen. »Soso. Na, ist ja auch egal, wer von euch das Lösegeld bringt.«

»Ich bringe kein Lösegeld.« Adelaises Worten folgte Totenstille. Im nächsten Moment brach Tumult los. Die Männer schrien durcheinander, hoben drohend die Fäuste und Waffen. Einige wollten auf sie zustürmen.

Yngvar hob gebieterisch die Hand. Augenblicklich blieben sie wie angewurzelt stehen. »Habe ich mich eben verhört?«

»Nein.« Adelaises Stimme klang erstaunlich fest. Nur ihr Pferd spürte, wie nervös sie war, und tänzelte aufgeregt. »Ich will mit Euch verhandeln.«

Sie erntete wieder laute Rufe und Drohungen.

Yngvar zog die Augenbrauen zusammen. Adelaise verspürte einen Stich im Bauch. Hoffentlich war sie nicht zu weit gegangen. Aber sie hatte ja gar keine andere Wahl. Schwäche würde sie nicht zeigen.

Auch Yngvar musste Stärke zeigen. »Ich verhandle nicht. Wenn Euer Vater das Lösegeld nicht zahlt, wird Euer Bruder sterben.«

»Ihr wisst doch gar nicht, was ich Euch anzubieten habe.«

Sven trat neben ihn. »Hör sie doch erst mal an«, flüsterte er.

»Also gut«, lenkte Yngvar ein. »Was bietet Ihr an?«

Adelaise schluckte schwer. Dann hob sie stolz den Kopf und reckte kampflustig das Kinn vor. »Mich!«

Einen Augenblick lang war es wieder totenstill. Yngvar stockte der Atem, gleichzeitig pochte sein Herz bis zum Hals. Adelaise glitt vom Pferd herab, trat auf Yngvar zu und drückte ihm die Zügel in die Hand. »Lasst meinen Bruder frei.«

Auch Melisande stieg vom Pferd, trat neben Adelaise und forderte: »Lasst auch alle anderen frei! Ich biete mich im Tausch für Adriens Männer als Geisel an.«

Yngvar und Sven wechselten einen stummen Blick. Dann strich sich Yngvar nachdenklich übers Kinn. »Wer ist denn auf diese dumme Idee gekommen?«

Adelaise errötete, doch dann zog sie zornig die Augenbrauen zusammen. »Dumm nennt Ihr das? Ich finde, es ist mutig, und es ist überaus ernst gemeint. Mein Leben gegen das von Adrien.«

Er seufzte. »Kein guter Tausch«, erwiderte er. »Da sind dreizehn Männer.« Er deutete zum Schiff, wo sich immer noch die Gefangenen befanden. »Und ihr seid zwei Frauen. Glaubt ihr wirklich, dass wir darauf eingehen?«

»Das bleibt Euch überlassen«, gab Adelaise kühl zurück. »Adrien ist ein Nichtsnutz, auch wenn er einmal das Erbe meines Vaters antreten wird. Aber mein Vater ist gesund und kräftig, er wird noch lange leben. Mich aber hat er den Burgundern versprochen, ich bin für ihn im Augenblick wesentlich wertvoller als mein Bruder. Also wird er für mich Lösegeld zahlen. Die Nachricht könnt Ihr ja Adrien mitgeben, wenn Ihr ihn freilasst.«

Verblüfft blickte Yngvar sie an. So hatte er die ganze Sache noch nicht betrachtet. Wieder wechselte er einen stummen Blick mit Sven. Der senkte den Kopf. Yngvar bemerkte, wie Melisande Sven heimlich zublinzelte. Er zog Sven beiseite.

»Was meinst du? Sollen wir auf diesen Vorschlag eingehen?«

»Ich nehme an, dass Graf Gurvan für seine Tochter mehr Lösegeld herausrücken wird als für seinen Sohn. Ihm sitzt der Burgunder-Prinz im Nacken.«

»Ich habe gesehen, wie Melisande dir zugeblinzelt hat.«

»Ach ja? Das habe ich gar nicht bemerkt. Sicher hat sie beim schnellen Ritt etwas ins Auge bekommen.«

»Ja, sicher. Dann muss ich mich wohl geirrt haben«, gab Yngvar spöttisch zurück.

Sven hielt ihn am Ärmel fest. »Es geht dir wirklich nicht um die Comtesse? Ich weiß, sie gefällt dir.«

»Das hat nichts zu bedeuten. Du musst zugeben, sie ist sehr schön. Aber für die Lösegeldforderung spielt das keine Rolle.«

»Das wäre auch besser für uns alle.« Sven trat zu den Männern. »Holt die Gefangenen vom Schiff. Wir tauschen sie aus.«

Einar wollte etwas entgegnen, doch Sven hob die Hand. »Yngvar hat so entschieden.«

Wohl oder übel mussten sie sich fügen. Es gab einige böse Stimmen, als Adrien und seine Männer an den Strand gebracht wurden.

»Na endlich«, beklagte sich Adrien bei seiner Schwester. »Wieso hat das so lange gedauert? Warum hast du mich nicht gleich ausgelöst?«

»Warum hast du dich überhaupt fangen lassen?«, fuhr Adelaise ihn an. »Leichtsinnig und leichtlebig, ohne einen Funken Verantwortungsgefühl. Du wusstest, dass Vater nicht da war, und hast mich auf der Burg alleingelassen.«

»Na und? Du wolltest doch nicht mit auf die Jagd kommen.« Adrien schob beleidigt die Unterlippe vor. Adelaise deutete auf seine mehr als spärliche Bekleidung. »Jagd nennst du das? Es war wieder eines von deinen Gelagen, bei denen zu viel Wein getrunken wird. Deshalb konntet ihr überrumpelt werden. In der Zwischenzeit musste ich mich allein gegen die Belagerung der Burg durch Graf Hamo und Graf Pepin verteidigen.«

Yngvar verkniff sich ein Grinsen. So ganz allein hatte es Adelaise nun doch nicht geschafft.

»Offenbar hast du es geschafft, sie zu vertreiben«, erwiderte Adrien. »Ich kehre zurück und werde die Burg bewachen, bis Vater wiederkommt.«

»Das kannst du dir sparen. Vater ist inzwischen zurückgekehrt, und er wird nicht erfreut sein zu erfahren, was du in der Zwischenzeit verbockt hast.«

»Verdammt«, murmelte Adrien, während er seine Kleidung zusammensuchte, die Sven und Einar den Männern zurückgaben.

Adelaise wandte sich ab. Ihr Plan schien aufzugehen, und sie lächelte.

»Wie eine unglückliche Gefangene seht Ihr nicht aus«, bemerkte Yngvar, als sie gemeinsam den davonreitenden Männern nachblickten.

»So, meint Ihr?« Adelaise schaute ihn an und bemühte sich um einen ernsten und würdigen Gesichtsausdruck. »Ich komme nur meiner Pflicht nach und wahre das Gesicht der Pattefleurs.«

»Wenn dieses Gesicht so schön ist wie Eures, dann braucht Ihr keine Sorge darum zu haben. Allerdings müsst Ihr mit auf das Schiff kommen.«

»Ihr traut mir nicht?«

»Ich traue Eurem Vater nicht. Es könnte sein, dass er einen Befreiungsversuch unternimmt.«

»Nun, ich bin schon neugierig auf Euer Schiff Ihr müsst wissen, die

Wikinger verüben keine Überfälle auf das Normannenland mehr, seit ihr Jarl Rollo das Land an die Nordmänner vergab und so einen langen Frieden sicherte. Es wundert mich, dass Ihr es tatsächlich wagt, hier auf Raubzug zu gehen. Fürchtet Ihr nicht, dass Euch die Soldaten des Jarls gefangen nehmen?«

»Eher nicht. Unsere Schiffe sind schnell, und wir haben auch nicht die Absicht, länger zu bleiben.«

Ihre Mundwinkel zuckten. »Wollt Ihr mich ganz entführen und nicht auf das Lösegeld warten?«

Überrascht wandte er sich um. »Wünscht Ihr Euch das etwa?«

Sie senkte den Kopf und wich seinem Blick aus. »Natürlich nicht. Schließlich bin ich den Burgundern versprochen.«

»Was Ihr aber gar nicht wollt.« Yngvar hob Adelaise kurzerhand auf die Arme und watete mit ihr zum Schiff, das Einar mit einigen Männern ganz nahe an das Ufer manövriert hatte, damit die Gefangenen es verlassen konnten. Sven folgte ihm mit Melisande auf den Armen. Sie hielt sich an seinen Schultern fest, sein Haar kitzelte an ihrer Wange. Das ließ sich schon mal gut an, fand sie vergnügt.

Auch Adelaise empfand es nicht als unangenehm, von Yngvar auf Händen getragen zu werden. Sie umschlang seinen Hals fester als notwendig und schmiegte sich an ihn. »Ich habe Angst vor Wasser«, flüsterte sie in sein Ohr.

»Keine Sorge, ich lasse Euch nicht fallen«, gab er zurück und watete besonders vorsichtig, um nicht zu straucheln, durch das Wasser. Nach wenigen Schritten hatten sie das Schiff erreicht. Mit Schwung schob er sie in der Mitte über die flache Bordwand. Nur der hintere Saum ihrer kurzen Tunika war nass geworden. Er packte die Wandung und zog sich einfach hoch. Gleich darauf stand er neben ihr und half dabei, Melisande an Bord zu ziehen.

»Willkommen auf meinem Schiff«, sagte er zu den Damen.

Die beiden blickten sich um. »Es ist groß«, stellte Adelaise fest. »Aber wo sollen wir denn bleiben, bis …«

Yngvar überlegte. »Euer Bruder hat mit seinen Leuten am Bug gehockt. Allerdings war er gefesselt.«

Sie hob spöttisch die Augen zu ihm. »Wollt Ihr mich auch fesseln?«

»Ich denke, dass das nicht notwendig ist. Ich lasse ein Zelt für Euch und Melisande aufbauen, damit Euch die Männer nicht so anstarren.«

»Das ist sehr rücksichtsvoll von Euch. Aber wieso bleiben die Männer denn auf dem Schiff? Warten sie nicht am Stand?«

»Nein, auf dem Meer ist es sicherer. Wir werden ein Stück hinausfahren und dort ankern, bis Euer Vater erscheint.«

Adelaise schwieg. Ganz sicher würde Graf Gurvan einen Befreiungsversuch unternehmen. Allerdings war sie noch nie auf einem Schiff gewesen und fürchtete sich ein wenig vor dem unsicheren Schaukeln. Hauptsache, es kam kein Sturm auf!

Das Zelt war schnell aufgebaut, viel Komfort gab es allerdings nicht. Adelaise schien sich nichts daraus zu machen. Yngvar staunte, mit welcher Selbstsicherheit sie sich in seine Gefangenschaft begab.

Sven griff nach Melisandes Hand. »Soll ich Euch das Schiff zeigen? Ich nehme an, Ihr habt noch nie ein Wikingerschiff betreten.«

Melisande schenkte ihm ein entzücktes Lächeln. »Ihr habt recht, Herr Ri… äh … Sven …«

»Mein Name ist Sven Wolfsson. Ich gebe zu, ich bin kein Ritter im Sinne dieses Landes, aber daheim in meinem Land bin ich ein Ritter, ein Krieger und enger Freund des Fürstensohns Yngvar Björgolfsson.«

»Yngvar ist der Sohn eines Fürsten?«, staunte Melisande.

Sven nickte. »Sein Bruder Thoralf ist seit dem Tod seines Vaters Fürst von Skollhaugen, Yngvar hat seine Schiffe … sein Schiff übernommen, um weiter auf Víking zu fahren. Nun wisst Ihr die ganze Wahrheit, Jungfer Melisande.«

»Ich danke Euch, Sven Wo…« Sie lachte verlegen. »Eure Namen sind ungewöhnlich für unsere Zungen.«

»Dann lassen wir doch die Förmlichkeiten, Melisande. Für dich bin ich Sven und immer der Deine.«

»Das klingt ja nach einem Schwur.«

Er neigte den Kopf und legte sacht seinen Arm um ihre Schulter. »Nachdem wir uns im Bad so nahe gekommen sind, fällt es mir schwer, förmlich zu sein. Ich glaube, du hast das Herz eines stolzen Wikingerkriegers erobert.«

»Tatsächlich?« Sie kicherte und errötete. »Jaja, das Bad. Meine Herrin wollte, dass es euch gutgeht und ihr angenehme Erinnerungen an Burg Coquille habt, bevor ihr …« Sie stockte. »Ihr wolltet nie nach Jerusalem?«

Sven schüttelte den Kopf. »Ich weiß gar nicht, was das ist.«

»Eine Stadt im Morgenland, in der unser Heiland gestorben ist. Seid ihr überhaupt Christen?«

»Doch, doch«, beeilte sich Sven zu versichern. »Wir sind alle getauft, haben sogar eine Kirche und einen Priester, und am Sonntag darf nicht gearbeitet werden.«

Melisande atmete auf. »Dann ist es ja gut. Ich würde nämlich nur ungern mein Seelenheil und meinen Platz im Himmel verlieren, wenn ich mit einem Heiden … also, du weißt schon.« Sie warf einen sehnsüchtigen Blick hinüber zu dem provisorischen Zelt am Bug. »Schade, dass wir nicht allein auf dem Schiff sind«, flüsterte sie.

»Ja, leider. Aber die Männer werden natürlich gebraucht, zum Rudern, zum Segeln, zum Kämpfen.«

»Ich meine …« Sie deutete zu Adelaise, die mit Yngvar ein Stück entfernt an der Reling stand und zum Land hinüberschaute.

»Ob sie was dagegen hätte?«, fragte Sven.

Melisande hob die Schultern. »Ein Vergnügen im Bad ist das eine, aber eine wirkliche Verbindung, vielleicht sogar eine Ehe …« Sie ließ den Satz so stehen. »Oder bist du verheiratet?«

Sven schüttelte den Kopf. »Darüber habe ich noch nie nachgedacht. Ich besitze weder Haus noch Hof, ich bin eben ein Krieger. Einer Frau muss ein Mann doch Sicherheit bieten, einen Platz, wo sie den Herd hüten, Stoff weben und den Reichtum mehren kann.«

»Reichtum mehren?« Sie lachte. »Wie soll das gehen?«

»Indem der Mann Beute von seinen Fahrten mitbringt und sie ihr zu Füßen legt. Weißt du, die Frau ist etwas Besonderes. Ohne sie gäbe es kein warmes Haus, keine Rinderherden und Kinder. Eine Frau ist etwas sehr Wichtiges im Leben eines Mannes.«

Melisandes Augen wurden feucht. »Das hast du schön gesagt, Sven. Ich würde so gern diese Frau für dich sein.« Wieder wanderte ihr Blick zu Adelaise. »Ich stehe in Diensten der Comtesse. Nur mit ihrer Erlaubnis darf ich heiraten. Ich bin ihr verpflichtet, auf Leben und Tod.«

***

Adelaise starrte zum Land hinüber, als erwartete sie jeden Augenblick etwas Schreckliches. Die Anspannung war nicht nur ihrem Gesicht anzumerken. Sie presste die Hände zusammen, so dass die Knöchel weiß hervortraten.

Yngvar beobachtete sie. »Was beunruhigt Euch, Comtesse? Ihr könnt Euch hier sicher fühlen. Wir befinden uns außerhalb der Reichweite von Pfeilen.«

»Ihr glaubt, mein Vater würde das Schiff angreifen, auf dem ich mich befinde?«

»Das ist keine Frage des Glaubens, sondern der Erfahrung. Wer lässt sich schon gern etwas wegnehmen?«

In Adelaises Augen blitzte es. »Um es mal klarzustellen: Ich bin freiwillig gekommen, um mich für meinen Bruder in Gefangenschaft zu begeben.«

»Dann frage ich mich, ob der Grund die grenzenlose Liebe zu Eurem Bruder ist, oder wolltet Ihr vor der drohenden Verheiratung mit einem unbekannten Prinzen fliehen?«

Er bemerkte, wie Adelaise errötete und sich schnell abwandte.

»Hatte ich eine andere Wahl?«, murmelte sie. Würde er jetzt eine Offenbarung von ihr fordern? Dann müsste sie ihm gestehen, warum sie wirklich hier war. Aber wusste sie das selbst überhaupt? Ja, sie liebte ihn. Aber eigentlich kannte sie ihn gar nicht. Konnte sie ihm denn je wieder vertrauen?

Doch Yngvar unterdrückte mühsam seinen Zorn. Er fragte sich, ob Adelaise wieder versuchte, ihn an der Nase herumzuführen. Er packte ihren Arm und drehte sie mit Schwung zu sich. »Schaut mir in die Augen, Adelaise. Euer Vater wird kein Lösegeld zahlen, habe ich recht?

Ihr habt mich hereingelegt, Comtesse! Er wird Euch mit Gewalt befreien, um Euch mit diesem Prinzen zu verheiraten. Euer Bruder ist fort, unsere Lösegeldforderungen nichts als heiße Luft. Ich sollte Euch meinen Männern zum Fraß vorwerfen, denn die warten auf ihre Beute. Und die kennen keinen Spaß.«

Seine Worte zeigten ihre Wirkung bei Adelaise. »Ich dachte, es ist das Beste so«, stammelte sie betroffen. »Und ich hoffe immer noch, dass mein Vater das Lösegeld zahlt.«

»Erst habt Ihr mich mit einer Belohnung geködert, diese beiden Galane zu vertreiben, dann plötzlich wolltet Ihr Euch heldenhaft für Euren Bruder opfern, und nun sieht es danach aus, als hättet Ihr einfach das kleinere Übel gewählt. Ich habe Euch unterschätzt, Comtesse. Ihr treibt ein doppeltes Spiel, und das auf meine Kosten. Das macht niemand mit Yngvar Björgolfsson, auch Ihr nicht!« Er ließ sie stehen, stapfte über die Deckplanken zum hinteren Ruder. Er würdigte auch Sven keines Blickes, der Melisande in seinen Armen hielt. Verdammte Weiber! Sie machten die Männer nur zu Narren.

Eine Weile blieb Adelaise stehen und starrte zum Land hinüber. War es ein Fehler gewesen, Yngvar zu folgen? Ihr Herz sprach eine andere Sprache als ihr Verstand. Nutzte sie ihn wirklich nur aus, um vor einer erzwungenen Heirat zu flüchten? Wie sollte sie ihm verständlich machen, dass es eigentlich ganz andere Gründe waren, die sie hierhertrieben? Außerdem hatte er ihr ja auch nicht die Wahrheit gesagt. Sie waren gekommen, um zu rauben und Lösegeld zu fordern. Sie fröstelte und kroch in das Zelt, das die Männer für sie gebaut hatten. Sie legte sich angezogen auf das schlichte Lager, einen feuchten Strohsack, der mit einer wollenen Decke bedeckt war. Die Männerkleidung war ungewohnt, aber sehr praktisch, fand sie. Sie starrte gegen die Zeltplane, die sich leicht im Wind bewegte. Ihre Gedanken kreisten weiter um Yngvar. Es ärgerte sie, denn sie wollte nicht vor ihm ihr Gesicht verlieren. Ihm gestehen, dass sie sich verliebt hatte? Es reichte, wenn Melisande von ihrem Herzensgeheimnis wusste. Ein Geräusch neben dem Zelt ließ sie aufhorchen. Sie stützte sich auf und lauschte. Zunächst konnte sie das Geräusch nicht deuten. Es war ein leises Schmatzen und schweres Atmen, ein unterdrücktes Keuchen und sanftes Stöhnen. Dann ein Kichern. Melisande!

»Lass das, du Schlingel«, flüsterte sie. »Ich bin eine Dame!«

»Ach, wirklich?« Die Stimme gehörte Sven. »Ich sehe einen ranken, schlanken Knaben mit verführerischen Rundungen.«

»Treibst du es sonst mit Knaben?«, wollte Melisande wissen.

»Glaubst du das tatsächlich, wo ich doch die schönste Frau dieses Landes in den Armen halte?«

Einen Moment war Stille, nur leises Schmatzen war zu hören. Sie küssen sich, war sich Adelaise sicher.

»Deine Bekleidung ist eine reizende Idee«, vernahm sie Sven wieder. »Unter einer unscheinbaren Hülle verstecken sich die schönsten Überraschungen. Die zum Beispiel …«

Melisande kicherte wieder, dann seufzte sie auf. »Mach weiter!«

»Mach ich doch«, murmelte Sven. Es klang, als spräche er mit vollem Mund!

Adelaise rollte sich zur Seite und presste die Hände auf die Ohren. Melisandes Glück verursachte ihr Schmerz.

»Männerkleidung hat den Vorteil, dass keine Häkchen dran sind. Das ist besser für meine ungeschickten Hände«, stellte Sven zufrieden fest. Es half nichts, dass Adelaise sich die Ohren zuhielt, sie hörte die beiden trotzdem.

Melisande lachte auf. Dann dämpfte sie schnell die Stimme. »So ungeschickt sind deine Hände doch gar nicht. Im Gegenteil! Oh … oh … ah, das machst du gut!«

Sven gurrte und knurrte wie ein Täuberich, während Melisande ihn mit mühsam unterdrückter Stimme anfeuerte.

»Was hast du für schöne Brüste, so fest und rund. Man wähnt sich im Paradies, im Garten, wo die schönsten Äpfel wachsen.«

»Vorsicht!«, warnte Melisande mit glucksendem Lachen. »Da ist die Verführung besonders groß.«

»Ich weiß, ich weiß«, erwiderte Sven zwischen schmatzenden Küssen. »Der Priester erzählt uns immer von diesem Garten. Es bedarf aber gar keiner Schlange, du bist die Verführung selbst.«

»Was du nicht sagst! Ich mag es, wenn du von den Äpfelchen naschst.«

Adelaise presste ihren Kopf auf den Strohsack. Sie verspürte ein heftiges Ziehen in ihrem Innern und gleichzeitig einen dumpfen Schmerz. Sie unterdrückte Tränen des Zorns, weil sie sich doch nach Yngvar sehnte. Aber Yngvar würde sie keines Blickes mehr würdigen, nachdem sie sich so stolz verhalten und ihn in seiner Ehre gekränkt hatte. Am liebsten würde sie zu ihm gehen und … Ihr Herz schlug heftig, und das Blut pochte in ihren Schläfen. Sie musste ihren verdammten Stolz überwinden, dann könnte sie ebensolche Liebesfreuden erleben. Sie wollte es, sie sehnte sich danach, sie begehrte ihn. Doch sie konnte sich nicht überwinden, den ersten Schritt zu tun.

Adelaise hielt es nicht mehr unter der Zeltplane aus. Sie tastete sich hinaus. Es war inzwischen dunkel geworden. Die Männer schliefen auf ihren Ruderbänken, einige im Sitzen, die meisten lagen davor auf dem Boden. Viele schnarchten, einer redete im Schlaf. Vorsichtig stieg Adelaise über sie hinweg. Ihre Männerkleidung machte es einfach. Der Nachtwind kühlte ihr erhitztes Gesicht.

»Könnt Ihr nicht schlafen?«, vernahm sie plötzlich Yngvars Stimme neben sich. Sie zuckte zusammen.

»Es ist stickig unterm Zelt.«

»Es ist wohl eher so, dass Ihr es nicht ertragen könnt, was Sven und Melisande daneben …«

»Nein!«, unterbrach sie ihn heftig.

»Doch!«, widersprach er. Er fasste ihre Schultern und drehte sie herum. »Ihr braucht es nicht zuzugeben, ich weiß auch so, warum Ihr Euch freiwillig in Gefangenschaft begeben habt.«

Sie wollte etwas entgegnen, doch er verschloss ihre Lippen mit einem Kuss. Für einen Augenblick versteifte sie sich, wollte sich wehren, doch ihr Widerstand brach im nächsten Moment. Körper an Körper, Lippen an Lippen, verschmolzen sie miteinander. Adelaise fühlte sich in einen warmen, prickelnden Strudel aus heftiger Leidenschaft gezogen. Die Dunkelheit umgab beide mit gnädiger Diskretion. Adelaise wollte nicht wieder daraus auftauchen.

MEUTEREI AUF DEM DRACHENBOOT

Da waren seine Hände, stark und kräftig, gewohnt, etwas anderes zu halten als ihren zarten Körper. Und doch streichelte er sie so zärtlich, dass wonnevoller Schauer über ihre Haut liefen. Tastend erkundete er ihren Körper, wanderte über Höhen und Tiefen, Rundungen und Spitzen. Auf diese Weise hatte sie ihren Körper selbst noch nie erlebt, und so genoss sie diese Berührungen.

Da waren seine Lippen, weicher und gefühlvoller als seine Finger. Auch sie erkundeten ihren Körper, kitzelnd, prickelnd, sacht und feucht, mal wie ein Hauch, mal vorwitzig mit der Zungenspitze.

Das sehnsuchtsvolle Ziehen in ihrem Herzen, der dumpfe Druck in ihrem Bauch, die heißen Wellen in ihrem Schoß, welch gewaltige Gefühle! Dass es so heftig sein würde, hatte sie nicht geahnt. Doch es war wundervoll, sich dieser Leidenschaft hinzugeben. Nur als er den Gürtel ihrer Hose öffnen wollte, hielt sie seine Hand fest. »Bitte, lass mir noch etwas Zeit.«

Sie konnte sein Gesicht nicht sehen, hörte nur ein leises enttäuschtes Schnaufen. Fast bedauerte sie es, doch gleichzeitig wich die seltsame Beklemmung, die sie erfasst hatte. Den letzten Schritt war sie noch nicht bereit zu gehen. Nicht hier auf einem Berg von Segeltuch.

Adelaise hatte gehofft, dass diese Nacht nie vorbeigehen, sie immer in Dunkelheit gehüllt bleiben würde. Wie sollte sie sonst Yngvar noch in die Augen schauen können, nachdem sie sich ihm so offenherzig hingegeben hatte? Nein, nein, nicht völlig, das war für sie unvorstellbar, aber doch halb – so ein bisschen und zugleich ziemlich heftig. Diese Küsse, Berührungen, das Streicheln und Schmeicheln, die Küsse nicht nur auf die Lippen. In der Dunkelheit war es leicht, sich darauf einzulassen, mit allen Sinnen zu spüren, was man am Tage nicht zu denken wagen würde.

Sie war schließlich in Yngvars Arm eingeschlafen. Erst die Kühle des Morgens und das Licht des erwachenden Tages weckten sie. Vorsichtig wand sie sich aus seinem Arm und kletterte über die schlafende Mannschaft zurück zum Zelt. Melisande lag in tiefem Schlummer, mit rosigem Gesicht und entspanntem Lächeln auf den Lippen. Wahrscheinlich träumte sie ihr Liebesabenteuer weiter. Adelaise legte sich leise daneben. Aber sie machte kein Auge mehr zu.

Als Yngvar erwachte, blickte er sich suchend um. Sein Arm war leer, Adelaise verschwunden. Er lächelte zufrieden. Na also, die stolze Schöne hatte nachgegeben! Er streckte sich wohlig, bis die Gelenke knackten. Es war nur noch eine Frage der Zeit und einer angemesseneren Umgebung, dass sie sich ihm ganz hingeben würde. Einen Vorgeschmack hatte er ja schon in der letzten Nacht bekommen. Die Männerkleidung stand ihr gut, zeichnete ihre wundervolle Figur nach. Und auch unter diesen groben Kitteln konnte er ertasten, was ihm in nicht allzu ferner Zeit unverhüllt dargeboten werden würde. Nur widerwillig erhob er sich. Er hätte die Nacht gern um weitere Stunden verlängert, die Dunkelheit festgehalten. Die samtig schwarze Decke hatte sie beide eingehüllt in einen Traum aus Glückseligkeit und Leidenschaft.

Seine Mannschaft war schon auf den Beinen, der Vormann teilte Wasser, Brot und kaltes Fleisch aus. Einar trat zu Yngvar. »Die Leute sind unzufrieden. Bis jetzt haben sie nichts davon erhalten, was sie sich erhofft hatten.«

»Das Lösegeld wird kommen«, beschwichtigte Yngvar ihn.

»Die Leute bezweifeln es, zumal die Geiseln nun gegen die Frauen ausgetauscht wurden. Wer zahlt schon für zwei Frauen Lösegeld?«

»Graf Gurvan. Seine Tochter ist ihm sehr wichtig und wertvoll. Er will sie nach Burgund verheiraten.«

»Vielleicht hetzt er uns dann die Burgunder auf den Hals.«

»Die leben ganz weit weg von hier. Wir sollten uns noch etwas in Geduld üben.«

Einar räusperte sich. »Da ist noch etwas. Die Männer hatten auch lange keine Frauen mehr. Sie haben aber mitbekommen, was in dieser Nacht geschah. Du hast dich mit dieser Comtesse vergnügt und Sven mit der Blonden. Die Männer wollen auch Frauen haben, wahrscheinlich noch dringender als Lösegeld.«

Yngvar hob die Hände. »Woher soll ich noch mehr Frauen nehmen? Es gibt nur die zwei.«

»Eben. Wenn du schon kein Lösegeld mit uns teilen kannst, dann wenigstens ...«

»Bist du verrückt?«, fuhr Yngvar ihn an. »Die Damen werden mit dem nötigen Respekt behandelt.«

»Dann lass uns an Land gehen und andere Weiber suchen. Ich weiß nicht, ob sich die Unruhe unter den Männern legt, solange die beiden noch an Bord sind.«

»Niemand geht an Land! Es wird nicht mehr geplündert, geraubt, gemordet und vergewaltigt. Die Zeiten sind vorbei.

Die Einforderung des Lösegeldes ist der letzte Beutezug, dann werden wir Handel treiben, ehrlichen Handel. Außerdem befürchte ich, dass Graf Gurvan angreifen könnte. Ich brauche jeden von euch hier an Bord.«

»Das sehen die Männer aber ganz anders.« Einar verschränkte seine kräftigen Arme vor der Brust und blickte Yngvar herausfordernd an. »Uns stehen auch Weiber zu.«

»Ist das eine Meuterei?«

»Wenn du es so sehen willst.«

»Auf Meuterei steht der Tod.«

»Willst du alle deine Männer töten? Wie willst du nach Skollhaugen zurückkehren?«

»Das lass mal meine Sorge sein.« Er winkte Sven heran. »Wir ziehen gegen Gurvan«, entschied Yngvar. Die Leute litten an Langeweile. Das konnte gefährlich werden, also musste er jetzt etwas unternehmen. Und wenn sie schließlich auf Burg Coquille ankämen, konnte er die Situation immer noch neu überdenken.

»Und die beiden Frauen?«

»Die bleiben unter Bewachung auf dem Schiff.«

»Dann haben wir gegen Gurvan nichts in der Hand. Seinen Sohn hätten wir an einen Baum binden können.«

»Denk nicht mal dran«, gab Yngvar unwillig zurück. »Oder würdest du Melisande den Pfeilen ihrer eigenen Leute ausliefern?«

»Natürlich nicht«, lenkte Sven sofort ein. »Also versuchen wir es.«

Sie manövrierten das Boot wieder näher ans Ufer. Da sie außer den beiden Pferden von Adelaise und Melisande keine weiteren Reittiere hatten – Adrien hatte mit seinen freigelassenen Männern auch die Pferde und Maulesel mitgenommen –, würde es ein langer Fußmarsch werden. Yngvar hoffte, dass seine Männer sich auf dem Weg abreagierten.

Doch plötzlich zeigte Einar zum Strand, wo sich vier Reiter näherten. »Da kommen sie!« Yngvar wusste nicht, ob er erleichtert oder betrübt sein sollte. Nun brauchte er nicht in ein Abenteuer zu ziehen, dessen Ausgang mehr als fraglich war. Auch konnte er augenblicklich seine Männer beruhigen. Betrübt war er jedoch darüber, dass er Adelaise nun freigeben musste. Der Abschied stand unmittelbar bevor. Yngvar ignorierte das unangenehme Gefühl in seinem Bauch. Am liebsten hätte er die vier Reiter zum Teufel gewünscht. Doch in seinem Gesicht zeigte sich keine Regung. Mit einer Handbewegung befahl er allen, an Bord zu bleiben.

»Yngvar Björgolfsson, Anführer der Wikinger! Graf Gurvan sandte uns mit einem Friedensangebot. Er selbst wird morgen das Lösegeld höchstpersönlich übergeben, um seine Tochter auszulösen. Vorab sendet er Euch ein Fass seines besten Weins mit der Bitte, Euch bis morgen zu gedulden und vor allem seine Tochter gut zu behandeln.«

»Na, das ist ja wirklich eine Überraschung!«, staunte Yngvar, während er von Bord aus beobachtete, wie das auf einem Packmuli mitgeführte Weinfass abgeladen und an den Strand gestellt wurde, aber irgendetwas sagte ihm, dass hier etwas faul war. Dann saßen die Reiter wieder auf und verschwanden.

»So geizig ist der alte Graf wohl doch nicht«, sagte Einar, der zu ihm getreten war, erleichtert. »Männer, habt ihr das verstanden?« Er erntete lauten Jubel. »Gehen wir an Land. Entzündet ein Feuer, wir werden Wild braten und das Fass leeren. Das verkürzt uns die Wartezeit.«

In Windeseile leerte sich das Schiff. Emsig liefen die Männer hin und her, um das Feuer neu zu entfachen, das Wildbret vorzubereiten und für die Damen ein Zelt an Land aufzubauen. Und angesichts der Begeisterung der Männer, die nun nicht mehr an eine Meuterei dachten, vergaß auch Yngvar sein Misstrauen.

Adelaise war froh, das schwankende Schiff verlassen zu können. Nicht, dass sie nicht gern in Yngvars Nähe geblieben wäre. Aber vor den Augen der Mannschaft war es ihr doch unangenehm. Sie befürchtete, sie würde ständig erröten. Es reichte schon, dass Melisande sie dauernd fragend ansah. Doch auch Melisande war mit sich selbst beschäftigt oder warf Sven geheime Blicke zu.

In Adelaise stritten sich zwei Seelen. Über die Lösegeldankündigung war sie weniger erfreut. Sie würde von Yngvar Abschied nehmen müssen. Es gab keinen Grund mehr, in seiner Gefangenschaft zu bleiben. Doch was geschah, wenn sie auf Burg Coquille zurückkehrte? Ihr Vater würde sie mit diesem burgundischen Prinzen verheiraten. Es gab kein Entrinnen. Es sei denn …

Es war ihre letzte Chance, die letzte Nacht. Die musste sie nutzen. Wenn sie zwischen zwei Übeln wählen sollte, dann würde sie sich für das kleinere entscheiden. Wieso überhaupt Übel? Sie konnte sich ein Leben an der Seite dieses wilden Wikingers durchaus vorstellen. Sie brauchte nicht einmal ihre Freiheit aufzugeben. Diese Männer fuhren monatelang übers Meer, um zu rauben, oder besser, um zu handeln. In der Zwischenzeit könnte sie als seine angetraute Frau ebenso frei leben, ihren Vergnügungen nachgehen und auf seine Rückkehr warten. Und dann – dann würde es heiße und wilde Nächte geben, voller Leidenschaft und Hingabe. Einen Vorgeschmack hatte sie davon schon bekommen. Doch sie wollte alles. Es zog sie zu Yngvar hin, ohne dass sie etwas dagegen tun konnte.

Dieses Gefühl war so stark, dass es sie beinahe ängstigte. Sie wusste nicht, ob das Liebe war. Unter Liebe stellte sie sich etwas Zartes, nicht

Greifbares wie Nebelschleier über einer verzauberten Wiese vor. Was sie verspürte, war eher ein Sturm, der alles in ihr durcheinanderwirbelte. Und mittendrin stand Yngvar, unerschütterlich wie ein Fels in der Brandung.

In Burgund wäre sie eine hochgestellte, aber rechtlose Frau, dem strengen Hofprotokoll unterworfen, nachts in den Armen eines unbekannten, ungeliebten Mannes. Und nur, weil ihr Vater unbedingt sein kleines Reich mit dem großen Burgund vereinigen wollte, etwas vom höfischen Glanz abbekommen, reicher werden wollte. Doch das Totenhemd besaß keine Taschen, er würde nicht ewig leben. Aber sie war jung, wollte leben, lieben, ihre Freiheit genießen. Sollte sie sich wirklich dem Willen ihres Vaters unterwerfen?

Fast schämte sie sich des Gedankens, Yngvar zu benutzen, um vor dieser ungewollten Heirat zu fliehen. Vielleicht würde er ihr diese Absicht sogar unterstellen, wie er es am Tag zuvor schon geäußert hatte. Doch das entsprach nicht der Wahrheit. Die Wahrheit war, dass sie sich danach sehnte, ganz ihm zu gehören. Wie sollte sie ihm das begreiflich machen, ohne ihr Gesicht zu verlieren? Bis zum Einbruch der Dunkelheit musste ihr etwas einfallen.

Aus den Augenwinkeln beobachtete sie Yngvar, wie er den Ausbau des kleinen Lagers beaufsichtigte, die Männer zum Holz- und Wasserholen schickte und das Fass bewachte, bevor der eine oder andere etwas daraus abzapfen konnte. Und es duftete nach gebratenem Wildbret. Der Vormann kochte Erbsenbrei in einem Kessel, den er unablässig und über Stunden rührte. Als sich der Abend über den Strand senkte, versammelten sich alle um das Feuer. Sven zerteilte den Braten, Einar verteilte den Erbsenbrei, und endlich öffnete Yngvar das Weinfass. Ein betörender Duft stieg daraus empor. Eilig wurden die Trinkhörner ausgeteilt. Adelaise schüttelte tadelnd den Kopf. Der herrliche Wein in den groben Ochsenhörnern der Wikinger! Aber daran würde sie sich gewöhnen müssen, wenn …

Yngvar trat zu ihr. »Comtesse, darf ich Euch bitten?« Er nahm galant ihre Hand und geleitete sie zu einem liegenden Baumstamm am Feuer. Lächelnd folgte sie ihm, nahm ein Trinkhorn mit Wein entgegen und ein kleines Stückchen Fleisch, das er ihr, auf ein Messer gespießt, reichte.

Eine Weile saßen sie stumm nebeneinander, konzentrierten sich auf das Essen. Dann hob Yngvar sein Trinkhorn. »Männer, meine Damen! Trinken wir auf den guten Ausgang unseres Unternehmens.«

Hochrufe auf Yngvar und Odin erschollen. Die Männer begannen zu singen. Ihre Gesänge waren laut und rauh. Adelaise bekam eine Gänsehaut. Ihre Augen wanderten zu Yngvar. Es war ein anderes Leben mit und bei ihm. Ihr Blick kreuzte den Melisandes, die neben Sven saß. Ihr Gesicht hatte sich gerötet, sie sah sehr glücklich aus.

»Es wird unser letzter Abend«, sagte Yngvar. Adelaise senkte den Blick. »Und die letzte Nacht«, fügte er hinzu.

Adelaise trank schnell, um nichts erwidern zu müssen. Wie sollte sie ihm verständlich machen, was sie sich wünschte? Eine Frau durfte nicht den ersten Schritt tun.

Es wurde dunkel, nur der Feuerschein spiegelte sich auf den Gesichtern. Die Gesänge der Wikinger übertönten das Rauschen des Meeres.

Plötzlich spürte Adelaise Yngvars Arm auf ihrem Rücken. Es drängte sie, sich an ihn zu lehnen, sie wagte es jedoch nicht. Yngvar schien es zu ahnen und zog sie sacht an sich. Sie widersetzte sich nicht. Sie fühlte sich sicher in seinem Arm, so als beschützte er sie. Sie war es nicht gewohnt. Bislang war sie überzeugt gewesen, dass sie keinen schützenden Arm, keine starke Schulter in ihrem Leben brauchte. Es war neu, und es war beängstigend schön.

Melisande lag längst an Svens Schulter, das Trinkhorn in der Hand. Ihre rosigen Wangen glühten, sie hielt die Augen geschlossen und die feuchten Lippen leicht geöffnet. Sven beugte sich über sie und küsste sie sanft. Es versetzte Adelaise einen Stich im Bauch und eine heiße Welle in ihrem Schoß. Yngvar hielt sie fester. Er bemerkte erstaunt, dass ihre Augen feucht wurden.

»Möchtest du allein sein?«, wollte er wissen.

»Allein mit dir«, erwiderte sie leise.

Er erhob sich und zog sie mit sich zum Zelt. »Diese Nacht gehört uns.«

Zögernd folgte sie ihm. Er hielt ihre Hand fest, als befürchtete er, sie könnte ihm davonlaufen. Sie spürte die Blicke der anderen in ihrem Rücken, doch sie konnte und wollte sich nicht wehren. Der letzte Abend, die letzte Nacht. Sie mochte nicht daran denken, was danach kam. Morgen würde alles nur Erinnerung sein.

Yngvar schlug den Zelteingang beiseite. Drinnen war es dunkel, nur spärlich ausgestattet. Den Strohsack vom Schiff hatte er hierherbringen lassen. Er zog sie an sich. Sie legte den Kopf in den Nacken. Yngvar war groß. Seine Arme hielten sie fest. Doch sie war unsicher. Wie sollte sie sich verhalten?

Sie spürte seine Lippen auf ihren, den Druck seiner Arme, die Wärme seines Körpers. Sie schlang ihre Arme um seinen Hals und unterdrückte das Zittern ihrer Hände. Was tat sie da? Sie wollte doch eigentlich frei sein! Ihre Gedanken überschlugen sich, dann überwältigte sie ein berauschendes Gefühl, das alle Sorgen und Ängste einfach fortspülte.

Im nächsten Augenblick lag sie auf dem Strohsack, Yngvar dicht neben ihr. Seine Küsse wurden drängender, intensiver. Seine Hände erkundeten ihren Körper. Die eng anliegende Männerkleidung, die Adelaise trug, machte es ihm leicht.

»Du solltest öfter lange Hosen tragen«, murmelte er zwischen den Küssen. »Sie stehen dir. Aber jetzt sind sie nicht mehr notwendig.«

Sie bog den Kopf zurück, bot ihm ihren langen, schlanken Hals dar. Er fuhr sacht mit der Zungenspitze daran entlang. Sie spürte die Gänsehaut auf ihren Armen. Ihr Atem ging schneller, das Blut pochte in ihren Schläfen. Sie war froh, dass es dunkel war. Yngvar nestelte an ihrem Gürtel. Mit leisem Klicken öffnete sich die Wappenschnalle. Seine Hand fuhr unter ihren Kittel, unter dem sie nur ein schlichtes Wollhemd trug. Ihr Bauch zuckte unwillkürlich, als sie seine Hand auf ihrer Haut spürte. Er schob den Kittel ungeduldig hoch.

»Du bist wie eine Göttin«, flüsterte er.

»Du meinst, wie eine griechische Göttin?« Sie lachte leise. »Die waren sehr sinnlich und menschlich.«

»Ja, vielleicht.« Er mochte nicht darüber nachdenken, was es da für

Göttinnen gab. Er kannte keine griechischen Göttinnen, aber ihm gefiel dieses Leben in diesem Land des Weins und des Lavendels, der fetten Kühe und liebesfrohen Frauen. Er mochte auch nicht darüber nachdenken, dass er nach dieser Nacht zurückkehren würde in das Land des Schnees und der Trolle, der felsigen Berge und tiefen Fjorde. Mit einem leisen Klagelaut presste er sein Gesicht in ihre Halsbeuge, sog tief ihren Duft ein, spürte das Kitzeln ihres Haars, das sich aus dem gebundenen Knoten gelöst hatte.

Ihre Hände tasteten nach seinem Kopf, fuhren durch sein Haar. »Was hast du?«

»Nichts. Lass uns diese Nacht als Geschenk annehmen.«

Sie schwieg, doch sie presste seinen Kopf an ihre Brust. Er hörte ihr Herz schlagen, schnell und stark. Seine Hand fuhr höher, erreichte ihre Brüste, die seine Handflächen ausfüllten. »Dein Herz kann ich klopfen fühlen.« Er schob ihr wollenes Hemd hoch. Jetzt spürte sie seinen Atem auf ihrer nackten Haut, gleich darauf seine Lippen, die kleine Küsse auf ihre Brüste sprühten. Dann war da seine Zungenspitze, die streicheln konnte wie seine Finger, doch noch viel zärtlicher. Sie fühlte die feuchte Spur, die sie auf ihrer Haut hinterließ, wie ihre Brüste fester wurden, je zärtlicher er sie berührte. Dann durchfuhr sie ein heftiges Ziehen, als er an ihren Brustwarzen zu saugen begann. Mit einem Stöhnen bäumte sie sich auf. Eine heiße Welle durchströmte sie, vom Herzen durch den Bauch bis in ihren Schoß. Wenn es noch einen winzigen Rest von Widerstand gegeben hatte, von Zögern, Angst, dann war alles hinweggeblasen, dahingeschmolzen in der Hitze ihrer entflammten Leidenschaft. Sie fühlte sich schweben, fliegen, emporgehoben von einer unsichtbaren, aber starken Kraft. Ihr Körper war schwerelos, gleichzeitig wurden ihre Gefühle überdeutlich. Ihr Körper reagierte mit Hitze und Gänsehaut, Zittern und Beben, feurigen Wellen und wonnigem Frösteln.

Noch in der vergangenen Nacht hätte sie sich nicht dazu überwinden können, sich ihm völlig hinzugeben. So etwas gehörte für sie zur Hochzeitsnacht. Sie hätte befürchtet, ihr Gesicht, ihren Stolz, ihre Würde zu verlieren. Doch so war es nicht. Sie ließen beide ihren Gefühlen freien Lauf, ohne Scham und Zurückhaltung, ohne Zögern und Skrupel. Bereitwillig öffnete sie sich ihm, schlang ihre Arme um seinen Körper. Sie spürte, wie er sich zwischen ihre Schenkel drängte, versuchte, die Schwere seines Körpers etwas zu mindern. Doch es machte ihr nichts aus. Sie wollte ihn spüren, ganz und gar.

Jetzt konnte sich auch Yngvar nicht mehr zurückhalten. Adelaise zeigte ihm, dass sie ihn begehrte, dass sie sich ihm hingab. Ihr heißer Atem streifte sein Gesicht. In Dunkeln suchte er ihre Lippen. »Jetzt gehören wir zusammen«, hauchte er, als er in sie eindrang.

Adelaise bemerkte es mit Erstaunen, Verwunderung, einem unendlich tiefen Glücksgefühl. Es schmerzte und war doch schön, es war neu und doch so vertraut.

Sie wurden eins, ein Körper, ein Herz, eine Seele. Sie schwebten dahin, in einen Himmel des Vergessens, ein Paradies der Liebe. Ein diamantbesetzter samtschwarzer Himmel deckte sich über sie, ein sanfter Wind streichelte ihre Körper, das Meer sang ihnen ein leises Lied.

Ihr keuchender Atem vereinigte sich, als sie eng beieinander lagen und ihrer abklingenden Erregung nachlauschten. Adelaise mochte ihre Umarmung nicht lösen, als könnte sie damit das Wunder ihrer Vereinigung festhalten.

»Du hast mich glücklich gemacht«, flüsterte sie an seinem Ohr.

Er streichelte zärtlich über ihr Haar. »Du mich auch. Ich gestehe, es ist mir schwergefallen, mich zu zügeln. Aber ich wollte sicher sein, dass du dir sicher bist, dass du es willst, mit ganzem Herzen.«

Sie atmete tief durch. »Ich will dich, da bin ich mir jetzt absolut sicher. Ich habe es nur nicht gewagt, es dir zu zeigen. Schließlich bin ich eine Frau.«

»Ach ja?« Er lachte leise und presste sie fester an sich. »Das hätte ich beinahe übersehen.«

Zärtlich zupfte sie an seinem Ohrläppchen. »Uns soll nichts mehr trennen.« Ihre Stimme wurde immer leiser. »Lass uns morgen davonsegeln, in deine Heimat. Ich werde mit dir kommen.« Sie legte ihre Wange an seine Brust.

»Das willst du wirklich?« Überrascht und erfreut hob er ein wenig den Kopf und lächelte in die Dunkelheit.

»Hm«, hauchte Adelaise müde.

Entspannt atmete Yngvar durch. »Morgen«, murmelte er. »Morgen.« Die Erschöpfung lähmte seine Gedanken.

Dann sanken sie in einen tiefen, traumlosen Schlaf.

Die Sonne stand schon hoch am Himmel, als Yngvar erwachte. Mühsam versuchte er, die Augen zu öffnen. Die Helle des Tages blendete ihn, gleichzeitig fuhr ein scharfer Schmerz durch seinen Kopf. Er stöhnte auf. Mit der Hand wollte er sich fest über das Gesicht reiben, doch sie fiel kraftlos zur Seite. War da jemand? Er wandte vorsichtig den Kopf. Jede Bewegung fiel ihm schwer, tat weh. Hatte er sich in der Nacht mit Adelaise so verausgabt? Er wollte lächeln, doch auch das gelang ihm nicht. Es war still, nur das Meer rauschte eintönig. Seine Hand tastete nach ihr, aber der Platz neben ihm war leer.

»Adelaise?« Er fuhr hoch und sank im nächsten Moment stöhnend aufs Lager zurück. In seinem Kopf dröhnte es, ihn schwindelte, und er konnte nicht richtig sehen. Blinzelnd blickte er sich um. Er war allein, und es war so still …

Er nahm alle Kräfte zusammen, rappelte sich auf und kroch aus dem Zelt. Der Anblick verschlug ihm zunächst die Sprache, und er begriff nicht, was geschehen war. Seine Leute lagen um das erloschene Feuer herum, als hätte ein Riese sie aus seiner Hand fallen lassen. Sie regten sich nicht. Auch Sven lag unter ihnen, daneben Melisande. Ein eisiger Schreck durchfuhr ihn. Was war geschehen? Waren sie tot?

Er bemerkte, dass Sven atmete, als er näher trat. Er rüttelte an seiner Schulter. »Wach auf, Sven! Es ist irgendetwas geschehen.«

Es dauerte eine geraume Weile, bis Sven sich regte. Auch er stöhnte, kniff die Augen zusammen. »Was ist los?« Seine Zunge gehorchte ihm nicht richtig. Mühsam richtete er sich auf. Dann presste er seine Hand auf den Bauch. »Mein Magen tut so weh.« Er krümmte sich zusammen. Doch dann blickte er auf. »Melisande! Melisande!« Seine eigenen Schmerzen vergessend, rüttelte er das Mädchen. Sie rührte sich nicht, aber sie atmete.

»Alle liegen so da«, sagte Yngvar ratlos. Er packte Sven am Arm. »Adelaise ist verschwunden.«

Sven saß noch immer im Sand, hielt sich mit beiden Händen den Kopf. »Vielleicht ist ihr auch schlecht, und sie hockt in den Büschen.« Ihm wurde übel.

»Hier stimmt was nicht«, rief Yngvar erregt. »Los, steh auf, wir müssen sie suchen.«

Doch Sven war dazu nicht in der Lage. Er beugte sich über Melisande und versuchte sie zu wecken. Sie krümmte sich, murmelte etwas.

Sven schüttelte sie. »Wach auf, wach auf!«

Yngvar lief zu den anderen Männern, die reglos im Sand lagen. Auch sie atmeten. Aber sie ließen sich nur schwer wecken, und wer erwachte, klagte über heftige Übelkeit und Kopfschmerzen.

Die Unruhe trieb Yngvar vorwärts, er lief am Strand entlang, suchte nach Adelaise. Und dann sah er die frischen Hufspuren, die vom Strand zum Wald führten.

Sven trat zu ihm. »Es sieht so aus, als wäre der Wein vergiftet gewesen«, sagte er schwach. Er konnte sich kaum auf den Beinen halten.

Yngvar zeigte auf die Hufspuren. »Jetzt weiß ich auch, warum. Adelaise ist entführt worden!«

AUF DER SUCHE NACH ADELAISE

Pure Verzweiflung stand auf Gwendals Gesicht geschrieben. Zwei Tage lang hatte er die gesamte Burganlage durchsucht, doch Adelaise war wie vom Erdboden verschluckt. Dabei hatte er genau gesehen, dass die beiden Wikinger allein die Burg verlassen hatten. Zu Fuß!

Der Triumph über diese Blamage währte allerdings nur kurz. Adelaise hatte ihn weggeschickt, wollte sich in ihrer Kemenate etwas ausruhen. Lieber wäre Gwendal bei ihr geblieben, hätte sie getröstet, abgelenkt, auf sie aufgepasst. Dass es notwendig war, hatte sich ja nun gezeigt. Graf Gurvans Pläne mit seiner Tochter machten Gwendal allerdings einen gehörigen Strich durch die Rechnung. Er konnte sich nicht vorstellen, dass seine geliebte und angebetete Herrin nach Burgund ziehen sollte – ohne ihn. Er würde sie auch dort beschützen müssen gegen alle Unbilden, die es an einem Hof geben konnte. Selbst wenn sie diesen Prinzen heiratete – lieben würde sie nur ihn und ihren Falken. Dazu kannte er Adelaise zu genau.

Fast sein gesamtes Leben hatte er auf Burg Coquille verbracht, war an Adelaises Seite aufgewachsen und ihr von Anfang an verfallen, selbst als Kind, als sie mit ihm Verstecken spielte, mit ihren Freundinnen Blumenkränze band oder er Wache stand, wenn sie verbotenerweise auf Bäume kletterte und ein Vogel sein wollte. Als sie herunterfiel und sich das Bein brach, hatte ihn Graf Gurvan fürchterlich verprügelt. Adelaise hatte ihn in Schutz genommen. Seitdem war er ihr Beschützer, wich nicht mehr von ihrer Seite und betete sie an. Er zweifelte nicht daran, dass es die reine, unverfälschte Liebe war, die er seiner Herrin entgegenbrachte. Sie lebte immer in seinen Gedanken und seinem Herzen. Niemand, auch Adelaise nicht, wusste, dass er einen geheimen Schwur abgelegt hatte: Bis an sein Lebensende würde er Adelaise beschützen, als ihr treuer Page und heldenhafter Ritter. Auch wenn er gar kein Ritter war. Adelaise hatte das nie bemängelt. Außerdem hätte eine Ausbildung zum Knappen ihn von Adelaise entzweit, denn ein Knappe musste stets seinem Herrn Ritter treu folgen. So war es schon gut, wie es war, auch wenn er nun verfluchte, dass er das Schwert nicht gekonnt genug führte, um diese elenden Wikinger zur Strecke zu bringen.

Doch nun war Adelaise verschwunden, wie vom Erdboden verschluckt, ebenso wie Jocelyne. Und noch jemand fehlte: Melisande! Gwendal vermutete zunächst, dass sie sich, wie häufig, in Adelaises Kemenate befand, doch die war leer. Er durchsuchte die gesamte Burg nach ihnen, schaute sogar beim Falkner hinein. Doch der Falke war da. Schließlich musste er Graf Gurvan gestehen, dass seine Tochter nicht aufzufinden war.

Graf Gurvan sah das allerdings nicht dramatisch.

»Sie wird schmollen, weil sie wieder ihren Dickkopf durchsetzen will. Sie wird sich schon wieder fangen, wenn sie erst sieht, wie reich und vornehm es am Burgunder Hof zugeht. Sicher ist sie wieder mit ihrem Falken unterwegs. Soll sie nur, denn wenn sie erst in Burgund ist, ist es vorbei mit diesen Spielereien.«

Gwendal schüttelte heftig seine blonden Locken. »Der Falke ist da, Herr. Doch Melisande und Jocelyne sind ebenfalls verschwunden.«

»Da siehst du's! Die wälzen irgendwo ihre Weiberprobleme. Vor einer Hochzeit ist jede Braut aufgeregt.« Er lachte dröhnend, wobei er sich verschluckte. Nouel eilte herbei, um Wein einzuschenken und dem Grafen auf den Rücken zu klopfen. Der Wein half schließlich, dass Gurvan wieder zu Atem kam. »Jocelyne und Melisande sind also auch verschwunden«, murmelte Gurvan. »Ist irgendwie merkwürdig, oder?«

»Ja, Jocelyne schon seit einiger Zeit. Ich bin sicher, sie hat die Burg an die Wikinger verraten, denn seitdem ist sie weg. Vielleicht haben die Wikinger sie mitgenommen. Ihr trauere ich nicht nach.«

Trotzig redete Gwendal sich ein, dass ihr Verschwinden sie einfach verdächtig machte. Dahinter konnte nur Verrat stecken. Gleichzeitig hoffte er, dass man Jocelyne nichts Schreckliches antat. Sie sollte nur eine Lektion erhalten.

»Sollen sie sich mit Jocelyne begnügen«, erwiderte Gurvan. »Lösegeld bekommen sie jedenfalls keins von mir. Nachher rufe ich ein paar Männer zusammen, dann holen wir Adrien da raus. Dieser Dummkopf hat nicht aufgepasst und sich fangen lassen. Ich werde ihn von einem Waffenmeister ordentlich trainieren lassen, aber erst nach Adelaises Hochzeit.« Er winkte Nouel heran, damit er ihm Wein nachschenkte. »Gwendal, geh in den Stall und lass zehn Pferde satteln. Neun kräftige Männer sollen sich rüsten, die den Wikingern den Garaus machen. Inzwischen trinke ich mir noch etwas Kraft an.«

Gwendal eilte hinaus, um den Befehl des Grafen auszuführen. Nouel folgte ihm, um neuen Wein zu holen.

»Gwendal, warte!« Nouel winkte ihn hinter eine dicke, gemauerte Säule. »Du solltest Adelaise nicht weiter suchen. Sie ist ihrem Herzen gefolgt.«

Gwendal schaute ihn verständnislos an. »Wo ist sie hin?« Nouel lächelte weise. »Ich sagte doch, sie ist ihrem Herzen gefolgt. Dagegen kann man nichts machen.«

»Sie befindet sich in Gefahr! Ich muss sie beschützen.« Nouel hielt ihn am Ärmel fest. »Sie befindet sich in Sicherheit. Und es geht ihr gut.«

»Woher weißt du das? Sag mir, wo ich sie finde.«

»Ich weiß es nicht, ich fühle es. Sie ist vor dieser erzwungenen Hochzeit geflohen, allerdings hat ihr Herz ihr den Weg gezeigt.«

»Und wie soll ich sie nun finden?« Gwendal hob hilflos die Arme.

»Gar nicht. Sie will nicht gefunden werden.« Still lächelnd entfernte sich der alte Diener.

Einen Moment stand Gwendal verloren da, dann erinnerte er sich an Graf Gurvans Befehl. Den wollte er noch schnell ausführen, aber in seinem Innersten kümmerte es ihn wenig, was aus Adrien und seinen Leuten wurde. Wenn sie so unvorsichtig waren und sich von den Wikingern gefangen nehmen ließen, dann sollten sie es auch ausbaden. Er musste Adelaise finden.

Während er leise vor sich hin schimpfte, eilte er hinunter in den Stall, wo die Pferde der Ritter standen, gehegt und gepflegt von den Knappen und Stallknechten. Es waren allesamt prachtvolle Tiere mit breiter Brust, mächtiger Kruppe und langen, welligen Mähnen. Er wandte sich an Jacques, den engsten Vertrauten des Grafen, der mit seinen Männern vor dem Stall saß und sich mit Würfelspielen vergnügte.

»Befehl vom Grafen«, rief Gwendal. »Neun Mann und zehn Pferde zur Befreiung des jungen Grafen aus den Krallen der verdammten Wikinger! Gleich geht's los!«

»Können wir nicht erst noch unser Spiel beenden?«, fragte Jacques. »Ich habe gerade eine Glückssträhne.«

Gwendal ruderte hektisch mit den Armen. »Dafür übernehme ich keine Verantwortung. Ich muss die Comtesse suchen. Sie ist spurlos verschwunden.«

»So? Ich bin sicher, sie ist ausgeritten. Ihr Pferd steht nicht im Stall.«

»Was?« Gwendal sprang über die Würfel spielenden Ritter hinweg in den Stall hinein. Im Dämmerlicht stand er vor dem leeren Verschlag von Adelaises Pferd. Und noch ein Pferd fehlte. Melisande besaß keines, aber es war denkbar, dass sie Adelaise bei ihrem Ausritt begleitet hatte.

Kurzerhand sattelte er ein Pferd, schwang sich darauf und ritt die Männer vor dem Stall beinahe über den Haufen. »Tor auf«, brüllte er den Wachen zu, warf sich auf den Hals des Pferdes, und jagte durch den Spalt, den die Wachleute ihm öffneten. Im gestreckten Galopp ritt er die Serpentinen hinunter. Die Angst und die Sorge um seine geliebte Herrin schnürten ihm den Brustkorb zusammen. Adelaise hatte sich also wieder in Gefahr begeben, leichtfertig und heimlich. Warum hatte sie ihn nicht ins Vertrauen gezogen? Er hätte ihr geholfen, vor diesem unbekannten Prinzen zu fliehen. Er würde sie finden, das schwor er sich.

Er überquerte die Wiese unterhalb der Burg, auf der vor kurzem noch die Schlacht zwischen den Grafen Hamo und Pepin stattgefunden hatte. Außer der zertrampelten Grasnarbe war nicht mehr viel davon zu sehen. Er erreichte den Wald und zügelte sein Pferd. Die Bäume standen wie eh und je stumm und erhaben, die Eichen in respektvollem Abstand zueinander. Dazwischen wuchs Gebüsch, Jungholz und Kraut. Es gab immer noch genügend Erdbeeren, doch Gwendal würdigte die süßen, aromatischen Früchte keines Blickes.

»Adelaise! Adelaise, wo steckt Ihr?« Seine Rufe verhallten ungehört. Ratlos blickte er sich um. Der Wald war groß, sie konnte überall sein. Von fern hörte er den Bach plätschern. Vielleicht hatte Adelaise sich dorthin zurückgezogen. Ruhelos trieb er sein Pferd vorwärts, während seine Augen angespannt das Gewirr der Stämme zu durchdringen suchten. Plötzlich spitzte sein Pferd die Ohren, schnaubte lautstark durch die Nüstern und wieherte kräftig. Von fern wurde das Wiehern beantwortet. Eine heiße Welle schoss in Gwendals jugendliches Gesicht. Jetzt war er wirklich ihr Retter!

Sein Pferd schien zu spüren, dass sein Reiter endlich am Ziel seiner Suche war. Mit kehligen Lauten verständigten sich die Pferde und fanden zueinander, ohne sich zu sehen. Erst im letzten Moment erblickte Gwendal die Reiter. Doch es waren weder Adelaise noch Melisande. Es war Adrien mit seiner Begleitung.

»Ist das alles, was zu meiner Begrüßung gekommen ist?«, bemerkte Adrien sarkastisch.

»Welche Begrüßung? Seid Ihr nicht in der Gefangenschaft der Wikinger?«

»Das waren wir«, erwiderte Adrien stolz. »Jetzt sind wir frei.« Sie schienen es jedoch nicht eilig zu haben, auf die Burg zurückzukehren. »Seit zwei Tagen schon genießen wir unsere Freiheit und durchstreifen die Wälder.«

»Wie ist das möglich?«, wunderte sich Gwendal. »Graf Gurvan hat doch gar kein Lösegeld gezahlt.«

»Das war auch nicht notwendig. Wir haben uns selbst befreit. Mit so ein paar Wikingern nehmen wir es doch jederzeit auf.« Adrien warf den Kopf in den Nacken, während seine Männer beifällig nickten.

»Dann könnt Ihr mir helfen, Eure Schwester zu suchen. Adelaise ist spurlos verschwunden.«

»Wieso verschwunden? Sie hat sich doch austauschen lassen.«

Gwendals Augen weiteten sich. »Austauschen? Etwa gegen Eure Freilassung?«

»Irgendeine Sicherheit mussten wir ja hinterlassen«, entgegnete Adrien beiläufig. »Mein Vater wird sie schon auslösen.«

»Das wird er eben nicht«, zürnte Gwendal. »Wie könnt Ihr so etwas nur zulassen? Die Comtesse in der Gewalt dieser rauhen Kerle! Nicht auszudenken, was die ihr antun könnten!«

»Ach was! Die hat Haare auf den Zähnen und lässt sich nichts gefallen. Mein Vater schickt ein paar Männer hin, dann ist sie auch wieder frei.«

»Nichts da, ich werde sie befreien«, rief Gwendal wider besseres Wissen.

Die Männer lachten ihn aus. »Du gegen diese Wikinger? Pass auf, dass sie dich nicht an ihrem Mast aufhängen oder hinter ihrem Schiff herziehen.«

Doch Gwendal hörte ihren Spott nicht mehr. Jetzt wusste er, wohin er reiten musste. Zur Küste!

Er erreichte den Strand nach einem straffen Ritt, der ihn wie sein Pferd ermüdet hatte. Er fand die Wikinger aufgelöst und aufgeregt umherlaufen. Gwendal wollte das Durcheinander ausnutzen. Schon von weitem entdeckte er Yngvar und Sven, die die anderen Wikinger an Größe überragten. Er zog sein kleines Schwert und ritt auf sie zu. Mit einem wütenden Aufschrei schwang er es über ihren Köpfen.

»He, was fällt dir ein?«, rief Yngvar erbost. »Hast du in einem Ameisenhaufen gesessen?«

»Das wünschst du dir wohl?«, schnaubte Gwendal. »Jetzt bin ich am Zug. Lasst sofort Adelaise und ihre Zofe frei.«

Yngvar stemmte die Fäuste in die Hüften. »Willst du mir etwa drohen, du Grünschnabel? Jetzt habe ich aber Angst.« Er lachte, doch gleich darauf wurde er wieder ernst. »Bringst du das Lösegeld?«

»Darauf kannst du ewig warten. Graf Gurvan wird mit seinen Männern kommen, um euch alle zu vertreiben. Sein Sohn ist frei, seine Tochter werde ich befreien.«

»Das ehrt dich ja, du kleiner Lockenkopf, aber du kommst zu spät. Jemand hat Adelaise entführt.«

»Du lügst! Du willst nur nicht ...«

»Gwendal, es ist wahr!« Melisande stand plötzlich neben Sven. »Adelaise ist freiwillig zu den Wikingern gekommen, weil ... nun ja, sie hat sich in Yngvar verliebt und ich mich in Sven. Wir sind keine Gefangenen. Doch nun ist Adelaise verschwunden. Wir haben gestern den Wein des Grafen getrunken, der uns allen offenbar nicht bekommen ist. Als wir heute früh erwachten, war Adelaise weg.«

»Der Graf hat euch keinen Wein geschickt«, widersprach Gwendal. »Das würde ihm niemals in den Sinn kommen. Er trinkt den Wein lieber selbst.«

Melisande trat zu Gwendal und griff nach seiner Hand. »Bitte, Gwendal, du musst uns glauben. Es ist so, wie Yngvar sagt. Irgendetwas stimmt nicht.«

Gwendal runzelte die Brauen. »Ich will es nicht glauben.

Diese Wikinger haben gelogen, sich den Zutritt zur Burg und das Vertrauen der Comtesse erschlichen.«

»Hätten wir sie sonst kennengelernt?« Sie blinzelte Sven verschwörerisch zu.

»Ihr Weiber seid doch alle gleich«, zürnte Gwendal. »Wenn ihr einen angeblichen Recken seht, setzt der Verstand aus.«

»Bei dir setzt der Verstand aus, wenn es um Adelaise geht. Denk doch mal nach!«

»Mache ich doch die ganze Zeit. Diese beiden da haben Adelaise gefangen genommen und verstecken sie nun. Mir erzählen sie eine Geschichte von Wein und Entführung. Wer sollte sie denn entführt haben? Vielleicht ist sie aus der Gewalt dieser Räuber geflüchtet und irrt nun allein durch den Wald. Wir sollten sie suchen.«

Sven schnaufte. »Was für ein hirnloser Trottel! Noch mal für Begriffsstutzige: Wir haben Adelaise weder entführt noch gefangen genommen. Sie ist freiwillig und von allein gekommen. Ist das ein

Wunder? Ihr Vater will sie nach Burgund verheiraten, wo sie sich doch gerade verliebt hat.«

»Sie hat sich nicht verliebt«, widersprach Gwendal heftig. »Ich kenne sie besser als ihr. Sie liebt nur ihre Freiheit. Sie würde sich niemals freiwillig an einen Mann binden. Deshalb ist sie geflohen.«

Yngvar und Sven wechselten einen Blick des Einverständnisses.

»Wirf dein Bratenmesser weg«, forderte Sven Gwendal auf. »Du machst dich nur lächerlich. Wir halten Adelaise nicht versteckt. Sie ist entführt worden. Wir wissen nur nicht, von wem.«

Melisande nickte und zog Gwendal am Bein. »Steig schon ab, hier tut dir keiner was.«

Er packte sein Schwert fester, aber dann willigte er ein. Er konnte im Augenblick ohnehin nichts ausrichten. Er ließ sich vom Pferderücken gleiten, steckte das Schwert in die Scheide und blickte Melisande an. »Geht es dir gut?«

»Bestens! Und ich weiß, ich kehre nie wieder nach Coquille zurück, sondern bleibe bei Sven.«

»Und Adelaise? Du bist ihre Zofe.«

»Sie wird mich freigeben«, war sich Melisande sicher. »Zuvor aber müssen wir sie finden.«

»Und damit wir sie finden, müssen wir sie suchen«, sagte Yngvar. »Wir folgen den Hufspuren.«

»Wir haben nur zwei Pferde. Adelaises Pferd ist verschwunden. Es wird langsam gehen«, warf Sven ein.

»Umso besser können wir die Spuren verfolgen.«

Gwendal schüttelte den Kopf. »Im Wald werdet ihr keine Hufspuren sehen. Der Waldboden ist zu trocken.«

»In welcher Richtung sollen wir dann suchen?«, fragte Yngvar verzweifelt.

»Solange wir nicht wissen, wer hinter dieser Entführung steckt, wissen wir auch nicht, wo wir suchen sollen«, entgegnete Sven.

»Wir sollten zur Burg Coquille zurückkehren und Graf Gurvan um Hilfe bitten«, schlug Melisande vor.

»Glaubst du wirklich, er hilft uns?«, zweifelte Sven.

»Sie ist seine Tochter!«

»Versuchen wir es erst mal allein«, beschloss Yngvar. »Du kannst ja inzwischen hier auf dem Schiff bleiben. Einige Männer lasse ich zur Bewachung zurück. Alle anderen kommen mit mir.«

»Nein, ich komme mit«, widersetzte sich Melisande. »Ich kann euch gewiss noch behilflich sein.«

Yngvar schien nicht sehr überzeugt, willigte jedoch schließlich ein. »Dann lasst uns keine Zeit verlieren und aufbrechen.«

Melisande stieß Gwendal freundschaftlich in die Rippen. »Nun zieh nicht so ein Gesicht. Du findest auch noch eine Frau, die zu dir passt. Adelaise ist einfach eine Nummer zu groß für dich.«

IN DEN FÄNGEN EINES VERRÜCKTEN

Wie aus einem dicken Nebel erwachte Adelaise und versuchte sich zu orientieren. Ihr schmerzte der Kopf, dröhnte wie ein leeres Weinfass. Immer wieder fielen ihre Augen zu, als wäre sie sehr müde. Innerlich jedoch wurde sie von heftiger Unruhe gepackt. Irgendetwas stimmte nicht. Krampfhaft versuchte sie sich zu erinnern, doch es gelang ihr nicht. Ihre Gedanken flossen träge dahin wie Haferbrei. Und immer wieder schloss der seltsame Nebel sie ein. Wie Blitze zuckten Erinnerungen durch den Nebel, kurz und ohne Zusammenhang. Da war das Meer, alles um sie herum schwankte. Ein Schiff! Kein Zweifel, sie befand sich auf einem Schiff. Die Wellen – Bewegung –, ihr wurde übel. Durch den Nebel sah sie den nickenden Pferdekopfbug. Jemand beugte sich über sie. Ein Mann. Yngvar! Sie streckte die Arme aus. »Komm zu mir«, flüsterte sie, doch kein Ton kam über ihre Lippen. Ihre Arme waren schwer wie Blei, fielen sofort wieder herunter, auf etwas Weiches. Sand? Nein. Mit aller Kraft riss sie die Augen auf. Der Nebel verschwand langsam, Mauern wurden sichtbar. Es waren dunkle Steine, kein Teppich bedeckte sie. War das ihre Kemenate? Mühsam hob sie den Kopf, doch ein stechender Schmerz ließ sie wieder zurücksinken. Sie stöhnte und presste die Augen zu. Was war das nur?

Sie atmete mehrmals tief durch, um Kraft zu schöpfen. Dann konzentrierte sie sich darauf die Augen zu öffnen. Es war nicht hell, doch selbst das wenige Licht tat weh. Es kam von einem Kreis unförmiger Kerzen, die auf einem eisernen Ring steckten. Sie flackerten und warfen unruhige Schatten auf die Wände. Adelaise wurde wieder übel. Wieso schwankten die Mauern, wieso schwankte die Burg? Welche Burg?

Mit größter Anstrengung hob sie den Kopf und versuchte, sich mit den Armen aufzustützen. Sie lag auf einem Bett. Das Leinen des Bettzeugs war rauh und hart. Langsam ließ sie ihren Blick durch den Raum wandern. Er war kahl, hoch und kalt. Sie fröstelte. Wo war sie?

Eine Gestalt geriet in ihr Blickfeld. Es war nicht Yngvar. Ein eisiger Schreck durchfuhr sie. »Graf Hamo!«

»Ganz recht, meine Liebe«, grinste der Graf. »Willkommen in meinem Reich.«

»Wie bin ich hierhergekommen?« Das Sprechen fiel ihr schwer, in ihrer Kehle kratzte es. Wenn nur diese Kopfschmerzen nicht wären!

»Wie es sich gehört für eine Braut«, erwiderte Hamo. »Auf einem schwarzen Pferd, mit einer Leibwache zum Geleit.«

»Niemals! Niemals wäre ich freiwillig …«

»Ich habe auch nicht behauptet, dass Ihr freiwillig gekommen seid.« Sein Grinsen verbreiterte sich.

»Was soll das heißen?«

»Bitte regt Euch nicht auf, Comtesse. Ihr seid noch etwas … geschwächt.«

»Geschwächt? Wovon?«

»Vom Genuss des Weins. Der ist Euch wohl nicht so recht bekommen.«

»Bis jetzt ist mir Wein immer bekommen. Wieso …?«

»Nun, mein Wein war etwas *anders*.«

Mühsam richtete Adelaise sich weiter auf. Der aufsteigende Zorn verlieh ihr Kraft. »Ihr habt mich entführt? Der Wein war vergiftet!«

»Das ist ein hartes Wort«, erwiderte Hamo und wippte mit seinem Spitzbart. »Wäre er vergiftet gewesen, würdet Ihr jetzt nicht hier sitzen. Am liebsten hätte ich natürlich eine richtige Portion Gift hineingemischt. Dann wären wir diese verdammten Wikinger los. Aber mir geht es ja um Euch, liebste Adelaise.« Er neigte den Kopf und fixierte sie aus seinen kleinen, dunklen Augen, die wie schwarze Kohlenstücke glühten. Adelaise schauderte.

»Das werdet Ihr büßen«, schäumte sie. »Mein Vater wird mich suchen lassen, die Wikinger werden mich suchen. Und sie werden mich finden und befreien.«

Hamo brach in meckerndes Lachen aus. »Woher sollten sie wissen, dass ich dahinterstecke? Und meine Burg wurde noch nie erobert.« Selbstgefällig kreuzte er die Arme über der Brust. »Ihr sollt Euch wohl fühlen, ich habe mein bestes Bett für Euch hierherbringen lassen.«

»Vergebliche Mühe, Graf Hamo. Ich fühle mich nicht wohl. Dieses Zimmer ist gruselig, so kalt und bedrückend wie ein Kerker. Und das kratzige Bettzeug kann daran bestimmt nichts ändern.« Sie versuchte sich zu erheben. »Lasst mich augenblicklich gehen, dann wird Euch nichts geschehen.«

Doch kaum war Adelaise auf den Beinen, da begann sich wieder alles um sie herum zu drehen. Ihre Knie gaben nach. Mit einem leisen Schmerzenslaut sank sie auf den Boden.

»Aber, aber, mein Täubchen, was machst du denn für Sachen?« Mit wenigen Schritten war Hamo bei ihr und zog sie aufs Bett zurück.

»Lass mich los, du Scheusal!« Adelaise wollte sich wehren, doch Hamo besaß erstaunliche Kräfte, die man seinen dünnen Armen nicht zugetraut hätte. Er hielt Adelaise wie mit eisernen Klammern fest.

»Behandelt man so seinen Bräutigam?«, fragte er mit süßlicher Stimme.

»Ich bin aber nicht Eure Braut. Niemals!«

»Es steht einer jungen Dame gut, wenn sie sich ziert. Das erhöht den Reiz und steigert die Lust des Mannes.«

»Pfui Teufel, was soll das? Ihr wisst, dass ich Euch niemals heiraten werde. Euch nicht, Graf Pepin nicht und auch nicht Prinz Merlot.«

»Aha! Und diesen Wikinger mit dem Stroh auf dem Kopf? Der wollte Euch doch auch entführen.«

Adelaise presste die Lippen zusammen. Yngvar! Der Strand! Die Nacht in seinen Armen …

»Nein«, gab sie schließlich trotzig zurück. »Der wollte Lösegeld von meinem Vater erpressen.«

»Oh, dann müsste mir Euer Vater ja sehr dankbar sein, dass ich ihm das erspart habe. Ich verlange nicht einmal eine Mitgift. Ich besitze alles, was Euch glücklich macht.« Er breitete die Arme aus und drehte sich im Kreis.

»Da irrt Ihr Euch gewaltig. Mein Vater wird alles daransetzen, mich zu befreien. Und hier bleibe ich keinen Augenblick länger. Das ist ja wie in einem Grab!«

Hamo blieb stehen und starrte sie lange an. »Ihr habt doch noch gar nichts von meiner Burg gesehen. Sobald Ihr wieder zu Kräften gekommen seid, zeige ich Euch mein Laboratorium. Dort erfinde ich wundersame Elixiere. Meine neueste Entdeckung habt Ihr ja verschmäht. Doch Ihr werdet Eure Meinung ändern. Es wird sehr lustig. Ihr könnt Euch zum Beispiel in ein Tier verwandeln oder durch die Luft schweben. Vor allem aber werdet Ihr immer so jung und schön bleiben wie jetzt. Ich lasse Euch etwas zu essen bringen.«

»Ich werde nichts anrühren. Lieber verhungere ich, als vergiftet zu werden.«

Hamo drehte sich in der Tür noch einmal um. »Jetzt irrt Ihr Euch, Comtesse. Ich dulde keinen Widerspruch. Ihr werdet es gut haben, solange Ihr meinem Willen gehorcht. Sonst …«

»Sonst?« Sie reckte herausfordernd das Kinn vor.

»Sonst muss ich Euch leider zwingen, meinem Willen zu gehorchen.« Die Tür schlug zu. Adelaise starrte darauf, als sähe sie ein Gespenst. Das Grauen hatte sie gepackt.

Hektisch schaute sie sich um. Die Kammer glich einem Kerker. Steinwände umschlossen sie, lediglich ein kleines Fenster erlaubte einen Blick hinaus. Sie erhob sich vom Bett und taumelte zum Fenster. Wenn sie das Bettzeug zerriss, konnte sie sich vielleicht daran abseilen. Sie öffnete den mit Pergament bezogenen Fensterflügel und beugte sich hinaus. Gleich darauf prallte sie zurück. Sie befand sich in einem hohen Turm, wesentlich höher als der Burgfried auf Coquille. Eine Flucht war unmöglich oder zumindest extrem riskant. Und doch wollte sie es wagen. Auf keinen Fall würde sie Hamos Gefangene bleiben. Wenn sie nur nicht so schwach wäre!

Erschöpft setzte sie sich wieder auf die Bettkante. Sie musste jetzt einen kühlen Kopf bewahren. Nicht leicht, wenn darin Tausende kleine Teufelchen hämmerten. Sie zuckte zurück, als die Tür sich öffnete. Ein Mann mit einem Tablett in den Händen trat ein. Er würdigte Adelaise keines Blickes. Wortlos stellte er das Tablett ab und ging wieder. Misstrauisch nahm Adelaise die Speisen herunter und betrachtete sie.

Sie konnte nichts Verdächtiges entdecken, das Brot duftete sogar frisch und verlockend. Sie riss ein Stück ab und kostete. Es schmeckte vorzüglich. Sie musste unbedingt wieder zu Kräften kommen, damit ihr die Flucht gelang. Den Wein jedoch mied sie, nachdem sie daran gerochen hatte. Vielleicht hätte Hamo ein Schlafmittel beigemischt. Es gab auch Käse, kaltes Hühnchenfleisch und Äpfel. Adelaise bemühte sich, das Essen nicht herunterzuschlingen. Sie war hungrig, ihr Magen krampfte sich zusammen. Während sie kaute, überlegte sie, wie sie eine Flucht bewerkstelligen konnte. Sie schwankte zwischen Mut und Verzagtheit. Doch es gab keine andere Wahl. Wer sollte wissen, wo sie sich befand? Ob Yngvar sie suchen würde?

Yngvar! Es kribbelte in ihr, wenn sie nur an ihn dachte. Sie schloss die Augen, um sein Bild klarer zu sehen. Er stand vor ihr, in seiner ganzen Größe, mit wehendem blondem Haar, seine Augen strahlten wie das sonnenüberflutete Meer. Sie sah die Linien seiner Muskeln unter dem Hemd, den breiten Ledergürtel mit dem verzierten Bronzeschloss, seinen entschlossenen Blick. Wenn er doch nur käme, um sie zu befreien! Doch dazu müsste er erst einmal wissen, wo sie sich befand. Gesättigt dämmerte sie sanft in einen wunderbaren Traum hinüber. Es war ein Traum von Yngvar, der breitbeinig auf den Planken seines Schiffes stand. Nirgends war Land zu sehen. Sie befanden sich auf hoher See. Das Schiff schwankte, über ihr knatterte das Segel im Wind, und die Mannschaft hatte die Ruder eingeholt. Sie ragten wie Palisaden in den grauen Himmel, wehrhaft und bedrohlich. Doch Adelaise hatte keine Angst. Sie fühlte sich sicher hinter diesem Zaun aus Rudern, unter dem geblähten Segel und auf den Planken. Es war Yngvar, der so viel Sicherheit ausstrahlte, dass sie sich nicht fürchten musste. Sie sah das Lächeln in seinem Gesicht, als er sie betrachtete. Die Arme über der Brust verschränkt, behielt er gleichzeitig das Meer, das Schiff, seine Mannschaft und Adelaise im Blick.

Da stand ein Zelt am Heck des Schiffes. Es bestand aus dem gleichen Stoff wie das Segel. Einladend schlug Yngvar eine Stoffbahn zur Seite. Wie in Trance folgte sie seinem Wink. Im Zelt stand Nebel, weiß und flauschig wie Wolken am Sommerhimmel. Yngvar umfasste sie, und beide ließen sich in die Wolkenberge fallen. Sie fielen weich, es duftete nach Lavendel, und Yngvar war so nah. Sie spürte seinen Körper an ihrem, schlang ihre Arme um seinen Hals und suchte seine Lippen. »Liebe mich«, flüsterte sie. Seine Hände waren überall, seine Lippen liebkosten ihren Körper, und sie bog sich ihm entgegen. Sie verspürte weder Scham noch Stolz, weder Zurückhaltung noch Skrupel. Sie wollte ihn, ganz und gar!

Es kribbelte in ihrem Körper, ein dumpfer Druck baute sich unterhalb des Nabels auf, und sie riss sich die Kleider vom Leib, um sich Haut an Haut an ihn zu schmiegen. Der wonnevolle Schauder wurde von einem heftigen Verlangen abgelöst, dem sie sich nur zu gern ergab. Ihre Schenkel öffneten sich wie von allein, ihre Arme zogen ihn zu sich herab. Sie strich zärtlich über seine Schulter und verspürte die Narbe unter ihren Fingerspitzen.

»Wer war das?«, fragte sie flüsternd.

»Ein Bär«, erwiderte er ebenso leise.

»Du bist ein Held, du bist mein Held.« Der Nebel hüllte sie ein, verbarg sie vor neugierigen Blicken. Doch sie fühlten sich ohnehin allein auf der Welt. Ein Strudel wilder Leidenschaft erfasste sie beide, zog sie immer tiefer. Das Schiff schaukelte, der Wind frischte auf Er blies den Stoff beiseite, der sich zum Segel wölbte.

»Wohin segeln wir?«, hörte sie sich fragen. Der Wind riss ihr die Worte von den Lippen.

»In meine Heimat«, erwiderte Yngvar. Mit einer ausholenden Armbewegung wies er zum Horizont. Adelaise erkannte eine Küste, Felsen, dunklen Wald. Es war nicht die liebliche Landschaft der Normandie, doch sie wollte gern das Leben mit ihm dort teilen, wo er zu Hause war. Neugierig trat sie an die Reling, eingehüllt in eine warme Decke.

Yngvar legte den Arm um ihre Schulter. Sie lehnte sich an ihn, er hielt sie, während die Küste immer näher kam. Sie wurden erwartet, viele Leute standen am Ufer. Sie wirkten seltsam unförmig, alle trugen dunkle Pelze. Es war kalt, der Wind wehte immer kräftiger. Die Mannschaft holte das Segel ein, dann senkten sie die Ruderblätter in die aufgewühlte See und begannen zu rudern. Sie wurden schneller und schneller, schossen auf das Ufer zu. Nun erkannte Adelaise auch die Gestalten. Es waren keine Menschen, sondern schreckliche Bären, die mit den Tatzen schlugen und laut brummten.

»Nein, nicht dahin«, rief Adelaise, doch Yngvar lachte nur. Angstvoll klammerte sie sich an ihm fest. »Sie werden dich töten!«

»Ich kämpfe mit den Bären«, gab Yngvar zurück. »Du kannst zuschauen.« Dann sprang er einfach über Bord ins flache Wasser, watete ans Ufer. Die Bären fielen über ihn her, der Boden färbte sich rot, und Adelaise schrie und schrie …

Schweißgebadet erwachte sie. Sie blickte sich um. Noch immer lag sie auf dem Bett in der schrecklichen Kammer. Sie war wider Willen eingeschlafen. Hatte Hamo ihr doch ein Elixier ins Essen gegeben? Sie lauschte zur Tür, doch es blieb alles still.

Entschlossen erhob sie sich. Keinen Augenblick länger würde sie in Hamos Gewalt bleiben. Sie wollte ihr Schicksal selbst in die Hand nehmen.

Das Bettzeug bestand aus festem Leinen. Sie zog das Laken heraus und versuchte, es in Streifen zu zerreißen. Da sie weder Messer noch Schere zur Verfügung hatte, gelang es ihr nicht auf Anhieb. Sie nahm die Zähne zu Hilfe. Zorn verlieh ihr Kraft, und mit Befriedigung vernahm sie das laute Ratschen, als der Stoff endlich zerriss. Sie wiederholte diese Prozedur mehrmals, bis sich kleine Blutflecken auf dem Laken abzeichneten. Unwillig tastete sie nach ihren Zähnen. Sie waren noch alle fest. Dann knotete sie die Streifen aneinander und ging zum Fenster. Es war schwierig abzuschätzen, ob die Stoffstreifen bis zum Boden reichen würden. Sie verknotete das Ende am Fensterhaken und kletterte auf den Sims. In diesem Augenblick schnappte der Riegel des Türschlosses. Fieberhaft überlegte sie, ob sie sich abseilen oder zurückklettern sollte. Sie entschied sich für Letzteres, keinen Moment zu früh. Sie flüchtete sich hinter die Tür, die sich öffnete.

Hamo trat ein. Sein Blick fiel sofort auf das geöffnete Fenster und das daran verknotete Laken.

»Hat dieses verdammte Weib es wirklich gewagt?«, kreischte er. Er steckte den Kopf hinaus, um zu sehen, ob sie nicht zerschmettert am Fuße des Turms lag. Adelaise ergriff das leere Tablett und schlich sich von hinten an ihn heran. Als Hamo den Kopf zurückzog, schlug sie kräftig zu. Mit einem Laut der Überraschung sackte Hamo zu Boden. Adelaise war erstaunt, dass es so einfach war. Sie stieg über ihn hinweg wieder auf den Fenstersims und zwängte sich aus dem Fenster. Sie war Höhe gewohnt, ließ sie doch ihren Falken immer vom Plateau des Turms von Burg Coquille fliegen. Doch hier war es etwas anderes. Krampfhaft hielt sie sich an den Stoffstreifen fest. Wäre sie doch ein Falke und könnte einfach davonfliegen!

Aber sie war ein Mensch, ohne Flügel, dafür schwerer als ein Vogel. Als sie sich an das Laken hängte, gab es ein reißendes Geräusch. Sie hatte keine Zeit, sich zu ängstigen. Sie schloss die Augen und versuchte hinabzurutschen. Da sie sich aber zu sehr festklammerte, gelang es ihr nicht, dafür ruckte der Stoff wieder, erst nach unten, dann nach oben. Nach oben? Sie riss die Augen auf und starrte hinauf. Hamo beugte sich aus dem Fenster und zerrte am Laken.

»Das könnte dir so passen«, keifte er. »Du bleibst hier!«

»Bleibe ich nicht«, schrie sie zurück. »Lass los, du alte Krähe!«

Sie hatte Hamos Kräfte unterschätzt. Schneller, als sie sich abseilen konnte, zog er sie wieder hinauf. Sie strampelte mit den Beinen, aber er bekam sie an den Armen zu packen und zerrte sie zum Fenster herein. Adelaise versuchte sich in der engen Fensteröffnung querzustellen. Dann gab es einen Ruck, und beide fanden sich auf dem Boden der Kammer wieder. Sie rangen miteinander, wälzten sich umher, bis Hamo auf ihr kniete. Es schmerzte ungemein, seine Knie bohrten sich in ihre Eingeweide, die Luft wurde knapp, und ihr wurde schwarz vor Augen.

Als sie wieder zu sich kam, fand sie sich im Bett wieder. Ihre Hände und Füße hatte er mit den Stoffstreifen an die Bettpfosten gefesselt. Sie bäumte sich auf und versuchte sich loszureißen. Vergeblich, Hamos keckerndes Lachen klang wie Hohn in ihren Ohren. »Das wirst du büßen, du Scheusal«, schrie sie.

»Welch ein unangenehmer Klang in meinen Ohren«, beschwerte er sich und verzog das Gesicht. »Dabei ist dir doch so viel Liebreiz eigen. Was machen wir denn da?« Mit einem Stofffetzen knebelte er sie. Nun konnte sie nicht einmal mehr protestieren und Hamo beschimpfen.

Hamo warf einen letzten Blick auf sie, dann zog er die zerschlissenen Vorhänge des Bettes zu. Zufrieden ordnete er seine Kleidung und sein Haar und verließ die Kammer. Zurück blieb die wehrlose Adelaise.

Jocelyne rückte ihre Haube zurecht und blickte sich schnell um. Die anderen Mägde waren in der Küche beschäftigt, keine achtete auf sie. Über dem Herd brutzelten mehrere Hühnchen. Jocelyne übergoss sie mit dem aufgefangenen Fett. Es duftete köstlich. Auf den Tischen standen Schüsseln mit Mehlklößen, eingelegtem Gemüse, kandierten Früchten und verschiedenen Brotsorten. Daneben kochte ein Kessel mit Innereien. Der war für das Gesinde bestimmt und für die niederen Freien. Zu denen gehörte auch Josse. Jocelyne warf einen bedauernden Blick auf die knusprigen Hühnchen. Zu gerne hätte sie Josse verwöhnt, wie er sie mit seiner Liebe verwöhnte. Mit der langen Bratengabel spießte sie eines der Hühnchen auf und schob es hinter den Abdeckstein. Hier konnte sie es verstecken, da die Feuerstelle bis zum Abend offen bleiben sollte und der Stein im Augenblick nicht benötigt wurde.

»Wie weit ist das Essen? Der Graf will mit seinen Rittern tafeln.« Einer der in Schwarz gekleideten Diener kam die Steintreppe herunter und runzelte die Brauen. »Beeilung, Beeilung, der Graf ist ein ungeduldiger Mann.«

Die Mägde wirbelten umher, richteten Braten, Gemüse und Obst auf den Platten an. Pagen trugen sie in den Rittersaal hinauf. Jocelyne nutzte das Durcheinander, packte das versteckte Hühnchen und einen Brotlaib und steckte beides unter ihre Schürze. Dann eilte sie hinaus.

Auf der anderen Seite des Hofes befanden sich die Rüstkammern. Davor hockte Josse und putzte hingebungsvoll eine reich verzierte Schwertscheide.

»Wie wäre es, wenn du mich so zärtlich streichelst?«, fragte Jocelyne und setzte sich zu ihm. Josse strahlte übers ganze Gesicht, wie immer, wenn sie sich trafen. Josse war verliebt wie bei ihrer ersten Begegnung, und er war seinem Herrn, Ritter Perceval, überaus dankbar, dass die hübsche Magd am Hofe Graf Hamos bleiben durfte. Im Augenblick hatte der Graf offenbar ohnehin andere Sorgen, als sich ums Gesinde zu kümmern. Er wollte seine Ritter aussenden, um den Stein der Weisen zu finden, mit dessen Hilfe er in seinem geheimen Labor aus unedlen Metallen Gold machen wollte. Damit wollte er Adelaises Herz endgültig erobern und seine Konkurrenten Graf Pepin und den Burgunder ausstechen. Das zumindest wusste Josse zu berichten. Ritter Perceval hatte erzählt, dass dieser Zauberstein von einem Drachen bewacht wurde, und nur die mutigsten Männer würden gegen ihn zu Felde ziehen. Allerdings war die Armee des Grafen durch den unentschiedenen Kampf gegen Graf Pepin etwas in Mitleidenschaft gezogen worden. Rüstungen, Waffen und Ausstattung mussten neu angeschafft werden. Es fehlten Pferde, und die Verpflegung war bislang auch nicht die beste. Die Ritter murrten und verstanden nicht, dass sich der Graf nächtelang in seinem Labor einschloss und geheimnisvolle Dinge trieb, anstatt sich um seine Leute zu kümmern.

Graf Hamo wollte die Wogen der Empörung glätten und lud die Ritter zu einem Festmahl ein. Mehr als Hühnchen vom Spieß und Sauergemüse gab es aber auch zu diesem Essen nicht. Er hockte geistig abwesend am Kopf der Tafel.

»Der Stein«, murmelte er. »Ich brauche den Stein. Dann werde ich ein Elixier brauen können, das mir alle Menschen gefügig macht. Ja, so soll es sein.« Er hob ruckartig den Kopf. »Und dann wagt sie nicht mehr, mir zu widersprechen. Ich bin ihr Herr, ich bin ihr Beherrscher!« Seine Stimme steigerte sich zu einem unangenehmen Diskant. Die verwunderten Blicke seiner Ritter schien er nicht zu bemerken.

Ritter Perceval erhob sich von seinem Platz. »Verzeiht, Graf, aber ist es nicht leichtsinnig, alle Ritter fortzuschicken? Die Burg ist dann schutzlos. Graf Pepin könnte angreifen.«

»Das wagt er nicht. Er muss es ja nicht erfahren.«

Der Ritter schüttelte unmerklich den Kopf. »Die Ausrüstung der Ritter hat in der Schlacht gelitten. Es dauert eine Weile, bis alles wieder gerichtet ist.«

»Für die Ausrüstung haben die Ritter selbst zu sorgen«, blaffte Hamo. »Wozu besitzt ihr denn Ländereien?«

»Die reichen nicht aus, um die ständigen Kämpfe zu finanzieren.«

»Soll das eine Beschwerde sein? Hütet Eure Zunge, Ritter Perceval!«

Die Haltung des Ritters straffte sich. »Alle Ritter, auch ich, stehen loyal zu Euch, Herr. Aber was nützt eine Armee, wenn sie nur unzureichend ausgestattet ist? Wir brauchen Zeit, um wieder kampffähig zu sein.«

»Ihr sollt ja nicht kämpfen, sondern den Stein finden.«

»Und der Drache?«

»Vielleicht spuckt er ja gar kein Feuer. Und Eure Rüstung bekommt immer wieder Beulen. Es lohnt sich also gar nicht, sie auszubeulen.«

Perceval setzte sich. Seine Argumente fruchteten bei Hamo nicht. Er bemerkte die betretenen Blicke der anderen Ritter.

»Niemand wagt es, meine Burg anzugreifen«, behauptete Hamo. »Es kommt keiner rein und keiner raus.«

»Wieso raus?«

»Wie ich es sagte. Keiner raus. Kann ja sein, dass jemand ausbrechen will.«

»Er spricht in Rätseln«, flüsterte einer der Ritter seinem Nachbarn zu.

»Er spricht irre«, erwiderte der andere. Beide nickten.

Draußen hockte Jocelyne neben Josse. Er hatte die Schwertscheide beiseitegelegt. »Wenn ich erst Ritter bin, darf ich auch am Festmahl des Grafen teilnehmen«, sagte er und warf einen sehnsüchtigen Blick hinüber zum Rittersaal.

Jocelyne neigte den Kopf »Das kannst du auch jetzt schon.«

»Wie stellst du dir das vor?«

»So.« Sie zog das gebratene Hühnchen unter der Schürze hervor. »Für dich.«

Freudige Röte überzog Josses Gesicht. »Das hast du für mich getan?«

Sie nickte heftig. »Ich würde noch viel mehr für dich tun. Ach Josse, wenn du wüsstest ...« Sie seufzte.

Er schmatzte ihr einen Kuss auf die Wange. »Du bist ein Schatz.«

»Ich weiß.« Sie seufzte wieder. »Nun iss, bevor es kalt wird. Brot habe ich auch dabei.« Sie versteckten sich hinter der Tür der Waffenkammer.

Während Josse mit vollen Backen kaute, hing Jocelyne ihren Gedanken nach. Noch vor nicht allzu langer Zeit wäre es ihr niemals in den Sinn gekommen, unter ihrem Stand zu heiraten. Sie war schließlich Kammerjungfer und Vertraute der Comtesse Adelaise. Es war ein wunderbares und leichtes Leben an ihrer. Seite, mit schönen Kleidern, wenig Arbeit, dafür mit Vergnügungen wie Spielen, Ausritten, Jagden und Festen. Adelaise fiel immer wieder etwas Neues ein, um den ganzen Hofstaat zu unterhalten. Musik und Wein, Tanz und Gesang, viele junge Leute und Kurzweil. Das war bisher ihr Leben gewesen. Doch nun hatte sich alles geändert. Der Grund war Josse. Sie hatte sich verliebt. Und sie wurde geliebt. Dieses Gefühl flatterte in ihr wie eine ganze Wolke Schmetterlinge. Nur ein Gedanke trübte ihr Glück – Adelaise. Wie Josse loyal seinem Herrn diente, so war sie Adelaise treu ergeben. Die kleine Heimlichkeit mit Josse wäre gar nicht aufgefallen, hätte es nicht diesen verhängnisvollen Kampf am Fuß der Burg Coquille gegeben. Sie konnte nicht wieder zurückkehren. Josse hatte sie gerettet vor diesem hässlichen Fremden, der ihr nach dem Leben getrachtet hatte. Und nun war sie hier, als Magd, ihrer Verkleidung entsprechend. Sollte sie Josse die Wahrheit sagen? Wahrscheinlich würde er sie dann gar nicht mehr anschauen, denn er war nur ein Knappe und einer Kammerjungfer nicht ebenbürtig. Ja, wenn er schon zum Ritter geschlagen worden wäre, dann hätte sie sich ihm anvertraut. So aber wählte sie lieber die Verkleidung und die Arbeit als Magd, als auf seine Liebe zu verzichten. Außerdem hätte Graf Hamo sie vielleicht von der Burg gejagt oder gar gefangen genommen, wenn er erfahren hätte, dass sie eine Vertraute von Adelaise war.

Und dann waren da noch die fremden Männer, die angeblichen wallfahrenden Ritter, die Adelaise den Kopf verdreht hatten. Ein bisschen konnte Jocelyne es nachfühlen, wie Adelaise zumute war. Es waren zwei prächtige Männer, groß, muskulös, mit wunderbar blauen Augen und blondem Haar. Es war ein Jammer, dass sie unbedingt das Heilige Land besuchen wollten. Auf so einer gefährlichen Reise konnte ja so viel geschehen! Aber vielleicht hatte Adelaise es auch geschafft, sie von ihrem Vorhaben abzubringen. Schließlich hatte sie sich alle Mühe gegeben, den beiden Freuden und Ablenkung zuteilwerden zu lassen.

Aber es waren auch wirklich gut aussehende Männer. Jaja, wenn sie nicht Josse hätte …

»Hat es dir geschmeckt?«, wollte sie von ihm wissen.

Josse kaute noch und nickte. »Köstlich«, nuschelte er mit vollem Mund. Mit dem Ärmel wischte er sich das Fett vom Kinn. »Du bist nicht mit Gold aufzuwerten.«

Sie neigte keck den Kopf. »Du kannst mich gern in Naturalien bezahlen. Oben auf dem Heuboden ist heute niemand.«

Josse warf einen besorgten Blick zum Rittersaal.

»Die kommen auch nicht gleich wieder«, meinte Jocelyne. »Wir haben viel Zeit für uns.«

»Na, dann los!« Josse sprang auf, nahm ihre Hand, und beide eilten zum Stall hinüber. Während sich die Hunde um die Knochen von Josses Mahlzeit stritten, sanken die Verliebten eng umschlungen ins weiche Heu.

DIE SPUR DES FALKEN

Ein seltsamer Zug bahnte sich den Weg ins Landes innere. Da sie nur drei Pferde zur Verfügung hatten, gab es gleich Streit, wer darauf reiten sollte. Yngvar beharrte darauf, als Anführer der Wikinger ein Pferd zu benutzen. Auch Sven beanspruchte ein Pferd. Und Gwendal weigerte sich, sein Pferd abzutreten. Schließlich war er nicht irgendwer, sondern Adelaises engster Vertrauter. Mit einem Blick auf Melisande bemerkte Sven, dass man die einzige Dame in der Gruppe keinesfalls zu Fuß gehen lassen könne. Yngvar wäre es am liebsten gewesen, Melisande wäre auf dem Schiff geblieben, doch sie hatte heftig widersprochen. Als engste Freundin von Adelaise wollte sie auf jeden Fall mit auf die Suche gehen. Letztlich einigten sie sich, dass die kräftigen Pferde durchaus zwei Personen tragen konnten. Yngvar ritt das eine Pferd, Sven das zweite Pferd, hinter sich Melisande, die sich Schutz suchend an ihn schmiegte. Gwendal ritt auf dem dritten. Der Rest der Mannschaft musste zu Fuß gehen. Nur Einar und zwei weitere Männer blieben auf dem Schiff zurück, das aus Sicherheitsgründen weiter draußen auf dem Meer ankerte.

In einer Schlangenlinie folgten sie den Hufspuren von Adelaises unbekannten Entführern. Immer wieder verloren sie sie im Wald, doch die Männer schwärmten aus und fanden zum Glück stets den Anschluss. Zunächst führten die schwer zu verfolgenden Spuren in Richtung Burg Coquille.

Yngvar wandte sich misstrauisch zu Gwendal um. »Steckt doch Graf Gurvan dahinter?«

»Keinesfalls!« Er starrte Yngvar in die Augen.

»Und wie erklärst du dir die Spur? Die Boten haben auch behauptet, das Fass Wein käme von Gurvan. Heute wollte er das Lösegeld schicken. Aber das war eine List. Der Wein war vergiftet.«

»Das ist nicht Graf Gurvans Art«, entgegnete Gwendal heftig. »Außerdem wollte er niemals Lösegeld zahlen.«

»Eben! Nun hat er Adelaise entführen lassen.«

»Dann wäre sie auf die Burg gekommen. Adrien mit seinen Leuten habe ich unterwegs getroffen. Die hätten sie sicher gesehen, denn sie hatten es gar nicht eilig, heimzukommen.«

Sven grinste. »Kein Wunder, das ist doch peinlich, nicht wahr?«

Gwendal wandte den Kopf ab.

Plötzlich brachte Yngvar sein Pferd zum Stehen. »Die Spur endet hier.« Er deutete zum Boden. Sie standen am Rand des Baches.

»Die sind durchs Wasser geritten, um ihre Spur zu verwischen«, vermutete Sven.

»Das bedeutet, es war nicht Gurvan. Doch wer war es dann? Die Burgunder?«, fragte Yngvar.

»Die sind nicht hier. Gurvan ist mit seinen Begleitern allein zurückgekehrt. Auf jeden Fall müssen die Reiter irgendwo wieder an Land gegangen sein. Dort drüben beginnt der schwarze Wald von Graf Hamo.« Gwendal richtete sich auf und schaute sich suchend um. »Bei diesem Gelände müsste man ein Vogel sein, um alles überblicken zu können.«

»Der Falke!« Es war Melisande, die plötzlich ganz aufgeregt hinter Sven herumzappelte. »Der Falke würde Adelaise finden, egal, wo sie sich befindet.«

»So etwas habe ich noch nie gehört«, meinte Yngvar skeptisch. »Ich weiß, dass Falken scharfe Augen haben und aus höchster Höhe die kleinste Maus am Boden entdecken, aber dass sie einen Menschen finden?«

Auch Sven blickte ungläubig. »Er ist doch nur ein Vogel. Steckt da Zauberei dahinter?«

»Keine Zauberei!« Melisandes Wangen hatten sich gerötet. »Er hat sie schon einmal gefunden, als sie sich bei der Jagd im Wald verirrt hat. Ihr Pferd hatte sich verletzt, und sie konnte nicht zurückkehren. Da wurde der Falke aufgelassen, er kreiste und kreiste, und plötzlich stieß er einen Schrei aus. Die Männer ritten ihm nach und sie fanden

Adelaise. Ich bin sicher, der Falke spürt das mit dem Herzen. Vergesst nicht, Adelaise hat ihn aufgezogen, die beiden sind auch im Geiste verbunden.«

»Ich weiß nicht …« Yngvar schien nicht überzeugt. »Ich wüsste jetzt aber auch keine andere Lösung.« Er wandte sich zu Sven um.

»Einen Versuch wäre es wert«, erwiderte dieser. »Doch wie kommen wir an den Falken?«

Gwendal und Melisande tauschten einen einvernehmlichen Blick.

»Wir sollten zur Burg zurückkehren und den Falken holen. Wir brauchten ihm nur hinterherzureiten.«

»Gurvan würde uns sofort gefangen nehmen«, gab Sven zu bedenken.

»Vor allem würdet ihr ihn nicht überzeugen können. Er glaubt, ihr haltet sie gefangen.« Gwendal reckte kampfeslustig den Hals.

»Es würde zu ihm passen«, murmelte Melisande.

»Was? Dass der Graf den Wikingern misstraut?«, fragte Gwendal zurück.

»Nein, Graf Hamo! Dieser vergiftete Wein. Er beschäftigt sich mit Alchimie. Pepin nennt ihn immer Giftmischer.«

»Da könnte was dran sein.« Yngvar überlegte.

»Was zögert ihr?«, forderte Melisande die Männer auf. »Wir müssen schnell handeln. Gwendal und ich reiten zur Burg, holen den Falken und noch ein paar Pferde und lassen ihn dann fliegen. Ich wette, er fliegt zu Graf Hamos Burg.«

»Und wenn er sie dort gefangen hält? Wie sollen wir die Burg erobern?«

Melisande seufzte. »Gar nicht. Wie seid ihr denn in die Burg Coquille gekommen?«

Die beiden Männer senkten die Köpfe. »Das war eine Heine List«, murmelte Yngvar.

Sie stemmte die Hände in die Hüften. »Eben. Wir schleichen uns in seine Burg und befreien Adelaise. Ganz einfach.«

»Jaja, kinderleicht, das habe ich irgendwo schon einmal gehört. Auf jeden Fall bleibst du hier«, bestimmte Sven. »Du bringst dich sonst in Gefahr.«

Doch Melisande lachte. »Ihr braucht mich, sogar ganz dringend. Wer soll euch den Falken und die Pferde besorgen?«

Sven zeigte auf Gwendal.

»Ihm traut ihr wohl?«, wunderte sich Melisande.

»Nicht ganz«, brummte Yngvar, während Gwendal lautstark protestierte. »Aber ich bin ebenso daran interessiert, Adelaise zu befreien.«

»Dann reiten wir jetzt beide zur Burg, holen Falke und Pferde und kommen wieder hierher.«

Sowohl Yngvar als auch Sven zögerten. Aber sie hatten keinen anderen Vorschlag und willigten endlich ein, nicht ohne ein unbehagliches Gefühl im Bauch.

So ritten sie zur Burg Coquille, rasteten im Wald, damit sie von der Burgbesatzung nicht bemerkt würden. Schließlich stiegen Sven und Yngvar von den Pferden.

»Erwartet uns hier, wir werden schnell zurück sein«, versprach Melisande und ritt mit Gwendal davon.

Die beiden Männer blickten ihnen nach. »Hoffentlich halten sie Wort«, murmelte Sven.

»Du traust ihnen auch nicht«, stellte Yngvar fest.

»Ich traue Gwendal nicht. Er ist eifersüchtig. Wer weiß, was unter seinen blonden Locken vorgeht und was ihm einfällt, um seinen Nebenbuhler auszuschalten.«

»Damit meinst du mich?«

Sven nickte.

»Pah, dieser Grünschnabel ist doch keine Konkurrenz für mich«, behauptete Yngvar. »Die letzte Nacht …«

»Ich will es gar nicht wissen«, unterbrach ihn Sven. »Bist du dir sicher, dass es Adelaise wirklich ernst mit dir meint?«

Yngvar fuhr erbost herum. »Wie meinst du das? Willst du behaupten, Adelaise treibt ein falsches Spiel?«

»Vergiss nicht, sie flüchtet vor der Zwangsheirat mit den Burgundern. In so einer Situation wäre ihr jedes Mittel recht.«

Yngvar baute sich drohend vor Sven auf. »Du beleidigst meine Braut! Nimm das sofort zurück!«

»Wir haben vom vergifteten Wein getrunken und waren alle nicht richtig im Kopf. Du auch nicht.«

Erbost packte Yngvar ihn am Kittel. »Du beleidigst mich! Das lasse ich nicht auf mir sitzen. Wehr dich!«

»Lass mich los! Ich sage nur die Wahrheit. Der Wein war vergiftet, und keiner wusste, was er tat. Wir sollten wenigstens jetzt einen kühlen Kopf bewahren, um Adelaise zu retten.«

»Du hast doch zugelassen, dass die beiden allein auf die Burg zurückkehren. Die hetzen jetzt Gurvans Leute auf uns.« Yngvar konnte sich noch immer nicht beruhigen. Doch nun wurde auch Sven ärgerlich.

»Ich vertraue Melisande. Und das solltest du auch tun. Immerhin will auch sie Adelaise retten.«

»Und dieser Gwendal?«

»Ach, der ist nur ein verliebter Narr. Der wird alles tun, um Adelaise zu befreien. Also ist er für uns ein geeigneter Verbündeter.«

Yngvar stieß geräuschvoll den Atem durch die Nase aus. Es war schon schlimm genug gewesen, sich auf der Reise auf Sven zu verlassen. Dass er nun auf solch unsichere Verbündete angewiesen sein sollte, passte ihm überhaupt nicht.

Doch es blieb ihm nichts weiter übrig, als zu warten, zu warten, zu warten …

Für Gwendal und Melisande waren es glückliche Umstände. Die Burg war verwaist. Gurvan hatte sich mit neun seiner Männer auf die Suche nach Adelaise begeben. Dafür war Adrien da. Zur Feier ihrer Freilassung hatte er sich mit seiner Gefolgschaft in den Weinkeller zurückgezogen. Melisande schaute zur Vorsicht in die Kemenaten, die für die Frauen vorgesehen waren. Doch weder Adelaise noch Jocelyne waren zu sehen. Melisande machte sich nicht nur um die Comtesse, sondern auch um ihre Freundin Sorgen. Seit die Wikinger aufgetaucht waren, war nichts mehr so wie vorher. Das seltsame Verschwinden Jocelynes schien allerdings nicht mit den Wikingern zusammenzuhängen. Doch wo steckte sie? War sie einem Verbrechen zum Opfer gefallen? Umso wichtiger war es, Adelaise zu finden.

Sie begab sich zum Falkner, doch von ihm war weit und breit nichts zu sehen. Melisande vermutete ihn bei den anderen im Weinkeller. Der Falke hockte gelangweilt auf seiner Stange und drehte den Kopf, als sich Melisande näherte.

»Hallo, du Hübscher«, begrüßte ihn Melisande mit leiser Stimme. »Du wartest sicher auf deine Herrin. Wir werden sie gemeinsam suchen. Du hilfst uns doch, nicht wahr?« Sie nahm den Lederhandschuh von der Wand und streifte ihn sich über. Dann löste sie die Lederschlinge von der Sitzstange, der Falke trat vorsichtig auf Melisandes Arm. Sie stülpte ihm die kleine Kappe über den Kopf, damit er sich nicht erschreckte, während sie die Treppen hinuntereilte.

Gwendal sollte die Pferde besorgen. Doch es standen nicht mehr viele im Stall.

»Ich brauche alle für einen zweiten Suchtrupp«, sagte er in bestimmtem Ton zum Stallknecht. »Leg ihnen die Sättel auf, aber schnell!«

Der Pferdeknecht überlegte offenbar, ob er den Befehl befolgen sollte. Aber da Graf Gurvan nicht auf der Burg weilte und Adrien im Weinkeller versumpft war, konnte er niemanden fragen, ob das in Ordnung ginge. Mürrisch darüber, an dem Gelage im Weinkeller nicht teilnehmen zu dürfen, sattelte er die restlichen Pferde und Maultiere. Währenddessen kam Melisande mit dem Falken auf dem Arm angelaufen. Gwendal führte die Reittiere auf den Hof.

»Richtig unheimlich«, flüsterte Melisande. »Die Burg ist wie ausgestorben.«

»Das ist unser Glück. Keiner stellt dumme Fragen oder hält uns auf.«

Sie bestiegen ihre Pferde, und Gwendal rief der Torwache zu, dass sie öffnen solle.

»Wer reitet denn die ganzen Pferde?«, wunderte sich der Pferdeknecht, doch Gwendal trieb sie mit lauten Rufen zum Burgtor hinaus. Wenn Gwendal etwas konnte, dann reiten. Zielsicher trieb er die reiterlosen Tiere zum Wald hinüber, wo die Wikinger schon ungeduldig warteten. Melisande, die den Falken auf ihrem Arm hielt, konnte ihm kaum folgen.

»Da kommen sie, da kommen sie!«

Yngvar atmete auf »Dein Misstrauen war unbegründet«, triumphierte Sven. »Dieser Gwendal ist ein Teufelskerl. Schau nur, wie viele Pferde sie mitbringen.«

»Und Melisande bringt den Falken mit.«

»Sie ist eine tolle Frau«, schwärmte Sven. Er eilte auf sie zu und half ihr vom Pferd. Melisande ließ sich in seine Arme fallen, ohne sich daran zu stören, dass der Falke wild flatterte. Sven küsste sie überglücklich.

»Ihr könnt später schnäbeln«, knurrte Yngvar. »Wir müssen Adelaise suchen.«

Gwendal blickte finster. Keiner würdigte seine Leistung. Immerhin hatte er sieben Pferde und vier Maultiere mitgebracht. Doch ihm war bewusst, allein würde er Adelaise nicht finden können.

So saßen sie alle auf und wandten sich Melisande mit dem Falken zu. »Wir sollten ihn jetzt fliegen lassen und sehen, ob er seine Herrin sucht.«

Vorsichtig nahm Melisande ihm die Kappe ab. Der Falke blickte sich um. Er bemerkte sofort, dass seine Herrin nicht anwesend war, und schüttelte sein Gefieder. Melisande hob den Arm, wie sie es bei Adelaise gesehen hatte. »Flieg, Falke, flieg und such Adelaise. Wir sind sicher, sie befindet sich in Gefahr.«

Der Falke breitete die Flügel aus, schlug zweimal kräftig damit und erhob sich in die Luft. Er stieß einen heiseren Schrei aus, dann schraubte er sich spiralförmig in den Himmel. Er stieg höher und höher, bis er kaum noch zu erkennen war.

»Und nun? Wenn er wegfliegt, können wir ihm nicht folgen.« Yngvar starrte verzweifelt auf den winzigen Punkt im Himmelsblau. Dann verschwand der Falke und ließ die Reiter ratlos zurück.

»Jetzt ist er weggeflogen!« Sven hielt den Atem an. Er hatte große Hoffnungen auf den Falken gesetzt, doch offenbar war es nur ein Vogel, der froh war, seine Freiheit zurückerhalten zu haben.

Auch Melisande schaute betrübt. »Sicher bin ich daran schuld«, klagte sie. »Er hat gemerkt, dass ich nicht seine Herrin bin, und hat sich davongemacht.«

»Nein, du hast keine Schuld«, beteuerte Sven. »Es war einen Versuch wert.«

»Ist eben nur ein dummer Vogel. Dann suchen wir ohne den Falken«, rief Yngvar. Alle willigten ein.

»Und wo?«, wollte Sven wissen.

Alle wandten sich an Gwendal. »Welche Versteckmöglichkeiten gibt es hier?«, wollten sie von ihm wissen.

»Tausende«, erwiderte er. »Der Wald, die Hügel, ein altes Kloster …«

Das brachte also nichts. Sie versuchten angestrengt, sich einen neuen Plan auszudenken, doch solange sie nicht wussten, wo sie nach Adelaise suchen sollten, war es hoffnungslos. Bedrücktes Schweigen breitete sich nach einer Weile aus, bis Melisande leise zu schluchzen begann.

Sven versuchte, sie zu trösten. »Bitte sorge dich nicht. Wir werden …«

Er hörte zu sprechen auf, als plötzlich der Falke im Tiefflug über ihre Köpfe strich und auf Melisandes Handschuh landete.

»Er ist wieder da«, jubelte sie.

»Ob er etwas gesehen hat?« Yngvar versuchte sein Pferd zu zügeln, aber seine Nervosität übertrug sich auf das Tier.

»Ganz sicher hat er etwas gesehen. Er ist doch ein kluger Vogel«, beteuerte Melisande. Sie hob wieder den Arm, der Falke schlug mit den Flügeln und flog davon. Diesmal jedoch schraubte er sich nicht so hoch in den Himmel, sondern flog ein Stück weiter, um sich auf einem Baumwipfel niederzulassen.

»Folgen wir ihm!« Yngvar setzte sich an die Spitze des Trupps. Kaum hatten sie den Baum erreicht, erhob sich der Falke wieder in die Luft, flog ein Stück und setzte sich nieder.

»Er führt uns, er führt uns! Was für ein kluges Tier!«, frohlockte Yngvar.

»Sagtest du nicht gerade noch, es ist ein dummer Vogel?« Sven verzog spöttisch die Lippen. Dann wandte er sich zu Gwendal um. »Wohin geht es hier?«

»Weg von Burg Coquille«, erwiderte der. »Das nächste Dorf gehört schon zu Graf Hamos Reich.«

»Graf Hamo! Also doch! Das mit dem vergifteten Wein könnte zu ihm passen«, rief Melisande.

»Es ist ein gefährlicher Weg durch einen dichten, dunklen Wald«, warnte Gwendal. »Man sagt, dort leben Dämonen und Geister. Am besten, ihr bleibt hier, und ich reite allein weiter.«

Einen Moment starrte Yngvar ihn sprachlos an, dann brach er in heftiges Lachen aus. »Was soll das, du Grünschnabel? Natürlich reiten wir gemeinsam zu Hamo. Ich freue mich schon darauf, ihn nach meiner Axt tanzen zu lassen.«

»Die wird Euch nichts nützen«, entgegnete Gwendal. »Hamo ist wie ein schwarzer Aal, der windet sich aus jeder Notlage. Außerdem …«

»Schluss mit dem Geschwätz! Wir reiten weiter! Folgt mir, Männer!« Yngvar trieb sein Pferd an. Diejenigen, die kein Reittier abbekommen hatten, mussten sich beeilen, den Reitern zu folgen. Der Falke kreiste über dem schwarzen Wald, der Graf Hamos Burg umgab. Er war unheimlich und dicht gewachsen, so dass sie nur hintereinander reiten konnten. Ängstlich blickte Melisande sich um. »Schrecklich hier.«

»Fürchte dich nicht, ich bin bei dir«, versicherte ihr Sven.

»Großmaul«, murmelte Gwendal.

»Was du nur hast.« Melisande schüttelte tadelnd den Kopf. »Sei froh, dass sie alle Adelaise befreien wollen. Du allein hättest gar nichts ausrichten können.«

»Hätte ich doch«, widersprach Gwendal beleidigt. »Die wissen ja gar nicht, was sie erwartet.« Er presste die Lippen zusammen und schwieg für den Rest des Weges.

Von Weg konnte allerdings keine Rede sein. Wenn sie nicht ab und zu die Schreie des Falken gehört hätten, sie hätten sich hoffnungslos verirrt. Den Männern war dieser Wald unheimlich, und sie vermuteten, dass es auch hier Trolle und Gnome gab. Es knackte und knirschte in den Wipfeln. Die Stämme schienen Gesichter zu haben und dunkle, modrige Augen, aus denen sie sie anstarrten. Der Boden war feucht, es roch nach Fäulnis. Streckenweise war der Boden von hüfthohem Farn überwuchert. Selbst die Pferde schienen sich nicht wohl zu fühlen, schnaubten nervös und warfen die Köpfe zurück. Alle lauschten, doch nur die schmatzenden Tritte der Pferde und ihr schwerer Atem waren zu hören. Einige Männer begannen laut zu beten, zu Odin, zu Schutzgeistern, zu allen bekannten Göttern, um wieder heil aus dieser Düsternis herauszukommen. So einen unheimlichen Wald kannten sie nicht einmal aus ihrer nordischen Heimat.

Urplötzlich lichtete sich der Wald vor ihnen. Zunächst erblickten sie eine seltsame Ruine aus Stein, einen großen Torbogen, doch es gab kein Tor, keine Mauer, nichts, wohin dieses Tor führen könnte. Wie magisch angezogen, ritten trotzdem alle hindurch.

»So, nun befindet ihr euch in Hamos Zauberreich«, rief Gwendal, dass alle zusammenzuckten.

»Unsinn! Ich habe Hamo kennengelernt. Der kann nicht zaubern, sonst hätte er die Schlacht mit Pepin zu seinen Gunsten entschieden«, erwiderte Yngvar verärgert.

Gwendal verzog spöttisch die Lippen. »Hamo ist kein guter Kämpfer. Er ist hinterhältig. Und deshalb gefährlich. Aber ihr wollt ja nicht auf mich hören.«

»Nein, denn ich bin der Anführer«, gab Yngvar unwillig zurück. Trotzdem drehte er sich noch einmal nach dem unheimlichen Torbogen um. Er war nicht ängstlich, aber Zauberei fürchtete auch er.

»Da, da vorn ist eine Burg!«, rief er schließlich. Ähnlich wie Coquille lag Graf Hamos Burg auf einem hohen Felsen, dieser jedoch war dunkel und schroff. Er ragte wie ein riesiger verbrannter Baumstamm aus der Ebene heraus. Ganz oben klebte, wie ein Adlerhorst, eine steinerne Burg. Ein schmaler Pfad führte hinauf. Auch ihn überspannten seltsame Torbögen. Von oben konnte jeder Eindringling sofort unschädlich gemacht werden, bevor er überhaupt die Burg erreichte. Yngvar hob die Hand, sie hielten an.

»Wir müssen überlegen, wie wir vorgehen«, sagte er. »Wir sind zu wenige, um die Burg zu erobern. Wir wissen nicht, wie viele Männer dort oben sind. Aber mindestens zweihundert hat er unter Waffen.«

»Woher willst du wissen, dass sich Adelaise auf der Burg befindet?« Sven wiegte den Kopf »Er hat uns bis hierher geführt«, sagte Yngvar und deutete auf den Falken. Der hockte auf einem Ast des nächststehenden Baumes. »Wo sollte sie sein, wenn nicht hier?«

»Er kann sie im Wald versteckt halten, in einer Hütte vielleicht. Oder in einem Erdloch. Oder er hat sie … Nein, daran will ich nicht denken.« Yngvar vergrub seine Hände im Haar.

»Er hat sie verzaubert.« Gwendal verschränkte die Arme über der Brust.

»Bei Odin, das wäre schrecklich. Was könnten wir dagegen tun?«

»Da, der Falke fliegt weiter.« Melisandes Ausruf brachte die Männer wieder zur Vernunft.

»Er fliegt zur Burg. Also doch!«, rief Yngvar.

»Wir stürmen. Wir müssen es wagen.« Gwendal war zu allem entschlossen.

Yngvar warf ihm einen giftigen Blick zu. »Du willst uns doch bloß kaltstellen und den Ruhm allein einheimsen. Adelaise ist meine Braut, verstanden? Und ich werde sie befreien.« Er wandte sich um. »Los, Männer, wir greifen an!«

Auf Yngvars Ruf hin ritten und rannten die Männer los. Nur Gwendal blieb zurück. Und Melisande. »Warte«, sagte er zu ihr. »Die sind gleich wieder da.« Doch dann sprang er vom Pferd. »Pass auf mein Ross auf. Die lenken die Wachen ab, und ich werde in die Burg eindringen.«

»Du allein?«, staunte sie. »Lass das lieber, es ist zu gefährlich.«

»Ich kenne einen geheimen Weg in die Burg. Ich habe Graf Gurvan mehr als einmal begleitet, als er früher Hamo besuchte. Diese Besuche dauerten manchmal mehrere Tage. In der Zwischenzeit habe ich die Umgebung erkundet. Man weiß ja nie, wozu man es einmal gebrauchen könnte.« Er bemerkte mit Genugtuung Melisandes bewundernden Blick. »Dazu muss man etwas klettern können. Es gibt einen alten Brunnenschacht. Ich werde Adelaise befreien.«

»Nein, nicht, bleib hier!« Melisande wusste nicht, um wen sie sich zuerst Sorgen machen sollte, um Sven und Yngvar, die blindlings die

Burg stürmen wollten, oder Gwendal, der unbedingt allein den Helden spielen wollte.

Unbeirrt lief Gwendal zur Burg. Er musste sie in einem weiten Bogen umgehen. Er hörte Waffenlärm, Geschrei. Die Wachen waren aufmerksam, hatten Yngvars Trupp schnell entdeckt. Der Zugang zur Burg war heiß umkämpft, doch Gwendal konnte es nicht mehr sehen. Es sollte ihm nur recht sein, wenn es möglichst lange dauerte. Umso mehr Zeit hatte er, Adelaise zu suchen.

Yngvar bemerkte recht schnell, dass sie der Übermacht nicht gewachsen waren. Die Burg war gut bewacht, die Wachen schwer bewaffnet. Sie hockten über den einzelnen Torbögen und empfingen die Eindringlinge mit einem Pfeilhagel. Auch einige Speere flogen und gewaltige Steine aus einem hölzernen Katapult. Die Pferde waren nicht so wendig wie die kleinen Reittiere, die sie daheim besaßen. Doch Yngvar nutzte eine kurze Kampfpause, die die Wachen zum Nachladen benötigten, um wieder anzugreifen. Aber was war das? Aus dem Torbogen ergoss sich eine schwarze, klebrige Masse über sie, heiß und nach Schwefel stinkend. Wer etwas davon abbekam, der fühlte sich wie in der Hölle. Schmerzensschreie, wiehernde Pferde, die scheuten, und überall ergoss sich dieses ekelhafte Zeug über den Weg, umschloss die Hufe der Pferde. Wehe dem Reiter, der da hineinstürzte!

»Zurück, zurück«, schrie Yngvar seinen Männern zu. »Da kommen wir nicht durch!«

Es war sinnlos, hoffnungslos, sie mussten sich geschlagen geben. Hauptsache, sie wurden nicht auch noch verfolgt. Sie trieben ihre Pferde an, bis sie den Wald erreichten.

Sven blieb beinahe das Herz stehen, als er Melisande erblickte. »Du bist allein hier? Wo ist Gwendal?«

Melisande hielt Gwendals Pferd am Zügel, doch sie war aufgeregt. »Er wollte es unbedingt allein schaffen, während ihr die Wachen ablenkt. Aber ich befürchte, er hat sich in große Gefahr begeben.«

»Wie will er denn in die Burg kommen? Das ist unmöglich.«

»Nein, nein! Er sprach von einem alten Brunnenschacht, den man hinaufklettern muss. Es ist ein Geheimnis, das nur er kennt.«

»Und du. Und jetzt wir alle. Los, Männer! Machen wir uns auf die Suche nach dem Brunnen!«

»Seid vorsichtig!« Melisande hob beschwörend die Hände. »Ihr müsst unbemerkt in die Burg gelangen. Ich sorge mich um Gwendal.«

»Ich nicht«, gab Yngvar trotzig zurück, doch dann wechselte er mit Sven einen Blick des Einverständnisses. »In Ordnung, nur wir beide werden durch den Brunnen steigen.«

»Ich komme mit«, rief Melisande.

»Auf keinen Fall«, widersprach Sven.

»Ach, und wenn ihr groben Kerle nicht durch den Brunnenschacht passt?« Sie wiegte ihre Hüften und stemmte eine Hand in ihre schlanke Taille. »So ein zartes Mädchen wie ich hat auch seine Vorteile.«

Yngvar schnaubte, doch dann gab er nach. »Von mir aus. Aber wir nehmen keine Rücksicht, wenn deine Kräfte nachlassen. Eine Frau ist nun mal schwächer als ein Mann.«

»Aber schlauer«, gab Melisande spitz zurück.

»Glaubst du wirklich, sie ist die richtige Frau für dich?« Yngvar bedauerte Sven, sich so in ihr getäuscht zu haben. Wie konnte eine Frau sich nur verhalten wie ein Mann? »Und ihr, Männer, lenkt die Wachen ab. Kleine Plänkeleien. Es soll niemand zu Schaden kommen. Wir steigen inzwischen durch den Brunnen nach oben.«

DIE GIFTKÜCHE DES GRAFEN HAMO

Yngvar entschied sich, mit den Pferden den Weg zur Rückseite der Burg zurückzulegen. Das ging schneller. Sie schlugen einen weiten Bogen und ritten dann dicht am Felsen entlang, damit sie von oben nicht bemerkt würden. Es war ein gefährliches Unterfangen. Melisande klopfte vor Aufregung das Herz bis zum Hals. Dabei war sie voller Stolz, den Wikingern bei diesem Abenteuer zu helfen. Ja, sie fühlte sich unersetzlich, denn ohne sie würden sie es gewiss nicht schaffen.

»Wo befindet sich nun der Brunnen?«, wollte Yngvar wissen. Sie blickten sich suchend um.

»Dort sickert Wasser aus dem Felsen«, sagte Sven plötzlich und stieg vom Pferd. »Und hier ist auch der Schacht. Er führt wahrscheinlich von oben bis auf die Quelle im Fels.« Er schob sich in eine Felsspalte. »Tatsächlich, hier geht es hinauf.«

Auch Yngvar und Melisande stiegen von ihren Pferden und banden sie an einem Strauch fest. Im Notfall mussten sie schnell flüchten können, da sollten die Pferde zur Hand sein.

»Bleib unten«, bat Sven Melisande noch einmal, doch die schüttelte ihren blonden Schopf »Auf keinen Fall! Ich bin es meiner Herrin schuldig, sie aus den Klauen dieser Kreatur zu befreien.«

»Du bist eine tapfere kleine Frau«, murmelte er und küsste sie.

»Hört endlich auf mit der Schmatzerei, wir müssen hier rauf«, schnaufte Yngvar ungeduldig, der sich in die Felsspalte zwängte. Es war sehr eng und feucht. Der Brunnen war in einer natürlichen Felsspalte nach unten getrieben worden. Die Wände waren uneben und mit Moos und Flechten überwuchert, glitschig und gefährlich. Yngvar stemmte sich mit dem Rücken gegen die eine Wand, mit den Füßen gegen die andere und schob sich nach oben. Er spürte die Feuchtigkeit am Rücken durch seine Kleidung. Doch er fühlte sich Adelaise bereits so nahe, und das verlieh ihm ungeahnte Kräfte.

Melisande folgte ihm. Sie wandte eine ganz andere Klettertechnik an, indem sie mit Händen und Füßen an der unebenen Seite der Spalte hinaufstieg. Nur, ab und zu stützte sie sich mit einem Bein an der gegenüberliegenden Wand ab. Sie war schlank und wendig, dank der Männerkleidung konnte sie sich gut bewegen und stieß mit dem Kopf immer wieder gegen das Hinterteil des über ihr sich schnaufend hinaufschiebenden Yngvar.

Sven wiederum bevorzugte das Klettern wie eine Spinne, Arme und Beine gegen die Felswände gespreizt. Er rutschte immer wieder ab, zum Glück stürzte aber niemand in die Tiefe. Yngvar hoffte, dass niemand auf der Burg gerade Wasser holen wollte. Ein fallender Eimer würde ihn wohl ins Reich der Träume schicken.

Es war ein unwahrscheinlich anstrengendes Unternehmen, gefährlich, unheimlich und eklig zudem. Dicke Nacktschnecken klebten an der feuchten Felswand, und in den Nischen hockten Krabbeltiere und Würmer. Zudem war es ziemlich dunkel, nur von oben drang etwas Licht in den Schacht herein. Dieser Lichtschein gab ihnen Mut, er war das leuchtende Ziel ihrer ganzen Anstrengungen. Das Licht war Adelaise.

Yngvar presste die Zähne zusammen, während er sich höher und höher schob. Mittlerweile glich er einem Gespenst aus der Unterwelt, über und über mit dunklem Schmodder beschmiert. Daran dachte er jedoch nicht. Die Sorge um Adelaise drängte ihn vorwärts, aufwärts.

Völlig entkräftet, mit zitternden Armen und Beinen, erreichte Yngvar als Erster die Oberfläche. Trotzdem ließ er Vorsicht walten, lugte über den gemauerten Rand des Brunnens. Es schien der untere Burghof zu sein. Er war menschenleer, keine Magd ließ sich sehen. So leise wie möglich kletterte Yngvar aus dem Brunnen heraus, dann half er Melisande. Auch sie war über und über mit dem übelriechenden Schlamm beschmiert. Zuletzt schob sich Sven ächzend über den Brunnenrand. Sie schauten sich gegenseitig an. Melisande brach in glucksendes Lachen aus, doch Sven presste ihr die Hand auf dem Mund. »Pssst!« Er blickte sich hastig um. »Dort entlang!«

Die Burgmauer entlang zog sich ein hölzerner Wehrgang auf Pfeilern, unter dem sie sich versteckten. Die ganze Burganlage wirkte düster, da kam ihnen ihre schlammige Tarnung gerade recht. Im Schatten des Wehrganges schlichen sie vorwärts.

»Wo mag Gwendal jetzt sein?«, flüsterte Melisande.

»Der kann mir gestohlen bleiben«, erwiderte Yngvar ebenso leise. »Ich hoffe, der hetzt uns nicht durch seine Unbedachtheit die Wachen auf den Hals.«

»Er meint es ja nur gut«, verteidigte Melisande Gwendal. »Er ist ein guter Junge.«

Sven räusperte sich. »Nun lass mal gut sein. Wir schaffen es auch ohne ihn.«

»Ohne ihn hättet ihr gar nicht erfahren, dass es einen geheimen Weg in die Burg gibt«, zischte Melisande wütend. Das Weiß ihrer Augen funkelte gefährlich aus ihrem schwarz verschmierten Gesicht.

»Hört auf zu streiten, wir müssen herausfinden, wo sich Adelaise befindet.« Yngvar erreichte die Zwischenmauer, die den Hof zur oberen Burg hin begrenzte. Das Tor war geschlossen. Er deutete zur Mauer hinauf. »Wir müssen da drüber.« Von der anderen Seite hörten sie Waffenlärm. Yngvars Männer lenkten die Wachen mit kleinen Scharmützeln ab. Trotzdem war es gefährlich.

»Hier ist eine kleine Tür.« Melisande zeigte auf eine winzige Pforte, die sie beinahe übersehen hätten. Sie war aus dunklem Holz gefertigt und mit schwerem Eisen beschlagen. Sven drückte dagegen. »Zu«, stellte er enttäuscht fest.

»Moment!« Melisande nestelte in ihrem Haar und zog eine kleine Haarnadel aus Bronze heraus, mit der sie ihren Zopf befestigt hatte. Sie bohrte damit im Schloss der Pforte herum. Ein leises Klicken war zu hören, dann ein Schaben. Sie grinste. »Na, wer sagt es denn!«

»Woher kannst du denn so was?«, staunte Sven.

Melisande antwortete nicht. Sie drückte vorsichtig die Pforte auf. Muffiger Geruch schlug ihnen entgegen. »Hoffentlich ist das nicht die

Gruft der Kirche.« Yngvar betrat als Erster den Gang. Er musste sich bücken. Sowohl die Pforte als auch der Gang waren so niedrig, dass nicht einmal Melisande aufrecht gehen konnte. Dicht aneinandergedrängt tasteten sie sich vorwärts. Das Licht von der Pforte reichte nicht aus, den Gang zu erhellen. Doch er war nur kurz. Plötzlich weitete er sich, es gab eine zweite, größere Tür. Vorsichtig öffnete Yngvar sie einen Spalt. Fackelschein schlug ihm entgegen. Es war ein Gewölbe, tief in den Fels geschlagen. Die Fackeln erhellten den Raum so weit, dass er Einzelheiten erkennen konnte. Tische, Bänke, Regale und Borde standen voll mit Gläsern, Flaschen, Phiolen, Tonkrügen und anderen kleinen Gefäßen. Es roch eigenartig. In einem Eisengestell flackerte ein Feuer. Getrocknete Bündel von Pflanzen hingen an den Regalen. Doch es schien niemand anwesend zu sein. Yngvar öffnete die Tür weiter, und sie traten ein. »Gütiger Himmel, was ist denn das?« Melisande presste die Hand auf den Mund. »Eine Hexenküche!«, sagte sie dann leise.

Neugierig näherte sie sich einem Tisch. Überall standen kleine Gefäße mit undefinierbarem Inhalt herum.

»Fass nichts an«, warnte Sven sie. »Es könnte Gift sein.«

Etwas bewegte sich plötzlich vor ihr, grau, mit langem nacktem Schwanz. Melisande schrie auf. »Igitt, hier gibt es Ratten!«

Yngvar trat näher. »Die sind in einem Käfig. Warum sind sie gefangen?«

»Er probiert bestimmt das Gift an ihnen aus«, flüsterte Melisande gepresst. »Ich habe Angst.«

»Hallo, ist hier jemand?«

Die drei zuckten zusammen. Sie waren es jedenfalls nicht, die gerufen hatten.

»Wer ruft hier?«, wollte Sven wissen.

»Hier, hier, ich bin hier.« Es war eine klägliche Stimme, die aus einem düsteren Winkel drang.

»Das klingt doch wie …« Sven eilte durch den Raum, sorgsam darauf bedacht, keines von den Gefäßen umzustoßen. Mehrere eiserne Käfige hingen an langen Ketten von der Decke. Sie waren leer, nur in einem hockte ein dunkles Bündel, zusammengekauert und mit Lumpen bedeckt. Schmutzige Finger umklammerten die Gitterstäbe.

»Tosti! Was machst du hier?«

»Odin sei Dank«, jammerte Tosti. »Holt mich hier raus. Der Verrückte probiert an mir seine giftigen Elixiere aus. Ich wäre beinahe gestorben.«

Yngvar löste die Kette von der Wand und ließ den Käfig langsam herab. Wie ein gefangenes Tier hockte Tosti darin. Nackte Angst lag in seinem Blick. Seine Augen weiteten sich, und das Weiße seiner Augen leuchtete unnatürlich. »Wie seht ihr denn aus? Seid ihr aus der Unterwelt gekommen?«

»So ungefähr. Du hast unser Unternehmen gefährdet, indem du auf eigene Faust gehandelt hast«, zürnte Yngvar. »Warum bist du in Graf Hamos Lager gegangen, anstatt zu warten, wie dir befohlen wurde?«

»Ich wollte doch nur erfahren, was los ist. Die ganze Situation war so verwirrend, und ich dachte … wir dachten …«

»Hört auf zu streiten, wir dürfen nicht hierbleiben. Der Graf könnte jederzeit hereinkommen«, gab Sven zu bedenken. »Hier liegt ein Schlüssel. Schau mal, ob er zum Käfig passt.« Sven nahm mit spitzen Fingern einen verrosteten Schlüssel vom Wandbord und reichte ihn an Yngvar weiter. Nach mehreren Versuchen öffnete sich das Schloss, und Tosti kroch erleichtert heraus.

»Hast du noch einen Gefangenen gesehen?«, wollte Melisande wissen. »So einen jungen, hübschen Mann mit blonden Locken und rosigen Wangen?«

Tosti starrte Melisande erstaunt an, dann schüttelte er den Kopf »Nein, ich hing immer allein hier, außer Ratten und Gewürm gibt es hier kein Lebewesen. Aber sag mal, was bist du, ein Mann oder ein Weib?«

Melisande antwortete nicht. »Gott sei Dank, Hamo hat Gwendal nicht erwischt«, seufzte sie nur erleichtert.

»Weißt du, ob Adelaise hier versteckt gehalten wird?«, fragte Yngvar.

»Wer soll das sein?«

»Eine Comtesse, sehr hübsch, mit dunklem Haar und veilchenfarbenen Augen.«

Wieder schüttelte Tosti den Kopf. »Ich weiß gar nichts«, wimmerte er. »Ich will nur noch weg hier.«

»Darauf musst du noch etwas warten«, entgegnete Sven. »Adelaise muss hier irgendwo in der Burg sein, und wir werden sie befreien.«

»Ihr, ich nicht«, widersetzte sich Tosti. »Ich möchte diesem Verrückten nicht noch einmal begegnen.«

»Wir brauchen jeden Mann, weil wir nicht wissen, ob es zum Kampf kommt. Unsere Leute lenken die Wachen draußen am Tor ab. Inzwischen müssen wir unbedingt Adelaise finden.«

»Und Gwendal«, ergänzte Melisande.

»Also los, weiter!« Yngvar eilte voran. Aus dem Gruselkeller führte eine steinerne Wendeltreppe nach oben. Nacheinander hasteten sie hinauf, als Letzter Tosti, der sich immer wieder ängstlich umschaute. Das alles überstieg sein Vorstellungsvermögen, und er befürchtete, dass dieser Alptraum die Strafe für seine Gier war. Als er im Käfig gehockt hatte und dem verrückten Grafen ausgeliefert war, hatte er sich geschworen, wenn er jemals heil wieder herauskommen würde, ein anständiger Mensch zu werden. Er überlegte, es wäre seine erste gute Tat, an Adelaises Befreiung mitzuwirken. Und so folgte er den dreien die Treppe hinauf, die auf einen weiteren Hof führte. Im Schutz morscher Holzsäulen, die wiederum einen Wehrgang trugen, schauten sie sich um. Vom großen Tor klang Lärm herüber, alle Wachen waren mit der Abwehr des Angriffs von Yngvars Leuten beschäftigt.

»Da, da oben sitzt der Falke!« Melisande wies zur Spitze eines eigenartigen Turms, der die Burg krönte. Es war kein massiver Burgfried wie auf Coquille, sondern ein schlankes, von einem spitzen Hutdach gekröntes Bauwerk aus dunklem Gestein und mächtigen Holzbalken, die den Turm rundum stützten. Oben, kurz unter dem Dach, gab es ein winziges Fenster.

»Ob er sie dort oben gefangen hält?« Yngvar legte den Kopf in den Nacken, doch er konnte nichts erkennen.

»Ein perfektes Gefängnis wäre das schon«, meinte Sven. »Niemand kann heraus, ohne sich das Genick zu brechen, aber auch keiner hinein.«

»Wir müssen da hinein. Schließlich hat der Graf sie ja wahrscheinlich da hochgebracht.«

Der Turm erhob sich wie ein knöcherner Finger aus einem massiven Gebäudekomplex, der offenbar alle wichtigen Räume dieser Burg beherbergte. Ställe, Vorratskammern, eine Schmiede und Waffenlager befanden sich im ebenerdigen Teil, zur Küche führten sogar einige Stufen in die Tiefe. Die Wohnräume lagen im oberen Stockwerk. Von dort musste es auch einen Zugang zum Turm geben. Doch wie kamen sie ungesehen über den Hof? Im Schutz des hölzernen Wehrganges schlichen sie von Säule zu Säule, umrundeten den Hof, über den immer wieder Männer liefen und Waffen holten. Sie hatten den Eingang zur Küche erreicht. Den mussten sie überwinden. Yngvar spähte in den Raum hinein, dann winkte er den anderen, ihm zu folgen. Mit schnellen Schritten huschte er am Eingang vorbei und versteckte sich hinter der nächsten Holzsäule. Als Nächstes folgte Melisande. Doch als sie gerade den Kücheneingang passierte, kam eine Magd mit einer großen Schüssel auf den Armen heraus. Sie prallte mit Melisande zusammen, noch ehe sie zurückweichen konnte. Die Schüssel fiel polternd auf den Boden, der Inhalt, gekochte Steckrüben, landete im Schmutz und auf Melisandes Schuhen.

»Zum Henker, was …« Die Magd stutzte, starrte Melisande an, diese starrte zurück.

»Jocelyne!«

»Melisande!«

Jocelyne fand als Erste die Sprache wieder. »Was machst du denn hier?« Sie blickte zur Seite und entdeckte Sven. »Ist der andere Ritter auch hier?«

»Ja«, antwortete Yngvar.

Von der anderen Seite des Hofes erklangen Rufe der Wachmannschaft.

»Schnell, kommt hier herein, sonst werdet ihr entdeckt!« Jocelyne lief zurück in die Küche. Die anderen folgten ihr. Mehrere Mägde arbeiteten in der Küche, scherten sich aber nicht um sie. Jocelyne schob sie in einen Nebenraum, wo sich Fässer und Säcke stapelten.

»Um Himmels willen, wie kommt ihr denn hier herein? Und was wollt ihr?«

Melisande zog die Augenbrauen zusammen, und ihre blauen Augen blitzten wütend. »Erklär du mir lieber, was du hier tust. Wieso arbeitest du als Magd auf der Burg? Hat dich Graf Hamo auch gefangen?«

»Gefangen? Nein«, erwiderte Jocelyne gedehnt. »Wieso auch?«

»Weil er wahrscheinlich Adelaise gefangen hält. Weißt du was darüber?«

Jocelynes Augen weiteten sich. »Nein«, hauchte sie. »Adelaise wurde gefangen genommen?«

»Entführt. Und wir vermuten, dass es Graf Hamo war.«

»Davon weiß ich nichts.« Jocelyne hob die Schultern.

Melisande packte sie und schüttelte sie zornig. »Gib zu, du hast unsere Herrin verraten und bist zu Hamo übergelaufen. Du steckst hinter alldem. Bei Nacht und Nebel bist du verschwunden. Du bist eine Verräterin!«

Sven hielt die erzürnte Melisande zurück. »Lass sie doch erst mal reden. Verprügeln kannst du sie später.«

»Also, wieso lebst du jetzt hier?«, richtete Yngvar das Wort an sie.

Jocelyne schlug die Augen nieder und biss sich auf die Unterlippe. »Das … das ist … wegen der Erdbeeren«, stotterte sie.

»Wie bitte?« Melisande war schon wieder geneigt, mit den Fäusten gegen Jocelyne vorzugehen. »Erzähl keine Märchen!« Sven fiel ihr in den Arm. Jocelyne wich zurück, so weit sie konnte. »Es ist tatsächlich so. Als ich für Adelaise Erdbeeren holte, war die Burg doch belagert. Ich verkleidete mich als Magd und schlüpfte durch die kleine Pforte an der hinteren Mauer. So kam ich ungesehen in den Wald.«

»Das wissen wir«, bestätigte Yngvar.

»Euch haben die Erdbeeren ja auch geschmeckt«, verteidigte sich Jocelyne.

»Nicht nur uns«, warf Sven ein. Jocelyne errötete und senkte wieder den Blick.

»Was soll das heißen?« Melisande rückte bedrohlich näher. Jocelyne warf Sven einen verzweifelten Blick zu.

»Es nützt nichts. Es ist besser, du sagst die ganze Wahrheit«, meinte der mit zuckenden Mundwinkeln. »Wir kennen sie bereits.«

»Ach ja?« Melisande staunte.

Jocelyne druckste herum. »Ich weiß, dass es nicht rechtens war, aber was sollte ich machen? Ich ... ich habe mich ... also, im Wald, da war ein junger Mann ...« Sie atmete tief durch, dann hob sie den Blick und schaute Melisande in die Augen. »Ich habe mich verliebt, in einen jungen Knappen aus Hamos Gefolge. Im Wald haben wir uns immer heimlich getroffen.«

»Das können wir bestätigen«, nickte Sven grinsend. »Wir sind Jocelyne gefolgt und auf diese Weise in die Burg gelangt.«

»Also, das ist doch ...« Melisande fand keine Worte. »Es hätten auch Räuber sein können.«

»Sind wir ja auch, aber das ist eine andere Geschichte.« Sven schlang einen Arm um Melisandes Schulter, um sie zu beruhigen.

»Und wieso lebst du jetzt hier?«, drängte Melisande Jocelyne weiter. Sie konnte sich noch immer nicht beruhigen.

»Als ich mich mit Josse wieder im Wald traf, unter unserer Liebeseiche, da erklang auf einmal das Signal zum Angriff. Josse ist Knappe von Ritter Perceval, und da muss er gehorchen. Denn der Ritter muss Graf Hamo folgen und deshalb ... Alles ging durcheinander, die Schlacht, Josse musste mich verlassen, da kam plötzlich ein schrecklicher großer Mann mit rotem Bart und einer dicken Nase auf uns zu und wollte mich töten. Josse hat mich tapfer verteidigt und den Unhold in die Flucht geschlagen.«

»Ein großer Mann mit dicker Nase und rotem Bart? Hatte er buschige Augenbrauen?«

»Ja, genau so sah er aus«, nickte Jocelyne.

»Das ist Ulf gewesen.« Sven fasste sich an die Stirn und drehte sich zu Tosti um. »Was ist da gelaufen? Was wolltet ihr wirklich?«

»N... nichts«, stammelte Tosti. »Keine Ahnung, was dem Kerl in seinen dummen Schädel ...«

»Jedenfalls«, fuhr Jocelyne fort, »konnte ich nicht mehr zurück auf die Burg, und Josse hat mich mit ins Lager genommen. Dort habe ich mich versteckt, bis die Schlacht vorbei war. Zum Glück ist Josse nichts geschehen und seinem Ritter auch nicht. Josse hat seinen Herrn gefragt, ob er mich mitnehmen dürfe, aus christlicher Nächstenliebe, denn ich sei eine … eine Kriegswaise.«

»Das schlägt doch dem Fass den Boden aus«, empörte sich Melisande.

»Ritter Perceval hatte ein Einsehen, und ich darf hier als Magd arbeiten.«

»So ein Abstieg, von der Kammerjungfer zur Küchenmagd. Geschieht dir ganz recht, du Luder, du!« Melisande rümpfte die Nase und drohte mit der Faust.

»Ich habe es nur aus Liebe getan«, verteidigte sich Jocelyne. »Josse ist ein wunderbarer Mann, so zärtlich und stürmisch, und küssen kann er!«

»So genau will ich das gar nicht wissen. Pfui Teufel, wie kannst du dich nur so demütigen, als Hure im Lager des Feindes!«

Jocelyne begehrte auf. »Das ist nicht wahr! Ich liebe Josse, und er liebt mich. Das ist ganz anständig. Ich lasse mich nicht von dir beleidigen!« Nun ging Jocelyne mit Fäusten auf Melisande los, mit zornrotem Gesicht und Tränen der Wut in den Augen. Nur mit Mühe konnten die Männer sie trennen.

»Verschiebt euren Streit auf später«, raunzte Yngvar sie an. »Du kennst dich auf der Burg aus?«, wandte er sich an Jocelyne. Die nickte schweigend. »Dann führe uns zu diesem Turm. Wir vermuten, der Graf hält Adelaise dort oben gefangen.«

»Tatsächlich? Also, bemerkt habe ich nichts …« Zweifelnd wiegte Jocelyne den Kopf. »Wie konnte er Adelaise überhaupt gefangen nehmen? Er war doch die ganze Zeit hier.«

Melisande trat einen Schritt vor und reckte stolz das Kinn. »Adelaise und ich haben uns freiwillig in Geiselhaft zu den Wikingern begeben.«

Entsetzt wandte Jocelyne ihren Blick den Männern zu. »Wikinger? Geiselhaft?«

Melisandes Miene drückte Überlegenheit aus. Sie fühlte sich stark. »Nun, sie hielten Adrien und sein Gefolge gefangen und wollten Lösegeld von Graf Gurvan. Der dachte natürlich nicht daran, und so haben Adelaise und ich den heldenhaften Entschluss gefasst, uns zu opfern.«

Jocelyne warf ihr einen misstrauischen Blick zu. »Zu opfern? Ich denke eher, du bist ihm hinterhergelaufen, weil du ihn sonst nie wiedergesehen hättest.«

»Halt den Mund, du Verräterin«, keifte Melisande und stürzte sich wieder auf Jocelyne. »Während du hier deinem Knappen die Lanzenspitze putzt, haben Adelaise und ich die Geiselhaft auf einem Wikingerschiff gewählt, umtost vom Meer und allen Ungeheuern darin.«

Yngvar räusperte sich. »Es war eher eine Gastfreundschaft auf Zeit, auf kurze Zeit«, erklärte er. »Als Graf Gurvan ein Fass Wein sandte, haben wir uns nichts dabei gedacht und auf das Lösegeld gewartet. Doch der Wein war vergiftet. Als wir am Morgen aus einem todesähnlichen Schlaf erwachten, war Adelaise verschwunden. Ihr Falke führte uns zu dieser Burg. Das mit dem Gift sieht Graf Hamo ähnlich.«

»Das ist ja eine verrückte Geschichte.« Jocelyne nestelte an ihrer Schürze. »Was habt ihr vor?«

»Adelaise befreien, und zwar schnell.«

»Ihr seid nur zu dritt – äh – zu viert«, korrigierte sie sich mit einem kurzen Seitenblick auf den verlumpt aussehenden Tosti.

»Gwendal ist auch hier irgendwo«, beeilte sich Melisande zu berichten. »Er ist vor uns den Brunnen heraufgeklettert.«

»Gwendal? Um Gottes willen! Der Junge riskiert seinen Kopf.« Jocelyne schlug entsetzt die Hände zusammen.

»Jaja, so ist das, wenn man verliebt ist. Da hört man auf zu denken«, erwiderte Melisande spitz. »Jetzt müssen wir den auch noch retten.«

»Allein schafft ihr das nicht. Ich werde mit Josse reden.«

»Nein, nein, auf keinen Fall! Niemand darf erfahren, dass wir in die Burg eingedrungen sind. Josse erzählt es seinem Ritter und dieser dem Grafen Hamo, dann enden wir alle unten in den Käfigen seiner Hexenküche.« Tosti kroch zähneklappernd in sich zusammen.

»Feigling!« Melisande warf ihm einen geringschätzigen Blick zu.

Yngvar wurde ungeduldig. »Wir müssen Adelaise suchen. Jocelyne, zeig uns den Zugang zum Turm, den Rest machen wir allein.«

»Ich komme mit, denn ich kenne mich in dieser Burg gut aus.« Mit der Hand bedeutete sie ihnen zu warten, bis die Luft rein war. Sie schaute auf den Hof, nach links und rechts, zum Wehrgang hinüber und zur Waffenkammer. In einem günstigen Moment winkte sie ihnen. »Los! Mir nach!« Dicht hintereinander huschten sie zum Hauptgebäude hinüber. Am Eingang stapelten sich große Körbe, hinter denen sie Deckung suchten. Jocelyne öffnete vorsichtig die Tür, lugte hinein, dann folgten die anderen ihr durch die düsteren Räume; enge Gänge, von denen kleine Kammern abgingen, ein etwas größerer Raum, der als Rittersaal diente und dessen kahle Wände mit Wappenfahnen verhängt waren. Eine schmale Treppe wand sich in die Höhe. Auf dieser Burg schienen nur schlanke Menschen zu leben, Yngvar jedenfalls befürchtete, in den engen Windungen stecken zu bleiben. Von unten hörte er Tosti keuchen. »Ich kann nicht mehr«, röchelte er.

»Dann versteck dich unten, pass aber auf, dass du nicht wieder im Käfig landest.«

Das reichte, um Tosti anzutreiben. Ihm wurde schwindelig bei den vielen Treppenwindungen. Doch dann gelangten sie zu einem kleinen Absatz vor einer großen Eichentür mit schweren Metallbeschlägen und einem gewaltigen Schloss. Yngvar rüttelte an der Tür, doch nichts bewegte sich.

»Das Schloss sieht sehr sicher aus«, stellte er verdrießlich fest. Hier würde Melisandes Haarklammer nicht mehr ausreichen.

»Abwarten!« Melisande kniete sich davor und bohrte mit ihrer Haarklammer in der Öffnung herum, doch diesmal rührte sich tatsächlich nichts. Es kratzte und schabte, doch die Tür blieb verschlossen.

»Wir sind doch kräftige Kerle«, meldete sich Tosti zu Wort. »Wenn wir uns nun gleichzeitig dagegenwerfen …«

Alle blickten auf den gedrungenen Tosti hinab, der augenblicklich einen Schritt zurücktrat, als wäre er erschrocken über seine eigene Courage.

»Und lenken die Aufmerksamkeit der ganzen Burgbesatzung auf uns«, ergänzte Yngvar kopfschüttelnd. »Noch sind sie unten mit der Abwehr unserer Leute beschäftigt. Ich hoffe, die halten noch eine Weile durch.«

»Wie kriegen wir nun das Schloss auf?« Melisande steckte ihren Zopf wieder zusammen. Yngvar zog sein Messer aus dem Stiefel. Die Schneide war nicht sehr breit, deshalb passte sie ins Schloss. Yngvar drehte das Messer hin und her, es knackte – und die Schneide war abgebrochen.

»Bei Thors Hammer, was haben die denn für Schlösser eingebaut? Liegt hier ein Schatz vergraben?«

»Dein Schatz«, grinste Sven.

»Aber unerreichbar.« Wütend und entnervt drehte sich Yngvar um. Da standen sie nun so kurz vor dem Ziel und scheiterten an einem verdammten Schloss. Seufzend lehnte er sich gegen das Türblatt und strich sich eine Haarsträhne aus der feuchten, schmutzigen Stirn. In diesem Augenblick gab die Tür nach, und er stürzte rücklings in den Raum hinein. Alle waren so erschrocken, dass sie nicht sofort reagieren konnten. Yngvar rang nach Luft, denn der Aufprall auf den Rücken war heftig gewesen. Sven eilte zu ihm und half ihm auf die Beine. Dann blickten sie sich um. Die Turmkammer war nur klein und wurde fast gänzlich von einem großen Bett ausgefüllt. Es war ein schönes Bett mit vier geschnitzten Holzsäulen, die einen Baldachin trugen. Zerschlissene Vorhänge verdeckten, was sich im Innern befand.

Yngvar schüttelte Svens helfende Hand ab, eilte zum Bett und riss den Vorhang beiseite.

»Bei Odin«, japste er. Auch die anderen eilten herbei.

»Gütiger Gott!« Melisande bekreuzigte sich eilig. Es war auch ein zu schrecklicher Anblick. Adelaise lag, an Händen und Füßen gefesselt, auf dem Rücken. Die Fesseln waren an den Bettpfosten gebunden, so dass sich Adelaise nicht bewegen konnte. Zudem verstopfte ein Knebel ihren Mund. Ihr wunderschönes dunkles Haar war zerzaust, die Fesseln hatten rote Striemen in ihre Haut geschnitten.

»Dieses Scheusal«, schrie Yngvar. »Den bringe ich um!« Mit der abgebrochenen Messerschneide zertrennte Yngvar die Fesseln, während Jocelyne und Melisande vorsichtig den Knebel entfernten. Adelaise rang nach Luft, hustete und spuckte. »Pfui Teufel«, schimpfte sie. »Das ist, als wenn man in einen Kuhfladen beißt.«

»Du Arme, was hast du erleiden müssen.« Yngvar zog Adelaise in die Arme. »Aber jetzt hast du es überstanden.«

Adelaise hockte auf dem Bettrand und musste sich erst einmal sammeln. Die Erleichterung über die geglückte Rettung und die Scham über ihre unwürdige Lage, in der sie die Männer vorgefunden hatten, kämpften in ihr miteinander.

Jocelyne und Melisande bemühten sich um Adelaise. »Nimm die Finger weg«, fauchte Melisande Jocelyne an. »Du hast unsere Herrin verraten.«

»Habe ich nicht«, widersetzte sich Jocelyne. »Ich hatte gar keine Ahnung, dass sie sich hier befindet.«

»Aber du lebst hier am Hofe dieses Verbrechers. Schon deshalb solltest du den Kopf verlieren.«

Jocelyne wurde blass und wich zurück. »Das ist nicht wahr! Ich liebe Josse, und es ist mir egal, welchem Herrn er dient. Außerdem ist er Knappe von Ritter Perceval und hat mit Graf Hamo gar nichts zu tun.«

»Wegen diesem Kerl hast du Burg Coquille verlassen und konntest unsere Herrin nicht beschützen, wie es deine Aufgabe ist. Deshalb bist du eine Verräterin.«

»Und wieso hast du sie nicht beschützen können? Sonst wäre die Comtesse ja wohl jetzt nicht hier in dieser furchtbaren Lage.«

Ein dumpfer Knall beendete den heftigen Streit der beiden jungen Kammerzofen. Alle fuhren auseinander. »Was war denn das?«

Draußen vor dem kleinen Turmfenster flog ein dunkler Schatten vorbei.

»Der Falke! Der Falke will zu seiner Herrin!«

Adelaise hob den Kopf »Der Falke?«

»Der Falke hat uns auf deine Spur gebracht«, erzählte Yngvar aufgeregt, während Sven zum Fenster ging, um es zu öffnen und den Vogel hereinzulassen. »Wir haben ihn von Burg Coquille geholt und ihn fliegen lassen. Wir brauchten nur seiner Spur zu folgen.«

»Das kluge Tier«, seufzte Adelaise. »Es hat mich gerettet.«

Melisande räusperte sich. »Na ja, Sven und Yngvar und all seine Leute und auch ich haben daran wohl einen nicht unbeträchtlichen Anteil.«

»Na, das ist doch unglaublich!«, vernahmen sie Svens erstaunten Ausruf vom Fenster her. »Bei Odin, was machst du da draußen?«

Alle stürzten zum Fenster, um zu schauen, wer da wohl war. Wieso sprach Sven mit dem Falken? Im nächsten Augenblick surrte ein Pfeil heran und blieb von außen im Fensterrahmen stecken. Die Frauen schrien erschrocken auf, während von draußen jämmerliche Hilferufe erklangen. »Nun holt mich doch endlich rein und gafft nicht so. Die schießen mich einfach ab!«

Die klägliche Stimme gehörte zweifellos zu Gwendal. Er schaukelte an einem langen Seil in dieser schwindelerregenden Höhe und versuchte vergeblich, von außen ans Fenster zu gelangen, während von der Burgmauer aus plötzlich ein Pfeilhagel auf ihn niederprasselte.

Mit Mühe zerrten die Männer den zappelnden Gwendal durchs Fenster.

»Nun halt doch mal still, sonst fällst du noch runter«, schimpfte Sven.

Wie ein Mehlsack plumpste Gwendal auf den Boden, froh, dem sicheren Tod entronnen zu sein. Er blieb liegen und keuchte.

Ein Pfeil steckte in seinem Oberschenkel, aber nicht sehr tief, einige Schürfwunden bluteten.

Adelaise hockte sich neben ihm nieder. »O Gwendal, was hast du denn angestellt? Wolltest du mich befreien?«

»Natürlich«, ächzte er. »Nur wollte mir das keiner glauben. Ich war ganz auf mich allein gestellt.« Er hob den Kopf und blickte zu Yngvar und Sven. »Ihr seid hier? Wie ist euch das denn gelungen?«

Yngvar wies grinsend auf die Tür.

»Wo kommst du denn her?«, wunderte sich Jocelyne.

»Die Tür ging nicht auf, deshalb bin ich auf das Dach geklettert und habe mich abgeseilt. Ich wollte durch das Fenster einsteigen, aber das ging nicht so einfach.«

»Ganz recht, weil das Dach vorspringt. Das sieht doch jedes Kind«, spottete Sven.

»Nun lasst doch mal den armen Jungen. Er ist ein Held, aber er ist verwundet. Wir müssen ihm helfen«, besänftigte Adelaise ihn.

Dankbar wandte Gwendal seinen Kopf zu Adelaise, die ihn auf ihrem Schoß bettete und vorsichtig seine blonden Locken streichelte. Yngvar beobachtete es mit Ingrimm. Wieder drängte sich dieser Grünschnabel vor, und Adelaise fiel auch noch darauf herein, während sie doch allen Gefahren getrotzt hatten, um bis in den Turm zu gelangen.

Jocelyne zerriss ihr Unterkleid und band Gwendals Bein ab. »Pass auf, ich entferne jetzt den Pfeil.«

»Nein … oh … au, lieber nicht!« Gwendal stöhnte laut auf dann fiel er in Ohnmacht.

Yngvar schnaufte abfällig. »Milchbubi«, murmelte er. »Der hält uns nur auf Wir müssen ja wieder durch den Brunnen zurück.«

»Irrtum«, erklang es von der Tür her. Graf Hamo stand im Türrahmen und wippte mit seinem schwarzen Kinnbart. »Jetzt seid ihr alle meine Gefangenen. Von meiner Burg ist noch niemand geflohen.«

FRAUEN FÜR DIE MANNSCHAFT

Hamos teuflisches Lachen jagte allen eine Gänsehaut über den Rücken. »Dachtet ihr, ihr könntet mich übertölpeln?«

»Zumindest haben wir Adelaise gefunden«, erwiderte Yngvar, nachdem er sich vom ersten Schreck erholt hatte. »Es war nicht schwer, Eurer Giftspur zu folgen, Herr Hexenmeister.«

Hamos Lachen ging in hämisches Kichern über. »Ganz recht, ich bin der schwarzen Künste mächtig. Und die sollen euch allen zum Verhängnis werden. In meinem Labor sind noch genügend Käfige frei. Ich habe viele Elixiere erfunden, die ich an euch ausprobieren werde.«

»Scheusal!«, stieß Adelaise hasserfüllt hervor.

Hamo grinste süßlich. »Du verkennst mich, mein Liebchen. Ich schenke dir ewige Jugend, ewige Schönheit, ewiges Leben. Dafür solltest du etwas dankbarer sein.«

»Warum hast du es nicht an dir selbst ausprobiert?«, wollte Yngvar wissen. »So abgrundhässlich, wie du bist, machst du allen Trollen und Waldgeistern im Wikingerland Konkurrenz.«

Hamo wippte mit seinem Spitzbart wie mit einem Elsterschwanz, dann kniff er seine ohnehin kleinen dunklen Augen zu schmalen Schlitzen zusammen und blitzte Yngvar böse an. »Dein Spott wird dir noch vergehen, Wikinger. Du wirst noch flehen, dass ich dich von den Leiden erlöse, die du erdulden musst.«

»Etwa damit?« Tosti sprang plötzlich vor und hielt dem verdutzten Hamo eine Phiole unter die Nase. Im Nu zog er den Stöpsel heraus und schüttete dem Grafen den Inhalt ins Gesicht. Hamo schrie auf, eine klebrige grüne Masse rann ihm über Stirn, Augen und Wangen. Ein Tropfen blieb an seiner spitzen Nase hängen. Seine Überraschung nutzten die Männer aus, um Hamo zu überwältigen. Sie fesselten ihn mit Gwendals Strick.

»Das werdet ihr bereuen«, kreischte Hamo und strampelte mit seinen dünnen Beinen.

»Dazu haben wir keine Zeit.« Sven schubste ihn zum Fenster. »Los, helft mir mal. Der wehrt sich.«

»Willst du ihn hinunterwerfen?« Yngvar zögerte.

»Nein, nein, wir hängen ihn nur hinaus, damit wir nicht beschossen werden.«

»Und dann?«

Sven hielt schnaufend den widerstrebenden Hamo fest. »Mit den Damen können wir nicht wieder durch den Brunnen. Wir seilen uns ab und verschwinden über die Burgmauer.«

»Abseilen?« Melisande schnappte nach Luft. »Ich nicht!«

»Und ich bleibe hier bei Josse«, entschied Jocelyne.

»Von Abseilen halte ich auch nichts«, pflichtete Adelaise bei. »Das ist viel zu gefährlich.«

»Uns bleibt gar nichts anderes übrig. Über den Hof kommen wir nicht mehr zurück, ohne dass uns die Wachen angreifen. Wir müssen uns ja nur bis zu dem ersten Balkenabsatz abseilen, dann können wir auf der Rückseite zur Burgmauer und dann den Felsen hinab. Dort können uns unsere Männer beschützen.«

»Ich bin verletzt«, klagte Gwendal.

Yngvar verdrehte die Augen. »Der Held jammert. Die Damen haben Höhenangst, und der Burgherr stirbt an seinem eigenen Gift. Wir müssen flüchten, solange er noch lebt, und durch das Fenster führt der einzige Weg. Also raus mit ihm.«

Er packte Graf Hamo an den Beinen, während Sven ihn durch das kleine Fenster schob. Das Seil befestigte er am Fensterhaken.

»He, ihr da unten«, rief Yngvar den Wachen zu. »Wenn ihr euren Herrn nicht wie einen Igel mit Pfeilen durchbohren wollt, dann haltet ein, bis wir verschwunden sind. Dann könnt ihr ihn erschießen.«

»Halt, vielleicht kann ich Ritter Perceval überzeugen, dass die Männer nicht schießen. Sein Wort hat großes Gewicht«, rief Jocelyne.

Melisande rang die Hände. »Du willst wirklich hierbleiben? Vielleicht rächt sich der Graf an dir.«

»Josse und sein Ritter werden mich beschützen«, erwiderte sie. Die beiden Mädchen fielen sich um den Hals, dann beugte Jocelyne das Knie vor Adelaise. »Verzeiht, Comtesse, es war kein Verrat an Euch. Ich bin nur meinem Herzen gefolgt. Ich hoffe, Ihr versteht das.«

Adelaise wechselte einen Blick mit Yngvar. »Ja«, sagte sie schließlich. »Ich verstehe es. Ich verzeihe dir und gebe dich hiermit frei.«

»Danke, Comtesse, das ist sehr gnädig von Euch. Ich bin Euch mein Leben lang zu Dank verpflichtet.«

»Gut, nun wir müssen endlich verschwinden«, rief Sven ungeduldig. Er packte das andere Ende des langen Seils. »Hoffentlich hält es. Wir können uns jedoch nur einzeln abseilen. Und diesen Gnom lassen wir an der Außenmauer zappeln.«

Sven schwang sich durchs Fenster und ließ sich langsam hinab, während Jocelyne aus der Turmkammer eilte, um Ritter Perceval zu suchen. Sie hoffte inständig, dass er auf ihre Bitte eingehen würde. So schnell sie konnte, rannte sie die Treppe hinunter. Ihr wurde ein wenig schwindelig von den vielen Drehungen, doch es ging um Adelaises Leben, um das Leben aller.

»Josse, Josse, bitte hilf!« Josse hielt sich pflichtgemäß in der Nähe seines Herrn, Ritter Perceval, auf, der die Verteidigung am Tor leitete.

»Um Himmels willen, Jocelyne, geh in Deckung! Im Turm befinden sich Eindringlinge, und vor dem Tor …«

»Jaja, ich weiß. Ich bitte für sie. Graf Hamo hat meine Herrin, Comtesse Adelaise, gefangen gehalten.«

»Was erzählst du da? Das ist unmöglich, außerdem gehören die Angreifer nicht zu Graf Gurvans Leuten.«

»Es sind Wikinger, aber sie wollen nur Adelaise befreien.«

Josse packte die erregte Jocelyne und zog sie in den Schutz des Wehrganges. »Du bist ja völlig durcheinander. Woher willst du das denn wissen?«

»Weil ich oben im Turm war. Der eine ist Yngvar, der Anführer der Wikinger, der andere Sven, sein Freund. Und die da draußen sind von ihrem Schiff. Dieser Yngvar ist in Adelaise verliebt, und Adelaise …«

»Langsam, langsam, ich verstehe kein Wort.«

»Lass uns zu deinem Herrn gehen. Ritter Percevals Wort wird von den Männern gehört.«

»Was ist hier los?«, polterte Perceval, der sich nach seinem Knappen umschaute. »Josse, jetzt ist keine Zeit für Vergnügungen mit den Mägden. Wo sind die Pfeile, die du bringen solltest?«

»Ich hole sie sofort, Herr. Aber hört Jocelyne an, sie hat etwas zu berichten.«

Ritter Perceval war ein mittelgroßer, etwas grobschlächtiger Mann, der durch seine Rüstung imposant wirkte. Josse war sehr darauf bedacht, diese Rüstung akribisch in Ordnung zu halten. War sie mal nicht verbeult, dann putzte er sie mit Hingabe.

Ritter Perceval rückte seinen Helm gerade, den ein Federbusch zierte, und blickte streng auf Jocelyne hinab. »Sag, Magd, was hast du zu berichten?«

Ehe Jocelyne etwas sagen konnte, deutete Josse zum Turm. »Da, da, sie werfen den Grafen zum Fenster hinaus!«

»Nicht schießen, bitte nicht schießen!« Jocelyne rang die Hände. »Sie wollen nur Adelaise befreien und ziehen ganz friedlich ab.«

»Wieso willst du das wissen, Weib?« Ritter Perceval blickte sie streng an.

»Weil ich sie kenne. Ich bin Adelaises Kammerjungfer.« Josse klappte der Unterkiefer herunter. »Ich dachte, du bist eine Magd?«

Jocelyne schüttelte den Kopf Ritter Perceval packte sie am Arm. »Eine Spionin!«

Josse stellte sich schützend vor sie. »Ich bitte Euch, Ritter Perceval, sie ist keine Spionin. Ich liebe sie und ich habe sie gerettet, damals in der Schlacht vor den Toren der Burg Coquille.«

Von oben war das Kreischen von Graf Hamo zu hören, der wie eine Spinne am Faden zappelte.

»Wir müssen etwas unternehmen. Über dieses Weib sprechen wir später«, rief Ritter Perceval.

Jocelyne fiel auf die Knie. »Ich bitte Euch, Ritter Perceval, lasst die Wikinger mit Adelaise ziehen. Graf Hamo hat sie entführt. Graf Gurvan wird ihm sonst den Krieg erklären.«

Der Ritter überlegte, nahm seinen Helm ab und kratzte sich am Kopf. »Da könnte was dran sein. Aber warum hängen die den Grafen aus dem Turm heraus?«

»Weil sie auch den Turm über das Seil verlassen werden«, erwiderte Jocelyne.

»Da, schaut, da klettert einer raus.«

»Das ist Sven, der Geliebte meiner Freundin Melisande. Die ist auch dabei.«

»Noch ein Weib?«, staunte der Ritter. Mit offenem Mund beobachtete er, wie zuerst Sven sich am Seil herunterließ, ohne sich um Hamos Geschrei zu kümmern. Als Sven die hölzernen Stützbalken der oberen Ebene erreicht hatte, ließ er das Seil los und kletterte auf den Balken weiter. Das Seil wurde hochgezogen, die nächste Person schob sich durchs Fenster. Die Wachen legten die Pfeile an und spannten die Bogen. Perceval hob die Hand und ließ sie wieder fallen. »Nicht schießen«, befahl er.

»Nicht schießen«, krähte auch Hamo. Offenbar misstraute er seinen eigenen Leuten.

»Das ist Melisande!« Jocelyne presste die Hände zusammen und schickte ein stilles Stoßgebet zum Himmel, dass sie nicht abstürzen möge.

Melisande stellte sich ungeschickt an, das Seil pendelte, und sie stieß mehrfach schmerzhaft gegen die Turmmauer. Einmal rempelte sie sogar Graf Hamo an. »Teufel«, zischte sie ihm zu und stieß sich von ihm mit den Füßen ab.

»Mannweib«, fauchte er zurück.

Dank ihrer Männerkleidung schaffte es Melisande dann doch bis auf den Stützbalken. Sven hielt sie fest, damit sie das Seil loslassen konnte. Sie rieb sich ihre brennenden Handflächen, fühlte sich aber stolz, es geschafft zu haben. Doch noch waren sie nicht in Sicherheit. Als Nächste wurde Adelaise herabgelassen. Auch sie trug noch ihre Männerkleidung und so gelang es ihr ohne größere Probleme, sich abzuseilen, auch wenn sie mehrmals die Augen schloss. Sie mochte weder die Tiefe noch Graf Hamo sehen. Kaum hatte sie das Seil losgelassen, wurde es wieder nach oben gezogen. Gwendal war der Nächste. Eigentlich war er sehr wendig und beweglich, doch die Verletzung am Oberschenkel behinderte ihn. So dauerte es eine Weile, bis auch er die sicheren Stützen erreichte.

Nun fehlten nur noch Yngvar und Tosti. Das Seil scheuerte bedenklich am Fensterhaken. Hamo wagte sich kaum noch zu bewegen aus Angst, das Seil könnte reißen.

Zwar hatte Ritter Perceval den Schussbefehl aufgehoben, aber einige tollkühne Soldaten pirschten sich über den Hof an den Turm heran, während alle anderen gebannt nach oben starrten. Perceval bemerkte es erst, als aus dem Turmzimmer Lärm ertönte. Tosti und Yngvar drängten sich fast gleichzeitig aus dem Fenster und griffen nach dem Seil.

»O mein Gott, nein!« Jocelyne presste die Hände auf den Mund, um nicht zu schreien.

Beide hingen am Seil, das bedenklich hin- und herschwang. Gleichzeitig rutschten sie nach unten, doch es ging nur langsam. Oben im Fenster waren mehrere Köpfe von Wachen zu sehen. »Da hängen sie«, rief einer und hieb mit der Axt auf das Seil, um es zu kappen.

»Seid ihr verrückt«, schrie Hamo. »Dann stürze ich auch ab!«

Doch der Soldat hörte nicht, hieb wie besessen auf das Seil. Es löste sich bereits, als Yngvar und Tosti mit einem gewaltigen Satz auf dem Stützbalken landeten. Im nächsten Augenblick riss das Seil. Graf Hamo stieß einen schauerlichen Schrei aus. Er sackte ein Stück nach unten, dann verfing sich das Seil in einem Mauervorsprung. »Rettet Graf Hamo«, rief Perceval, dem die Flüchtenden in diesem Moment egal waren. Von unten wurden Leitern hochgeschoben, von oben Seile heruntergelassen. Alle waren damit beschäftigt, den Burgherrn aus seiner misslichen Lage zu befreien, während die Flüchtenden unbehelligt die Stützbalken herunterkletterten. Sie erreichten die Burgmauer, die in den Felsen überging.

»Da müssen wir jetzt hinunterklettern«, sagte Yngvar. Er schenkte Adelaise einen glühenden Blick.

Der Felsen hatte wohl ein Einsehen mit den Flüchtenden, denn er bot genügend Vorsprünge, Spalten und Kanten. Nach und nach kletterten sie nach unten, zuerst die Männer, um den beiden Frauen zu helfen. Mit zerschundenen Händen und Knien, zerrissenen Hosen und schmutzverschmiert erreichten sie den Boden. Aufseufzend ließen sie sich auf die Wiese sinken. »Geschafft«, ächzte Yngvar, und auch Sven keuchte erleichtert. Er zog Melisande in die Arme und küsste sie überschwenglich. »Mann, bist du eine tolle Frau«, lobte er sie. Dass sie errötete, konnte er unter der Schmutzkruste auf ihrem Gesicht nicht sehen. Ihr war es ganz recht so.

Auch Yngvar wollte Adelaise in die Arme ziehen, doch Adelaise sprang gleich wieder auf die Füße. »Weg, wir müssen weg hier!«

Gwendal war vorausgeeilt, um die Pferde, die sie am Brunnenspalt zurückgelassen hatten, zu holen. Sie reichten nicht für alle, aber das war kein Problem. Gwendal und Tosti teilten sich ein Pferd, Sven mit Melisande das zweite und Yngvar mit Adelaise das dritte. Sie schwangen sich darauf, doch nach einem kurzen Ritt bat Adelaise Yngvar, das Ross zu zügeln, und wandte sich um. Sie stieß einen Pfiff aus, gleich darauf ließ sich der Falke von der Turmspitze in die Tiefe fallen und folgte ihnen im Gleitflug. Adelaise hob den Arm, dann setzte sich der prächtige Vogel darauf. »Danke«, flüsterte sie und gab ihm einen Kuss auf seinen gekrümmten Schnabel.

»Und wann bekomme ich einen Kuss?«, wollte Yngvar wissen.

»Bald schon wirst du deine Belohnung bekommen«, versprach sie ihm.

»Hatten wir das nicht schon mal?«, fragte er etwas unwirsch.

Sie lächelte geheimnisvoll, doch das beunruhigte Yngvar nur noch mehr. Er war ihr Retter, welchen Beweises seines Mutes und seiner Liebe bedurfte sie noch?

Adelaise indes war sich jetzt sicher: Ihr Vater würde Yngvar endgültig als ihren Retter und zukünftigen Ehemann anerkennen. Yngvar wäre rehabilitiert, niemand würde ihn noch als wikingischen Räuber und Erpresser bezeichnen. Ihren Einzug auf Burg Coquille stellte sie sich triumphal vor. Sie würde sich ganz offiziell zu ihm bekennen. Für Yngvar würde es endlich das lang ersehnte Ziel seiner

Wünsche bedeuten. Doch bis dahin würde er sich noch etwas gedulden müssen.

Endlich fanden sie die Wikinger, die sich von der Burg zurückgezogen hatten. Sie begrüßten die Rückkehrer mit lautstarkem Jubel.

»Jetzt können wir nach Coquille zurückkehren«, freute sich Adelaise.

Sie erntete einen verwunderten Blick von Yngvar. »Was sollte uns dort anderes erwarten als der Kerker deines Vaters?« Er schüttelte heftig den Kopf. »Keineswegs! Ich habe dich befreit, weil du meine Braut bist. Ich brauche deinen Vater nicht mehr dazu.«

»Und das Lösegeld?« Plötzlich richteten sich die Blicke der Wikinger auf Yngvar. Und diese Blicke waren nicht sehr freundlich.

»Darauf werden wir verzichten. Wir kehren nach Skollhaugen zurück, mit Adelaise als meiner Braut.«

»Moment mal, Yngvar«, begehrte Tosti auf Jetzt, wo er nicht mehr in Gefahr war, schien er ziemlich schnell seine guten Vorsätze vergessen zu haben. »Du hast dir eine Braut geraubt, Sven hat sich eine Braut geraubt, und wir sollen leer ausgehen? Nicht mal Lösegeld, geschweige denn Weiber?«

»So ist es«, bestätigte Yngvar. »Ich bin es leid, immer diese Burgen zu belagern. Das ist anstrengend und bringt nichts. Die verschanzen sich dahinter, und eine Eroberung ist unmöglich.«

»Ihr seid sowohl in die Burg Coquille als auch in die Burg dieses seltsamen Grafen eingedrungen«, widersprach Tosti. »Ich glaube eher, ihr habt das Lösegeld schon eingesteckt und wollt uns betrügen.«

»Was redest du da?«, fuhr Sven auf und packte Tosti am Kittel. »Dir ist wohl das Gift des Grafen zu Kopf gestiegen? Du hast doch gehört, was Yngvar sagte. Wir verzichten auf das Lösegeld, und die Frauen werden bei uns bleiben.«

Melisande schenkte ihm einen schmelzenden Blick und schmiegte sich in seinen Arm. »Ja«, hauchte sie glücklich. »Ich will immer bei dir bleiben, wo du auch hingehst.«

Doch die Männer murrten lauter. »Damit sind wir nicht einverstanden, Yngvar Björgolfsson. Schließlich haben wir auch dazu beigetragen, dass du hierherfahren konntest.«

Yngvar hob beschwichtigend die Hände. »So ist es, Männer. Ohne euch wären wir jetzt nicht hier. Und ihr wisst, dass alles anders geplant war. Dieses uns unbekannte Land mit seinen etwas seltsamen Menschen hat unsere Pläne durchkreuzt. Es ist bei Kriegern wie bei Händlern, man muss sich auf die Gegebenheiten einstellen. Als wir an dieser Küste landeten, habe ich nicht geahnt, welche Fäden die Schicksalsnornen für uns spinnen. Wir sollten den Willen der Götter nicht hinterfragen und in Zweifel ziehen. Ich nehme mein Schicksal an, das mir diese wunderbare Braut geschenkt hat. Und ihr solltet auch euer Schicksal annehmen.«

»Dass wir nichts abbekommen?«, höhnte Tosti. Er drehte sich zu den Männern um. »Wollt ihr euch das gefallen lassen? Es ist nicht der Wille Odins oder der Nornen, sondern Yngvars Wille. Er hatte von Anfang an nur seinen Vorteil im Sinn. Diese Frau hat ihm den Kopf verdreht.« Er zeigte auf Adelaise.

Die anderen aus der Mannschaft stimmten ihm zu. »Mit ihr fing unser Verderben an. Hätte Yngvar sie nicht gegen die anderen Geiseln ausgetauscht, hätten wir schon längst unser Lösegeld und wären auf dem Weg nach Haithabu.«

Jetzt wandten sich die Männer zu Adelaise um. Ihre Mienen verrieten nichts Gutes.

Gwendal geriet in Panik. Bislang hatte er geschwiegen, auch weil ihn seine Wunde schmerzte. Außerdem fühlte er sich von Yngvar hintergangen und des Ruhmes beraubt. Schließlich war er viel eher in die Burg eingedrungen, um Adelaise zu retten. Die Wunde trug er nun wie eine Siegestrophäe, doch Adelaises Dank und Anerkennung waren bislang ausgeblieben.

Jetzt aber wurden wieder sein Beschützerinstinkt und sein ritterlicher Heldenmut geweckt. Er stellte sich schützend vor Adelaise.

»Jeder bekommt es mit mir zu tun, der meine Herrin angreift, sei es mit unziemlichen Worten oder mit Gewalt. Mit meinem Leib und meinem Leben schütze ich Adelaise und werde es nicht zulassen, dass sie zum Spielball eurer Habgier wird.«

Er erntete höhnisches Gelächter. »Was willst du gegen uns ausrichten, du halber Hahn?«, spottete Tosti. »Es geht um unser Überleben. Wovon sollen wir unser Dasein fristen, wenn wir keine Beute machen, kein Lösegeld erpressen, nichts rauben? Männer, wir schlagen uns zurück zum Schiff durch und plündern alles aus, was uns in den Weg kommt. Oder wollt ihr verhungern und auf einem Geisterschiff auf ewig über die Meere fahren?«

»Niemals!«

»Lass uns zurückkehren!«

»Jawohl, Tosti, du hast recht!«

»Wir wollen unseren Lohn!«

Die Wikinger riefen laut durcheinander.

»Was soll das heißen?«, rief Yngvar. »Du wiegelst meine Leute auf, erteilst ihnen Befehle? Ich bin euer Anführer!«

»Bist du nicht mehr«, widersprach Tosti. »Ab sofort bist du abgesetzt, und ich übernehme das Kommando. Los, Männer, holen wir uns, was wir kriegen können, und stechen in See.«

»Ich will aber auch eine Frau wie Yngvar.«

»Ja, wir rauben Weiber. Die sind hier viel hübscher als bei uns daheim.«

»Dann ist aber kein Platz für andere Beute auf dem Schiff.«

Wieder redeten die Wikinger wild gestikulierend durcheinander.

Mit wachsendem Entsetzen verfolgten Yngvar und Sven die Meuterei. Ja, es war eine offene Rebellion gegen Yngvar, den Fürstensohn. Was bildeten sich diese Räuber eigentlich ein?

»Halt!«, donnerte Yngvar. »Glaubt ihr etwa, ich ergebe mich eurer Rebellion widerspruchslos? Ihr wisst, auf Meuterei steht der Tod.«

»Dann musst du uns alle töten und kannst allein nach Skollhaugen zurücksegeln.«

Ein scharfer Pfiff ertönte, der alle augenblicklich verstummen ließ. Nur der Falke krächzte erschrocken.

»Was seid ihr nur für Helden«, rief Adelaise erbost. »Da bezwingt ihr das tosende Meer, fürchtet euch nicht vor Sturm und Seeungeheuern, um euch dann gegenseitig zu zerfleischen.«

»Unsere Beute ist unser Ruhm!«

»Das war sie vielleicht einmal. Seit vielen Jahren schon ist dieses Land befriedet und gehört den Normannen, euren ehemaligen Landsleuten. Es ist ein fruchtbares und gesegnetes Land, in dem Wein und Korn gedeihen, fettes Vieh auf den Weiden steht und die Menschen glücklich leben. Keiner dieser Menschen kann sich noch daran erinnern, wie die Wikinger plündernd einfielen und verbrannte Erde zurückließen. Die Menschen wissen ihr sicheres Leben sehr zu schätzen und werden es sich nicht von euch zerstören lassen. Ihr werdet nur den Tod finden.«

»Ein Wikinger fürchtet den Tod nicht!«

»Ihr könntet so segensreich für dieses Land sein, wenn ihr eure ungezähmte Kraft nur dem friedlichen Leben hier widmen würdet. Warum Frauen verschleppen, warum Dörfer plündern und niederbrennen? Warum lasst ihr euch nicht hier nieder, bittet um ein Lehen und heiratet normannische Frauen? Volle Vorratshäuser, Scheunen und Kinderwiegen sind euch gewiss.«

»Warum eigentlich nicht?«

»Das wäre eine gute Idee.«

»Da ersparen wir uns die weite Seefahrt.«

»Da bin ich endlich meine Alte daheim los!«

Yngvar bewunderte Adelaise, wie mühelos sie die brenzlige Situation gemeistert hatte. Lieber wäre ihm gewesen, es wäre ihm selbst eingefallen, aber er war sich nicht sicher, ob er die Männer so hätte beeinflussen können wie Adelaise.

»Willst du damit sagen, wir reiten zu eurer Burg?«

»So ist es, Yngvar. Mein Vater wird euch herzlich willkommen heißen, euch als Helden feiern, da ihr mich aus der Gewalt von Graf Hamo befreit habt. Und natürlich wird er euch jeden Wunsch erfüllen. Gwendal und Melisande sind meine Zeugen, dass sich alles so zugetragen hat, wie ich es meinem Vater berichten werde.«

»Also auf zur Burg«, riefen die Wikinger. Letztlich war es egal, welche Beute sie machten, Hauptsache, sie machten überhaupt welche.

DIE EROBERUNG EINER FESTUNG

Es war totenstill. All die Menschen, die den Rittersaal der Burg Coquille füllten, schienen den Atem anzuhalten. Comtesse Adelaise hatte eben geendet. Ihre Schilderungen klangen zu unglaublich und abenteuerlich. Sie saß erhobenen Hauptes auf einem Stuhl mit hoher Lehne. Neben ihr saß Graf Gurvan, die Füße auf einem kleinen Hocker. Seine Augen fixierten seine Tochter, doch sein Gesicht zeigte keine Regung. Er schwieg. Er schwieg lange. Auch Adelaise wagte kaum zu atmen. Sie bemerkte Yngvars Unbehagen. Niemand wusste, wie Gurvan reagieren würde, auch Adelaise nicht. Sie verbarg ihre Nervosität hinter einer zuversichtlichen Miene.

Gurvan räusperte sich. Dann hob er die Hände, die Handflächen nach oben gerichtet, als hielte er zwei Schalen. »Die Göttin der Gerechtigkeit hält eine Waage in der Hand«, beendete er sein Schweigen. »Sie wägt gute gegen böse Taten ab. Damit sie ein gerechtes Urteil fällt, sind ihre Augen verbunden. Aber sie hält auch ein Schwert in der anderen Hand, um den zu richten, der sich schuldig gemacht hat.« Sein Blick fixierte Yngvar. »Ihr seid in mein Land eingedrungen, habt meinen Sohn samt seinem Gefolge gefangen genommen und wolltet Lösegeld erpressen.« Seine linke Hand sackte ein Stück nach unten. »Dann seid ihr in meine Burg eingedrungen und habt euch unter Vortäuschung falscher Tatsachen das Vertrauen meiner Tochter erschlichen.« Wieder sackte seine linke Hand ein Stück nach unten. »Als sie euch bat, die Belagerer der Burg zu vertreiben, habt ihr euer Leben riskiert und seid zwischen die Fronten getreten. Das spricht für euch.« Er hob die linke Hand etwas, dafür neigte sich seine Rechte nach unten. »Doch dann habt ihr die Geiseln ausgetauscht, Adrien freigelassen, aber dafür Adelaise gefangen genommen.« Seine Linke nickte wieder nach unten.

»Moment«, warf Yngvar ein. »Adelaise hat sich freiwillig in Geiselhaft begeben.« Er blinzelte Adelaise zu. »Weil sie sich in mich verliebt hat.«

Adelaise schwieg und senkte den Blick.

»Weil sie sich um ihren Bruder sorgte und sich für ihn opferte«, widersprach Gurvan. »Das spricht für ihren Edelmut, nicht für Euch.«

Er betrachtete seine Hände. »Als Hamo mein Töchterchen entführte, habt ihr wiederum euer Leben gewagt und sie befreit. Das spricht für euch.« Die imaginäre Waage bewegte sich. »Und jetzt kommt ihr Eindringlinge zu mir und fordert eine Belohnung. Die steht euch zu, für eure guten Taten. Doch seht, wo steht die Waagschale mit den guten Taten? Ziemlich weit oben. Und wo steht die Waagschale mit den schlechten Taten?« Er grinste. »Ihr sollt die Belohnung für eure guten Taten bekommen. Ich bin großherzig und großzügig. Ich gebe euch freies Geleit zu eurem Schiff, damit ihr das Land verlassen könnt. Und die Bestrafung für eure schlechten Taten – Ihr bekommt die Hand meiner Tochter Adelaise nicht.«

»Ist das Euer letztes Wort?« Yngvar sprang auf, ein Raunen ging durch den Saal. Adelaise hob den Blick.

»Meine Tochter heiratet Prinz Merlot von Burgund, so wie ich es versprochen habe. Ich habe ein gerechtes Urteil gesprochen.«

Wieder war es totenstill im Saal, während Adelaise zwischen Zorn und Verzweiflung schwankte. Sie hatte fest damit gerechnet, dass ihr Vater nun ein Einsehen hatte und auf Yngvars Werbung eingehen würde. Schließlich hatte der mehr als einmal sein Leben für sie und Burg Coquille riskiert. Sie hätte seine Werbung angenommen und ihm, ganz nach höfischer Sitte, Liebe und Treue geschworen. Damit hätte sie nicht nur ihr Gesicht und ihre Tugend vor aller Welt gewahrt, sondern auch endlich ihren Gefühlen für Yngvar folgen können. Ihre abgrundtiefe Enttäuschung schlug im nächsten Moment in Verbitterung um. Die Männer schacherten um sie wie um ein Stück Land. Ihr Widerstandsgeist regte sich. Wer hatte sie eigentlich gefragt, was sie wünschte und begehrte? Die Männer setzten voraus, das zu wissen, sowohl ihr Vater als auch Yngvar.

Adelaise erhob sich und blickte um sich. »Ihr Männer behandelt mich wie eine Ware, wie euren Besitz. Vater will mich mit einem mir unbekannten Prinzen verheiraten, Yngvar behauptet, ich sei seine Braut. Keiner von euch hat mich gefragt, ob ich überhaupt will. Ich hatte geschworen, niemals zu heiraten, niemals meine Freiheit aufzugeben. Fast wäre ich schwankend geworden. Doch nun sehe ich, dass es euch gar nicht um mich geht, sondern immer nur um euch selbst. Jeder will haben, was *er* begehrt. Habt ihr mich gefragt, was *ich* begehre?«

Yngvar starrte sie ungläubig an. »Adelaise, du hast mit mir eine Nacht verbracht. Hast du das nicht aus Liebe getan?«

Sie versteckte ihre feuchten Hände in den Falten ihres Kleides und blickte an Yngvar vorbei. Ihre Lippen zitterten, und sie bemühte sich vergebens um Festigkeit in ihrer Stimme. »Es war nur, weil ich diesen Prinzen nicht heiraten wollte. Deshalb begab ich mich im Austausch für Adrien in Eure Gewalt.«

»Das ist nicht wahr! Du liebst mich, ich habe es doch gespürt«, rief Yngvar erregt.

Adelaise presste die Lippen aufeinander und blickte zur Decke, um ihre Tränen zu unterdrücken. »Ihr habt Euch getäuscht.«

Fassungslos trat er auf sie zu, doch sie wich zurück. »Ich habe Euch eine Belohnung für die Befreiung versprochen, die Ihr auch erhalten sollt. Aber nicht mich.«

Plötzlich sprang Melisande auf und fiel vor Adelaise auf die Knie. »Comtesse, ich flehe Euch an, wenn Ihr mit der Liebe gespielt habt, so ist es Eure Sache. Ich aber liebe Sven, den Wikinger. Wenn Ihr die Wikinger wegschickt, dann gebt mich frei. Ich will mit Sven gehen, wohin sein Weg ihn auch führt.«

Einen Augenblick rang Adelaise nach Luft, doch dann drehte sie sich abrupt um. »Wenn du so wenig Stolz hast und dich auf Lebenszeit an einen Mann binden willst, dann tu es.«

Yngvar packte Adelaises Handgelenk und zog sie herum. »Also Stolz ist es, der Euch davon abhält, mich zu lieben. Stolz ist es, der Euch verbietet, glücklich zu sein. Schaut mir in die Augen, Adelaise. Habt Ihr so ein hartes Herz, dass Ihr den Stolz über Eure Liebe siegen lasst?«

Einen Herzschlag lang lagen ihre Blicke ineinander, dann riss sie sich los. »Gute Reise, die Herren Wikinger.« Mit schnellen Schritten eilte sie aus dem Saal. Gwendal lief ihr nach. Ein riesiger Felsbrocken war ihm vom Herzen gefallen. Endlich hatte er Adelaise wieder für sich allein.

Doch auch ein Wikinger besaß Stolz. Adelaises Zurückweisung hatte Yngvar völlig unerwartet getroffen. Er verspürte sie wie einen Dolchstoß im Herzen. Dabei war er sich sicher gewesen, Adelaises Liebe und Herz errungen zu haben. Die Nacht am Strand war kein Spiel gewesen, das hatte er gespürt. Es war kein Liebesschwur über ihre Lippen gekommen, doch ihr Körper hatte ihm alles gesagt, was ihm ihr Mund verheimlichte.

Die Befreiung aus Hamos Gewalt war nur ein Beweis dafür, was er bereit war für sie zu geben. Aber die Nacht mit Adelaise, die war ein Versprechen, sein Versprechen an sie.

Außerstande, sich zu rühren, stand er mitten im Saal und versuchte, seine sich überschlagenden Gedanken zu ordnen. Sollte er sich Adelaise mit Gewalt nehmen, sie entführen? Damit besäße er zwar ihren Körper, aber nicht ihr Herz. Eine unsagbare Verbitterung erfasste ihn, Zorn auf diesen selbstgefälligen Grafen Gurvan, aber auch auf Adelaise, die ganz offensichtlich ihren Stolz über ihre Liebe stellte.

Yngvar trat vor Graf Gurvan. »Ich muss Adelaises Entscheidung akzeptieren, auch wenn sie meine Ehre damit verletzt hat. Einer Frau steht so viel Stolz jedoch nicht zu. Es macht sie hart und unglücklich. Prinz Merlot nimmt daran wahrscheinlich keinen Anstoß. Ich wünsche eine gute Nacht. Wir werden uns auf unser Schiff zurückziehen und im Morgengrauen die Küste verlassen.« Er nickte kurz, dann verließ er, gefolgt von seinen Männern, den Rittersaal.

Draußen fiel seine Mannschaft über ihn her. »Und was ist mit uns? Jetzt stehen wir tatsächlich mit leeren Händen da und haben nicht mal ein paar Weiber abbekommen.«

»Ihr habt doch gehört, wie der Graf entschieden hat. Ich habe auch keine Lust mehr, weiter hierzubleiben. Die Frauen hier taugen nichts, sind stolz, widerspenstig und herzlos. Das sollte euch auch erspart bleiben.«

»Irrtum, Yngvar. Es ist nicht unsere Schuld, wenn diese Comtesse nichts von dir wissen will. Du brauchst dir ja keine normannische Frau zu nehmen. Wir aber wollen jetzt endlich unsere Belohnung haben. Sonst holen wir sie uns selbst.«

»Untersteht euch! Gurvan nimmt uns gefangen, und dann ist unsere Heimfahrt gefährdet.« Doch seine Männer liefen in die Nacht hinaus, ohne sich um die Worte ihres Anführers zu scheren.

Yngvar drehte sich zu Sven um. Sein Blick fiel auf Melisande. »Du bist der Einzige von uns, der Glück hat und tatsächlich geliebt wird.«

»Scheint wohl so«, erwiderte Sven und griff nach Melisandes Hand.

Yngvar schwieg. Sie standen auf dem dunklen Burghof. Jetzt musste er also endgültig Abschied nehmen. Er wusste nicht, warum er zögerte. Zu sehr brannte die Demütigung in seiner Brust. Und doch wäre er bereit, alles zu vergessen, wenn Adelaise sich ihm zuwenden würde. Er wollte nicht wahrhaben, dass er sich so getäuscht haben sollte. Und er wollte es nicht hinnehmen.

Er blickte hinauf zum Turm, wo sich Adelaises Kemenate befand. Plötzlich packte ihn eine wilde Entschlossenheit. »Melisande, wie komme ich da hoch?« Er deutete zu dem winzigen Fensterchen.

Er hörte Melisande tief ausatmen. »Na endlich«, seufzte sie erleichtert. »Kommt mit, ich öffne Euch die Tür zum Turm.« Doch als sie in den Falten ihres Kleides nach dem Schlüssel suchte, zuckte sie erschrocken zusammen. »Ich habe ihn nicht mehr. Wahrscheinlich habe ich ihn verloren.« Tränen traten in ihre Augen. »Ich hätte es Adelaise so sehr gewünscht …«

»Dann werde ich es ohne Schlüssel schaffen«, erwiderte Yngvar entschlossen. »Sind wir durch den Brunnen in Hamos Burg gelangt, werde ich auch in Adelaises Kemenate gelangen.«

»Und wie?«, wollte Melisande wissen.

»Dort entlang!« Er deutete zur Außenmauer des Turms.

»Um Himmels willen!« Sie schlug die Hände vors Gesicht. »Ihr werdet in den Tod stürzen. Ich werde einen Schlüssel finden, um die Tür zu öffnen.«

»Das dauert mir zu lange«, erwiderte Yngvar. »In meiner Heimat gibt es Felsen, auf die ich schon als Kind geklettert bin. Ich fürchte mich nicht.« Dann enteilte er in die Dunkelheit.

Melisande trommelte mit den Fäusten auf Svens Brustkorb. »Nun halte ihn doch auf«, flehte sie verzweifelt. »Ich fürchte um sein Leben.«

Sven packte ihre Handgelenke und hielt sie fest. Dann zog er sie an sich. »Wo bleibt dein Mut, Melisande? Ich habe dich ganz anders kennengelernt. Er muss sein Glück allein finden. Schau, da klettert er.«

Sie wandte den Kopf ab und presste ihr Gesicht an seine Brust. »Nein, da schaue ich nicht hin. Ich ertrage das nicht.«

Gebannt schaute Sven zum Turm hinauf Der Teufelskerl wagte es tatsächlich, um seine Adelaise zu kämpfen! Ein leises Lächeln legte sich um seine Mundwinkel. Da schob sich die dunkle Silhouette Yngvars aus dem Schatten des Burghofes. Wie eine Spinne klebte er an der Wand des Turms. Langsam, Stück für Stück, schob er sich empor und nutzte die kleinen Vorsprünge und Ritzen zwischen den Steinen, aus denen der Burgfried erbaut worden war. Der Kalkstein war brüchig. Mehrmals rutschte sein Fuß von dem schmalen Halt ab, mehrmals stockte Sven das Herz, auch wenn er es Melisande nicht spüren lassen wollte. Doch sie fühlte es. Sie klammerte sich umso fester an ihn, ihr Gesicht immer noch an seiner Brust verborgen.

Erhellt von den Fackeln, die in regelmäßigen Abständen auf der Wehrmauer brannten, konnte Sven Yngvars gefährlichen Weg mit den Augen verfolgen.

Es war unglaublich schwierig, den Turm zu erobern. Denn die Erbauer hatten es jedem Eindringling bewusst so schwer wie möglich gemacht. Doch Wind und Wetter hatten mit den Jahren dem Gestein zugesetzt. Zur Sicherheit rief Sven alle Götter des Nordens zu Hilfe, um Yngvars Abenteuer glücklich enden zu lassen.

Adelaise hatte sich in ihre Kemenate geflüchtet und aufs Bett geworfen. Stolz, Hochmut, Freiheitswille und Widerspenstigkeit waren wie weggeblasen, und sie fühlte sich in ein Meer aus Jammer und Tränen geworfen. Wie aus einer salzigen Quelle brach es aus ihr hervor, Verzweiflung, Kummer, Liebesleid brachen sich ihren Weg. Ja, sie verspürte einen heftigen Liebeskummer, der ihr wie ein gleißendes Schwert durch die Brust fuhr. Sie liebte Yngvar, für ihn hätte sie alles aufgegeben, was ihr bislang so wichtig gewesen war, ihre Freiheit, ihre Unabhängigkeit, ihre Ungebundenheit. Yngvar wäre der Mann gewesen, der es wert war, alles Bisherige hinter sich zu lassen und ein Leben an seiner Seite, mit seiner Liebe zu führen. Hatte sie anfangs ihre Gefühle für ihn nicht richtig zu deuten gewusst, geglaubt, dass Leidenschaft gleichbedeutend mit Liebe war, so spürte sie erst jetzt, da er unerreichbar geworden war, wie schmerzhaft Liebe sein konnte. Ihr verdammter Stolz hatte verhindert, dass sie ihm ihre Liebe erklärte, ihr Stolz und diese dumme Arroganz der Männer. Aber jetzt, wo sie Zeit hatte nachzudenken, wurde ihr klar, dass es keine böse Absicht gewesen war, nur Gedankenlosigkeit. Yngvar liebte sie aufrichtig und würde sich niemals einfach über ihren Willen hinwegsetzen. Ach, hätte sie ihm doch ihre Liebe gestanden! Aber es war zu spät, zu spät, zu spät …

Voller Zorn auf sich selbst schrie sie ihre Verzweiflung ins Kopfkissen. Ihr Körper bebte von Schluchzern, ihr Kopfkissen wurde von ihren Tränen durchnässt, und sie biss sich schmerzhaft in die geballten Fäuste. Sie hoffte, durch den körperlichen Schmerz den seelischen verdrängen zu können, doch es gelang ihr nicht.

Wilde Gedanken in schnellen Bildern schossen ihr durch den Kopf. Sie sah ein schaukelndes Schiff, Feuer in der Nacht, eine dunkle Burg, Hamos hämisches Grinsen, den schmutzverschmierten Yngvar und Melisande, die sich zu ihren Füßen warf. »Ich liebe Sven«, rief Melisande mit flehendem Blick. »Gebt mich frei, damit ich ihm folgen kann.«

Wäre Adelaise doch auch mit Yngvar fortgefahren, auf seinem Schiff, in seine unbekannte Heimat. Nun war er weg, enttäuscht, verbittert, in seinem Stolz und seiner Ehre verletzt. Wie hatte sie ihm das antun können, nachdem er sie so zärtlich geliebt hatte? Ein Schauer fuhr über ihre Haut, als wehte eine sanfte Meeresbrise durch das provisorische Zelt am Strand, wo sie diese Nacht verbracht hatten. Sie fühlte seine Lippen, seine Hände auf ihrem Körper, die Zärtlichkeit, die Erregung, das brennende Verlangen. Sie seufzte laut auf, als dieses Gefühl immer realer wurde. Die Hand, die zart über ihre Schulter streichelte …

Mit einem Aufschrei fuhr sie hoch. »Ach Gwendal! Du bist es.« Sie ließ sich wieder ins Kissen fallen. Freude und Enttäuschung wechselten so jäh, dass es beinahe ihr Herz zerriss.

»Ja, ich bin es«, erwiderte Gwendal. »Ich bin der Einzige, der treu zu Euch steht, Comtesse. Ich bin der Einzige, der Euch von ganzem Herzen liebt. Alle anderen sind weg, ihren eigennützigen Interessen gefolgt. Jocelyne bleibt auf Graf Hamos Burg, weil sie sich in einen Knappen verliebt hat. Melisande folgt diesem groben Wikinger mit dem strohfarbenen Haar. Euer Vater verrät Eure empfindsame Seele an einen fremden Prinzen. Und dieser Yngvar wollte doch nur das Lösegeld, um seine Räuberbande auszuzahlen. Nein, nein, Ihr seid von falschen Menschen umgeben, die Euch nicht lieben. Ich aber will bei Euch bleiben, auch den Kummer mit Euch teilen, denn geteiltes Leid ist halbes Leid.«

Adelaise hob ihr tränennasses Gesicht. »So sehr liebst du mich?«

Gwendal fiel auf die Knie und lehnte seinen Kopf an ihren Handrücken. »So sehr liebe ich Euch, Adelaise. Und ich werde nicht zulassen, dass Euch je wieder so ein Leid zugefügt wird. Nehmt mich zum Gemahl, damit Ihr wieder das Lachen erlernt. Ich werde Euch vor jeglichem Kummer, jeglicher Gefahr beschützen. Die Liebe ist viel stärker, als man glaubt.«

Adelaise setzte sich auf. Mit zitternder Hand strich sie über sein Haar. »Du bist so herzensgut, lieber Gwendal. Ich schäme mich fast, dass ich deine aufrichtige Liebe nicht erwidern kann. Mein Herz gehört Yngvar, auch wenn er nun zurück in sein kaltes Land segelt.«

»Wie kann Euer Herz einem Mann gehören, der ein Räuber ist?«

»Ja, er hat mein Herz geraubt, ich gebe es zu«, flüsterte sie. Warum war dieser Satz nur nicht eher über ihre Lippen gekommen? Dann wäre alles ganz anders geworden. Sie sah sich an Yngvars Seite vor dem Priester stehen, als seine Braut, in einem wunderschönen Kleid, mit einem Kranz aus Blumen auf dem Haar. Und ihr Falke hätte freudig mit den Flügeln geschlagen.

»Es ist dunkel geworden«, murmelte sie. »Nicht einmal das Licht der Sterne erfreut meine Augen. Sie schmerzen von all den Tränen und sind blind geworden für das bunte Leben. Ich mag mich nicht mehr freuen.«

»Comtesse, was ist aus all den schönen Festen geworden, die wir auf der Wiese feierten? Was ist aus der Musik geworden, die unser Ohr erfreute? Was ist aus den wilden Ritten geworden, immer dem Falken nach? Ihr müsst daran wieder Freude finden, und ich will Euch dabei mit ganzer Kraft unterstützen. Ich werde Euch all diese Freuden am bunten Leben zurückbringen, mit Musik und Tanz, mit Freude und Lachen, mit Sonne und Blumen. Ich bitte Euch, nehmt mich zum Gemahl. Eure Liebe zu mir wird mit der Zeit kommen. Es macht mir nichts aus, wenn Ihr mich nicht ebenso liebt wie ich Euch.«

»So ein Opfer würdest du bringen?«

Er legte seinen Kopf in ihren Schoß. »Ich ergebe mich Euch in Liebe und Dankbarkeit. Ich gehöre Euch.«

Wieder traten Tränen in ihre Augen. Gwendal beschämte sie, und doch konnte sie ihn nicht erhören. Sie mochte ihn sehr, doch ihr Herz gehörte Yngvar. Nichts und niemand würde ihr diese Liebe aus dem Herzen reißen können, auch sie selbst nicht.

»Ich danke dir für diese Großmut, lieber Gwendal. Bitte lass mich nun allein. Lass mir den Falken bringen, denn meine Liebe zu ihm ist ohne Worte. Mit ihm möchte ich den vergeblichen Traum von der Freiheit träumen.«

Gwendal erhob sich zögernd. »Wirklich?«, fragte er ungläubig.

Sie nickte. »Tu es für mich.«

Er hauchte einen Kuss auf ihre Hand, dann eilte er davon.

Kurze Zeit später erschien der Falkner mit dem prächtigen Vogel auf dem Handschuh. In Adelaises Kemenate befand sich ein hölzernes Gestell. Darauf setzte er den Falken und verbeugte sich vor Adelaise.

Sie nickte dankend, dann war sie wieder allein. Sie erhob sich von ihrem Bett, trat zum Gestell und streichelte sanft über das weiche Federkleid.

»Ich glaube, du bist der Einzige, der mich versteht.« Ihre Stimme klang rauh. Der kluge Vogel neigte den Kopf. Seine Augen blickten sie an, als könnten sie bis in ihr Herz sehen. Er breitete die Flügel aus, als wollte er sie umarmen, doch dann schüttelte er sein Gefieder.

»Du hast recht«, sagte sie leise. »Wir träumen beide von der Freiheit und tragen doch eine Fessel am Bein. Du scheinst darüber nicht unglücklich zu sein. Warum sonst hast du mich gesucht?«

Der Vogel schwieg. Was sollte er auch antworten? Er neigte wieder den Kopf.

»Aus Liebe zu mir? Hast du dich nach mir gesehnt?« Natürlich bekam sie keine Antwort. »Oder wolltest du, dass Yngvar mich findet? Du hast ihn zu mir geführt.«

Der Falke breitete erneut die Schwingen aus, schlug einige Male damit und faltete sie vorsichtig zusammen. Seine ganze Haltung drückte etwas Hoheitsvolles aus, trotz seiner Lederschlinge am Bein. Sein Stolz war nicht gebrochen.

»Es hätte meinem Stolz auch nicht geschadet, wenn ich seine Braut geworden wäre.« Sie wischte sich über die Augen. »Nun ist es zu spät.«

Sie trat zum Fenster und öffnete es. Der Nachtwind wehte herein. Er erinnerte sie an die Nacht am Meer, in Yngvars Armen. »Lass unsere Träume hinausfliegen. Mehr haben wir ja nicht.«

Sie atmete tief durch, als es an der Tür klopfte. »Gwendal, ich sagte doch, dass ich allein bleiben möchte.«

»Ich bin es, Comtesse, Nouel. Ich bringe Euch Abendbrot und Wein. Ihr müsst etwas essen.«

»Ich habe keinen Appetit«, erwiderte sie bedrückt.

»Das weiß ich. Aber Ihr bestraft den Kummer nicht mit Hunger.«

»Komm schon rein und stell es dahin.« Ohne sich umzudrehen, wies sie zu dem kleinen Tisch. Ihre Kemenate war nur spärlich möbliert. Das große Bett nahm fast den ganzen Raum ein. Ein Tisch, ein Stuhl, ein Hocker, zwei Truhen für ihre Kleidung. Ihr größter Luxus war ein bestickter Teppich, der eine der kahlen Steinwände verdeckte. Sie hatte ihn selbst gefertigt. Darauf war ein Wolf zu sehen, der seine Spur über eine Blumenwiese zog. Über ihm flog ein Falke. Die Pattefleurs waren ein altes, stolzes Geschlecht. Doch was war aus ihnen geworden? Reich, aber nicht glücklich. Zumindest Adelaise fühlte sich zutiefst unglücklich. Nouel schlich auf Zehenspitzen zum Tisch und stellte das Tablett ab. »Kaltes Wildbret, eingelegte Eier, frisch gebackenes Brot und weißer Käse, alles frisch und von bester Qualität. Dazu roter Wein.«

»Du meinst es gut mit mir, Nouel. Aber auch die besten Speisen können mich nicht darüber hinwegtrösten, dass mir das Liebste verlorengegangen ist. Das Schlimmste ist, es ist meine eigene Schuld. Warum habe ich es abgelehnt, seine Braut zu werden? Es hätte so schön sein können.«

Der alte Diener blieb schweigend hinter ihr stehen.

»Ach Nouel, du hast keine Ahnung, wie weh Liebeskummer tut.«

»Auch ich war einmal jung, Comtesse. Und ich war auch verliebt.«

»Aber du bist nicht verheiratet.«

»Meine Frau starb sehr jung, bei der Geburt unseres Kindes. Auch das Kind starb, und beide ließen mich allein auf der Erde zurück. Ich habe lange um meine große Liebe getrauert.«

»Warum hast du nicht wieder geheiratet?«

»Die Liebe war so groß, dass mich keine andere Frau mehr fesseln konnte.« Der alte Mann lächelte still. »Deshalb sollte man seine große Liebe festhalten, solange es möglich ist.«

Adelaise wollte etwas erwidern, doch plötzlich vernahm sie ein schabendes Geräusch, gleich darauf reckte sich eine Hand durchs Fenster. Adelaise schrie erschrocken auf und wich zurück. Beinahe hätte sie ihren Diener dabei umgerissen. Auch Nouel erstarrte, als der Hand ein Arm folgte, dann eine zweite Hand. Letztlich schob sich ein Kopf durchs Fenster, mit weizenblondem Haar, meerblauen Augen und vor Anstrengung geröteten Wangen.

»Yngvar!« Adelaise wusste nicht, ob sie lachen oder weinen sollte. Dieser Teufelskerl!

»Nun schaut nicht so, sondern helft mir hier durchs Fenster. Warum wurden die nur so eng gebaut?«

Adelaise und Nouel packten Yngvars Arme, zogen und zerrten, bis sich sein Körper durch die enge Fensteröffnung zwängte. Ächzend landeten alle drei auf dem Boden.

»Yngvar, wo kommst du her?« Vor Überraschung und Anstrengung hatten sich auch Adelaises Wangen gerötet.

»Von draußen«, erwiderte er und erhob sich. Er zog Adelaise und den alten Nouel gleichzeitig wieder hoch. Seine Kraft schien ungebrochen, trotz der unglaublichen Klettertour.

Mit einem verschmitzten Schmunzeln stahl sich der Diener aus der Kemenate und schloss leise hinter sich die Tür. Auf der Treppe kam ihm Gwendal aufgeregt entgegen. »Ich habe einen Schrei gehört. Ist der Comtesse ein Unheil geschehen?«

Nouel schüttelte den Kopf »Im Gegenteil! Das Glück hat sie schlagartig ereilt.« Er hielt den verdutzten Gwendal an der Schulter fest. »Dieses Glück sollte jetzt auf keinen Fall gestört werden.«

Verlegen blickte Adelaise zu Boden, nachdem sie sich aufgerappelt hatten. »Verrückt«, murmelte sie. »Verrückt, den Turm hinaufzuklettern.«

Er fasste sie an den Schultern und schob sie etwas von sich, um ihr in die Augen blicken zu können. »Glaubst du, ich verzichte auf meine Belohnung? Glaubst du, ich verzichte auf meine Braut?«

»Ich … ja, also … willst du mich wirklich noch?« Sie errötete. »Schließlich habe ich dich vor den Kopf gestoßen. Dabei … dabei wollte ich doch genau das Gegenteil.«

»Ja, das habe ich gemerkt. Wir Wikinger sind nicht zimperlich und sagen, was wir denken, was wir wollen, was wir fühlen. Es ist keine Schande, seine Liebe zu zeigen.«

»Deine Liebe ist so groß, dass du durch Brunnenschächte und an Turmmauern hochkletterst? Ich kann es nicht fassen.«

»Wie sonst sollte ich dir beweisen, wie sehr ich dich liebe?«

Sie schüttelte den Kopf und lächelte sacht. »Die Liebe ist viel stärker, als man glaubt.«

»Bitte?«

»Ach nichts, ich erinnerte mich nur an einen Spruch von … wer sagte das doch gleich?«

Er zog sie zu sich heran. »Ist doch egal«, murmelte er und verschloss mit einem langen Kuss ihren Mund. Erst als ihr der Atem ausging, löste er sich von ihr. Er blickte hinüber zum Bett. »Willst du mich nicht einladen?«

»Das ziemt sich nicht für eine Dame«, erwiderte sie. Ihre Stimme war noch atemlos, ihr Herz klopfte bis zum Hals. Ihr schwindelte vor lauter Glück, und das Blut pochte in ihren Schläfen.

Er lachte leise. »Hier hört es doch niemand.« Er schob sie zum Bett hin, schubste sie sanft gegen die Schultern. Sie ließ sich auf das Polster fallen, ihr leiser Protest klang nicht recht glaubwürdig. Und Yngvar scherte sich auch nicht darum. Ihr gespieltes Zieren reizte ihn umso mehr.

Aufreizend langsam löste er die Schließe seines Gürtels, der die Tunika zusammenhielt. Mit einem scheppernden Geräusch fiel er auf den Boden. Adelaise lag auf dem Rücken, den Kopf leicht angehoben und noch überrascht von seiner handfesten Initiative. Sie starrte gebannt auf seine Hände, wie sie den Gürtel lösten, dann zog er die Tunika über den Kopf. Darunter trug er ein dünnes Wollhemd, das seine muskulösen Körperformen umspannte. Im Licht der flackernden Fackeln sah es so aus, als spielten seine Muskeln. Licht und Schatten modellierten seinen Körper. Ein wenig stützte sie sich mit den Unterarmen auf, um ihn besser sehen zu können. Sein Blick ließ sie nicht los, als er sich auch des Hemdes entledigte. Sie hatte schon seinen unbekleideten Oberkörper gesehen, aber diesmal raubte der Anblick ihr den Atem. Er strotzte vor Kraft und Energie. Sie glaubte seine Haut leuchten zu sehen. Nur eine rote Narbe, die sich von seiner Schulter über den Arm zog, störte die Harmonie seines Körpers. Sie zeugte davon, dass er einen blutigen Kampf gewonnen hatte. Einen Moment hielt er inne, schaute auf sie herab und lächelte kaum merklich. Dann senkte er den Blick, während seine Finger die Schnur seiner Hose lösten. Adelaise ließ sich gänzlich aufs Bett sinken und schloss die Augen.

»Schau her«, forderte er sie mit heiserer Stimme auf. Langsam streifte er die Hose ab, entblößte seinen Bauch. Goldener Flaum bedeckte seine Haut bis zum Nabel hinauf, lag darauf wie ein zartes Netz aus Elfenfäden. Er besaß einen flachen, muskulösen Bauch, der ein wenig zuckte, als seine Finger ihn berührten.

»Halt«, wollte sie rufen, doch kein Ton kam aus ihrer heiseren Kehle. Ihr Atem strich heiß über ihre ausgetrockneten Lippen. Mit der Zungenspitze fuhr sie darüber, um sie zu befeuchten, während ihr Atem heftig ging. Fasziniert verfolgte sie die Spur seiner Finger an seinen Lenden entlang, bis der Stoff einfach über seine Schenkel nach unten rutschte. Was sich ihren Augen bot, ließ ihren Atem stocken.

»Ohhh«, hauchte sie nur. »Das sollte ich nicht sehen.«

»Warum nicht?« Um seine Mundwinkel zuckte es belustigt. »Ich wollte dir nur zeigen, worauf du verzichten wolltest.« Er beugte sich zu ihr herab und legte sich zu ihr, halb neben, halb auf sie. Während er sich mit einem Arm abstützte, strich er mit der Hand über ihr Haar. Es war verwirrt, noch tränenfeucht und glänzte. »Du hast geweint«, stellte er fest.

Sie wandte plötzlich den Kopf ab. »Ich sehe bestimmt schrecklich aus«, stammelte sie.

»Ja, verquollene Augen, rote Nase, aufgelöstes Haar. Und wahrscheinlich waren es so viele Tränen, dass du ganz ausgetrocknet bist.«

»Eben. Schau mich nicht an.«

»Zu spät. So wie du da liegst, möchte ich noch mehr von dir sehen. Alles!«

»Alles?«

»Alles!«

Seine Hand fuhr zärtlich durch ihr Haar, nahm eine Locke und kitzelte sie damit an der Kehle. Wider Willen musste sie lachen.

»Lass das«, wehrte sie ab, doch er hörte nicht auf sie. Die Locke strich über ihre Lippen, ihre Wange und ihre Nasenspitze. Doch dann ließ er die Haarsträhne los, um mit den Fingerspitzen den gleichen Weg zu wandern, ihren Hals, ihr Kinn, ihre Lippen, den Grat ihrer schmalen Nase hinauf. Er folgte dem sanften Bogen ihrer Augenbraue, berührte ihre Schläfe, streichelte sacht die Wange hinab bis zum Kinn. Dann beugte er sich zu ihr, um nun mit seinen Lippen ihr Gesicht zu erkunden, vom Hals über das Kinn, ihre leicht geöffneten Lippen, wo er ihren Atem einsaugte, berührte ihre Nasenspitze, hauchte kleine Küsse auf den Nasenrücken und ihre geschlossenen Lider. Er konnte sich entscheiden, ob er ihre linke oder rechte Schläfe berühren sollte. Mit einem leisen Seufzer wandte sie den Kopf zur Seite und nahm ihm die Entscheidung ab. Als seine Lippen ihre Schläfe berührte, durchfuhr sie ein Schauer. Ihre Haut kribbelte, spannte sich, sie spürte Wärme darunter, wie heißen Wein. Doch er hielt nicht inne, küsste zart und flüchtig ihre Wange bis zum Hals. Sein Atem erregte sie, und als er sacht an ihrem Ohrläppchen saugte, entfuhr ihr ein leiser Schrei. Etwas in ihrem tiefsten Innern zog sich zusammen, ballte sich zu einem Knäuel aus heißem Gefühl. Ihre Hände, die noch still neben ihrem Körper lagen, wurden unruhig. Sie berührte ihn, seinen Arm, seine Schulter. Als sie die Narbe bemerkte, zuckte sie kurz zurück, doch dann fasste sie fester, strich über die sanften Wölbungen seiner Muskeln, spürte das feste Fleisch, seine glatte Haut, das feine Haar auf seinem Arm. Sie spreizte die Finger, während sie ihn streichelte, wollte alles spüren, ihn, seinen ganzen Körper in seiner Herrlichkeit.

»Komm«, flüsterte sie. »Komm!«

»Ich bin da.« Seine Stimme war leise, und doch hörte sie ihn. Das Vibrieren in seinem Brustkorb wurde nur von seinem kräftigen Herzschlag übertönt.

»Ja.« Ihre Hände fuhren suchend und erkundend über die faszinierende Landschaft, die Yngvar hieß. Hügel und Täler, die schmale Rinne seines Rückgrates, die Muskeln an seinen Schultern. Zur Hüfte hin wurde sein Körper schmaler, bevor sich zwei feste, kräftige Hügel unter ihren tastenden Händen wölbten. Plötzlich rollte sich Yngvar zur Seite, begrub ihre linke Hand unter sich, während die rechte …

»Ohhh«, entfuhr es ihr.

Er lachte leise. »Es gehört zu meinem Körper wie Arme und Beine, Kopf und Brust.«

»Ja, aber …«

»Berühr ihn bitte«, bat er. »Umfass ihn mit deiner Hand.«

»Wie … wie heißt das bei euch?«

»Wir nennen ihn *puntr, mornir* oder *sverd.*«

»Eine seltsame Sprache.« Ihr wurde sehr warm. »Drei Worte für ein und dasselbe Körperteil.«

»Unsere Sprache ist sehr lebendig«, erwiderte er. »So lebendig wie mein Körper.«

Während Adelaise ebenso vorsichtig wie neugierig ihre Hand weiterschob, öffnete Yngvar ihr Kleid. Zum Glück war es nicht mit Häkchen geschlossen, sondern wurde mit einem breiten Band unter der Brust zusammengehalten. Das Band ließ sich lösen, das Kleid rutschte über ihre Schultern und gab ihre Brüste frei. Er atmete tief durch, bevor er unzählige zarte Küsse auf ihre Haut sprühte. Sie erschauerte vor Wonne, bog den Kopf zurück und schloss die Augen.

Der Falke auf seiner Sitzstange, der bislang unbeteiligt geblieben war, flatterte plötzlich mit den Flügeln. Er stieß einen krächzenden Laut aus. Zum ersten Mal wünschte er sich wohl, er trüge seine Lederkappe.

»Sind meine Brüste auch lebendig?«, fragte sie. »Sag mir, wie sie in deiner Sprache heißen.«

»Badmr«, erwiderte er. »Wunderschöne, feste Hügelchen voller Wärme und Lust.«

»Lust?« Ihr Kopf ruckte hoch, doch gleich darauf ließ sie ihn wieder in die Kissen fallen. »Woran erkennst du das?«

»Daran.« Seine Lippen umschlossen ihre Brustwarzen. »Sind sie fest und krönen deine Hügelchen wie reife Walderdbeeren, dann verspürst du Lust.«

Sie stöhnte auf »Sag mir, wie …«

»Speni.« Er nahm seine Hände und schob ihre Brüste so zusammen, damit er beide Brustwarzen gleichzeitig zwischen seine Lippen nehmen konnte. Vorsichtig saugte er daran. Adelaise bäumte sich auf Der Knoten in ihrem Bauch verstärkte sich, gleichzeitig schoss Hitze in ihren Schoß. Das Kleid störte sie plötzlich. Sie wollte sich ihm so hingeben wie er sich ihr, nackt, ohne trennende Hüllen. Er streifte ihr

Kleid ab, gleichzeitig mit dem Unterkleid. Ihr Körper glühte und zitterte. Er wusste, dass er langsam vorgehen musste, ihren Körper Stück für Stück erobern, um ihre Lust zu steigern.

Doch es fiel ihm schwer, sich zu zügeln. Die Leidenschaft wollte mit ihm durchgehen, auch er begann zu zittern. Er atmete mehrmals durch, um sich zu beruhigen, während seine Hände ihre Brüste umrundeten wie heilige Hügel. Doch dann ließ er eine Hand weiterwandern, entlang ihrer Taille, die sich sanft nach innen wölbte, um dann in eine wohlgeformte Hüfte zu schwingen. Was für ein herrlicher Körper! Er stützte sich noch mehr auf, um seine Hand mit den Augen verfolgen zu können. Ihr Körper war ebenmäßig und schön. Er hatte noch nie so etwas Herrliches gesehen. Ihre zarten Glieder faszinierten ihn, sie war schlank, ohne zerbrechlich zu wirken. Sie besaß einen flachen Bauch mit einem kleinen Nabel in der Mitte. Der Bauch zuckte, als seine Finger darüberstreichelten, die kleine Vertiefung umrundeten und dann ihren Weg weiter nach unten suchten.

Adelaise sog heftig die Luft ein, als seine Finger ihre Schenkel erreichten. Sie presste die Beine zusammen, doch dann begriff sie den Widersinn. Sie hatte sich ihm schon einmal hingegeben.

»*Hreidr,* ein Vogelnest.« Er lachte leise. »Das Heiligste, was du besitzt. Du hast es mir geschenkt, ich schenke dir auch mein Heiligstes. Mann und Frau gehören zusammen. Wenn sie sich vereinigen, dann sind sie eins.«

»Ja«, erwiderte sie nur. Sie schlang ihre Arme um seine Hüften und zog ihn auf sich. Er war schwer, doch sie spürte die Schwere nicht, sie spürte nur seine Haut an ihrer Haut. Mit einem Stöhnen zog sie die Beine an und nahm ihn dazwischen auf. Der Druck steigerte sich, als er in sie eindrang, erst ganz vorsichtig, ein winziges Stück, was ihr ein tiefes Stöhnen entlockte. Er verharrte einen Herzschlag lang, dann zog er sich zurück.

»Mehr«, hauchte sie. »Mehr, mehr, ich will alles!«

»Bitte mich«, verlangte er und hielt inne. Jetzt wollte er es endlich aus ihrem Mund hören.

Ungeduldig wand sie sich unter ihm. »Komm doch, komm!«

»Bitte mich«, wiederholte er.

»Bitte, bitte, komm.« Ihre Stimme wurde flehend.

Er drang etwas tiefer in sie ein, verharrte kurz und zog sich wieder zurück.

»Weiter, bitte mach weiter.«

»Liebst du mich?«

»Jaja, ich liebe dich. Verzeih mir, dass ich es dir nicht schwor. Ich war zu stolz, aber jetzt … jetzt schäme ich mich nicht mehr meiner Gefühle.«

»Tatsächlich?« Seine nächste Bewegung gipfelte in einem spitzen Schrei aus ihrer Kehle.

»Ja, ich … schwöre es. Ich … liebe … dich. Ich will … für immer … dein sein. Ich … will … deine Frau sein.«

»Ganz und gar?«

»Mit Körper und Herz, mit Seele … und vor Gott … o Gott, lieb mich doch!«

Nun ließ sich Yngvar nicht länger bitten. Er ließ seiner Leidenschaft freien Lauf. Mit Verwunderung und verschleiertem Blick betrachtete er Adelaises entrücktes Gesicht, ihre geöffneten Lippen, ihre geschlossenen Lider, als horche sie in ihren Körper hinein. Ihr Körper zitterte und bebte, wand sich und bäumte sich auf. Ihre Schenkel pressten sich fest gegen seine Hüften, trieben ihn und spornten ihn an. Wie ein wildes Meer schäumte ihre Leidenschaft, die Wellen der Lust türmten sich über ihnen auf, um in einem erlösenden Schrei zu gipfeln.

EIN NEUES LAND FÜR YNGVAR

Adelaise fand nur langsam in die Gegenwart zurück. Als sie die Augen aufschlug, erblickte sie zuerst das kleine Rechteck des Fensters, durch das helles Tageslicht drang. Hatte sie alles nur geträumt? Am liebsten hätte sie den Traum zurückgeholt, festgehalten, sich in die wunderbare Welt der Liebe versenkt, ohne Wiederkehr in die Realität. Doch da wartete ein fremder Prinz auf sie, irgendwo in Burgund, den sie nicht kannte, nicht liebte, nicht wollte. Bitterkeit stieg in ihr auf. Ihr Blick fiel auf den Falken, der auf seiner Stange saß und sie mit seinen klugen Augen anschaute.

»Wir werden uns unserem Schicksal nicht ergeben, nicht wahr?« Ihre Stimme hörte sich seltsam fremd an. Was war das, was in ihrem Körper vibrierte, prickelte, wunderbare Wärme verbreitete? Irgendetwas war geschehen.

»Das werden wir gewiss nicht«, vernahm sie eine tiefe Stimme neben sich. Eine Hand schob sich über ihren Körper. Erschrocken fuhr sie herum.

»Yngvar! Es war kein Traum!« Freude und Erleichterung mischten sich in ihrem Gesicht.

»Das hoffe ich doch.« Er rekelte sich wohlig. »So ein breites Bett ist nicht zu verachten«, stellte er vergnügt fest.

»Am Strand hat es mir aber auch gefallen«, erwiderte Adelaise. »Es war so wunderbar … romantisch.«

»Wenn du es wünschst, ziehen wir an den Strand um. Ich fürchte jedoch, wenn der Winter kommt, änderst du deine Meinung.«

»Ich werde meine Meinung nicht mehr ändern.« Sie setzte sich auf, ohne darauf zu achten, dass sie nichts am Leib trug.

Mit blitzenden Augen betrachtete er sie. »Was für eine Morgengabe!«

Sie beugte sich über ihn. »Wie es sich für ein Brautpaar gehört.« Die Berührung ihrer Brüste mit seiner Haut erregte sie erneut. »Ich lass dich nicht wieder gehen. Wir beide gehören zusammen. Ich bin deine Braut, auf immer und ewig.«

Er lachte auf. »Das war der Sinn dieser ganzen Anstrengung. Das nächste Mal betrete ich deine Kammer über die Treppe.«

Ihr Gesicht verdüsterte sich. »Wie bringen wir das meinem Vater bei?«

»Das wirst du gleich sehen. Lass das Morgenmahl bringen. Nach dieser Nacht bin ich ziemlich hungrig.«

»Tatsächlich? Ich auch.« Sie kitzelte ihn mit ihrem Haar, schob sich auf ihn und bewegte sich in sanften, windenden Bewegungen. »Ich habe Hunger auf dich.«

»Dann nimm dir, was du begehrst«, gab er zurück.

Ihre Hand zuckte kurz zurück, als sie die Narbe auf seiner Schulter berührte. »Tut das weh?«, wollte sie wissen. Er schüttelte den Kopf »Stimmt es, dass es ein Bär war?«

»Ja. Er mochte mich nicht leiden.« Er bemerkte ihren entsetzten Blick und lächelte.

»Du hast ihn doch getötet?«

»Nein.«

»Wie konntest du das überleben?«

»Dank einer mutigen Frau.«

»Eine Frau hat dich gerettet?«

»Nun bist du wohl enttäuscht?«

»Keineswegs. Ich denke, eine Frau kann auch stark und tapfer sein.«

»Stimmt. Du bist es ja auch.«

»Leider kann ich dich nicht vor einem Bären retten.«

»Du kannst etwas anderes für mich tun.« Mit seinen kräftigen Händen umspannte er ihre Hüften. Sie setzte sich auf, spürte seine erwachende Lust unter sich. Sacht dirigierte er sie, bis sie sich erneut vereinigen konnten. Doch diesmal übernahm Adelaise die Initiative.

»Du wirst dich daran gewöhnen müssen, dass ich meinen Willen durchsetze«, sagte sie, während ihre Hüften zu kreisen begannen.

»Ab und zu sei es dir gestattet«, gab er launig zurück. »Vergiss nicht, ich bin ein Wikinger, der nicht Tod noch Teufel, nicht das Meer noch die Midgardschlange fürchtet.«

»Und meinen Vater auch nicht«, ergänzte sie schmunzelnd.

Doch dann wurde ihnen beiden der Atem knapp, als sie sich voller Sehnsucht und Leidenschaft liebten. Beide waren sicher, dass sie es niemals mehr missen wollten.

Graf Gurvan schaute erstaunt auf das übervolle Tablett mit Haferbrei, Früchten, kaltem Fleisch, hellem Brot und Wein, das der alte Nouel an ihm vorbeitrug.

»Für wen ist denn das?«, wunderte er sich.

»Für die Comtesse, Herr«, erwiderte Nouel gelassen.

Graf Gurvans Nase kräuselte sich. »Will sie sich zur Tonne mästen? Der mache ich Beine!« Er eilte an Nouel vorbei die Treppen hinauf bis an Adelaises Tür. Ohne anzuklopfen stürmte er hinein. Noch atemlos vom Laufen starrte er auf das Bett. Doch auch so verschlug ihm der Anblick den Atem und die Sprache. Eng umschlungen lagen Yngvar und Adelaise in den Kissen, ermattet und glücklich vom Liebesspiel, unzüchtig nackt und nur mit einer dünnen Bettdecke über ihren Körpern. Der Falke schlug schreiend mit den Flügeln.

»W… was ist denn hier los?«, japste Gurvan.

»Guten Morgen, Schwiegerpapa«, erwiderte Yngvar lächelnd. »Ich hoffe, du hattest auch so eine angenehme Nacht wie wir.«

Graf Gurvan musste sich im Türrahmen festhalten, um nicht die Haltung zu verlieren. »Wache! Wache!«

»Aber, aber, behandelt man so seinen Schwiegersohn?«

»Verführer! Mädchenschänder«, tobte der Graf. »Das wirst du mir büßen!«

»Vater, ich liebe Yngvar!« Adelaise sprang auf, ließ sich aber sofort wieder fallen und zog die Bettdecke vor ihre Blöße, als alle Anwesenden, die Gurvan gefolgt waren, entsetzt aufschrien und sich umdrehten – außer Gurvan. »Ihr alle seid Zeugen, dass mich Yngvar Björgolfsson zur Frau nahm, hier im Bett, heute in der Nacht.«

»Stimmt nicht ganz«, widersprach Yngvar. »Am Strand …«

»Am Strand haben wir nur miteinander vorm Wind Schutz gesucht«, fiel ihm Adelaise ins Wort. »Gebt dem Burgkaplan Bescheid, dass wir noch heute Hochzeit halten werden.«

»Kommt gar nicht in Frage«, brüllte Gurvan. »Du heiratest Prinz Merlot!«

Adelaise neigte den Kopf »Ob er mich wirklich noch haben will? Schließlich bin ich keine Jungfrau mehr.«

»Schande, Schande!« Gurvan raufte sich sein spärliches Haar. »Ich habe von Prinz Merlot doch schon zehn Fässer Wein und zweihundert Golddukaten bekommen.«

»Dann gib sie zurück«, erwiderte Adelaise.

»Und wovon soll ich deine Hochzeit bezahlen?«

Yngvar lehnte sich zurück. »Wir werden eine Hochzeit nach Wikingerart feiern. Als Aussteuer benötigen wir genügend Land mit fleißigen Bauern, fetten Kühen und fruchtbaren Äckern. Und für meine Männer natürlich Frauen, denn ich gönne ihnen das gleiche Glück, das mir widerfährt.« Dabei zog er Adelaise zärtlich an sich. »Und nun verschwindet und lasst das Frühstück hier. Wir haben Hunger!«

Adelaise nickte zustimmend, während es Gedränge auf der Treppe gab. In Windeseile hatte sich die Nachricht vom unerhörten Geschehen in Adelaises Kammer herumgesprochen, und das gesamte Gesinde wollte daran teilhaben.

»Wie redet der denn mit mir?«, beschwerte sich Gurvan, verließ aber als Letzter Adelaises Kammer und schloss die Tür hinter sich. Auf der Treppe traf er auf Gwendal.

»Es ist also wahr?«

Gurvan gelang es nicht, seinen Ärger herunterzuschlucken. »Übertölpelt haben mich die beiden«, schnaufte er. »Wie stehe ich denn jetzt da?«

Darauf gab Gwendal keine Antwort.

»Aber so war sie schon immer, stur wie ein Esel, und sie hat immer ihren Willen bekommen. Vielleicht bin ich auch ein bisschen daran schuld, habe ihr ja ihren Trotzkopf durchgehen lassen.«

Gwendal schluckte schwer. Bis zuletzt hatte er gehofft, doch noch Adelaises Herz zu erringen. »Und nun?« Aber die Frage war überflüssig.

Der Graf zuckte mit den Schultern. »Was soll ich machen?

Ich will doch nur, dass mein Töchterchen glücklich ist. Der Liebe sollte man wohl besser nicht im Wege stehen, man kann sie eh nicht verhindern. Sie gedeiht, wo sie hinfällt.«

Gwendal ließ den Kopf sinken. »Alles aus. Ich hatte wohl eine völlig falsche Vorstellung von Liebe. Sie kann wirklich viel mehr bewirken, als man glaubt«, flüsterte er enttäuscht.

Der Graf legte ihm väterlich die Hand auf die Schulter. »Komm, mein Junge, ich lade dich ein in meinen Weinkeller. Dort ertränken wir unseren Kummer in Prinz Merlots Wein.«

»Eine Frage musst du mir aber noch beantworten«, sagte Yngvar, als sie wieder allein waren. »Warum hast du dich gegen deinen Bruder austauschen lassen?«

Adelaise senkte den Kopf und errötete. »Soll ich ehrlich sein?«, murmelte sie verlegen.

Er fasste sie unters Kinn und zwang sie, ihn anzuschauen. »Das erwarte ich von meiner Braut.«

»Ich wollte vor der von meinem Vater geplanten Hochzeit mit dem burgundischen Prinzen fliehen«, begann sie zögernd. »Wie sollte ich mich sonst dagegen wehren? Mein Vater hätte mich einfach nach Burgund bringen lassen, mit ihm selbst als strengstem Wächter. Außerdem hoffte ich … ich dachte …, du … du fährst einfach mit mir davon, in deine Heimat.«

»Ach!« Nun war Yngvar überrascht.

»Na ja«, sie senkte wieder den Kopf. »Es war nicht leicht für mich, mir einzugestehen, dass ich mich in dich verliebt hatte. So wäre es am einfachsten gewesen.«

»Wenn nicht dieser Hamo auf eine ähnliche Idee gekommen wäre.« Yngvar schüttelte den Kopf. »Warum sind Frauen nur so kompliziert?«

»Sind sie nicht«, widersprach Adelaise. »Man muss nur wissen, was sie wollen.«

»Vielleicht lerne ich das noch.« Yngvar erhob sich und suchte seine Kleidung zusammen.

»Du willst mich verlassen?« Ihre Augen weiteten sich.

»Ich suche meine Männer. Schließlich sollen sie alle an der Hochzeit teilnehmen. Und wer schon eine Braut gefunden hat, der soll auch gleich getraut werden.«

»Dann wird das ein großes Fest.«

»Ein sehr großes, ein fröhliches, ein lautes und langes. Wir Wikinger feiern eine ganze Woche. Dazu werden befreundete Sippen eingeladen, Schaukämpfe, Spiele und Tänze veranstaltet, Barden singen, und Geschenke werden überreicht.«

Sie neigte den Kopf »Ich glaube aber kaum, dass wir unsere Nachbarn dazu einladen können.«

»Warum nicht? Ich würde den beiden Hitzköpfen gern zeigen, wie glücklich wir sind.« Er blieb noch einen Augenblick neben dem Bett stehen und blickte auf Adelaise hinab. Am liebsten wäre er wieder zu ihr unter die Decke gekrochen, aber er musste noch etwas regeln. Schließlich war er der Anführer seiner Mannschaft.

Wenig später stand er auf dem Hof der Burg. Er bemerkte Sven, der sich am Stall zu schaffen machte. »Was hast du vor?«

Sven wandte sich grinsend um. »Ach, du lebst ja noch. Ich nehme an, die Holde hat dich gnädig aufgenommen.«

»Nicht nur gnädig«, erwiderte Yngvar. »Nun hat auch der Graf eingelenkt.«

»Wie schön für dich.« Er sattelte ein Pferd.

»Wo willst du hin?«, wollte Yngvar wissen.

»Ich muss mal raus. Die Enge der Burg bedrückt mich.«

»Ich begleite dich. Irgendwo müssen doch unsere Männer stecken.«

»Sie suchen in den Dörfern nach Frauen. Ich vermute, sie sind fündig geworden.«

Yngvar ließ sich ein Pferd geben, dann ritten beide zum Tor hinaus. Es war angenehm, sich den Wind ins Gesicht wehen zu lassen und das Donnern der Hufe unter sich zu spüren. Die normannischen Pferde waren groß und kräftig, mit breiter Brust und harten Muskeln. Sie schnauften und schwitzten, während sie über die Wiese galoppierten. Erst am Waldrand zügelten die Reiter sie. Eine Weile schwiegen beide Männer und hingen ihren Gedanken nach. Doch dann blickten sie sich an. Sie hatten beide unbewusst denselben Weg eingeschlagen, den Weg zum Meer. Vor ihnen öffnete sich der Wald, salzige Luft schlug ihnen entgegen, dann sahen sie das Schiff auf den Wellen schaukeln.

»Ich glaube, dieser Anblick hat mir gefehlt«, sagte Sven leise.

Yngvar schwieg. Er konnte Svens Worte nicht bestätigen. Und doch …

»Denkst du jetzt das Gleiche wie ich?«, wollte Sven wissen.

»Ja … nein … ich weiß nicht. Also, mir gefällt es hier.«

»Mir auch, zumal ich eine wunderbare Frau gefunden habe.« Sven stieg vom Pferd und ging langsam über den Strand, bis die Wellen seine Stiefel berührten. Yngvar folgte ihm. »Melisande sagte, sie würde mit mir kommen, egal, wohin ich fahre.«

»Willst du wieder zurück nach Skollhaugen?«

»Du nicht?«

Yngvar schüttelte den Kopf »Ich bin kein Seefahrer, das ist mir hier richtig bewusst geworden. Dieses Land gefällt mir. Diese saftigen Wiesen, die sanften Hügel, dieses prachtvolle Vieh. Aber was mich wirklich hier hält, ist Adelaise. Sie könnte nicht in unserer Heimat leben. Sie braucht die Sonne, diese Landschaft und den Wein. Und den Lavendel. Dieser Duft gehört zu ihr.« Er bemerkte, wie Sven den Kopf sinken ließ. Er legte ihm den Arm um die Schulter. »Könntest du dich nicht damit anfreunden, für immer hierzubleiben?«

Sven antwortete nicht. Yngvar kannte die Antwort. Er signalisierte Einar, der sich auf dem Schiff befand, es ans Ufer zu manövrieren. Es dauerte eine geraume Weile, denn Einar besaß nur zwei Männer, um das Manöver auszuführen.

»Warum lässt du das Schiff herankommen?«, wunderte sich Sven.

»Ich will Abschied nehmen.« Yngvar begab sich an Bord, während Sven am Strand stehen blieb. Langsam schritt Yngvar vom Bug zum Heck, strich mit der Hand über den Mast, berührte das Segel, die Ruder. Einar beobachtete ihn schweigend. Er wagte nicht zu fragen, was es zu bedeuten hatte. Doch er ahnte, dass es keine Rückkehr in ihre Heimat geben würde. Noch einmal streichelte Yngvar flüchtig über die Reling, dann schwang er sich über die Bordwand ins flache Wasser.

»Komm«, forderte er Sven auf Sie ritten zum nächsten Dorf, wo sie die Männer ihrer Mannschaft vermuteten. Schon von weitem sahen sie den Auflauf Das ganze Dorf schien auf den Beinen zu sein.

»Was ist denn da los? Hoffentlich haben sie keine Dummheiten gemacht.« Yngvar schwante Böses.

Mehrere Bauern kamen ihnen entgegengelaufen. »Seid Ihr der Anführer dieser Räuberbande? Dann schaut zu, wie wir Eure Männer an den nächsten Baum knüpfen.«

Yngvar hob beschwichtigend die Hände. »Bitte beruhigt euch. Falls etwas vorgefallen ist, werde ich es klären und auch die Schuldigen bestrafen.«

»Nein, das erledigen wir selbst«, widersprach einer der Bauern, ein älterer Mann, der offenbar der Sprecher der Dorfbewohner war. »Wir sind es gewohnt, uns gegen Räuberbanden zu wehren, egal ob zänkische Grafen oder habgierige Wikinger.«

»Wir sind nicht gekommen, um euch zu schaden«, beteuerte Yngvar. »Im Gegenteil! Wir sind bestrebt, dass alles friedlich bleibt. Wir haben sogar die beiden Grafen Hamo und Pepin vertrieben. Comtesse Adelaise ist meine Braut, und wir werden bald heiraten.«

»Schön für Euch, aber Eure Männer sehen das wohl anders. Die wollen uns einfach unsere Weiber wegnehmen«, beschwerten sie sich. »Wir werden das bei unserem Grundherrn anzeigen.« Alle redeten durcheinander.

Yngvar wischte sich über die Stirn. »Das fehlte noch, dass sie den Grafen wieder gegen uns aufbringen. Also, Männer, es dürfen nur unverheiratete Jungfern oder Witwen gefreit werden. Wer von euch schon verheiratet ist, darf auch kein neues Weib nehmen.«

Er erntete Murren und betretenes Schweigen. Vier Männer traten vor. »Wir sind ledig und haben hier Frauen gefunden, die nicht abgeneigt sind, uns zu heiraten. Und das heute Nacht … geschah im gegenseitigen Einvernehmen.«

Yngvar wechselte mit Sven einen kurzen Blick. »Gut«, erwiderte er dann. »Gibt es hier einen Priester?«

»Der Kaplan von der Burg. Der ist auch für das Seelenheil der Dorfbewohner verantwortlich«, erwiderte ein Bauer, hinter dessen Rücken seine Tochter mit hochrotem Gesicht stand.

»Dann lasst ihn holen und die Paare, die sich heute Nacht vergnügt haben, sofort trauen.«

Der Bauer schien zufrieden, ebenso seine Tochter. In aller Eile wurden die Feierlichkeiten vorbereitet.

»Und der hier hat die Räucherkammer geplündert. Zwei Schinken hat er gestohlen und einen großen Käse.« Sie zogen einen gefesselten Mann herbei. Es war Tosti.

»Bei Odin, Tosti, ich lasse dich am Mast aufknüpfen. Hast du denn nichts gelernt? Ich hätte dich in Hamos Giftküche hängen lassen sollen.«

»Es war nur der Hunger, der mich dazu getrieben hat«, beteuerte Tosti. »Diese Leute haben mich total missverstanden.«

»Du wirst ihnen alles bezahlen.«

»Wovon denn? Wir haben doch nichts erbeutet, und Lösegeld gab es auch nicht.«

»Ganz recht. Du wirst bei dem Bauern arbeiten, den du bestohlen hast. Er hat bestimmt viel Mist im Stall, den du auf seine Felder verteilen wirst.«

»Gnade, Yngvar, ich bin für solche Arbeiten nicht geschaffen. Ich bin ein Seemann, kann nur rudern …«

»… und stehlen, die Mannschaft aufwiegeln und Befehle missachten. Du bleibst hier und arbeitest so lange, bis deine Schuld beglichen ist.«

Der Burgkaplan kam eine Stunde später auf einem Maultier geritten. Adelaise hatte, nachdem sie erfahren hatte, worum es ging, für jede Braut eine kleine Aussteuer bereitgestellt. Und Graf Gurvan spendete ein Wildschwein als Braten und ein Fass eines einfachen Weins.

In der kleinen Dorfkapelle, die aus einem strohgedeckten Haus mit einem schlichten Holzkreuz bestand, wurden die vier Paare getraut.

Yngvar und Sven blieben als Zeugen, doch Yngvar war nicht ganz bei der Sache. Er dachte an seine eigene Hochzeit mit Adelaise, die bald stattfinden würde. Dazu waren jedoch etwas längere Vorbereitungen nötig, schließlich sollte es ein prachtvolles Fest werden. Er hoffte nur, dass Graf Gurvan auch alles bezahlen würde, denn Yngvar selbst hatte nichts zu bieten außer seiner Liebe zu Adelaise. Doch wenn der Graf ihm Acker- und Weideland geben würde …

Er zuckte zusammen, als Jubel erscholl. Die Trauung war vorüber, das Fest konnte beginnen.

»Nach dem Fest erwarte ich alle anderen Männer auf der Burg«, befahl Yngvar.

»Kriegen wir keine Weiber?«, fragte Tosti betroffen. »Ich hatte noch keine Gelegenheit …«

»Wahrscheinlich will dich keine haben, sonst hättest du hier eine abbekommen«, gab Yngvar unwillig zurück. »Ich erwarte, dass ihr meinem Befehl folgt, sonst wird es euch schlecht ergehen.«

»Du bist streng zu ihnen«, stellte Sven fest, als sie sich auf dem Rückweg zur Burg befanden.

»Mit Recht«, erwiderte Yngvar. »Gerade Tosti kann uns die Suppe versalzen. Ich traue ihm nicht. Er ist ein gieriger Räuber und könnte uns bei Gurvan in Misskredit bringen, wenn er sich an Frauen vergreift.«

Sven nickte. Auch ihm war lieber, der Frieden blieb gewahrt. Allerdings konnte er sich nicht vorstellen, wie die eingefleischten Seefahrer für immer in diesem fremden Land bleiben und ihr restliches Leben als Bauern verbringen sollten. Normalerweise blieben sie den größten Teil des Jahres auf dem Meer und kehrten nur zur Erntezeit auf ihre Höfe zurück.

Ein weiterer Gedanke quälte ihn. Er wollte Melisande heiraten und sie ihn, aber wo sollten sie leben? Darüber hatten sie noch nicht gesprochen.

Auf der Burg empfing sie Graf Gurvan vor dem Weinkeller. Er war stockbetrunken, hielt sich auf Gwendal gestützt und fuchtelte mit dem Arm in der Luft herum.

»Da kommt ja mein lieber Schwiegersohn, der nichts Besseres zu tun hat, als die Bauernmädchen mit seinen Männern zu verheiraten.« Seine Zunge gehorchte ihm nicht recht, er brauchte geraume Zeit, um den Satz über die Lippen zu bringen. Auch Gwendal war nicht mehr nüchtern. Jedoch war er den Tränen nahe.

Yngvar klopfte ihm auf die Schulter. »Nicht traurig sein, Gwendal. Auch du wirst deine große Liebe finden. Das verspreche ich dir.«

»Ich will aber gar nicht«, nuschelte Gwendal. »Ich liebe Adelaise.«

»Schlaf deinen Rausch aus, dann sieht die Welt gleich viel fröhlicher aus.«

Gurvan winkte Yngvar näher heran. »Komm, Schwiegersohn, leere mit mir einen Krug Wein, dann fällt es mir leichter, dir meine Tochter zu geben«, lallte er. »Du weißt ja, ich liebe sie über alles und wünsche mir eine glänzende Zukunft für sie. Die Burgunder werden nicht erfreut sein, aber den Wein schicke ich nicht wieder zurück.«

»Wir sollten nicht trinken, sondern über den Ehevertrag reden«, versuchte Yngvar sich herauszuwinden. Er wollte jetzt nicht den Überblick verlieren.

»Ist doch schon alles erledigt«, erwiderte Gurvan. »Mein treuer Diener Nouel hat ihn aufgesetzt. Du weißt doch, ich kann gar nicht schreiben. Ist auch nicht notwendig, ich vertraue ihm. Er hat alles auf Pergament geschrieben, und ich habe mein Siegel daruntergesetzt. Ich – hicks – stehe zu meinem Versprechen, du bekommst Bauern und Äcker und Vieh und ein Stück Wald.«

»Du hast es nicht vergessen? Das ehrt dich, lieber Schwiegervater. Darauf sollten wir jetzt wirklich einen Krug Wein leeren. Sven, kommst du mit?«

Sven schüttelte den Kopf »Ich habe etwas mit Melisande zu besprechen.«

Das verstand Yngvar. Gurvan führte ihn mit unsicheren Schritten die Treppe in das Kellergewölbe hinab. Es roch nach Moder. Trübe Talglichter spendeten ein wenig Licht. Im Dunkeln erkannte Yngvar große Fässer.

»Ist da überall Wein drin?«, staunte er.

»Ganz recht. Das ist mein Schatz, von dem die wenigsten wissen. Ich hüte ihn, denn je länger der Wein reift, umso besser wird er.«

»Würdest du denn zur Hochzeitsfeier deiner Tochter etwas von deinem Schatz spendieren? Ich meine, für die Gäste?«

»Wenn es um mein Töchterlein geht, dann ist mir nichts zu teuer, denn sie ist mein größter Schatz.« Plötzlich wurde er melancholisch. »Der Gedanke, dass sie heiratet, missfällt mir. Wie soll ich ohne Adelaise leben?«

»Hättest du sie nach Burgund verheiratet«, entgegnete Yngvar verärgert, »müsstest du auch ohne sie leben. Und sie wäre ganz weit weg, du würdest sie nie wiedersehen.«

»Stimmt«, gab Gurvan zu und füllte zwei Becher. »Oder ich wäre mitgegangen an den Burgundischen Hof hätte mich in dessen Glanz gesonnt. Das ist nun vorbei.« Spinnweben überzogen sein spärliches Haar, er sah aus wie ein Gespenst. Mit einem Seufzer ließ er sich auf eine verrottete Bank plumpsen. Es krachte, das modrige Holz gab nach, und Gurvan landete auf dem Boden. Yngvar reichte ihm hilfreich die Hand, doch Gurvan winkte resigniert ab und blieb sitzen. »Lass mal, ich muss jetzt traurig sein. Das kann ich am besten im Weinkeller. Stell den Krug hier herunter.«

Für Yngvar blieb nichts mehr zu tun. Anstatt Gurvan in seinem Kummer im feuchten und kalten Weinkeller zu trösten, wollte er lieber zu Adelaise gehen und mit ihr die Hochzeitsvorbereitungen besprechen.

HOCHZEIT AUF BURG COQUILLE

Die Sonne tauchte den Hügel in warmes Licht. Auf seinem Rücken tummelte sich eine ausgelassene bunte Gesellschaft. Man saß um die langen ausgelegten Tafeltücher, auf denen sich unzählige Leckereien türmten, auf dem Rasen oder tanzte auf der blumenübersäten Wiese. Musikanten spielten den Tänzern auf, Barden sangen Heldenlieder, es wurde gespielt, gelacht, gegessen und getrunken. Graf Gurvan hatte nicht gegeizt, um die Hochzeitsfeier seiner Tochter zu einem prachtvollen Ereignis werden zu lassen.

Zunächst war alles sehr feierlich, als das Paar in der kleinen Burgkapelle getraut wurde. Der Kaplan hatte seit Jahren nicht so viele Paare vermählt wie in den letzten Tagen. Er steigerte sich in einen regelrechten Trauungsrausch hinein, erst die Bauernmädchen mit den Wikingern aus Yngvars Mannschaft, am Tag zuvor Sven und Melisande und nun als Krönung Adelaise und Yngvar.

Adelaise war eine entzückende Braut. Sie trug ein kostbares Kleid aus feinstem Stoff mit Stickereien aus Silberfaden, das ihren Körper umschmeichelte. Sie wirkte ungemein weiblich. Ihr Haar hielt sie mit einem silbernen Haarnetz gebändigt, darauf ein wundervoller Blumenkranz, ihre Wangen glühten vor Aufregung, und ihre Augen suchten nach Yngvar, als Graf Gurvan sie in die Kapelle führte.

Yngvar erwartete sie, wobei er versuchte, seine eigene Aufregung zu unterdrücken. Doch als er seine Braut erblickte, hüpfte sein Herz vor Freude. Jetzt war er sich endgültig sicher, die richtige Entscheidung getroffen zu haben. Graf Gurvan bemühte sich, seine sauertöpfische Miene zu verbergen, aber es gelang ihm nicht ganz. Dass sein Schwiegersohn kein reicher Prinz, sondern ein verhinderter Seeräuber war, konnte er noch immer nicht so recht verwinden. Doch ein Blick in Adelaises glänzende Augen ließ sein Herz schmelzen.

Allerdings war Gurvan nicht der Einzige, der sich um Fassung bemühte. Da stand der junge Gwendal ganz an der Seite, lehnte sich an die kahle Wand der Kapelle, damit er den Boden nicht unter den Füßen verlor. Bei Adelaises Anblick stockte ihm der Atem. So hatte er sich selbst vor dem Altar mit ihr gesehen. Und so sehr liebte er sie, dass es ihm das Herz zerriss. Niemand sah, wie Tränen über seine rosigen Wangen rannen, die er unwillig mit dem Handrücken wegwischte.

Etwas vor ihm stand Adrien. Auch er fand es unerhört, dass seine Schwester diesen Wikinger heiratete. Schließlich war er ein Räuber, hatte ihn samt seinem Gefolge gefangen genommen und Lösegeld erpressen wollen. Dass es ganz anders gekommen war, war nicht das Verdienst dieses Wikingers. Andererseits war Adrien nicht der Mann, der die Konfrontation mit diesem Rauhbein suchte. Er war froh, wenn er seinen eigenen Interessen nachgehen konnte, ohne dabei gestört zu werden. Zwar hatte er gehofft, dies ungestört tun zu können, wenn der alte Graf mit Adelaise nach Burgund gegangen wäre. Dann hätte Adrien schalten und walten können, wie es ihm beliebte, aber dazu war es nun nicht gekommen. Stattdessen würde auch Yngvar mit auf der Burg leben, Yngvar, der Seefahrer, der sich aber offenbar mehr für Ackerbau und Viehzucht interessierte als für sein Schiff. Und alle seine Wikinger blieben auch hier. Ob das gutgehen würde?

Doch an Gurvans Entscheidung war nicht mehr zu rütteln. Egal, ob es der reichlich genossene Wein im Keller oder die Aussichtslosigkeit seiner ehemaligen Pläne waren, ob Gurvan sich von Adelaise hatte überrumpeln oder von den Wikingern einschüchtern lassen, jetzt gab der Burgkaplan dem Paar seinen Segen und damit schuf er vollendete Tatsachen.

Für den Rest der Burgbewohner aber war es eine willkommene Abwechslung, und die eine oder andere Magd warf den kräftigen und nach Abenteuer riechenden Wikingern aus Yngvars Gefolge glühende Blicke zu. Nicht auszuschließen, dass es noch mehr Verbindungen zwischen den Söhnen Víks und den Normanninnen geben würde.

In der letzten Reihe stand der alte Nouel. Er wischte sich eine Träne der Rührung aus dem Augenwinkel, in seinem Innersten war er sehr glücklich. Die wilde und freiheitsliebende Adelaise hatte endlich den Prinzen ihres Herzens gefunden.

Die Burgkapelle war zu klein, um alle Gäste aufzunehmen, und so stand das ganze Gesinde auf dem Hof vor der offenen Tür und lauschte den Worten des Kaplans. Es war nur eine kurze Zeremonie, Yngvar war erstaunt, dass es so schnell vorbei war. Als sie aus der Kapelle traten, wurden sie mit Blütenblättern überschüttet.

Adelaise hatte sich gewünscht, das Festmahl nicht im düsteren Rittersaal, sondern auf dem Hügel neben der Burg einzunehmen. So zogen sie alle hinaus auf die grüne Wiese mit Wagen voller Köstlichkeiten aus Küche und Keller.

Adrien ließ es sich nicht nehmen, der ganzen Festgesellschaft ein Theaterstück vorzuführen, da Adelaise die griechischen Tragödien so liebte. Allerdings konnten Yngvar und seine Männer herzlich wenig mit einem Faun und Waldnymphen, mit Gott Pan und seinen Hirtenliedern anfangen, trotzdem amüsierten sie sich köstlich – in der Erinnerung, wie sie damals Adrien und seine Leute im Wald gefangen genommen hatten. Adelaise und ihre Mädchen jedoch fanden Gefallen an dieser Darbietung und spendeten den Darstellern viel Beifall.

Gurvan hielt nicht viel von diesem Theater, er liebte Ritterspiele. Etwas abseits hatte er einen Turnierplatz einrichten lassen und forderte seine Männer auf, den Wikingern zu zeigen, wie sich echte Ritter im Zweikampf maßen. Die Wikinger staunten nicht schlecht, wie Kämpfe mit Lanzen, Schwertern und Morgenstern ausgefochten wurden. Natürlich kamen nur stumpfe Waffen zum Einsatz, aber die Männer zeigten Mut, und es gab auch einige Beulen in den Rüstungen und blaue Flecke. Selbst Gwendal wollte sich beweisen und trat zu einem Reiterspiel an. Yngvar war überrascht, was der Junge mit seinem gehorsamen Pferd veranstaltete. Es legte sich sogar hin, und Gwendal konnte sich daraufstellen. Dann erhob es sich wieder, während sein Reiter gleichzeitig in den Sattel glitt und seinen Gegner aus der Bahn jagte. Er erhielt tosenden Beifall. Dies schien ihn ein wenig zu versöhnen, denn ein Lächeln erhellte sein verschwitztes Gesicht, als er den Helm abnahm und den Damen seinen Gruß erbot. Adelaise nickte ihm anerkennend zu. Eines der Mädchen zog sein Brusttuch aus dem Kleid und warf es Gwendal zu. Errötend hob er es auf, dann befestigte er es am Knauf seines Sattels.

»Nun wollen wir den Normannen mal zeigen, was echte Wikinger sind«, rief Sven. Bislang hatte er neben Melisande im Gras gesessen und sie mit kleinen Häppchen gefüttert. Beide konnten die Augen nicht voneinander wenden. Adelaises Fest war auch ein bisschen ihr eigenes, denn am Tag zuvor waren sie getraut worden. Ihr größter Wunsch hatte sich erfüllt. Niemand konnte sie mehr trennen, und seit Jocelyne nicht mehr auf Coquille wohnte, hatte Melisande die Kammer für sich allein. Nun war Sven mit eingezogen, sie teilten Tisch und Bett und konnten nicht voneinander lassen. Adelaise hatte Melisande schweren Herzens freigegeben, aber natürlich verstand sie nur zu gut, dass sie den beiden Liebenden ihren Traum erfüllen musste.

Sven hatte geflochtene Strohscheiben herstellen lassen, die nun aufgestellt wurden. Die Wikinger zeigten ihr Geschick im Bogenschießen, Lanzenwerfen und mit der Streitaxt. Sie führten ihre Art der Ringkämpfe vor und zeigten den Normannen ihre beliebten Brett- und Würfelspiele. Es blieb nicht aus, dass die Normannen gegen die Wikinger antraten, wer der beste Bogenschütze oder Brettspieler sei. Das muntere Treiben setzte sich bis zum Abend fort.

Kurz bevor die Sonne unterging, näherten sich einige Reiter der Festgesellschaft. An dem Wappen ihrer Standarte erkannten sie, dass es eine Abordnung Hamos war. Augenblicklich wurde es still. Die Männer griffen vorsichtshalber zu ihren Waffen.

»Was wollt ihr hier?«, rief Gurvan. »Ihr seid nicht geladen.«

»Wir bringen ein Geschenk unseres Herrn für Comtesse Adelaise.« Einer der Reiter überreichte Adelaise ein Kästchen. Neugierig wollte Adelaise es öffnen, doch Yngvar hielt ihre Hand fest.

»Vorsicht! Das ist bestimmt kein gutes Geschenk.«

Der Bote zog die Augenbrauen zusammen. »Ihr beleidigt unseren

Herrn! Er ist sehr großmütig, deshalb übersendet er der Comtesse dieses Geschenk und wünscht ihr alles Gute.«

»Es wäre schön, allein mir fehlt der Glaube«, erwiderte Adelaise. »Nachdem er nichts unversucht gelassen hat, mich in seine Gewalt zu bekommen, überlässt er mich freiwillig einem anderen Mann? Und dazu noch ein Geschenk?«

Vorsichtig öffnete sie das Kästchen. In schwarzem Samt eingebettet lag eine kleine Phiole aus Glas.

»Ahnte ich es doch. Eine Kostprobe aus seiner Giftküche.«

»Keineswegs! Graf Hamo weist darauf hin, dass es ein köstlicher Likör aus schwarzen Beeren ist, den er zu Ehren Eurer Vermählung gebraut hat. Wir alle haben uns bereits davon überzeugen können, wie gut er schmeckt.«

»Tatsächlich? Dann sagt Eurem Herrn meinen Dank.« Adelaise öffnete die Flasche. Yngvar wollte ihr in den Arm fallen, doch Adelaise wehrte ab. »Macht mir die Freude und seid meine Gäste. Leert mit mir ein Gläschen des köstlichen Likörs.«

Der Bote wich zurück. »Dazu sind wir nicht befugt. Wir müssen zurückreiten.«

Adelaise warf die Flasche nach dem Mann, noch bevor er sein Pferd erreichen konnte. Sie zersprang an seiner metallenen Schwertscheide, der Inhalt ergoss sich über seine Beine, Schuhe und auf den Rasen. Der Mann schrie erschrocken auf, als seine Beine zu dampfen anfingen. In Panik riss er sich die Hosen und Schuhe vom Leib. Er erntete schallendes Gelächter von der Festgesellschaft.

In aller Eile entfernten sich Hamos Männer. Zurück blieb ein Fleck gelbes Gras.

Adelaise atmete erleichtert auf. »Er ist und bleibt ein Giftmischer.«

»In welcher Gefahr du bei ihm warst«, stöhnte Yngvar auf. »Ich darf gar nicht daran denken. Man sollte ihm ein für alle Mal das Handwerk legen.«

»Eines Tages vergiftet er sich selbst mit seinen Experimenten«, erwiderte sie und winkte ab. Doch sie kamen nicht dazu, sich wieder ihren Vergnügungen zu widmen. Erneut näherten sich Reiter.

»Haben die noch nicht genug?«, rief Yngvar erbost und zog sein Schwert.

»Halt, warte, das sind nicht Hamos Leute«, rief Sven. »Die kommen von Graf Pepin.«

»Die sind auch nicht eingeladen. Was will der denn?« Gurvan reckte seinen kurzen Hals.

»Offenbar auch ein Geschenk abgeben. Schau, sie schleppen ein Bündel mit sich.« Adelaise verschränkte die Arme. »Ich fasse nichts mehr an.«

Die Reiter hielten vor dem Paar. »Wir überbringen die Glückwünsche unseres Herrn Grafen und ein Geschenk.« Dann warfen sie das Bündel zu Boden und ritten schnell wieder davon. Das Bündel bewegte sich.

»Oh, da ist ein Tier drin«, rief Adelaise aufgeregt. »Schnell, bindet es auf und lasst uns nachsehen, was es ist.«

Yngvar hob die Hand. »Es könnte ein wildes Tier sein und die Damen verletzen.«

»Es ist bestimmt ein Bär«, rief Melisande. »Ich höre es brummen.«

»Dann ist es deine Aufgabe, den Bären zu befreien und zu bändigen«, forderte Adelaise Yngvar auf.

Er trat zu dem verschnürten Sack, in dem es zappelte. Mit dem Schwert zerschnitt Yngvar den Strick und schlitzte den Stoff auf. Verblüfft blickte er auf dessen Inhalt. »Steinolf! Das ist ja eine Überraschung!« Er drehte sich zu den Damen um, die teils ängstlich, teils neugierig die Hälse reckten. »Entwarnung, es ist nur Steinolf, einer meiner Männer.« Lachend nahm er wieder Platz.

»Odin sei Dank, Yngvar, dass du mich errettet hast.« Steinolf rappelte sich umständlich auf. »Ich hätte es keinen Tag länger dort bei Graf Pepin ausgehalten. Er besitzt unzählige Bienenstöcke. Stell dir vor, ich musste den Bienen den Honig wegnehmen, damit er ihn sich auf den Kopf schmieren kann. Schau an, wie zerstochen ich von diesen Biestern bin.«

»Geschieht dir recht. Ich nehme an, du hast viel zu erzählen, vor allem, wie du in Graf Pepins Gefangenschaft geraten konntest.«

Tosti hüpfte wie ein Frosch hinter Yngvars Rücken herum und bedeutete Steinolf zu schweigen. Doch Steinolf nahm keine Notiz von ihm. Froh darüber, seiner mehr als unangenehmen Strafe entronnen zu sein, ließ er sich auf der Wiese nieder und nahm voller Dankbarkeit einen dargebotenen Becher Wein entgegen. Er leerte ihn in einem Zug und wischte sich dann mit dem Ärmel den Mund ab.

»Also, es begann alles damit, als ihr beiden der Magd mit den nackten Brüsten zur Burg gefolgt seid …«

Als es dunkel wurde, wurden Feuer entfacht und Zelte aufgestellt. Niemand wollte sich die Mühe machen, auf die Burg zurückzukehren. Nur die Wachen wurden ausgetauscht. Es wurde gesungen, erzählt, getrunken und gelacht.

Eine ganze Woche lang blieben sie draußen auf dem Hügel. Viel Zeit zum Feiern und Fröhlichsein. Nur einmal unterbrachen sie die Feier, um zur Jagd aufzubrechen und neues Wildbret zu erbeuten. Auch frische Fische aus dem Fluss brachten die Jäger mit. Alle hatten genug zu essen. Immer neue Spiele ließen sie sich einfallen, und es wurde nicht langweilig.

Gurvan gesellte sich irgendwann zu Yngvar und reichte ihm den Becher. »Bist du zufrieden mit der Feier? Schließlich ist es deine Hochzeit.«

»Es ist Adelaises Hochzeit. Alle sollen sich mit ihr freuen.«

»Ich hoffe, du freust dich über die Mitgift. Vier Dörfer, einhundertdreißig Bauern, das Fischrecht, Jagdrecht und alle Äcker und Weinberge von einem Viertel meines Landes. Ich gebe es dir als Lehen, solange du mir treu dienst.«

»Inwiefern treu dienen?«, wunderte sich Yngvar.

Gurvan grinste. »Du hast kräftige Männer, ich brauche immer mutige Kämpfer. Mit ihnen ziehe ich dann gegen Pepin und Hamo und all die anderen missgünstigen Nachbarn in den Krieg.«

»Glaubst du wirklich, wir sind gekommen, um deine Kriegsgelüste zu befriedigen? Meine Männer sind nur mir untertan. Und ich habe mich noch keinem Herrn gebeugt. Mein Vater war der Jarl von Skollhaugen. Als er starb, übernahm mein Bruder seine Stelle. Deshalb bin ich gegangen, übers Meer gefahren, nur mir selbst Rechenschaft schuldig. Jetzt habe ich eine Frau, für die ich sorgen werde, nicht für dich. Ich bin kein Ritter, ich will kein Lehen. Gib Adelaise Land, ich werde es bewirtschaften lassen. Ich verstehe genug davon, damit sie gut leben kann.«

Gurvan blieb der Mund offen stehen. »Das stellt ja die ganze Ordnung auf den Kopf«, japste er und zog verärgert die Augenbrauen zusammen.

»Damit wirst du dich anfreunden müssen, dass sich hier vieles verändert. Und wenn es dir nicht gefällt, besteigt Adelaise mein Schiff, und wir segeln davon.«

Gurvans Gesicht rötete sich vor Zorn. Das hatte er nun von seiner Gutmütigkeit! Dieser undankbare Wikinger! Er winkte einem Pagen und ließ sich neuen Wein einschenken. Dieses Leben konnte man nur noch in Trunkenheit ertragen.

Yngvar wandte sich ab und stieß mit Sven zusammen. Er legte ihm den Arm um die Schulter. »Ich hoffe, wenigstens du bist zufrieden. Es ist ein prachtvolles Fest.«

Sven folgte seinem Blick. »Du hast recht. Auch den Männern macht es Spaß, zumindest solange sie zu trinken haben und sich vergnügen können.«

»Aber was kommt danach?« Yngvars Miene verdüsterte sich. Er bemerkte, dass auch Sven nachdenklich wurde.

»Was wird aus dem Schiff? Du wirst nicht wieder nach Skollhaugen zurückkehren.«

Yngvar schüttelte den Kopf. »Ich bleibe hier. Das ist mein neues Land. Mit dem Grafen werde ich schon fertig. Ein Viertel seines Landes hat er uns übergeben, davon können wir gut leben.«

»Melisande besitzt nicht so viel«, entgegnete Sven. »Ich will auch nicht von ihrer Habe leben. Ich habe selbst Kraft genug, für uns beide zu arbeiten.«

»Was willst du tun?«

Sven hob die Schultern. »Mal sehen, was sich ergibt.«

»Du bist ein guter Seemann. Du würdest hier nicht glücklich werden. Nimm das Schiff, nimm die Männer, die keine Frau gefunden haben, und setze das Segel. Melisande wird dich begleiten, egal wohin der Wind dich treibt.«

»Du gibst mir das Schiff?« Sven war für einen Moment so überrascht, dass er nicht wusste, was er sagen sollte.

»Bei dir ist es in den besten Händen. Ich bin kein Seemann, werde es wohl niemals sein. Mir gefällt dieses Land. Und am meisten gefällt mir Adelaise.«

»Das weiß ich doch. Was wird wohl Melisande dazu sagen?«

»Dann frag sie doch. Es ist mein Hochzeitsgeschenk für euch. Sonst besitze ich ja nichts. Viel Glück!«

Sven drückte ihm dankbar die Hand. »Du bist ein guter Freund, Yngvar. Ich werde es im ganzen Land Vík erzählen.«

Yngvar lachte. »Besser nicht. Ich möchte kein Wikingersegel mehr an dieser Küste sehen. Es brächte zu viel Unruhe in dieses Land.«

Sven eilte zu Melisande, während Yngvar zu Adelaise ging. Sie lächelte ihm entgegen.

»Was für eine wunderbare Feier«, schwärmte sie. Dann griff sie nach seiner Hand. »Ich sorge mich allerdings etwas um meinen Vater. Er ist verschwunden.«

»Ich habe vorhin noch mit ihm gesprochen. Er wird uns ein Viertel des Landes überlassen, damit wir es bewirtschaften können.«

»Das hat er tatsächlich getan? So großzügig kenne ich ihn gar nicht.«

»Für dich ist ihm wohl nichts zu teuer«, erwiderte Yngvar launig. »Vielleicht ist er zur Burg zurückgekehrt.«

Melisande trat wenige Minuten später vor Adelaise. »Comtesse, ich möchte mich bedanken, dass Ihr mir die Freiheit gegeben habt, mir die Hochzeit erlaubt und mir eine Aussteuer geschenkt habt. Sven wird wieder in seine Heimat zurückkehren, und ich werde ihn begleiten. Wir müssen uns jetzt verabschieden.«

Die beiden jungen Frauen fielen sich um den Hals. »Ich wünsche dir viel Glück, Melisande. Ich verliere in dir eine gute Freundin und Vertraute. Das können auch unsere Männer nicht ersetzen.« Sie lächelte unter Tränen.

»Morgen früh hissen wir das Segel«, tat Sven kund. »Männer, Schluss mit Feiern und Trinken. Es geht nach Norden!«

Sie kehrten zur Burg zurück. Das Fest war vorbei, die Wikinger abgereist. Der Abschied von Sven trübte ein wenig Yngvars Freude. Aber auf das Schiff konnte Yngvar gut verzichten. Er fühlte sich nicht zum Seefahrer geboren, nicht zum Händler und schon gar nicht zum Räuber. Die Wikinger waren kein raub- und mordlustiges Volk, schon seit langer Zeit waren sie gezähmt. Es waren die Frauen, die die wilden Wikinger eroberten. Nun war das Normannenreich befriedet, und die Nachkommen der wilden Eroberer lebten mehr oder weniger friedlich miteinander und nebeneinander. Es war dem normannischen Jarl Rollo zu verdanken, dass er nach der erfolglosen Belagerung von Paris eingesehen hatte, es wäre besser, die Annehmlichkeiten des Landes zu genießen und einfach dazubleiben. Er schloss Frieden mit der französischen Krone, ließ sich taufen und erhielt den eroberten Landstrich schließlich als Lehen. Yngvar fand, dass es eine kluge Politik war. Er zwinkerte Adelaise zu. Sie ritt auf ihrem Rappen, auf dem Arm den Falken. Sie wirkte glücklich und gelöst, die langen Feierlichkeiten waren spurlos an ihr vorübergegangen. Sie ahnte, dass es Yngvar nicht leichtfiel, seine Mannschaft zurückzuschicken. Umso mehr wusste sie es zu schätzen, dass er auf eine Heimkehr verzichtete und sich für ein Leben an ihrer Seite auf Burg Coquille entschieden hatte. Sie war sich sicher, dass er ein kluger und gerechter Lehnsherr werden würde, wenn …

Sie wurde aus ihren Gedanken gerissen, als sie die Burg erreichten. Im Hof herrschte ein großes Durcheinander. Kisten und Körbe wurden herbeigeschleppt und auf Wagen verladen, der Schmied beschlug die Pferde neu, der Sattler reparierte Sättel, Zaumzeug und Zuggeschirre. Mittendrin stand Graf Gurvan und vergrößerte das Chaos mit unsinnigen Befehlen.

»Vater, was ist geschehen?«, rief Adelaise erschrocken und sprang vom Pferd.

»Nichts, mein Kind, gar nichts. Wie du siehst, lasse ich packen.«

»Aber warum?«

»Ich habe einen Entschluss gefasst und einen Schwur geleistet. Ich werde eine Pilgerreise ins Heilige Land unternehmen.«

»So plötzlich? Was hat dich dazu getrieben?«

Gurvan wechselte einen schnellen Blick mit dem Burgkaplan.

»Ich denke, es ist Zeit, etwas für mein Seelenheil zu tun. Immer nur Wein trinken, Völlerei, Streit mit den Nachbarn, das bin ich plötzlich leid. Jetzt, wo ich sehe, dass du glücklich bist, braucht ihr mich nicht mehr. Yngvar soll sich um meine ganze Grafschaft kümmern, da ist er beschäftigt und kommt auf keine dummen Gedanken.« Er wandte sich zu seinem Sohn Adrien um, der sichtlich blass hinter ihm stand. »Und diesen Tunichtgut nehme ich mit. Er benötigt etwas mehr Ernsthaftigkeit in seinem Leben. Also hütet Burg und Land gut. Und wenn ich wiederkomme, möchte ich meine Enkel auf den Knien wiegen.«

»Oh, Papa!« Adelaise fiel dem Grafen um den Hals. »Ich werde dich vermissen.«

»Ach Unsinn«, wehrte Gurvan gerührt ab. »Du hast ja jetzt deinen Wikinger. Der wird dich beschäftigen, so dass du keinen Gedanken an mich verschwendest.«

Er trat zu Yngvar und legte ihm die Hand auf die Schulter. »Pass gut auf Adelaise auf. Du weißt, sie ist mein größter Schatz.«

»Meiner auch«, erwiderte Yngvar. »Du kannst dich darauf verlassen.«

Der Kaplan lächelte zufrieden und verschwand in der Kapelle. Es hatte ihn seine ganze Überredungskunst gekostet, den trinkfreudigen Grafen zu überzeugen, mehr an sein Seelenheil als an seinen Weinkeller zu denken. Und ein junges, verliebtes Paar sollte man doch auch einmal eine Weile allein lassen. Adelaise brauchte nicht zu erfahren, dass der Graf nur zu seinem Sinneswandel gekommen war, weil der Kaplan mit dem Höllenfeuer gedroht hatte.

Yngvar nahm Adelaise in den Arm. »Heute ist ein Tag des Abschieds. Wir müssen geliebte Menschen ihren Weg gehen lassen.«

Sie blickte zu ihm auf »Wir sind ja unseren Weg auch gegangen. Jetzt gehen wir ihn gemeinsam.«

Sie bestiegen den Turm bis auf die Plattform. Adelaise nahm dem

Falken die Kappe ab. Mit einem Aufschrei breitete er die Flügel aus und schwang sich in die Lüfte. Versonnen blickte sie ihm nach. »Es gab eine Zeit, da fand ich diese Freiheit so erstrebenswert, dass ich alles in meinem Leben diesem Traum untergeordnet habe. Da wusste ich allerdings nicht, wie es ist zu lieben. Du hast es mich gelehrt.«

Er zog sie in seine Arme und küsste sie. »Ich bin glücklich, dass alles so gekommen ist. Jetzt kann uns nichts mehr trennen. Weißt du, worauf ich mich freue? Auf unsere erste richtige Hochzeitsnacht im Brautgemach.«

Adelaise winkte ihm mit dem Zeigefinger. »Das Brautgemach kann warten«, sagte sie geheimnisvoll. »Ich bin dir noch etwas schuldig.« Neugierig folgte Yngvar ihr die Treppe hinunter, bis sie vor einer Tür stehen blieb. »Erinnerst du dich?« Sie öffnete die Tür. Heißer Dampf wallte ihnen entgegen, Feuchte gepaart mit dem betörenden Duft von Lavendelöl. Nur schemenhaft erkannte Yngvar zwischen den auf Leinen quer durch den Raum gespannten Tüchern einen großen Bottich mit warmem Wasser. Adelaise ging voran, während sie ihre Kleider zu Boden fallen ließ, bis sie nur noch den Blumenkranz auf dem Haupt trug. Dann drehte sie sich um. Der Anblick raubte Yngvar den Atem. Wie eine Fee stand sie in den Nebelschwaden, voller Anmut und Sinnlichkeit. Er streckte verlangend die Arme nach ihr aus.

»Willst du dich nicht entkleiden, oder soll ich das tun?« Er nickte stumm, während sie begann, seinen Gürtel zu öffnen. Tunika, Hemd, Hose, alles fiel achtlos zu Boden.

»Der Burgkaplan erzählt, so hat Gott Adam und Eva geschaffen«, flüsterte sie, während ihre Hände zärtlich über seinen Körper streiften.

Yngvar nickte lächelnd. »Ich denke, das hat er gut gemacht.«